C.J. CHERRYH

La vengeance de Chanur

TRADUIT DE L'AMÉRICAIN
PAR MICHEL DEUTSCH

ÉDITIONS J'AI LU

Ce roman a paru sous le titre original :

THE KIF STRIKE BACK

RETOUR ARRIÈRE *

Un prince kifish nommé Akkukkak s'était adjugé une prise en même temps qu'une opportunité sans précédent : un navire étranger et son équipage étaient tombés entre ses mains, promesse de nouveaux terrains de chasse pour les Kif et promesse d'une espèce nouvelle dont ils feraient leur proie. Restait à découvrir d'où venait ce vaisseau et quelle pouvait être la puissance des étrangers qui se trouvaient à son bord.

Mais le dernier et seul survivant de ses prisonniers s'évada à La Jonction et chercha refuge à bord du navire hani, *L'Orgueil de Chanur*.

C'est ainsi que Pyanfar Chanur rencontra Tully, l'Humain, et que l'antique clan de Chanur se lança dans une bataille qu'en temps ordinaires les Hani auraient évitée.

L'affrontement atteignit son point culminant à Gaohn Station, dans le système natal des Hani, lorsque Akkukkak en eut pris possession. Le clan de Chanur et deux capitaines de chasse mahendo'sat, Or-Aux-Dents et Jik, firent alliance pour triompher des Kif.

Akkukkak périt au cours du combat – ou, tout du moins, il s'esquiva contre son gré en compagnie des Knnn, une race de créatures respirant du méthane et à la mentalité bizarre.

Tully regagna l'espace humain. Pyanfar Chanur espérait voir s'ouvrir de nouveaux marchés commer-

* Voir précédents épisodes dans *Chanur*, Éd. J'ai lu, n° 1475 et *L'épopée de Chanur*, Éd. J'ai lu, n° 2104.

ciaux; elle escomptait que les Hani entreraient dans une nouvelle ère de prospérité et que le clan Chanur nagerait dans l'abondance.

Mais elle vit rapidement s'effondrer ses espérances. Elle fut d'abord trahie par les Stsho, maîtres de La Jonction, qui lui interdirent l'accès de cette base commerciale stratégique capitale, l'empêchant, par conséquent, de nouer des contacts avec l'humanité; par ses partenaires mahendo'sat, ensuite, qui l'abandonnèrent afin de traiter avec les Humains pour leur propre compte; par ses congénères, enfin, car de nombreux clans hani redoutaient que le clan Chanur n'en vînt à menacer leur puissance et ils n'étaient que trop heureux de le voir courir à la ruine.

Aux yeux des siens, Pyanfar Chanur s'était rendue coupable d'un crime odieux en faisant venir des étrangers sur Gaohn : les Mahendo'sat leur avaient ouvert les portes de l'espace et cette dette que les Hani avaient contractée envers eux était une cicatrice qui ne s'était jamais refermée. Les Mahendo'sat avaient renoncé à exercer une influence directe sur Anuurn, le berceau de l'espèce hani, mais les Hani n'avaient qu'une confiance limitée en eux. Ils aimaient encore moins – mais vraiment beaucoup moins ! – les Kif, se méfiaient des Stsho et éprouvaient une indifférence sans mélange à l'endroit des Knnn – indifférence qui n'avait d'égale que leur mépris envers les étrangers n'appartenant pas à la Communauté comme ceux que Pyanfar Chanur avait introduits au cœur même de la civilisation.

Pis encore, Pyanfar Chanur était devenue une apatride. Quand un suzerain hani auquel est adressé un défi est vaincu, il meurt. Or, elle était intervenue lorsque son fils avait supplanté et évincé son propre époux. Elle avait pris l'espace avec son mari alors qu'aucun Hani mâle n'avait le droit de quitter sa planète, et déclaré qu'il était inscrit au rôle d'équipage de *L'Orgueil.* Qui plus est, Kohan, seigneur de Chanur, avait consenti à cet arrangement; le clan était donc devenu la cible de lazzi graveleux et cela avait contribué à le discréditer encore un peu plus aux yeux des Hani.

Ainsi, depuis deux ans, *L'Orgueil* et quelques autres vaisseaux battant pavillon de Chanur en étaient réduits à travailler à la petite semaine. Ils ne faisaient que quelques courses de peu d'intérêt de temps à autre. Ils avaient les pires difficultés à trouver des affréteurs et leur situation financière allait se dégradant.

Avec une belle constance, Pyanfar réitérait les requêtes pour avoir l'autorisation d'accoster à La Jonction. Mais elle n'avait pas les fonds suffisants pour graisser la patte aux Stsho, ce qui était une formalité indispensable, elle n'avait aucune aide à attendre des Mahendo'sat et n'avait pas l'ombre d'un espoir d'établir des relations commerciales avec les Humains. Le sort de Chanur semblait scellé.

Et voilà que contre toute attente, et pour des raisons qu'elle était totalement incapable de pénétrer, les Stsho lui firent savoir que sa requête était acceptée. Et *L'Orgueil* mit le cap sur La Jonction avec, dans ses cales, toute la cargaison que Chanur avait pu réunir.

Une fois le vaisseau à son poste d'arrimage, Pyanfar n'eut rien de plus pressé à faire que de se rendre auprès de Stle stles stlen, le maître de station, pour signer les documents obligatoires et faire reconduire sa licence d'exportation.

Sur l'embarcadère, elle tomba sur Or-Aux-Dents qui la fit monter à bord de son navire, le *Mahijiru,* où elle se retrouva face à face avec Tully, revenu dans l'espace communautaire, et sur une station où il y aurait une explosion de xénophobie accompagnée d'émeutes si jamais le bruit se répandait qu'un Humain y avait abordé.

Pyanfar Chanur était, certes, une Hani dotée d'un sang-froid peu ordinaire mais c'était là une situation tout bonnement intolérable – intolérable jusqu'au moment où Or-Aux-Dents se mit en devoir de lui énumérer tous les avantages du marché qu'il lui proposait... la perspective de faire du commerce avec les Humains, l'argent qu'il y avait à ramasser, une alliance... jusqu'à ce qu'un signal d'avertissement commence à retentir à l'intérieur de son crâne pour lui rappeler qui, au juste, avait usé de son influence pour qu'elle obtienne ses accréditifs, pour lui dire que toutes ses espérances seraient réduites à néant en un clin d'œil si elle repoussait les ouvertures d'Or-Aux-Dents.

Aussi accepta-t-elle le marché. Et c'est ainsi qu'elle regagna son vaisseau avec Tully et en possession d'une liasse de documents. Il ne lui restait plus qu'à mettre son équipage au courant des tractations.

Seulement, les Kif qui se trouvaient à La Jonction organisèrent des émeutes pour faire diversion afin de récupérer Tully. Or-Aux-Dents déhala précipitamment. Pyanfar et son équipage furent condamnés à verser des dommages et intérêts pour rembourser les dégâts causés par les bagarres qui avaient eu lieu – amende qu'elle fit imputer à l'administration mahendo'sat grâce aux papiers qu'Or-Aux-Dents lui avait remis. Stle stles stlen céda. Il était même si bien disposé envers Pyanfar que lui, ami déclaré des Mahendo'sat, lui adressa cette mise en garde sans détour : *N'ayez aucune confiance en Or-Aux-Dents.*

Les Kif, eux aussi, pressentirent Pyanfar. Ils lui firent deux propositions sans ambages : *primo,* lui racheter Tully; *secundo,* faire cause commune avec elle contre un de leurs congénères qui avait mis sa tête à prix.

C'était tentant, indéniablement. Assez d'argent pour résoudre les problèmes de Pyanfar et des siens, un moyen de sortir du dilemme où ils étaient enfermés et la perspective d'une paix possible avec les Kif...

Mais elle repoussa ces ouvertures, vendit à vil prix la précieuse cargaison que *L'Orgueil* transportait dans ses soutes et quitta La Jonction dans les délais les plus brefs avec Tully à son bord – parce que la confiance que lui accordait Stle stles stlen tenait à l'accréditif des Mahendo'sat et que celui-ci n'était valable que si elle jouait son rôle de courrier pour Or-Aux-Dents.

Propositions ou pas, elle n'avait jamais traité avec les Kif et n'avait pas l'intention de commencer. De plus, Or-Aux-Dents l'avait piégée et il avait filé en direction de l'espace stsho, poursuivi par une meute de chasseurs kifish – dont certains s'intéressaient à elle de très près.

Et puis, elle apprit bientôt que le fait de rallier la capitale régionale mahen avec Tully et le message n'était qu'un début…

Un Knnn avait pris en chasse les Hani au large de La Jonction. Ennuyeux, cela. De toute évidence, les Méthaniens avaient eu vent de ce que Pyanfar avait pris en charge. Les Knnn, une espèce tellement à part que personne ne pouvait entamer le dialogue avec eux, et technologiquement si avancée qu'il était hors de question de les combattre, étaient présents au sein de la Communauté et ils se souciaient de ses lois comme d'une guigne. Ils voyaient rouge pour un oui ou pour un non et pouvaient à tout instant détruire un vaisseau dont les manœuvres leur déplaisaient. Et l'on ne pouvait rien faire parce qu'il n'y avait pas de communication possible avec eux. Les Tc'a reptiliens avaient accompli, jadis, une prouesse insigne en réussissant à leur inculquer le concept de commerce. Depuis, les Knnn se bornaient à accoster à une station, se précipitaient dans la zone méthanienne de celle-ci, faisaient main basse sur tout ce qui les intéressait, ne laissaient que ce qu'il leur plaisait de laisser en échange, et reprenaient le large. C'était là une nette amélioration par rapport à leur ancienne manière de procéder, à savoir le pillage et la fuite, ou encore le démantèlement d'un astronef.

Interrogé, Tully déclara que les Humains avaient été retardés parce que leurs navires avaient été arrêtés avant d'avoir pu rejoindre l'espace communautaire. *Quelqu'un* s'en prenait aux bâtiments humains dans l'espace humain même, et la première idée qui venait à l'esprit était que ces actes de piraterie étaient le fait des Kif. Le message et la mission semblaient avoir quelque chose à voir avec la décision des Mahen, résolus à emprunter une route régulière et susceptible d'être protégée par des opérations de patrouille, une route qui mènerait les Humains dans l'espace communautaire – en évitant par la même occasion leurs vieux ennemis, les Kif. Tout cela tenait debout et Pyanfar voyait par la force des choses d'un bon œil tout ce qui pouvait être de nature à placer les Kif dans l'embarras.

Mais Tully lui fit part des soupçons qu'il nourrissait : les flibustiers qui s'en prenaient à ses congénères n'étaient pas les Kif mais les Knnn. Et les Humains avaient ouvert le feu sur un navire knnn.

Pyanfar fut horrifiée en entendant cela.

Si Tully ne se trompait pas, *L'Orgueil* recelait dans ses flancs une cible potentielle pour les Knnn. Les Hani étaient porteurs d'un message ayant trait à leurs affaires, des affaires dont on accueillait chacune à peu près aussi bien que des bombes à retardement armées. Si jamais les Knnn les prenaient à partie, leur compte était bon. Qui plus est, le Kif lancé à leur poursuite avait pris l'itinéraire le plus direct pour rejoindre la capitale mahen, en conséquence de quoi on avait été obligé de se dérouter et de mettre le cap sur la station frontière de Kshshti qui était loin d'être un endroit sûr, c'était le moins que l'on pût dire, pour une proie comme Tully. Kshshti se trouvait, en effet, à proximité du territoire kifish et était fréquentée par les Méthaniens.

Et comme si tout cela ne suffisait pas, *L'Orgueil* avait à présent un autre bâtiment à ses trousses, un navire affrété par le gouvernement hani et placé sous le commandement d'une certaine Rhif Ehrran, qui traquait une Hani renégate du nom de Tahar.

Cette Tahar, qui s'était rangée du côté des Kif lors de la bataille de Gaohn, était une hors-la-loi notoire qui, disait-on, se livrait à la piraterie aux alentours de Kefk et de La Jonction. Or, *L'Orgueil de Chanur* avait été surpris à trafiquer avec les Mahendo'sat et les Kif sous le nez même de cette représentante de l'ordre et de la loi au service du *han* qu'était Rhif Ehrran et, abandonnant sa proie première, elle s'était lancée à la poursuite d'un autre traître en puissance. Les commanditaires politiques de Rhif Ehrran auraient été infiniment plus heureux que l'on mette la main sur Pyanfar Chanur que sur une vulgaire pirate qui n'avait déjà plus la moindre influence sur les affaires des Hani. Aussi avait-on réexaminé les priorités. Rhif Ehrran apprit – probablement de la bouche de Stle stles stlen – que Chanur avait Tully à son bord et agissait pour le compte d'un gouvernement étranger : c'était là l'occasion rêvée de ruiner le clan Chanur une fois pour toutes.

Ayant besoin d'assistance, elle réquisitionna le *Prospérité d'Ayhar,* ordonna à son capitaine, Banny Ayhar, de se délester de sa cargaison et les deux unités s'élancèrent de conserve dans la seule direction encore ouverte à la navigation.

C'est tout juste si Pyanfar était encore en vie quand elle parvint à Kshshti : *L'Orgueil,* qui bourlinguait depuis bien longtemps sans avoir subi les révisions techniques indispensables, faillit se désintégrer pendant le saut, et il battait de l'aile quand il aborda. Un comité d'accueil l'attendait sur place, composé de Rhif Ehrran, de Banny Ayhar... et d'un Kif – celui-là même qui avait proposé de racheter Tully à La Jonction.

Son nom était Sikkukkut an'nikktukktin et il avait jadis été le vassal du vieil ennemi de Pyanfar, Akkukkak. Ce dernier avait, en fait, eu deux lieutenants, Akkhtimakt et Sikkukkut, qui voulaient chacun perpétuellement évincer l'autre pour occuper le premier rang et régner sur les Kif. Akkhtimakt était celui dont Pyanfar avait déjoué les plans pendant la traversée. Il avait décrété le blocus, non seulement pour stopper tout trafic, mais aussi dans l'intention de couper l'herbe sous le pied de son rival, Sikkukkut – et voilà que tout le plan des Mahendo'sat visant à rouler les Kif était à portée de sa main... en la personne de Pyanfar Chanur et en celle de Tully.

Les autorités mahendo'sat de Kshshti, qui savaient ce qu'il manigançait, n'avaient qu'un seul désir : que *L'Orgueil* prît le large à tout prix. On démonta donc le moteur cacochyme de l'astronef pour le remplacer par un neuf, ce qui revenait, en fait, à reconstruire tout le bâtiment. Mais, comme celui-ci était immobilisé en cale de radoub, un commando kifish kidnappa Tully et, par la même occasion, encore que ce fût accidentel, la jeune nièce de Pyanfar, Hilfy Chanur. De plus, Chur Anify, cousine de la capitaine, fut grièvement blessée au cours de l'opération.

Quels qu'eussent été les fauteurs de troubles, les agents d'Akkhtimakt ou ceux de Sikkukkut, une chose, en tout cas, ne laissait pas de doute : c'était à bord du navire de ce dernier, le *Harukk*, qui prit précipitamment l'espace, que se trouvaient Tully et Hilfy, tandis que *L'Orgueil*, dont on réparait les avaries, était paralysé dans les chantiers navals.

Et ce n'était pas tout : les Tc'a, des êtres méthaniens, mirent Pyanfar en garde, de façon ambiguë, contre les multiples factions et connivences qui divisaient les Kif et tous les dangers que cela représentait pour eux. Et contre l'ingérence des Knnn dans cette affaire.

Alors que Pyanfar touchait le fond du désespoir, un bâtiment mahen rallia Kshshti, le chasseur *Aja Jin*, dont le commandant n'était autre que Keia Nomesteturjai – Jik pour les intimes –, partenaire d'Or-Aux-Dents, chargé de mission par le gouvernement mahen et disposant de toutes les autorisations nécessaires pour ramener Rhif Ehrran, elle-même, à de meilleurs sentiments.

Pyanfar était toujours détentrice des documents destinés à être délivrés à Maing Tol mais le message que lui avait laissé Sikkukkut avant de déhaler était sans équivoque : si elle voulait revoir Hilfy et Tully vivants, il fallait qu'elle gagne, non point Maing Tol, mais Mkks, située plus profondément encore dans la zone frontière, et où les Kif étaient prédominants.

Jik convoqua une conférence des capitaines et remit le paquet à Banny Ayhar avec ordre de l'apporter à Maing Tol et il obtint la coopération de Rhif Ehrran en faisant en sorte qu'elle bénéficiât de tout un jeu d'autorisations accréditives.

La situation se présentait donc ainsi : un message urgent était en partance pour Maing Tol; Hilfy et Tully étaient retenus en otages à la frontière du territoire kifish; Or-Aux-Dents était porté disparu et un quai de plus avait été mis hors service.

Chacun faisait ce qu'il devait faire. Et *L'Orgueil* quitta Kshshti, fonçant droit dans le piège tendu par les Kif.

1

L'Orgueil se matérialisa brusquement dans « l'ici et maintenant » et Pyanfar, encore à demi hébétée, tendit une main vers les commandes.

Où est-on ? se demanda-t-elle, paniquée à l'idée qu'il ait pu y avoir une déviation d'itinéraire et qu'ils ne soient plus nulle part. Il fallait se rappeler de procédures nouvelles, de paramètres nouveaux, de systèmes nouveaux...

Non. *Cale-toi sur l'ordinateur, imbécile, laisse les automs prendre le bâtiment en charge...*

– Localisation.

C'était à peine si le mot était sorti de sa bouche sèche, aussi granuleuse que de la poussière.

– Nous sommes dans l'alignement, répondit Tirun.

Le premier choc les fit plonger dans l'interface. Ils en ressortirent et *L'Orgueil de Chanur* refit surface avec autorité dans l'espace réel.

– Nous sommes vivants, dit Khym.

Et la surprise fut générale.

– Chur ? fit Geran.

Une voix faible et bredouillante tomba du haut-parleur de communication intérieure :

– Présente. Je suis là, tout va bien. On a réussi, hein ?

Deuxième secousse. *L'Orgueil* perdit encore un peu de la vitesse que la baisse de gravité lui avait communiquée.

Et continua sur sa lancée tandis que les chiffres

rouges se succédaient sur le tableau à une allure sans commune mesure avec les mesures astronomiques.

– Nous venons de dépasser le troisième repère, annonça Haral.

– Hum…

Ce fut le seul commentaire de Pyanfar.

– Balise d'alarme ?

– Ne répond pas. (Les yeux de Pyanfar étaient rivés sur le balayage image que leur envoyait la balise robot de Mkks, indiquant la position de tout ce qui se trouvait à l'intérieur du système. Et elle protestait contre leur vélocité.) Passez-moi ce tracé, pourriture des dieux ! C'est faisable ?… *Où est-elle cette ligne ? Réveillez-vous un peu !*

La ligne rouge de danger apparut sur le moniteur. La route indiquée enfreignait tous les règlements du code de navigation de la Communauté.

Les témoins d'alerte s'allumèrent. La sirène hulula. Pyanfar rabattit ses oreilles en arrière et se jeta frénétiquement sur les commandes tandis qu'Haral se synchronisait sur ses mouvements pour faire passer les chiffres du radar de balayage à l'ordinateur de navigation. Elle appuya sur la touche de confirmation. Les témoins s'éteignirent et *L'Orgueil* poursuivit sa course infernale le long de la ligne…

(– On y est, on y est, on y est ! haletait Tirun…)

… faisant un saut à charge C droit sur la station de Mkks, manœuvre représentant une distance interstellaire basée sur la foi – c'était un pari – que toutes les indications de la balise étaient exactes. Ils collaient au front d'onde de la vitesse lumique de leur arrivée, c'était le message que la balise de saut avait communiqué à Mkks – ils filaient le long de la ligne temporelle en mettant toute la gomme qu'un navire avait la témérité de mettre; l'énergie captive de sa masse suffirait à provoquer un titanesque feu d'artifice si jamais un obstacle dont la balise n'avait pas fait état venait à se trouver sur son chemin –

une nova miniature, le bref embrasement d'un soleil.

Pyanfar lâcha les commandes, fit jouer les muscles de ses mains endolories et se laissa glisser en apesanteur pour saisir le paquet enveloppé d'une feuille métallique fixé sous le dossier de son fauteuil. Il échappa à ses griffes, elle le récupéra, le déchira et en avala le contenu en quelques gorgées convulsives. Le goût du liquide et le brusque remplissage de son estomac lui arrachèrent un frisson. Mais c'était nécessaire : on perdait son pelage, la peau s'excoriait, l'organisme n'avait plus ni sels minéraux ni humidité. Bientôt, le sucre jaillirait et envahirait son sang qu'il alourdirait. Il fallait qu'elle eût dépassé cette phase quand la course de *L'Orgueil* atteindrait un nouveau stade critique.

Gouverner était désormais hors de question. Ils allaient trop vite pour échapper à toute autre influence que celle de l'étoile, et l'attraction de celle-ci était programmée dans la route qui leur était fixée.

Pyanfar repoussa sa crinière et gratta son nez qui la démangeait depuis Kshshti.

– Mkks à neuf minutes-lumière, psalmodia Haral.

Neuf minutes pour que Mkks soit avertie de leur arrivée. Il faudrait encore plusieurs minutes pour que les autorités mahendo'sat comprennent qu'ils n'avaient pas encore effectué leur troisième freinage, le plus critique. D'ici là, *L'Orgueil* serait à moins des neuf minutes d'intervalle requises pour la réponse. Avant dix-huit minutes, ils rencontreraient le front d'onde des communications centrifuges d'une station prise de frénésie.

Tel était le temps valable pour les vaisseaux. Mais quelqu'un devrait appeler les Kif à la sono, quelqu'un devrait appuyer physiquement sur des boutons pour entrer en contact avec l'autorité kifish. Et, à chaque pas que faisait un Kif en courant dans un corridor, un navire de saut en approche avançait d'une distance égale à un diamètre planétaire.

– Émets ce message, ordonna Pyanfar à Khym :

Orgueil de Chanur se dirigeant vers Mkks demande liste des navires et poste de mouillage dégagé sans autres unités à proximité. Portons cargaison dangereuse. Terminé.

De quoi les dérouter : un navire semblant avoir une valve défectueuse et parlant de cargaison dangereuse... Huit minutes et demie pour que le message parvienne à la station. Quinze virgule quelque chose pour que celle-ci réponde, et encore, à condition qu'elle réponde instantanément. Il fallait bien que *quelqu'un* se retourne, demande à un surveillant, transmette le message.

Elle entendit Khym émettre son message. Dieux ! la voix d'un mâle venant d'un astronef hani : cela seul suffirait à semer la confusion au Central de la station ! Ce serait bien la première fois qu'une chose pareille se produirait. Que feraient-ils ? Ils vérifieraient leurs récepteurs Doppler pour y déceler un possible défaut de fonctionnement. Même des technicos accoutumés au fractionnement de la pensée engendrée par C douteraient, ne croiraient pas à la vérité de ce qu'ils entendraient.

– J'ai un second message à envoyer, Khym. Destinataire : *Harukk,* sous les ordres de Sikkukkut. Nous avons rendez-vous. Nous sommes arrivés, comme convenu. Nous vous verrons à quai.

(Quelqu'un qui prend la décision de relayer le message aux Kif. Des pieds kifish martelant les couloirs en quête du commandant : encore un délai – le temps de choisir entre les deux termes de l'alternative : déhaler ou ne pas bouger. Avant d'arriver à une conclusion, *L'Orgueil* aurait encore couvert une distance de l'ordre d'un diamètre planétaire.)

Dix minutes pour qu'un bâtiment comme le *Harukk* appareille s'ils en prenaient la résolution, quarante de plus pour qu'il se soit suffisamment éloigné de la masse de la station pour pousser les champs. Le *Harukk* avait à vaincre l'obstacle que constituait une étoile pour acquérir sa vitesse de croisière alors que, à l'inverse, l'astre aidait *L'Orgueil* à gagner le port.

Encore une demi-minute écoulée.

Lancés à cette allure vertigineuse dans leur cocon temporel, les Hani éprouvaient un curieux sentiment de ralenti, ainsi que la sensation d'être isolés des Kif comme d'un danger menaçant.

Et un sentiment d'impuissance. Les Kif étaient en mesure de faire différentes choses – ils en avaient le temps : appuyer sur une détente, par exemple, ou trancher une gorge vulnérable…

Pyanfar fut prise d'un étourdissement : le concentré qu'elle avait ingurgité atteignait le flux circulatoire.

– Malade, Khym ?

– Non.

La voix de l'interpellé était chevrotante, étranglée. Ce n'était pas la première fois.

– Chur ?

– Toujours à vos ordres, capitaine.

– Tirun, tu as contrôlé en temps réel ?

– 483 heures de transit d'après la balise.

– Décélération finale dans vingt minutes, dit Haral.

Délai respecté sans le moindre écart. Elles avaient tout minuté à Kshshti avant de se lancer dans cette aventure démentielle, tout programmé sans ménager leur peine, durant les heures qui avaient précédé le déhalage et pendant la longue et rude poussée qui avait précipité *L'Orgueil* dans le puits de la gravité pourrie des dieux, ensuite dans les profondeurs de celui-ci, une manœuvre qui n'aurait pas fait reculer l'équipage d'un navire armé pour la chasse mais qu'un navire marchand n'aurait même jamais eu l'idée de tenter.

C'étaient des Hani, toutes : crinières d'or rouge, barbes d'or rouge, épiderme d'or rouge. Tous ceux qui se trouvaient à bord, sauf un, portaient à leurs oreilles velues des anneaux d'or à foison, symboles d'expériences, de voyages accomplis loin de leur Anuurn natal, d'aventures qui avaient conduit l'équipage à La Jonction, à Maing Tol, à Kura, à Jininsai et à Urtur. Dans des ports étrangers, pour des opérations commerciales bizarres. Coups de dés et paris fous. Mais un voyage comme celui-ci, jamais. Mkks n'était pas un port hani. Aucun honnête bâtiment de fret n'aurait souhaité mettre le cap sur Mkks. Et aucun honnête bâtiment de fret n'était équipé d'un propulseur aussi gigantesque, aucun n'avait un pareil rapport vannes/masse.

Pyanfar, elle, ne dit rien. Elle débloqua le cran de sécurité des quelques pièces à feu, enfreignant du même coup une autre règle.

– Décélération finale dans dix-huit minutes, annonça Haral.

– Je reçois un appel... Tirun... Tirun... *quel est le bon contacteur ?*

La voix de Khym trahissait la tension et la panique qui l'habitaient. Il n'était pas familiarisé avec le tableau de bord. Outre qu'il souffrait du mal du saut, il était bien possible qu'il fût, en outre, désorienté. Mais le contacteur fut déclenché et la voix parvenue, dopplérisée, de la station eut raison de son affolement. C'était un Mahen qui parlait :

– Décélération autorisée, décélération autorisée...

– Répète le dernier message. Dis-leur que nous voulons communication de cette liste des navires. Vite !

Il existait des codes susceptibles d'être utilisés pour obtenir la coopération des Mahendo'sat, mais il n'était pas question de les employer. Les Kif avaient des oreilles, eux aussi.

Aussi, les Hani y allèrent sans ménagement. Et la station, en pleine confusion, se mit à doppleriser messages sur messages à quelques secondes d'intervalle, toujours convaincue qu'elle avait sur les bras une épave hors d'état de naviguer.

À présent, le message initial de *L'Orgueil* devait être relayé à la vitesse de l'éclair aux Kif qui, eux, ne seraient pas aussi naïfs.

À ce stade, ils pourraient peut-être – *peut-être* –

se porter à la rencontre de l'arrivant. Mais, si l'idée que Pyanfar s'était faite de lui était juste, Sikkukkut an'nikktukktin n'était pas un Kif à se lancer dans une expédition de ce genre.

Pas dans la mesure où il avait des prisonniers entre les mains.

La salle était installée tout en haut des superstructures du navire, arrimé les dieux seuls savaient où. Hilfy Chanur connaissait maintenant le nom de cet astronef. Il s'appelait le *Harukk*.

Et elle connaissait le Kif assis devant elle au milieu de ses congénères. Il se nommait Sikkukkut. Une masse enveloppée d'une robe noire, installée dans un fauteuil aux allures d'insecte à pattes multiples et anguleuses. Les rampes au sodium rendaient moins denses les ténèbres oppressantes, plaquant des ombres dures sous leur lueur d'un rose orangé. De plusieurs globes noirs s'élevaient en volutes les fumées de l'encens dont l'odeur se mêlait à celle, nauséabonde, de l'atmosphère ammoniacale qui emplissait la pièce. Hilfy ne pouvait même pas gratter son nez qui la piquait : elle avait les mains liées derrière le dos. Tully aussi. Mais qu'aurait-il été capable de faire même s'il avait eu les mains libres ? Il était livide, sa crinière et sa barbe mordorées étaient emmêlées et poisseuses de sueur. Sa fragile peau d'Humain était lacérée de coups de griffe : la pénombre blafarde n'empêchait pas qu'on les vît saigner. Il avait fait de son mieux. Hilfy également. Mais ils n'avaient, ni l'un ni l'autre, été de force.

– Où espériez-vous aller ? demanda Sikkukkut. Et pour faire quoi ?

– J'espérais fracasser quelques crânes, répondit Hilfy Chanur – car s'écraser devant un Kif n'était jamais payant.

– Il n'y a pas eu de fractures. Juste des commotions.

Était-ce une manifestation du sens de l'humour des Kif ? Ou de leur absence d'humour ?

Le capitaine du *Harukk* se déplia et se leva de son siège dans un bruissement d'étoffe. Il n'y avait pas de couleur, hormis celle de l'éclairage au sodium. Il n'y en avait nulle part dans le navire. Objets, cloisons, vêtements – tout était gris ou noir, exclusivement. *Ils sont aveugles aux couleurs,* songea Hilfy. *Totalement.* Elle revoyait le bleu du ciel d'Anuurn, ses champs verdoyants, les rouges et les ors flamboyants, entre autres, dont se paraient les Hani, et elle s'accrochait à ces souvenirs comme à un talisman qui la protégerait de l'ombre et de cette diabolique et aveuglante lumière.

Sikkukkut s'approcha. Il y eut un crissement, semblable à celui du vent lorsqu'il brasse les feuilles mortes, quand les autres Kif reculèrent par-delà la zone de lumière et la fumée tourbillonnante de l'encens. Hilfy se raidit. Mais c'était Tully qui intéressait Sikkukkut.

– Celui-là parle hani. Il essaie de faire croire que non. (Hilfy s'interposa entre le Kif et le prisonnier.) Je sais que l'humain n'a pas de secrets pour vous si, nous, nous ne le comprenons pas, poursuivit le Kif dans un hani irréprochable. C'est un fait que nous pouvons tenir pour acquis. N'est-il pas vrai ?

Sikkukkut passa devant Hilfy et, d'un geste, empoigna les bras de Tully et l'attira vers lui. Ses griffes creusèrent de fines entailles dans la chair de l'Humain maintenant immobile, les mâchoires du Kif à un empan de ses yeux. Hilfy pouvait sentir l'odeur de sueur et de peur qui émanait de lui.

– Qu'elle est tendre ! fit Sikkukkut en resserrant son étreinte. Qu'elle est fine et douce, cette peau. Rien que cela pourrait avoir son prix.

Il attira Tully encore un peu plus près de lui.

– Lâchez-le !

Le museau sombre se plissa tandis que son extrémité se contractait. Les Kif se nourrissaient surtout d'aliments semi-liquides. Les étrangers disaient qu'ils étaient intégralement carnivores et ne dédaignaient pas utiliser leurs maxillaires extérieurs aiguisés comme des rasoirs. Deux rangées de crocs, deux jeux de mâchoires. L'un pour mordre et l'autre, situé à l'intérieur de ce museau en forme de trompe et animé de mouvements rapides, pour réduire les bouchées ainsi déchiquetées en une pâte molle qui passait sans difficulté dans leur gosier étroit. La langue jaillit dans un creux en V séparant deux crocs. Tully sursauta et grimaça en silence. Le visage étiré se haussa, les yeux à la hauteur des yeux de l'autre, les mâchoires...

– Arrêtez ! *Par la pourriture des dieux... arrêtez !*

– Il faudra d'abord qu'il cesse de se débattre. Je ne peux pas ressortir mes griffes. *Dites-le-lui,* vous...

Hilfy retint son souffle. Mais, se trahissant du même coup, Tully cessa de se démener.

– Ah ! Il comprend.

– Lâchez-le !

Le Kif émit un reniflement et, en deux rapides mouvements, plaqua l'Humain contre sa poitrine pour le repousser ensuite.

L'Humain recula en chancelant et Hilfy lui offrit son épaule en guise d'appui, barrant résolument la voie à Sikkukkut. Sa frayeur était telle que ses genoux tremblaient sous elle. Ses oreilles étaient aplaties sur son crâne. Un sourire fit se froncer ses lèvres – un rictus sans aucun point commun avec le sourire qui était le propre de l'espèce primate à laquelle appartenait Tully.

Nouveau reniflement sec de Sikkukkut. Ainsi riaient les Kif. Il considéra la Hani sous son capuchon. Ses yeux reflétaient la lumière des rampes.

– La langue hani convoie des concepts comme ceux d'amitié, d'affection. Ce sont des notions différentes de celles de *sfik* mais dont l'utilité est égale. Je me garderais bien, en particulier, de ne pas en tenir compte, puisque vous parlez avec tant de succès à cette créature. Comment avez-vous fait pour créer ce lien entre vous deux ?

– J'ai employé des mots chargés de bonté.

– Vraiment ? J'ai fait preuve de bonté, moi aussi.

Mais c'est peut-être que mon accent le trouble. Dites-lui que je veux savoir tout ce qu'il sait, pourquoi il est venu, pour voir qui, ce qu'il compte faire... *dites-lui cela.* Dites-lui que je suis inquiet, impatient et que c'est loin de s'arrêter là.

Hilfy réfléchit pendant une éternité. La patience du Kif durerait-elle aussi longtemps ?

Il craqua. Il tendit le bras en avant et, à nouveau, elle fit de son épaule un bouclier.

– Il pose des questions, Tully, lâcha-t-elle d'un seul souffle. Il veut discuter. (Comme Tully gardait le silence, elle ajouta :) Je crois qu'il ne comprend pas. Les mots s'embrouillent...

– J'étais le *skku* du *hakkikt* Akkukkak au temps de sa gloire. (Sikkukkut parlait d'une voix douce et cultivée. Mais, derrière ce timbre uni, Hilfy percevait distinctement les cliquetis que faisait sa gorge, le grincement de ses mâchoires intérieures quand il levait le menton.) Nous nous connaissions, lui et moi. Nous nous étions rencontrés... avant tout cela. À La Jonction. S'en souvient-il ?

– Un ami d'Akkukkak ? (*Détourne son attention,* s'exhortait Hilfy. Qu'il pense à autre chose.) Si les Kif avaient des amis...

– Cet Humain a du *sfik,* l'interrompit Sikkukkut sans se laisser troubler. Akkukkak ne l'a pas compris. Comment une créature aussi molle peut-elle en posséder autant ? Au point de nous avoir échappé sur les quais de La Jonction ? Si j'avais été là, il ne s'en serait sûrement pas aussi bien tiré. Mais, maintenant, je suis là, il est là et je lui pose ces questions.

– Il continue de poser des questions, dit Hilfy à Tully.

– Je les pose et je les poserai.

Un silence tomba. S'éternisa. Elle sentit des doigts kifish frôler doucement son épaule, tapoter sa fourrure...

... s'éloigner. Elle emplit ses poumons d'une bouffée d'air qui sentait le Kif. Elle tremblait. Ses oreilles étaient couchées. Elle était à présent sourde et presque aveugle. Sa vision de chasseresse s'étrécit en un long et obscur tunnel braqué sur le Kif. Mais celui-ci battit en retraite pour aller se rasseoir sur son siège multipode. Les jambes repliées, il ressemblait maintenant lui-même à un insecte balourd.

L'épaule de Tully effleura celle de la Hani et s'y appuya. Elle sentait le poids de son compagnon d'infortune, le froid de sa peau. *Ô, dieux, non ! Redresse-toi, ne te laisse pas aller, ne t'évanouis pas, ils se rueront à la curée...*

Le Kif porta les mains à sa cagoule, la repoussa et elle retomba sur ses épaules voûtées. C'était la première fois qu'Hilfy voyait un Kif décapuchonné et le spectacle n'avait rien de plaisant. Un crâne sombre et étiré, barré en son milieu par un toupet d'un noir mat. Pratiquement pas d'oreilles – le seul point de ressemblance avec les Stsho. Elle avait vu des modèles. Des holos. Rien n'égalait cette hideur.

Les yeux de Sikkukkut – des yeux noirs et étincelants en accord avec son visage – étaient rivés sur elle.

– Vous comprendrez ces choses. Cette créature a plus qu'une valeur de *sfik* : elle possède le *sfik* lui-même. Je me permettrai d'employer le vocabulaire hani. Akkukkak est mort de confusion. Aussi, j'aime cette créature parce qu'elle a tué mon supérieur et que, maintenant, je n'ai plus de supérieur.

– Je ne comprends rien à ce galimatias.

– Je pense pourtant être tout à fait clair. L'Humain détient une valeur. S'il me la cède et répond à mes questions, je lui en serai d'autant plus reconnaissant.

– Sûrement.

– Peut-être le prendrai-je en affection et le rendrai témoin de la mort de mon ami Akkhtimakt. Peut-être le laisserai-je se repaître de mes rivaux.

Sikkukkut parlait toujours en hani mais les mots avaient une autre signification. Un sens kifish. Hilfy sentit ses poils se hérisser sur sa nuque. Elle n'avait qu'un désir : sortir, quitter cette salle.

– Traduisez cela.

– ... Il est fou comme tous les Kif.

Sur son perchoir insectoïde, la grêle silhouette oscilla et lança d'une voix sifflante :

– Fanatique ! Je traduirai moi-même. *Kkkt !*

– *Imbécile !* hurlait le porte-parole de l'autorité mahen dans le communico, assortissant l'insulte de commentaires encore moins flatteurs.

– Paré pour la troisième décélération, dit Pyanfar.

– *Imbécile descendante de dix mille générations d'imbéciles ! Qu'est-ce que vous faites ? Qu'est-ce que vous faites ? Nous ferons un rapport au* han *pour porter cet outrage à sa connaissance. Nous lui signalerons que vous compromettez la sécurité...*

L'Orgueil amortit sa vitesse et ce fut l'interruption télémétrique...

... se recala et retrouva le torrent de criailleries de la station.

– Khym, la liste, fit la voix de Tirun, le sortant de sa torpeur. Balance-la. En vitesse !

La liste des navires entrants apparut sur l'écran numéro 2. Tandis qu'Haral transférait avec dextérité les données – c'était une opération de routine –, la station se tut soudain.

– Deux minutes-lumière, annonça Geran.

On était maintenant pratiquement synchro en temps réel avec Mkks Station. *L'Orgueil* avançait à présent à une allure d'escargot, bien au-dessus de sa capacité de poussée spatiale.

Harukk indiquait la liste. Elle comportait d'autres noms kifish. Beaucoup. Quelques Mahendo'sat. Un Stsho. (Un Stsho à Mkks !) Et toute une armada de Tc'a et de Chi dans le petit compartiment méthanien de la base.

– Loués soient les dieux, murmura Pyanfar en reprenant la télémétrie – il fallait penser aux choses sérieuses. Sommes en approche. Qu'on dégage notre route, pourriture des dieux ! ajouta-t-elle, voyant que Geran tardait à se mettre à l'ouvrage. À toi de veiller à ce qu'elle soit libre. (La capitaine amorça la manœuvre de freinage qui consistait à faire accomplir au navire la figure d'un grand V. *L'Orgueil* se mit à tanguer.) Accrochez-vous. On y va. C'est parti.

– Quelles affaires ? demanda Sikkukkut. (Hilfy se serra étroitement contre le flanc de Tully en entendant bouger les Kif derrière la fumée et les lumières.) Quel accord a-t-il conclu avec les Mahen ? *Kkkt*. Demandez-lui. Obtenez une réponse, jeune Chanur.

– Il pose des questions à propos de marchés. (Nouveau bruissement : un Kif s'approchait de Tully. Hilfy dévisagea Sikkukkut.) *Il ne comprend pas.* Il ne peut pas comprendre, pourriture des dieux ! À bord, il se servait d'une traductrice. Il ne sait pas parler. Il est incapable d'articuler des mots hani, à supposer même qu'il ait compris ce que je lui ai dit.

Sikkukkut saisit une coupe posée sur la table, une sorte de sphère hérissée de saillies de la taille du pouce et à l'extrémité aplanie. Une langue noire jaillit de son museau, qu'il plongea dans le récipient pour y boire – les dieux savaient quoi ! Puis il leva la tête, sa langue effilée lécha sa gueule. Il n'avait pas lâché la coupe dont il caressait les bosselures du bout des doigts.

– Choisissez de meilleurs mots, jeune Chanur. Sinon, mes *skkukun* le mettront à mal, n'en doutez pas. Convainquez-le. Brisez son silence. S'il vous faut des appareils de traduction mécaniques, nous vous les fournirons. Faites-le parler, c'est tout ce que je veux.

– C'est ce que j'essaie de faire. (Elle changea de posture pour faire écran entre Tully et le cercle des Kif.) Reculez ! Tully, Tully, dis-lui quelque chose. N'importe quoi. Je crois que ce serait le mieux.

… *Mens,* le supplia-t-elle intérieurement. *Joue le jeu, je t'aiderai…*

Le corps de l'Humain était froid contre le sien. Elle leva les yeux vers lui mais il ne regardait que le Kif. Peut-être son esprit était-il même trop engourdi, à présent, pour que lui vienne l'idée de mentir.

– Peut-être, commença Sikkukkut... (Mais une porte s'ouvrit, laissant filtrer une lumière maussade, et un autre Kif entra – une silhouette semblable à toutes les autres.) Il serait peut-être judicieux de prévoir un nouvel entretien privé avec lui. *Kkkk-t ?*

L'arrivant dépassa ses congénères d'un pas précipité. Sikkukkut tourna la tête.

– Ksstit, siffla l'autre. Kkotkot ktun.

Message. Hilfy vida ses poumons. Elle sentit le frisson de Tully collé contre elle. Le nouveau venu pencha sa tête encapuchonnée et chuchota brièvement quelques mots à l'oreille de son capitaine. Ce dernier posa les mains sur ses genoux. Un long, très long soupir fit bouger ses épaules. Il leva sa mâchoire.

– Kkkt ! Kkktkhi ukkik skutti fikkti knkkuri. Ktkkikt !

Autour des captifs, la salle tout entière résonnait de vocables kifish. *Faites-les sortir !* Hilfy connaissait suffisamment le kif pour comprendre le sens des mots, mais pas les nuances. Ni le pourquoi, ni ce qui était arrivé exactement.

Les Kif avançaient vers eux. Tully poussa une exclamation qui lui était inhabituelle quand, s'emparant de lui, ils l'arrachèrent à la Hani alors que tous deux étaient flanc contre flanc.

– Rentre tes griffes, l'empoté ! lança-t-elle à l'adresse de l'assaillant.

De ses propres griffes, elle laboura d'un coup de pied un tibia kifish. Un poing fit s'entrechoquer ses dents tandis que des serres lui mordaient le dos. Mais que pouvait-elle faire, les mains liées ? Ils étaient assez nombreux pour l'emmener. Et, la prenant par les genoux, c'est ce qu'ils firent, en dépit de sa résistance.

– Salopards ! leur hurla-t-elle.

Elle eut le temps d'entrevoir Sikkukkut toujours

assis à sa place telle une statue de nuit, l'autre Kif à ses côtés.

– Elles arrivent, laissa-t-il tomber.

Puis la porte le masqua en se refermant.

La station était un mur devant lui quand *L'Orgueil* prit la route du mouillage qui lui avait été assigné. Les chiffres du compte à rebours de l'approche se succédaient sur l'écran numéro 2.

– *Veuillez patienter,* leur avait demandé l'autorité mahen par communico interposé, sur un ton beaucoup plus conciliant. *Avons déjà prévenu* Harruk. *Le susnommé souhaite également la tenue d'une conférence. Répétons : souhaite la tenue d'une conférence. Ayez l'obligeance d'accuser réception...*

À cette requête, le silence. Le navire poursuivait son avance.

– *Nous vous prions d'attendre avant d'aborder,* Orgueil de Chanur. *Vous êtes en difficulté. Nous négocions...*

Cela parce qu'une station comme Mkks n'avait aucun moyen d'interdire à un vaisseau d'accoster. Pis encore : une quinzaine de bâtiments kifish désarmés étaient amarrés de son côté le plus vulnérable. L'alarme devait avoir été d'ores et déjà déclenchée, les portes hermétiques compartimentant les quais étaient sans doute déjà mises en place. Mkks redoutait les projectiles, redoutait les Kif. Redoutait les désordres...

– *Nous vous prions de ne pas vous obstiner. De négocier avec les Kif. Nous vous interdisons d'importer vos querelles chez nous.*

Mais les Hani disposaient du pas d'accostage qu'ils avaient demandé. Rien à proximité immédiate, ni d'un côté ni de l'autre. Les Kif étaient à portée de main. Le *Harukk* était embossé six mouillages plus bas. Il y avait deux commerciaux mahen beaucoup plus loin, de l'autre côté du tore que constituait la station. Des unités kifish alignées le long de la section adjacente du quai. Puis d'autres navires mahen. Le Stsho solitaire. Et les Tc'a et les Chi dans le secteur méthanien.

– Nous prendrons contact avec vous sur l'appontage. Nous serons accompagnés d'un détachement des forces de sécurité. Votre litige doit faire l'objet d'une négociation. Nous faisons appel...

Des claquements métalliques. Les grappins de flanc de *L'Orgueil* épousaient ceux de la station. C'était le début de la procédure d'arrimage. Opération de routine. Une équipe de dockers les attendait. Et une section des forces de sécurité. Le Central Mkks avait tenu parole.

– Il n'y a plus rien. (La voix de Khym était angoissée. Si inexpérimenté qu'il fût, voulait-il dire, il n'avait pas coupé accidentellement le contact.) Ils se sont tus, tout simplement.

Mais, le temps d'un battement de cœur, un nouvel appel arriva :

– Ici la capitainerie kifish, grinça une voix. *La voie est libre. Bienvenue à Mkks,* Orgueil de Chanur. *Vous pouvez même venir avec vos armes. Le* hakkikt *vous accorde un sauf-conduit. Vous aurez des guides à votre disposition. Je vous le répète : bienvenue à Mkks.*

– Les dieux fassent pourrir ces affreux ! gronda Geran.

– Ils ont des gens à eux au Central, cela ne fait aucun doute, dit Tirun. C'était un code de service.

– Allons-y. Nous n'avons pas le choix. (Pyanfar fit pivoter son fauteuil, se mit debout et frappa le dossier du siège d'Haral.) Termines-en avec l'accostage.

– Qu'est-ce qu'on prend ? Des fusils ou des anti-personnels ?

Tirun était déjà sur ses pieds. La sœur d'Haral était grande, sa crinière et sa barbe étaient touffues et des anneaux d'or se balançaient à son oreille. Geran était plus svelte et plus belle. Elle paraissait presque frêle à côté de Khym *nef* Mahn qui s'était levé, lui aussi, et la dominait de toute sa taille, la carrure imposante, un rictus sinistre tordant ses lèvres.

– Des AP, répondit Pyanfar, bouche pincée et moustaches tombantes. Mais je prendrai un fusil. Et tu en prendras un aussi. On aura peut-être besoin de tirer de loin – de très loin sur ces quais, tu ne crois pas ? Et je ne pense pas que nous devions nous soucier beaucoup des règlements, ici.

Des rires feutrés, ébauche d'un humour macabre, saluèrent ces derniers mots. Tirun ouvrit le placard arsenal et en sortit le matériel qu'elle passa à Geran. Des armes de poing de fabrication mahen à balles explosives sans comparaison aucune avec les pistolets de poche hétéroclites dont elles disposaient à Kshshti, des AP dont les étuis contenaient les nécessaires cartouches de réserve, et les deux fusils, le sien et celui de Tirun, dont la portée était plus grande et la précision meilleure.

Pyanfar vérifia la sécurité du sien et le mit sous tension. Pendant tout ce temps, la voix caquetante de l'opérateur kifish débitait de nouvelles instructions que répercutait le communico. *Nous nous retrouverons à l'extérieur.* Le ferraillement des élingues et des tubes d'accouplement que l'on assemblait continuait de retentir.

L'intention des Kif était de leur tendre une embuscade. Cela ne faisait aucun doute dans leur esprit. Peut-être plus tard, quand elles se seraient éloignées du navire. Peut-être se lanceraient-ils à l'assaut à l'instant même où s'ouvrirait le tambour étanche et, dans ce cas, que les dieux viennent en aide aux dockers mahen qui se trouveraient pris entre deux feux.

– Ils mettent le dernier élément d'accès en place. (Haral fit pivoter son fauteuil.) Nous sommes amarrés.

Elle se leva et boucla autour de sa taille l'AP que lui tendait Tirun.

– Il faut que quelqu'un reste ici pour garder la maison, dit une voix du côté de la porte.

– Pourriture des dieux… (Pyanfar n'eut pas besoin de se retourner : de l'endroit où elle était, elle voyait parfaitement Chur. La sœur de Geran était appuyée au chambranle de la porte de la passerelle, son bouffant bleu attaché dangereusement bas sous les épais pansements qui la ceinturaient.) Chur…

– Ça va très bien, merci. (Son nez froncé et sa bouche tirée démentaient son affirmation.) *Na* Khym sera plus utile dehors, non ? Et je suis tout à fait capable de déhaler en catastrophe si besoin est. (Chur avança vers sa sœur en claudiquant, repoussa d'un geste l'aide que Geran s'apprêtait à lui offrir et se dirigea vers sa place habituelle devant l'écran de balayage. Elle s'accouda un instant pour se reposer au dossier du fauteuil, puis alla s'asseoir au poste de copilote qu'avait quitté Haral.) Vous me direz quand vous voudrez qu'on ouvre le sas, capitaine. Je crois être en mesure de le refermer moi-même. Pas un Mahe ne doit entrer, hein ? Et, par les dieux, pas un seul Kif non plus !

Se mordillant les moustaches, Pyanfar lança un coup d'œil à Geran. L'expression de cette dernière était celle d'un entêtement granitique. Raisonner les deux sœurs était hors de question. Elles étaient aussi cabochardes l'une que l'autre – elles avaient cela dans le sang. Et pas question non plus de faire entendre raison à Khym : il suffisait de voir la flamme qui s'était soudain allumée dans ses yeux à l'idée que l'occasion se présentait de se livrer à des activités plus à son goût que de faire le pied de grue et de monter la garde.

– Très bien. Qu'on donne un fusil à Chur, on ne sait jamais. Et à lui aussi. Exécution ! Khym, pas d'initiatives personnelles quand nous aurons débarqué. Même pour respirer, tu attendras que je t'en donne l'ordre, tu entends ? Sur le quai, nous aurons un problème, et un seul. Vu ?

– Oui, capitaine.

À d'autres moments, ils étaient mari et femme. Mais pas ici. Pas au plus profond de l'espace. Pour un mâle, Khym était un bloc de stabilité et de maîtrise de soi.

Et Chur avait raison : tenir les commandes n'était pas son fort, loin de là.

Des claquements, des grincements, des chocs. La rampe d'accès était solidement fixée. Le cordon ombilical les rattachait désormais à la station.

Chur enleva le fusil que lui remettait Chur. Il y eut un double déclic quand elle en fit jouer le cran de sécurité. Elle leva les yeux, les oreilles toutes droites, un sourire sans joie retroussant ses lèvres, ce qui rendait encore plus visibles ses joues émaciées. Pendant le saut, la cicatrisation de ses plaies avait dévoré sa propre substance. Son pelage d'or flamboyant était maintenant terne et sans lustre. On voyait le jour à travers les trous de ses oreilles à présent dépourvues de leurs anneaux. Elle ne s'était pas mise sur son trente et un.

– Vous les ramènerez, hein ? (C'était à Hilfy, c'était à Tully qu'elle pensait. Elle jeta un regard à Geran.) Je tiens à ce que vous reveniez au complet, ajouta-t-elle.

– Allons-y, dit Pyanfar.

Elle ouvrit le communico portatif fixé à sa ceinture et tendit le bras vers la porte. Pour cette expédition, elle ne s'était pas parée de ses plus beaux atours. Au lieu de la tenue aux couleurs vives qu'elle affectionnait, elle portait les mêmes bouffants de travail bleus que les autres. Seul celui de Khym était kaki.

Elle se dirigea vers la porte sans se retourner une seule fois, Khym à son côté, Haral, Tirun et Geran sur ses talons.

– *Communico en fonctionnement.*

La voix de Chur, véhiculée par tous les haut-parleurs du vaisseau, les poursuivit dans la coursive conduisant à l'ascenseur. Le tambour de la passerelle se referma derrière eux.

– Vite.

Pyanfar appuya sur le bouton et maintint la porte

ouverte pour que les autres s'engouffrent dans la cabine. Elle y entra la dernière et ce fut la descente. Serrès les uns contre les autres, ils ne sentaient pas bon. Personne ne s'était lavé depuis le saut. Des touffes de poils étaient collées à leurs vêtements et à leur corps. Ils avaient un goût métallique dans la bouche. C'était le lot commun à tout l'équipage et son humeur n'était pas aux circonlocutions diplomatiques. Pyanfar sentait le poids de son arme à sa ceinture. Le lourd fusil qu'elle tenait à la saignée du coude lui était d'un bien piètre réconfort. Dieux... Dieux... sur le quai, les Kif les attendaient. Ou des Mahendo'sat – de braves gardes mahen ayant mission d'empêcher les désordres et de protéger leurs frères. Les Hani n'avaient aucune envie de faire le coup de feu contre des alliés qui avaient pour mission de leur barrer le passage.

L'ascenseur s'immobilisa et ils en sortirent en observant instinctivement un ordre de préséance : Pyanfar et Haral en tête, Khym et Geran privée de sa partenaire, Tirun fermant la marche. La sœur d'Haral – et son ombre – traînait un peu la patte au bout d'un moment mais, vieille routière aguerrie, elle avait trop l'habitude des ports d'escale pour laisser qui que ce soit les prendre à revers.

Et Khym – calamité ambulante attendant son heure, songeait Pyanfar. Mauvais tireur comme tous les mâles et, comme tous les mâles, un poids mort à traîner en cas de crise. Mais qui serait deux fois plus fort qu'aucune d'elles si l'on devait en venir aux mains.

La voix désincarnée de Chur retentit :

– *Un officiel mahen du nom de Jiniri vient d'appeler. Il y a, dehors, quelques gardes de la station et une foule de gens. Je leur ai dit de dégager et de faire place nette. Mais ils ne veulent rien savoir... ils ne m'écoutent pas.*

– Et ça va, là-haut ?

– *Parfaitement, capitaine.* (La voix de Chur était rauque et éteinte.) *Parfaitement.* (Cette fois, sa voix avait davantage de vigueur.) *Soyez prudents, hein ?*

Ils atteignirent le coude au-delà duquel se trouvait l'entrée du sas.

– Nous y sommes, annonça Pyanfar à l'adresse des micros de la coursive. Où sont les Kif ? Tu en vois ?

– Je ne peux le dire avec certitude. Je n'ai pas entendu le moindre bruit dans l'ombilical et j'avais poussé les amplis au maximum. Le communico... ils disent qu'ils sont sur le quai. Les Mahendo'sat... ils sont là, à mon avis.

– Ça s'annonce bien ! Dis-leur de se disperser. Et vite.

– Ils ne m'écouteront pas. Ils... ils invoquent la charte communautaire. Ils disent... ils disent... vous devez deviner ce qu'ils disent, pourriture des dieux !

Pyanfar arma son fusil. Deux déclics d'une sonorité différente retentirent quand Haral et Geran sortirent leurs AP, abaissèrent la sécurité et introduisirent les chargeurs.

– Nous sommes parés. Ouvre le tambour en continu, Chur.

L'opercule du sas coulissa en chuintant. Ils entrèrent et firent halte devant le tambour extérieur.

– Tu peux entrer. On y va.

Le tambour d'entrée s'obtura et celui de sortie s'ouvrit. L'ombilical qu'éclairait une lumière jaune était désert. Il y régnait un froid glacial.

Pyanfar bondit jusqu'à la courbe qui constituait leur ultime couverture. Tirun la rejoignit, l'arme au poing, et toutes deux négocièrent le virage. Derrière elles, trois autres fusils étaient prêts à faire feu.

Pas trace de Kif. Le couloir était désert. Pyanfar franchit d'un pas vif la distance jusqu'à l'endroit où il débouchait sur la rampe de coupée, un plan incliné constitué d'un lacis métallique conduisant aux vannes de pression et auquel succédait une longue galerie à découvert aboutissant au débarcadère. Une foule bruyante y était massée : une quarantaine de civils mahen et une poignée de gardes, grands primates à la fourrure sombre, plus un Tasuno dont le pelage marron ne pouvait passer inaperçu. Et, dieux, quelle anomalie ! Des Stsho à la peau blanche drapés d'arachnéennes tuniques aux couleurs de l'arc-en-ciel se mêlaient à la cohue. À leur vue, la foule avança en poussant une clameur inarticulée.

– Vous sentez, capitaine ? murmura Haral.

Un relent d'ammoniac. L'odeur des Kif. Les quais étaient baignés d'une lumière crépusculaire. Au fond s'alignaient une centaine de portes, et un tireur pouvait être embusqué dans chaque encoignure. Si Pyanfar n'avait pas été à contre-vent, elle n'aurait rien senti.

Haral à ses côtés, elle dégringola à grand bruit l'antique rampe d'acier. Chacun de leurs pas était comme un roulement de tonnerre. En bas, les Mahendo'sat se bousculaient et s'égosillaient, tentant de s'approcher; les gardes s'efforçaient de les contenir.

L'un d'eux parvint à forcer le cordon et atteignit la rampe au moment même où les Hani prenaient pied sur le quai. C'était, en fait, une Mahe à l'allure officielle.

– C'est de la folie, DE LA FOLIE ! s'époumona-t-elle en agitant les bras. (Elle braillait plus fort que les autres, plus fort même, que les Stsho qui gargouillaient furieusement.) Vous remonter à bord, nous négocier pour empêcher bagarre, non apporter fusils sur le quai ! Vous non dépasser cordon de sécurité, laisser gardes agir, hani capitaine. Entendre vous ? Rentrer vaisseau ! Nous organiser conversations, nous faire intermédiaire entre vous et *hakkikt* kif. Pas descendre. Nous occuper arrangement...

Pyanfar ne se faisait pas de souci. Elle savait qu'elle pourrait s'occuper de la Mahe tandis qu'Haral surveillerait la foule et que Geran et Tirun, le dos à la rampe, qui était un territoire connu, surveilleraient ce qui se passerait à gauche et à droite. Quant à Khym, les dieux seuls savaient sur qui ou sur quoi il dirigeait son attention. Traitant par le mépris la

Mahe officier qui essayait de lui agripper le bras, elle la repoussa.

– En avant, ordonna-t-elle à ses spatiennes – et elle s'avança parallèlement à la rangée des gardes qui avaient fort à faire avec les dignitaires en effervescence.

– Non aller plus loin ! cria la Mahe, faisant mine de barrer à nouveau le chemin à la petite troupe, son visage noir déformé par l'angoisse. Non aller !

Derechef, Pyanfar la repoussa, se servant, cette fois, de son fusil tenu à l'horizontale, et, à cette vue, la foule exhala en chœur un hoquet de surprise.

– Affaire privée, dit-elle. Faites disperser tout ce monde. Dépêchez-vous. Que tous ces gens se mettent à l'abri !

– *Pas apporter armes ! Remonter navire, non aller, non aller !*

Le Stsho que les gardes n'avaient pu empêcher de passer se rua en avant et fit tournoyer un bras blanc devant le visage de la capitaine.

– Vous enfreignez la charte communautaire ! s'exclama-t-il. Nous porterons plainte contre ce comportement barbare... Nous sommes témoins...

– Du large !

Nouvelle bourrade. Le Stsho recula en agitant frénétiquement ses membres frêles et battit en retraite dans un envol de voiles arachnéens tout en gazouillant un flot de protestations dans sa langue :

– Ni shoss, ni shoss, knthi mnosith hos !

– Maheini tosha naï mas ! cria la Mahe.

Obéissant à son ordre, les gardes mahendo'sat pivotèrent sur eux-mêmes et, matraques d'émeute au poing, firent face aux fusils hani. Du coup, la foule estima préférable de ne pas chercher à forcer le barrage. Il y eut un sourd grondement d'effroi et un étrange silence s'abattit sur les quais.

– Qu'ils dégagent ! dit Pyanfar en prenant toujours soin de ne pas pointer son arme sur la Mahe. *Hasano-ma*. Autorisation de votre Personnage. Vous m'entendez ?

La Mahe s'était éloignée et avait rejoint sa garde, ses minuscules oreilles rabattues. Mais elles se redressèrent à l'évocation du *Personnage* et la frayeur que trahissait son expression s'intensifia encore.

– Vous vous êtes mise entre le marteau et l'enclume, Voix, reprit Pyanfar. Maintenant, je vous conseille de retourner au Central et d'y rester. En vitesse !

– Capitaine, chuchota Haral. Regardez à gauche.

Émergeant de l'obscurité que tissaient les portiques, les ponts roulants et les installations de manutention, une masse d'ombre s'avançait. Des Kif – une multitude de Kif. La Voix mahen fit volte-face et écarta les bras :

– Vous, arrêtez ! Stop ! Violation de la loi !

Tous les badauds se débandèrent en poussant force glapissements. Seuls demeurèrent sur place la Voix et sa poignée de gardes visiblement nerveux.

Le sombre torrent des Kif fit halte. Celui qui ouvrait la marche, silhouette enveloppée de sa robe noire, continua d'avancer tandis que ses congénères se figeaient, l'arme au poing. Seuls le lointain ronronnement de la ventilation, le claquement des pompes et la rumeur des civils en déroute rompaient le silence qui s'était abattu sur le quai.

La loi... Les échos de la protestation de la Voix avaient quelque chose de dérisoire. Mkks était en ce moment à une distance incommensurable de la loi mahen. Et les Mahendo'sat qui revendiquaient cette station stellaire contestée fondaient leurs prétentions sur des prétextes qui n'avaient force de loi que lorsque les bâtiments mahen étaient à quai.

Et ce n'était manifestement pas le cas pour le moment.

Les oreilles de Pyanfar se couchèrent. Restèrent en position.

– Eh bien ? dit-elle au Kif encapuchonné qui s'était finalement immobilisé à quelque distance. Nous avons été invités à venir ici. Par un dénommé Sikkukkut. Êtes-vous son représentant ?

Le Kif fit encore quelques pas. Les fusils s'abaissèrent. Celui de Khym. Celui de Pyanfar. Haral et Geran braquaient les leurs sur la cohorte des Kif. Quant à Tirun, qui couvrait leurs arrières, elle n'était pas visible mais on pouvait compter sur sa vigilance.

Le Kif les regardait avec ses yeux noirs bordés de rouge. Pendant un instant, la peau grise et froncée de son museau allongé se plissa encore un peu plus.

– Je suis porteur d'un message, Hani.

Il tendit une main grêle. Il tenait un petit anneau d'or entre son pouce et la griffe rétractable qui lui servait d'index.

L'anneau de Tully. Pyanfar, à son tour, tendit la main et le Kif le laissa tomber dans sa paume. Un contact direct leur répugnait, autant à l'un qu'à l'autre.

– L'Humain est-il vivant ?

– Pour le moment.

Et Hilfy ? La question brûlait les lèvres de Pyanfar mais trahir ses points faibles eût été malavisé, elle le savait.

– Vous direz à Sikkukkut que j'aborderai ce sujet avec lui, fit-elle en affichant une expression empreinte de dédain.

Il y eut une longue pause. Le Kif ne céda pas d'un pouce :

– Vous êtes venus pour conclure un marché. Le *hakkikt* vous recevra. Nous avons choisi un terrain neutre. Venez avec vos armes. Nous avons les nôtres.

La situation aurait pu être pire. La proposition du Kif était même beaucoup trop alléchante et Pyanfar demeurait méfiante.

– Nous pouvons traiter ici. Tout de suite.

– Les discussions prendront du temps. Vos conditions seront les nôtres. Il est vivant mais mal en point. Quel délai demandez-vous ?

Elle releva un peu le canon de son fusil pour qu'il ne soit pas directement braqué sur son interlocuteur et plissa son museau.

– Soit, fit-elle d'une voix unie, à croire que jamais

une Hani n'avait rompu un cou kifish, que jamais une goutte de sang n'avait été versée à Gaohn. Soit. Nous ferons nos comptes plus tard, Kif.

Il lui fit signe de le suivre d'un ample geste du bras et rejoignit son escorte.

Pyanfar se mit en marche, suivie du piétinement des spatiennes.

– Capitaine... (Un crissement de griffes non rétractables sur le sol. À nouveau, la Voix la saisit par le bras.) Non aller, capitaine...

– Maintenez les Kif à distance de mon navire si vous voulez que la station ne vole pas en éclats.

– Folle ! (L'invective résonna derrière elle, répercutée par les murs d'enceinte, par la grisaille déserte.) Folle aller là-bas !

2

Les Kif s'alignèrent sur deux rangs et se mirent en branle. Dans la pénombre qui enveloppait le quai, leurs robes sombres faisaient comme un double mur mouvant de part et d'autre des Hani. Il émanait d'eux une odeur de vieux parchemin et d'ammoniac mêlée à une âcre senteur d'encens et d'huile. Leurs armes ferraillaient comme celles des Hani – des armes aussi illégales les unes que les autres.

Ils avaient mouillé dans la même section que le *Harukk* : donc, pas de portail à franchir. L'appontement crépusculaire s'étirait vers un horizon vertical, celui de tous les débarcadères de la station, pour venir buter contre un bouclier étanche sur lequel le mot DANGER clignotait en lettres rouges. Mkks se préparait au pire.

À l'extrémité opposée des quais, l'espace habituellement réservé aux boutiques et aux bars à l'usage des navigants en escale, se succédaient des portes devant lesquelles s'agglutinaient des Kif chuchotant entre eux. La haine luisait dans leurs yeux. Les vitrines brasillaient de tous leurs néons, de toutes leurs rampes au sodium et à l'argon. Là-haut, des fumées qu'aucun système de ventilation ne venait dissiper estompaient les poutrelles, formant des halos autour des éblouissants soleils qu'étaient les projecteurs des quais.

– Enfer mahen, que pourrissent les dieux ! grommela Haral, coude à coude avec Pyanfar. Ça pullule de Kif, ici.

Ils pépiaient entre eux telles des crécelles et leur accent était incertain. En tout cas, ce n'était pas du kif pur : Pyanfar, qui possédait pourtant un vocabulaire kifish suffisant, ne comprenait pas un mot.

On passa devant d'autres portes d'où provenaient des odeurs différentes, des odeurs d'herbivores, ainsi que des gémissements et des lamentations insolites : c'étaient des parcs à bestiaux. Les Hani avaient beau être une race de chasseurs, Pyanfar en eut la nausée. Les Kif mangeaient des créatures vivantes, toutes crues. Même leurs propres congénères vaincus prétendait la rumeur.

Le Kif qui ouvrait la marche obliqua vers un étroit passage qui s'ouvrait dans le mur intérieur et les Hani lui emboîtèrent le pas. Deux petits groupes de Kif armés et désœuvrés, adossés à la paroi, s'en écartèrent à leur passage.

– *Kk-kk-kk,* cracha l'un d'eux sur un ton provocant.

Khym broncha sous l'insulte.

– *Non,* lui souffla Pyanfar tandis que Geran lui empoignait le bras pour le retenir.

Et ils continuèrent, précédés et suivis par les Kif. La sécurité de leurs fusils était déjà déverrouillée – elle l'était depuis qu'ils avaient franchi le tambour extérieur du sas. Mais il n'y avait rien à conquérir ici. Pas même pour les Kif.

Une porte s'ouvrit, révélant à leurs regards une salle éclairée à la lumière sodique et qui empestait l'odeur des Kif. Le pépiement de crécelles caractéristique de ceux-ci parvenait à leurs oreilles. Puis un gémissement strident dont la sonorité n'avait, elle, rien de kifish, s'éleva et mourut en un gargouillement grinçant.

– Entrez, dit leur guide encapuchonné, accompagnant l'invite d'un geste qui fit voleter la manche de sa robe. Le *hakkikkt* vous attend.

– Hum...

Pyanfar fit un pas à l'intérieur de la pièce où régnait la pénombre et s'effaça, laissant Haral et les autres y pénétrer à leur tour. De nombreux Kif étaient massés dans l'ombre. L'odeur de vieux parchemin, d'ammoniac et d'encens était si âpre qu'ils ne sentaient rien d'autre. Leur odorat était comme frappé de cécité olfactive.

Il y avait des sièges. Des tables. Des Kif assis. Des Kif debout.

Et, là-bas, à l'extrémité opposée de la salle toute en longueur, baignées d'une lueur éblouissante, se tenaient derrière les volutes des fumées d'encens deux silhouettes – une à l'épiderme pâle, l'autre roux fauve.

Instantanément, Pyanfar mit son fusil en joue. Des cliquetis d'armes retentirent, dans une succession rapide, d'un bout à l'autre de la pièce. Une centaine. Cinq de ces armes étaient hani. Sur les crosses, les témoins de charge scintillaient comme des étoiles couleur de sang.

Maintenant, chacun observait une immobilité totale. Les Hani avaient le dos collé au mur. Hilfy et Tully furent repoussés et aussitôt entourés d'un cercle de Kif qui les tenaient sous la menace de leurs fusils.

– *Sikkukkut !* appela Pyanfar d'une voix forte. Êtes-vous ici, *hakkikt ?*

Un Kif était resté assis dans un fauteuil à pieds multiples. Il se déplia et s'avança, une main levée.

– Vous me voyez confondu, Chanur. Qu'allez-vous faire, maintenant ? Me demander de les libérer ?

– Oh non ! J'y suis, j'y reste. Et nous allons tous rester jusqu'à ce que mes amis arrivent.

– Vos amis ?

– Eh oui. Deux bâtiments de chasse. Simplement pour garder les chances égales pendant la négociation.

Très lentement, le Kif baissa le bras. Quand il traversa le pinceau de lumière orangée, il ne fut plus qu'une silhouette d'ombre et quand il écarta les deux bras, la lumière filtra au travers de ses manches. Il y eut un reniflement sec : le rire des Kif.

– C'était donc pour cette raison que vous avez réclamé un mouillage isolé ? Bravo, Hani. Toutes mes félicitations. (Sikkukkut désigna les captifs du bras.) Vous voulez les emmener tout de suite ?

Refusant de laisser détourner son attention, Pyanfar ne regarda pas dans la direction que le *hakkikt* lui indiquait et le canon de son fusil braqué sur la poitrine de ce dernier ne dévia pas d'un cheveu.

– Cela peut se terminer par un bain de sang, *hakkikt.* Laissez-moi m'exprimer en termes kifish : il s'agit pour nous d'un *sfik.* Mon ego est en jeu. Aussi, nous avons l'intention de rester là. Des heures, peut-être. Nous sommes patients. Voulez-vous envoyer un message ? Interdire l'accès du port à mes amis ? À votre guise. Ou voulez-vous une confrontation ? Dans ce cas, toutes les dispositions sont prises.

Le Kif, après un grand geste du bras, se rassit dans son fauteuil à l'allure d'insecte et ne fut plus qu'une informe masse sombre au milieu des sombres colonnes qu'étaient ses congénères, à proximité de la tache solitaire blanc et fauve qui était l'enjeu de la rencontre. Du coin de l'œil, Pyanfar distingua des mouvements du côté des prisonniers et il y eut un cri de douleur étouffé.

– Je devrais baisser les pouces, n'est-ce pas, *hakkikt ?* Entendre quelqu'un de mon équipage crier est censé me troubler, c'est ça ?

Sikkukkut leva une main.

– Chasseuse Pyanfar, vous seriez digne d'être une Kif, permettez-moi de vous le dire. Je suis prêt à traiter avec vous.

Mettre le Kif dans l'embarras pouvait signifier leur mort à tous. Ça ou le décevoir. Ou lui faire confiance. Mais c'était une offre. Pyanfar prit une profonde inspiration.

– Fort bien. Attendons mes amis.

– Ce sont vraiment des amis que vous espérez ?

– Vraiment.

– Vous avez un navire rapide, chasseuse Pyanfar.

Un Kif qui laissait percer son étonnement… Son attitude, les dieux en étaient témoins, était conciliante. À moins qu'elle ne fût railleuse. Ou que ce ne fût quelque chose d'obscurément kifish.

– Quel est votre objectif ? (Pourvu que ce soit la bonne question ! Sinon, peut-être que pas un seul Hani ne sortirait vivant d'ici.) Vous vouliez que je vienne. Pourquoi ? Pour conclure quel marché ?

Un long silence suivit la question.

– Skokitk, dit enfin le Kif. *Skokitk !*

– Arrêtez…

La silhouette pâle s'écroula à genoux avec un choc sourd. L'autre, la rousse, s'accroupit à côté d'elle. Pyanfar ne détourna pas son regard.

– Hilfy, lève-toi et fais-le venir jusqu'ici, dit Haral. Tout doucement.

– Non, laissa tomber Sikkukkut. Ce serait agir inconsidérément.

– Eh bien, nous attendrons. Dans quel état est-il ? s'enquit Pyanfar.

– Couci-couça. (La voix d'Hilfy était blanche. Tendue. Son compagnon d'infortune exhala quelques soupirs convulsifs et fit mine de vouloir se relever. Elle l'aida et répéta :) Couci-couça.

– Il nous faut régler cette affaire. (Sikkukkut s'accouda à une excroissance anguleuse de son siège et posa son menton étiré dans sa main.) Renonçons à poursuivre ce dialogue de sourds et parlons comme deux alliés.

– Alliés dans un enfer mahen !

– Mkks est un terrain neutre. Je vous propose d'accueillir vos amis quand ils arriveront.

– Il n'y a qu'à les attendre.

– Ils vont réellement venir ?

– Absolument. Et vos navires sont au mouillage, dos tourné à l'espace. Impuissants. Belles cibles !

– Si vous aviez été prête à mourir, vous auriez commencé par tuer les vôtres.

– Peut-être...

– Donc, ces alliés dont vous parlez ne tireront pas plus sur nos vaisseaux que vous ne l'avez fait vous-même. Vous avez l'intention de repartir d'ici. Moi aussi. En conséquence, vos trophées sont intacts. Et le mien également.

La logique kifish était un dédale où l'on se perdait.

– Quel trophée, Kif ?

– Vous. (Sikkukkut se redressa et se leva avec une lenteur extrême. On eût dit une fumerolle dérivant devant les lumières aveuglantes.) Vous êtes ici. Et vos alliés aussi. Je ne suis pas un marchand. Le commerce... le commerce ne m'intéresse pas. Je m'occupe de transactions d'un autre genre. Jeune Chanur, vous pouvez vous avancer jusqu'à l'autre bout de la salle. Lentement.

Pyanfar entendit Hilfy dire à Tully :

– Viens...

Mais Sikkukkut manifesta son opposition :

– Non. L'Humain est à nous. Vous, vous pouvez disposer, jeune Chanur.

Une pause.

– Hilfy... (Les yeux de Pyanfar demeuraient rivés sur le Kif et le fusil qu'elle braquait sur lui ne bougeait pas.) Viens. Immédiatement.

– Mais il...

– IMMÉDIATEMENT.

Hilfy se mit en marche. Lentement. Précautionneusement. La troupe des Kif se déplaça, masquant la pâle silhouette de Tully. Le regard de Pyanfar ne vacillait pas. Elle se fiait à Haral et à son équipage pour surveiller l'adversaire. Elle, elle avait sa cible au bout du fusil. Elle entendit, au bout d'un moment, la respiration haletante d'Hilfy qui avait finalement rejoint les siens.

– Donnez-moi une arme, demanda la jeune navigante d'une voix rauque et crispée, un rien balbutiante.

– Ne bouge pas, murmura Pyanfar. Ne fais pas un mouvement, petite. Prends garde à ne boucher la vue de personne.

– Il faut récupérer Tully.

– Chaque chose en son temps, dit Sikkukkut. Peut-être.

– Que signifie ce « peut-être » ?

– Dans combien de temps ces amis dont vous parlez seront-ils là ?

– Ils doivent se préparer à accoster. (Sikkukkut fit mouvoir son bras, le pan de sa robe frémit... de petits gestes accélérés.) Ne bougez pas, *hakkikt.*

– Ah bon ?

– C'est un conseil que je vous donne. Ne faites pas un mouvement. (Si elle tirait, elle le descendrait mais la riposte de l'adversaire lui réglerait définitivement son compte, à elle et à son équipage. Le mur même serait désintégré.) Le moment serait mal choisi pour prendre l'espace, même si vous pouviez regagner vos navires. *Hilfy, sors d'ici !*

– Je suis tout disposé à traiter aussi avec vos alliés, dit Sikkukkut. Rien ne presse. (Il se mit à faire les cent pas. Personne d'autre ne bougeait.) Après tout... (Il s'approcha des Hani et ses manches noires battirent l'air.) Allez-y... tirez, chasseuse Pyanfar. Ou alors, reconnaissez que j'ai été bon juge, et que votre ligne de conduite est conforme à mes prévisions.

– Ne me poussez pas à bout, Kif.

– *Civilisation.* N'est-ce pas là le nom que vous donnez à la chose ? *Amitié ?* Les Mahendo'sat qui paieront votre témérité de leur vie sont vos alliés. Votre vie à vous est encore plus précieuse que la leur. Moi, je serai votre allié, chasseuse Pyanfar. Comme je l'étais déjà à Kshshti. N'est-ce pas la vérité ? D'autres avaient des vues sur cette jeune Hani et sur cet Humain. Je les ai escamotés. Ainsi, ils étaient en sécurité. N'est-ce pas un acte amical ?

– Vous désirez nous voir quitter la station avant l'arrivée de nos renforts. C'est bien cela ?

– Je négocierai avec vous, chasseuse Pyanfar. Nankhit ! Skki sukkutkut shik'hani skkunnokkt. Hsshtk !

L'un après l'autre, les fusils des Kif s'abaissèrent – sans empressement. Pyanfar sentit frémir ses muscles et un frisson interminable lui parcourut l'échine. Son cœur cognait dans sa poitrine. Mais son arme demeurait rigide.

– Vous pouvez sortir, dit Sikkukkut.

– Haral, évacue tout le monde !

– Capitaine…

– Exécution ! (Elle perçut un sourd grognement.) *Khym !* Dehors !

– Allez ! ordonna Haral.

Pyanfar retint son souffle. Des bruissements d'étoffes, des frottements légers de pieds hani, le bruit étouffé d'armes qui s'entrechoquent…

Maintenant, elle était livrée à elle-même. Seule dans une salle remplie de Kif. Et Tully en face d'elle.

– C'est de cette façon que vous avez décidé de mourir ? fit le *hakkikt.*

Un sourire hani plissa le nez de Pyanfar.

– Vous avez peur, Kif ?

Sikkukkut s'approcha de Tully et posa doucement la main sur l'épaule de l'Humain que maintenait un autre Kif.

– Notre dernière prise, dit-il. Je le garderai quelque temps. Et je vous donnerai peut-être un autre trophée par considération pour votre *sfik.* Votre équipage est à l'extérieur. Acceptera-t-il d'obéir à vos ordres ?

– Il me comprend.

Le Kif dont la cagoule dissimulait les yeux la

dévisagea. Il tournait le dos aux lumières et ses traits restaient dans l'ombre. Son rire crissant éclata soudain et il lâcha l'épaule de Tully.

– Des vaisseaux de chasse !

– Ils seront bientôt là.

– Skhi nokkthi.

Sikkukkut alla reprendre sa place dans son fauteuil polypode et tendit le bras vers la coupe alvéolée posée sur la table voisine. Quelque chose tournait frénétiquement en rond au fond du récipient. Quelque chose qui émit un glapissement aigu qui s'interrompit net quand la main du *hakkikt* se referma. Il porta la chose à sa bouche, ses mâchoires s'activèrent quelques instants, puis il se saisit d'un gobelet ouvragé dans lequel il cracha.

Pyanfar coucha ses oreilles.

– Souhaitez-vous partager mon en-cas ? Non, je n'en ai pas l'impression. (Il tendit une main osseuse aux phalanges proéminentes en direction de Tully.) Savez-vous qu'il n'a pas ouvert la bouche depuis sa capture ? Il n'a pas prononcé un mot. Il lui arrive parfois de proférer des sons. J'admire beaucoup un *sfik* de cette qualité. Ses paroles sont un bien précieux. Peut-être finira-t-il par leur donner libre cours.

Prenez le relais, voulait dire le Kif. *Faites quelque chose si vous le pouvez.*

– Le Mahe vous a confié ce passager à La Jonction, poursuivit Sikkukkut. Mais était-ce tout ? Était-ce tout ce que vous a apporté le *Mahijiru ?* Or-Aux-Dents... c'est bien ainsi que vous appelez ce Mahe ? Son vrai nom est Ismehanan-min. Nous sommes de vieilles connaissances, tous les deux. Je lui ai parlé d'alliance. Il s'est montré sceptique. (Sikkukkut reprit la coupe, y plongea le museau, puis releva la tête.) Je considère que c'est faire preuve d'étroitesse d'esprit.

– Pensez ce qu'il vous plaît. Si nous parlions plutôt de Tully ?

– J'étais le *skku* d'Akkukkak. Vous diriez son vassal. Et son héritier présomptif pour employer l'expression hani qui est trompeuse. Vous m'avez rendu un service.

– En tuant Akkukkak, vous voulez dire ?

– Exactement. Nous avons souvent eu des intérêts mutuels. Prenez cet Humain, par exemple. Et avez-vous remarqué la présence du Stsho sur Mkks ? C'est quelque chose de peu courant. Les Stsho. En principe, ils envoient partout des émissaires. Même ici, à Mkks. Quand les mangeurs d'herbe soulèvent autant de poussière, il faut s'attendre à ce que le feu se déclare. Et il s'est déclaré, Hani. De Llyene à Mkks, en passant par Akkt. Et même à Anuurn. Seul un fou rejetterait mon offre. Et vous n'êtes pas folle.

– Non, je ne le suis pas.

Sikkukkut repoussa sa coupe.

– Le *Mahijiru* fait-il partie des navires que vous attendez ?

– Non. Je croyais que vous m'aviez dit qu'il était *perdu.*

– Peut-être. Avec Ismehanan-min, on doit toujours s'attendre à des surprises.

– Et les compagnons de Tully ? Que sont-ils devenus ? (Haussement d'épaules on ne peut plus kifish.) Vous aviez un anneau, les dieux le vomissent ! Il provenait de l'*Ijir.* Quel a été votre rôle exact ?

– J'ai des agents qui travaillent pour moi. Même parmi les affidés d'Akkhtimakt. Cet anneau a fait le voyage, n'est-ce pas ? Comme Tully lui-même. Peut-être que vous le lui rendrez.

– Vous êtes-vous emparé de ce navire ?

– Moi ? Non. C'est Akkhtimakt. Il a sa prise et j'ai la mienne. Regagnez votre astronef. Je regretterais fort qu'il y ait un malentendu avec vos alliés qui arrivent. Si jamais ma flotte devait être endommagée au mouillage… vous me comprenez. Ce serait une grave erreur.

– Faire du mal à l'Humain en serait une aussi. Vous voulez qu'il parle ? Très bien. Restituez-le-nous. Ce qu'il dira vous sera communiqué. Je vous accorderai encore un avantage : je vous donnerai la garantie que nous ne tirerons pas.

– Ah ! soupira Sikkukkut après un silence prolongé. *Des promesses.* Encore un vocable hani. Il y a des Hani qui considèrent qu'une promesse a valeur *sfik*. Pour les Mahendo'sat, c'est une autre affaire. Je garderai l'Humain. Ce sera pour moi l'assurance que vous aurez une bonne conduite. Mais je vous ferai une promesse en échange de la vôtre.

– Je veux qu'il me revienne. Vivant. Et indemne.

– Il n'existe pas de mot kifish pour « promesse ». Quand vos alliés seront là. Je promets. (L'éclat des lampes souligna les rides qui chiffonnèrent le groin du Kif.) Je parle vrai. Vous devriez me remercier, Hani. Quelqu'un d'autre aurait pu regrouper vos amis là-bas, sur les quais de Kshshti. Je les ai trouvés dans une ruelle. Mais ce n'est pas moi qui les ai couchés en joue.

– C'était Akkhtimakt ?

– Ses agents. S'il les avait capturés, c'en était fait d'eux. Je les ai protégés. Relativement.

– Tully ! (Elle ne le regardait toujours pas. Elle ne voulait pas voir les yeux bleus de l'Humain débordant de confiance en elle qui la bouleversaient et lui serraient le cœur.) Tully, ils veulent que je reparte. Encore quelques heures et je te récupérerai, Tully.

– Bon, fit l'Humain d'une voix atone et bredouillante. Py-anfar. Partir.

– Kkkt ! Mais il parle !

Pyanfar demeura impassible. Dieux ! Tully marquait des points sur le *hakkikt* – et peut-être ne s'en rendait-il pas compte. Elle tenait toujours Sikkukkut au bout de son fusil. Et n'osait toujours pas se tourner vers l'Humain.

– Promesse pour promesse, fit-elle. Vos navires sont en sûreté. Autant que Tully.

Le silence retomba. Sikkukkut se résolut enfin à le rompre :

– Nous parlerons. Lui et moi. Pendant que nous attendrons votre accord. Retournez à votre vaisseau. Vous n'avez pas le choix, Hani. Veillez à ce qu'il ne se produise rien de fâcheux.

– Comptez sur moi.

Elle recula vers la porte. Du coin de l'œil, elle apercevait, par-delà son arceau, la tache un peu plus lumineuse de la galerie extérieure. À gauche, des épidermes cuivrés, le bleu et le kaki des tenues hani. À droite l'amas sombre des Kif. Elle continuait de braquer son fusil sur le *hakkikt* immobile dans la pénombre de la salle.

– Vous voulez un contrat, Kif. Une coalition. Je poserai la question à mes alliés. Ne me mettez pas de bâtons dans les roues, d'accord ?

Seul le silence lui répondit. Peut-être la majorité attendait-elle qu'elle ouvre le feu et massacre tous les occupants de la pièce. C'était ce que la plupart des Kif auraient fait, acceptant de rendre des points, dans le cas de Tully. La destruction totale. Gain et perte à la fois.

Un Kif très arrogant pourrait ne pas agir ainsi.

Ni une Hani ayant un ami à l'intérieur. Dans son outrecuidance, Sikkukkut était persuadé que les Hani n'avaient pas de secrets pour lui, qu'il les avait percés à jour. Pyanfar ne quittait pas des yeux l'ombre assise dans le fauteuil sous les rampes. Elle distinguait à droite du *hakkikt* la tache claire du visage de Tully qu'entouraient les gardes, mais se refusait à diriger son regard sur lui. D'un bout à l'autre de la salle, les diodes électroluminescentes d'une centaine de fusils prêts à cracher luisaient comme autant d'yeux rouges malveillants qui ne cillaient pas.

D'un bond, elle fut dehors, plaqua ses épaules contre le mur et s'élança au pas de course en direction de son équipage qui la couvrait.

– Tully ? lui demanda Hilfy.

– Nous ne pouvons pas encore le récupérer.

– Donnez-moi un fusil ! (Hilfy agrippa Geran par le poignet.) Au nom des dieux…

– *En avant !*

Pyanfar empoigna sa nièce d'une main et l'entraîna dans la galerie. Hilfy la mordit et s'apprêta à la frapper. Khym lui immobilisa le bras au vol.

Elle se débattit férocement en silence. Dans la mêlée, elle perdit l'équilibre. Khym, la serrant contre lui, la hala jusqu'au bout de la galerie. Quand les Hani atteignirent enfin la porte d'où ils déboulèrent sur le quai, elle se débattait toujours, prisonnière de son étreinte, mais avec moins d'énergie, à présent.

Pyanfar leur fit impitoyablement forcer l'allure. Il y avait des Kif partout – dans les encoignures, autour des portiques de levage.

Là-bas, très loin, des feux de signalisation bleus scintillaient autour de deux postes de mouillage : les croiseurs attendus encadraient *L'Orgueil.*

– Nous le récupérerons, promit Pyanfar à Hilfy sans ralentir le pas. Nous le libérerons.

Elle avait le souffle court.

La rage de sa nièce reflua, cédant la place à une crise de sanglots. Elle se dégagea brutalement de l'étreinte de Khym qui ne fit rien pour la retenir et, les jambes flageolantes, prit la tête du groupe.

La colère et le chagrin. Ce n'était plus la gamine que Pyanfar avait perdue et retrouvée. L'épreuve était bien trop cruelle pour la petite Hani enjouée. Elle avançait le dos voûté et, à cette vue, sa tante eut le cœur déchiré. Une douleur que nul ne pouvait apaiser, une blessure que nul ne pouvait guérir.

Elle n'avait plus l'âge de se laisser dorloter et consoler, cette nièce qui, autrefois, se servait des pans de sa ceinture comme d'une balançoire, qui riait, qui réclamait des histoires, qui demandait où partaient les navires... et qu'y avait-il là-bas... et à quoi ressemblaient les étoiles...

Hilfy marchait en avant des autres. De temps en temps, elle chancelait. Son bouffant était maculé de sang, il y avait du sang sur sa fourrure en travers des épaules et sa crinière en désordre était poisseuse, elle aussi.

Et les croiseurs étaient au rendez-vous.

Arrivée au pied de la rampe d'accès, Pyanfar décrocha son portatif.

– Chur... c'est nous. Nous rentrons.

Elle jeta un coup d'œil en arrière. Tirun fermait toujours la marche, assurant la protection de l'équipage dans l'éventualité d'une attaque venant du bord opposé des docks où les Kif étaient tapis dans l'ombre propice. Des Mahendo'sat et des Stsho, pas le moindre signe. Ils étaient partis se cacher, abandonnant la partie.

– *Vous les ramenez ?*

La voix en provenance de la passerelle était vacillante et saccadée.

– Hilfy est là. (Les oreilles de celle-ci qui s'étaient redressées à l'instant où ses compagnons et elle avaient entamé l'ascension de la rampe se pointèrent en avant : c'était le premier signe d'animation que manifestait Hilfy.) En ce qui concerne Tully, nous avons eu un petit contretemps. Nous étudions le moyen de résoudre ce problème.

Les oreilles d'Hilfy retombèrent.

– *Hhhheurgh,* dit Chur – à moins qu'il fallût mettre ce borborygme sur le compte d'une défaillance du communicateur. *L'écoutille est ouverte. Le* Vigilance *et l'*Aja Jin *sont annoncés. Ils ne sont pas encore passés en décélération. Ils attendent nos instructions.*

– Hum... Confirme ce qui a été convenu.

Les choses de ce genre, mieux valait ne pas en parler dans un portatif dépourvu de système de brouillage.

Les marches métalliques de la rampe étaient glaciales. Tous les trois pas, Pyanfar lançait un coup d'œil derrière elle. Tirun s'était mise à couvert en bas, autant qu'elle le pouvait, près du poste de commande du pont roulant, balayant lentement les docks du canon de son fusil. La capitaine se retourna une dernière fois en s'engageant dans le tubulaire. Haral, à son côté, tenait son AP à la main.

– Tirun ! À toi !

Tirun pivota sur elle-même et les plaques d'acier résonnèrent bruyamment sous ses pieds.

Elle était encore hors d'haleine quand, ayant franchi le sas, tout le monde se retrouva dans la sécurité de la coursive. Le soulagement qu'elle éprouvait arracha un juron à Geran. Tirun rabattit la sécurité de son fusil dont elle se servit comme d'une canne.

– La course à pied, ce n'est plus de mon âge, grommela-t-elle, tandis que les autres rengainaient leurs AP ou mettaient l'arme à la bretelle.

Hilfy, les oreilles toujours couchées, les précédait. Elle entra la première dans l'ascenseur et leur tint la porte. Le temps de l'emportement était passé. Mais personne ne lui tapa dans le dos. *Bienvenue à bord, petite. On est heureux que toi, au moins, tu sois saine et sauve.* Mais personne n'osa prononcer les mots qui leur montaient aux lèvres.

Pyanfar observait le profil de la jeune Hani tandis que la cabine commençait à monter. *Non,* songea-t-elle, *tu n'es ni de retour ni indemne. Raclures des dieux, ma nièce ! J'ai fait tout ce que j'ai pu !*

Arrivés au milieu de la passerelle, ils sortirent pesamment de l'ascenseur sans observer un ordre de préséance particulier. Khym resta avec les autres sans s'arrêter en passant devant sa cabine – sa baignoire et son confort. Ils étaient sales, ils avaient froid et étaient imprégnés de l'odeur des Kif. Et cette saleté, ce froid, cette puanteur, ils les apportaient avec eux à bord de *L'Orgueil.*

Quand ils entrèrent dans le poste de contrôle, Chur actionna le fauteuil de la copilote, qui pivota de son inexorable rotation mécanique, dans lequel la Hani blessée était affalée, recroquevillée sur elle-même. Mais ses oreilles se redressèrent et elle leva la tête.

– Contente de te revoir, la môme.

Hilfy s'avança jusqu'à elle et, se baissant, lui serra le bras.

– Moi aussi, je suis contente, fit-elle d'une voix rauque. Je pensais qu'ils t'avaient eue. Dieux ! je te croyais morte.

– Eh bien, non. (Chur laissa sa tête retomber en arrière tandis que les navigantes s'agglutinaient autour d'elle. Elle ferma les yeux, puis les rouvrit et les riva sur Pyanfar.) Capitaine, j'ai envoyé le message de confirmation. Sans obtenir le moindre concours de ces vomissures de Mahendo'sat. Le Central observe un silence total sauf pour ce qui est du contrôle trafic. Ils sont dans tous leurs états depuis que nos amis sont entrés dans le système. Ils crèvent de peur. En dehors de ce qui est strictement indispensable, ils ne soufflent mot.

– Hum... (Pyanfar posa la main sur le dossier du fauteuil.) Le mieux, c'est que tu ailles tout de suite au lit.

– La bouffe, dit Chur. Ignobles, ces rations C. Je veux boire un coup de gfi.

– Je vais t'en chercher.

Khym posa son fusil négligemment (sur le pupitre, par les dieux !) et se dirigea vers la porte.

– Arrime-moi ça ! gronda Pyanfar.

Khym fit halte et se retourna, se demandant quelle faute il avait commise. Mais Tirun s'empara de son fusil en même temps que de celui de Chur.

– Pas de problème, capitaine. Il me l'a remis.

Pyanfar acquiesça et s'assit sur le bord de la console. Khym sortit. Elle ne lui laissait rien passer. Rien. Mais l'équipage le protégeait. Pas parce que c'était un mâle, pas parce que c'était son mâle à elle, mais parce qu'il méritait maintenant qu'on le couvre, à supposer qu'il s'en rendît compte. Cette attitude la réchauffa un peu. Un petit peu. La lassitude et l'abattement visibles d'Hilfy, son regard funèbre, absent... sa nièce était hors de son atteinte.

– Quand nos amis effectueront-ils leur décélération finale ? demanda-t-elle à Chur en tendant son fusil à Haral. Y a-t-il des informations dignes de foi en provenance du Central ?

– J'ai enregistré le premier signal d'alerte, répondit Chur en tendant vaguement le bras vers le chronomètre du moniteur numéro 2. Je pense... je pense que les bâtiments doivent être à peu près maintenant en phase de délestage. Mais Jik a toute latitude pour agir. Il ne faut pas compter sur les Kif pour nous donner des précisions.

C'était une litote.

– Haral et Tirun vont te relever. C'est leur tour de garde. Les autres, allez vous débarbouiller. Après, vous reviendrez. Nous allons avoir de la compagnie.

Haral lui lança un bref coup d'œil.

Interrogateur. *Qu'est-ce qu'on fait ? On reste là ?* Parce que demeurer au mouillage n'était pas très raisonnable. *Avons-nous encore une chance de nous en tirer ?*

– Tu vas envoyer un message aux deux croiseurs, dit Pyanfar. Pour leur dire que nous avons regagné le bord. Que nous avons parlé avec le Kif et que nous avons seulement fait la moitié du travail. Le Kif veut poursuivre les conversations.

– *Nous avons laissé Tully là-bas !* s'exclama Hilfy en se retournant brusquement et, s'appuyant sur la console, elle se pencha vers la capitaine. (Sa voix cassée était sifflante.) Quatre jours, ma tante... ils l'ont torturé pendant quatre jours !

– Eh bien, cela prouve que nous avons fait vite. (Le ton de Pyanfar était froid, glacé même, parce que Hilfy voulait de la chaleur.) J'aurais dit cinq, vois-tu ? Nous l'arracherons à leurs griffes.

– Ils le martyrisent. (Hilfy se redressa et fit un pas en arrière.) Cette raclure de Kif a eu tout son temps.

– Nous avons fait ce que nous pouvions.

Hilfy exhala un long soupir.
– Oui.
Sur quoi, elle abandonna la partie.
– Expédie ce message, Tirun. (Pyanfar détacha son AP et le passa à Haral pour qu'elle le range avec le reste des armes dans l'armoire, puis elle se tourna vers Hilfy :) Monte te laver. *Nous ne sommes pas encore arrivées au bout de nos peines, ma nièce.*
– À vos ordres.
La jeune Hani fit demi-tour et quitta la passerelle.
– Toi aussi, dit Pyanfar à l'adresse de Chur. Geran, fais-la sortir d'ici.
– Mais je veux mon gfi, protesta l'intéressée.
– Sois tranquille, on te l'apportera. (Elle regarda Geran aider sa sœur à se lever et la soutenir.) Va dans la cabine de Khym, lui ordonna-t-elle. Je ne veux pas que tu t'éloignes des commandes. J'aurais peut-être besoin de toi pour monter la garde.
– À vos ordres, répondit Geran à la place de Chur en lançant un dernier regard à Pyanfar avant de franchir la porte.
Dans l'ensemble, la situation était moins tragique qu'on aurait pu le craindre – les otages massacrés, de graves dégâts infligés à la station... Oui, c'était ce qui aurait pu se produire avant même qu'ils eussent regagné le quai. Que l'on soit parvenu à rejoindre le navire avec Hilfy libre était déjà presque un miracle.
Mais ce n'était pas encore suffisant.
Haral prit place dans le fauteuil que Chur avait abandonné, le fit pivoter et, imperturbable, se mit au travail avec l'impassibilité qui la caractérisait. Rien n'existait plus pour elle que les écrans. Tout le reste était oublié. Pyanfar vérifia que la porte du placard arsenal était bien fermée. La serrure électrique émit son *clic* rassurant.
– Il vaudrait mieux laisser la caméra de surveillance du tubulaire et le capteur de mouvements branchés, dit Pyanfar. Nous ne contrôlons pas les grilles d'en bas.

– Entendu.

Haral mit en place les commandes de fonction d'un geste fluide sans perdre des yeux les chiffres qui défilaient sur les écrans des autres sections.

– Je viens de recevoir confirmation de la décélération finale, annonça Tirun, l'embout de l'écouteur dans l'oreille. Le commandant de l'*Aja Jin* vous présente ses compliments, capitaine. Il prendra contact avec vous dès qu'il aura accosté.

Pyanfar consulta le chronomètre. Deux minutes-lumière les séparaient des chasseurs en approche.

– Bien compris. (Un délai de réponse de deux minutes. Beaucoup plus qu'il n'en fallait pour qu'un vaisseau qui avait coupé son énergie de vélocité C s'insère dans le cadre de références lent de la station, et davantage encore pour qu'il aborde.) Je vais prendre mon bain.

Le tumulte et le chaos pouvaient se déchaîner, les Hani pouvaient être attaqués à l'improviste. Pyanfar avait des crampes dans les genoux, conséquence de la dénutrition. Elle avait encore le temps de prendre un bain, de boire une coupe. L'officier hani la plus ancienne dans le grade le plus élevé serait entre-temps aux commandes. Avec elle, rien à craindre, grâce aux dieux : ni bévues, ni décisions intempestives dictées par l'émotion, ni fausses manœuvres.

Se déchargeant sur Haral de tout et du reste, Pyanfar enfila la coursive tout en dénouant les cordons de sa ceinture.

Hilfy était descendue dans le poste d'équipage vide. Elle n'aurait pas dû, mais il n'y avait rien d'autre à faire, rien d'autre à offrir.

Nous ferons la fête plus tard, petite. Quand le moment sera venu. Que les dieux nous protègent tous !

Elle fit jouer le dispositif d'ouverture de la porte de sa cabine et se dirigea sans hésiter vers la salle de bains, jeta son bouffant dans le coffre à linge sale, accrocha son portatif à portée de main et, dans la douche, actionna le vaporisant d'eau brûlante avec un soupir qui venait du fond du cœur.

Des poignées de poils tombèrent en tourbillonnant dans le récepteur d'évacuation des eaux usées... Dieux ! la moitié seulement de la fourrure qui lui restait encore après le saut ! L'affaire des Kif avait eu raison de la toison qui lui restait. Tout en se savonnant et en se rinçant sous le jet tiède, elle s'efforça de recouvrer sa vivacité d'esprit émoussée par le passage dans l'hyper-espace, de réfléchir à ce que serait la prochaine donne. Les Kif avaient en réserve deux ou trois tours dans leur sac, c'était sûr et certain.

À l'instant précis où elle tendait le bras pour basculer le cycle séchage, le portatif grésilla.

– Dieux ! Qu'est-ce qu'il y a encore ?

Elle s'empara du communico sans se soucier de l'eau qu'elle faisait ruisseler sur le sol. Son cœur cognait dans sa poitrine. Le simple fait de prendre une douche – de faire quoi que ce soit qui la détende *en dehors du service* – avait pour effet de menacer de la faire sombrer dans la paranoïa. L'univers tout entier était informé des moments où elle baissait sa garde.

– Il y a un Kif dans le tubulaire, répondit la voix d'Haral. Il jure qu'il vous est tout dévoué, capitaine.

3

– Holà ! Kif... (Penchée sur la console, Pyanfar examinait l'intrus par l'intermédiaire de la caméra de surveillance qui avait été installée à Kefk. Une silhouette recroquevillée sur elle-même, enveloppée dans sa robe noire. Il faisait froid, là-bas. Ce n'était pas l'endroit rêvé où s'attarder. La respiration du Kif se transformait en givre à la lueur jaune des lampes.) C'est Pyanfar Chanur qui parle, Kif. Vous pouvez me répondre de là où vous êtes. Vous m'apportez des nouvelles ?

– Mon nom est Skkukkuk. Laissez-moi entrer, Chanur. C'est le *hakktkt* an'nikkutkktin qui m'envoie.

– Dans un enfer mahen, oui !

– Faut-il donc que je meure de froid ?

– *Débarrassez votre carcasse congelée de mon tube d'accès !*

Le Kif se contenta de lever les bras. Les manches de sa sombre houppelande glissèrent, découvrant de longs bras noirs et imberbes s'achevant par des mains aux griffes rétractiles effilées.

– La sauvegarde de Chanur est ma sauvegarde. À Chanur j'offre mes armes.

– Référence biblio, murmura Pyanfar à Haral qui se rua sur l'ordinateur pour voir quelle interprétation la banque linguistique donnait à cette formule.

Pendant ce temps, il fallait trouver des prétextes à atermoyer. Pyanfar sentit ses poils se dresser sur son échine.

– Kif... Skkukkuk, qu'attendez-vous de moi ?

– J'attends... de le découvrir.

– Capitaine, la biblio est muette sur cette expression idiomatique, chuchota Haral.

– Pourriture des dieux, nous voilà bien parties ! *Kif, vous obéirez à mes ordres, c'est bien cela ?*

– Je fais allégeance à Chanur.

Pyanfar coupa le son et se redressa.

– Seuls les dieux savent ce que cela, aussi, veut dire ! Nous sommes confrontées à ce qu'il est convenu d'appeler une Situation.

À peine la capitaine avait-elle achevé sa phrase que, sur l'écran numéro 4 qui les relayait, les messages de routine émanant du Central et du contrôle trafic se métamorphosèrent soudain en graphie kifish. Pyanfar ouvrit la bouche toute grande.

– Que les dieux les fassent griller !

Haral avait beau s'escrimer sur les commandes, cela ne changeait rien.

– Le signal vient du poste de navigation de la station, dit Tirun en pianotant sur les touches aussi vite que le lui permettaient ses doigts.

La traduction s'afficha : *Difficultés de transmission.* Des témoins commencèrent à s'allumer d'un bout à l'autre du tableau de commande. Des communications urgentes en provenance des deux navires en approche, le *Vigilance* et l'*Aja Jin,* dont les moniteurs de navigation venaient soudain de se mettre à parler exclusivement kif.

La confusion était maintenant à son comble. Lâchant des chapelets de jurons, Pyanfar se mit en devoir de changer les fréquences et les images se succédèrent sur les moniteurs à une cadence accélérée.

– Dieux ! gronda-t-elle.

L'urgence était telle qu'elle ne pensait plus ni aux Kif ni au tambour de sas. Elle lança le signal d'alerte générale pour réunir la totalité de l'équipage.

– Est-ce qu'on peut leur transmettre quelque chose ? s'informa-t-elle.

– La station ne nous brouille pas, répondit Haral. Il est possible d'entrer en communication avec nos amis en utilisant l'émetteur de balayage mais, compte tenu de notre position, cela ne nous mènera pas bien loin. Nous sommes quand même en mesure de les baliser pour l'accostage.

Le monte-charge de poupe s'était mis en marche. Venu des ponts inférieurs, l'équipage se précipitait en direction de la passerelle aussi vite que les pieds et la mécanique le leur permettaient. À intervalles réguliers, les klaxons hurlaient, oblitérant tout autre son.

– Message du Central. (C'était Tirun qui parlait.) Les Kif... Les Kif disent que le *hakkikt* présente ses compliments à la capitaine et qu'ils ne feront rien pour empêcher les navires d'entrer à leur mouillage. Le message est relayé... Nous avons reçu un autre appel. D'origine stsho. Les Mahendo'sat... un groupe de Mahendo'sat élève une protestation auprès des Kif. Ils demandent qu'on vienne les secourir. Ils sont coincés dans des magasins et ils ont peur d'en sortir. Ils réclament l'intervention des forces de police. Les Kif nous font savoir, par ailleurs, que des équipes mahen se chargeront de l'appontement de l'*Aja Jin* et du *Vigilance*... Le *hakkikt* vous renouvelle ses compliments.

Il y eut un léger bruit – le chuintement de la garniture du cuir d'un siège quand Chur arriva toute seule et prit son poste. On entendait le piétinement d'une cavalcade dans la coursive.

– Où en sommes-nous ? demanda Chur sans autre préambule.

– Les Kif se sont rendus maîtres de la station. Et il y en a un dans notre ombilical. *Maintenant, retourne au lit !*

– Donne-moi ça, murmura Chur à Tirun – et en pro qu'elle était, elle se concentra sur les dialogues que captait le communicateur.

Martèlement de pieds et crissements de griffes sur le plancher métallique. D'autres arrière-trains s'enfoncèrent dans les coussins des sièges – un, deux, trois... Haral mit brièvement les arrivantes au courant de la situation. Pendant ce temps, Pyanfar buvait des yeux ses propres écrans sur lesquels se multipliaient les messages. Le *Vigilance* et l'*Aja Jin* se rapprochaient toujours des bassins de mouillage.

– Négatif. N'ouvrez pas le feu, répondit-elle à la question du Mahendo'sat. Explique-leur ce qui se passe, Tirun.

Elle fit opérer une demi-rotation à son fauteuil. Jamais la passerelle n'avait ainsi affiché complet depuis Kshshti. Hilfy et Khym étaient tous les deux à leur poste.

– Les Kif comptent bien que nous calmerons le jeu, dit-elle à l'équipage. Par les dieux pourris, ils font tout et le reste pour nous pousser à bout ! Cette raclure de Kif sait parfaitement que nous ne tirerons pas à froid !

Hilfy tourna la tête.

– Tully est entre ses mains, laissa-t-elle tomber d'une voix sèche.

Maintenant qu'elle avait dit cela, un trait était tiré.

Et que les dieux s'emplument si Pyanfar souhaitait que la pression à laquelle elle était soumise fût assez forte pour la pousser à faire ce qu'elle s'était déjà dit qu'il était insensé de faire de sa propre initiative : à savoir rester embossé au lieu d'appareiller en catastrophe et de prendre le large avec, au moins, Hilfy à bord.

– Nous avons nous aussi un otage.

Cette phrase de sa tante prit de court Hilfy dont les oreilles s'inclinèrent sous l'effet de la surprise. Pyanfar mit en service le communico du tubulaire.

– Qu'allons-nous faire de vous, Skkukkuk ?

Le Kif, accroupi et ramassé sur lui-même, se leva et se redressa.

– Je suis frigorifié, chasseuse Pyanfar.

– Vous m'en voyez ravie. Et si je vous faisais sauter la tête ? Le *hakkikt* serait-il content ? L'avez-vous offensé d'une manière ou d'une autre ?

– Il m'a retiré mon rang.

– Et vous avez l'espoir de recouvrer votre condition antérieure, c'est cela ?

– Je n'ai aucun espoir à moins que votre *sfik* soit plus grand qu'il ne le semble.

Pyanfar coucha ses oreilles en arrière.

– Vous voulez avoir la vie sauve, Kif ?

– Naturellement.

– Déshabillez-vous et entrez dans le sas. Vous y laisserez vos vêtements. Puis vous passerez dans la coursive principale et vous attendrez.

Il s'inclina en levant à nouveau les mains.

Pyanfar commanda l'ouverture du tambour de sas. Lorsqu'elle se retourna, elle croisa le regard aigu que lui décocha Hilfy, oreilles aplaties.

– Nous avons du *sfik* en bas. Nous allons voir maintenant ce qu'on nous a fait comme cadeau. Qu'on avertisse le *Vigilance* et l'*Aja Jin* que nous nous occupons de cette histoire et que nous restons à quai ! Qu'ils fassent ce qu'ils veulent !

– Nous avons reçu une image balayage, fit Haral. Jik dit : Affirmatif. Il poursuit son avancée.

– Les dieux veuillent qu'il ne plaisante pas, murmura Geran.

– Les dieux le veuillent, répéta Pyanfar en écho sur le même ton. (Des visions d'attaque assaillaient son esprit. Que l'un ou l'autre de ses alliés fasse feu sur le quai et tout était fini. Mais elle avait confiance en Jik. Elle espérait.) Khym, amène-toi.

Hilfy fit pivoter son fauteuil.

– Vous allez descendre ? demanda-t-elle.

– Toi, petite, occupe-toi de tes panneaux. Je ne veux pas t'entendre. Viens, Khym. Celui-là est à toi.

Les oreilles de Khym se redressèrent. C'était la première fois qu'il paraissait aussi joyeux depuis qu'il avait été pris sous le feu adverse lors de l'échauffourée sur les docks de Kshshti.

Tous deux montèrent dans l'ascenseur. Pyanfar tenait son pistolet à la main, et un communico portatif dont le volume était poussé à fond était fixé à sa ceinture. Khym n'avait, lui, que ses poings nus – ce qui ne signifiait nullement qu'il fût en état d'infériorité. À moins... à moins que le Kif qui attendait dans le sas eût un poignard ou une arme encore plus dangereuse. *L'Orgueil* n'avait pas de détecteurs de sécurité – ce n'était pas un navire de guerre pour être équipé de systèmes défensifs de précaution. Il fallait y aller au jugé en se fiant à la chance...

Tu es cinglée, disait une petite voix dans la tête de Pyanfar. Risquer *L'Orgueil* pour les beaux yeux d'un Humain en capilotade et à moitié fou !

– Prudence, dit-elle à Khym en dégageant le cran de sécurité de son pistolet. Les dieux veuillent que ce ne soit pas du bluff et qu'il ne nous balance pas une grenade.

– Que ferais-tu, alors ?

– Je la lui renverrais, tiens ! Comment savoir ? (Cette pensée fit se hérisser les poils sur sa nuque. Elle enfonça le bouton du communico de cabine.)

Haral… Tiens-toi prête à ouvrir le tambour intérieur.

La porte de l'ascenseur s'ouvrit en chuintant. Khym sortit le premier.

– *Maintenant, capitaine ?* demanda Haral.

– Maintenant.

Au fond de la coursive, l'opercule du sas s'ouvrit. Pyanfar empoigna Khym par le bras et le poussa vivement du côté de la coursive d'où l'on pouvait le mieux voir.

Telle une noire coulée d'huile jaillissant sous gravité nulle, le Kif négocia le coude de la coursive, la plus longue du navire, et s'immobilisa à bonne distance du couple, nu et dégingandé, ses mains à l'épiderme gris tendues pour bien montrer qu'elles étaient vides.

– Bon, fit Pyanfar sans cesser de le tenir sous la menace de son arme. Restez comme ça, Kif… les paumes en l'air.

– Ça empeste, ici.

– Dehors aussi. Avancez un petit peu… juste un peu. Là… stop ! Khym, va chercher ses vêtements dans le sas et assure-toi que des armes n'y sont pas dissimulées.

– Il y a mon poignard et mon pistolet, les prévint le Kif.

– Très bien. Vas-y, Khym.

Khym obéit. En réalité, avancer dans la coursive ne l'enthousiasmait guère. Il aplatit les oreilles en passant devant le Kif. Celui-ci se détourna à demi. Il enfonçait la tête dans ses épaules. Sa mâchoire étirée avait soudain quelque chose d'étrangement reptilien qui, en même temps, ne manquait pas d'une certaine grâce. Sa tête pivota à nouveau en sens inverse et il fit face à Pyanfar. Il tenait toujours les mains levées, paumes ouvertes.

– Alors, comme ça, vous êtes mien ? dit la capitaine d'une voix revêche. Qu'est-ce que vise Sikkukkut en me proposant un pareil échange ? Je ne renonce pas aux droits que j'ai sur l'Humain. Vous entendez ?

Le Kif remua lentement les mains.
– J'entends.
– Alors, répondez, crapule sans oreilles ! Qu'est-ce que vous faites ici ?
– J'attends.
– Quoi donc ?
Haussement d'épaules bien kifish.
– Je ne sais pas.
– Je n'aime pas jouer aux devinettes, Kif. Si vous ne voulez pas que je vous écorche vif…
Khym reparut, les bras chargés d'étoffes noires et de pièces d'habillement en cuir.
– Il n'y avait rien hormis le poignard et le pistolet, cria-t-il de loin.
– Apporte-lui ses affaires.
Khym laissa tomber le ballot aux pieds du Kif.
– Je peux ? s'enquit ce dernier.
Pyanfar lui fit signe que oui. Le Kif s'inclina et, très lentement, ramassa ses affaires qu'il serra contre sa poitrine dans une attitude typiquement kifish – les épaules voûtées et la tête baissée. Les ombres mouvantes qui jouaient sur sa peau grise et chiffonnée lui donnaient un air tantôt menaçant, tantôt malheureux et pitoyable.
Un frisson parcourut l'échine de Pyanfar.
– Khym, ouvre cette salle de bains. Entrez-y, Skkukkuk.
Le Kif leva la tête.
– C'est inutile. Donnez-moi mes armes et je vous donnerai vos rivaux.
– *Rentrez !*
– Je me suis mis au service d'une folle.
– Folle peut-être mais pas suffisamment pour vous tourner le dos, Kif. Ou Sikkukkut vous a chargé d'une mission ou il vous a chassé. Et, quel que soit le cas, je n'ai rien à faire de vous.
Enfonçant à nouveau la tête dans ses épaules, Skkukkuk fit demi-tour avec la même grâce reptilienne et entra dans la salle de bains. Mais Pyanfar avait le sentiment de lui avoir rivé son clou.

– C'est le local qui avait été affecté à Tully, dit-elle à Khym qui attendait à l'extérieur. Rends-lui le reste de ses hardes.

– Parce que nous gardons cette créature à bord ?

– Donne-les-lui.

Khym lança de l'autre côté de la porte les bottes et le ceinturon du Kif mais conserva le poignard et le pistolet.

– Il va probablement tout démolir là-dedans, laissa-t-il tomber après avoir donné un tour de clé.

– C'est le cadet de nos soucis.

– Mais qu'est-ce qu'il veut, par tous les dieux ?

– Si tu trouves la réponse à cette question, dis-le-moi. (Quand elle reverrouilla la sûreté de son arme, Pyanfar s'aperçut qu'elle avait les jambes molles.) Vomissures des dieux, j'ai un Kif à mon bord et il veut que je lui dise pourquoi il est là ! Mais qu'est-ce que j'en sais, moi ? J'attends des navires qui font route vers la station, et la station est aux mains des Kif. (Elle fit volte-face et se dirigea à grands pas vers l'ascenseur. Mais elle se retourna :) Reste ici et monte la garde. Vérifie plutôt deux fois qu'une que cette maudite serrure est bien fermée. Et, par les dieux, si jamais tu as le malheur d'ouvrir la porte de cette salle de bains... et le Kif peut faire tout le chambard qu'il voudra, je m'en moque... si tu as le malheur de l'ouvrir, ce sera toi que je livrerai en premier à l'espace ! Tu m'as entendue ? (Khym baissa les oreilles et son menton tomba.) Et la prochaine fois que je te dirai de donner quelque chose à quelqu'un, tu le donneras au lieu de le laisser tomber, lui cria Pyanfar de la cabine. Compris ?

La porte de l'ascenseur se referma. Khym continuait d'ouvrir des yeux ébahis.

Pyanfar s'adossa à la cloison tandis que la cabine entamait son ascension. Elle tremblait et elle saliva quand l'idée de nourriture lui traversa l'esprit. Désespérément.

Mais elle avait autre chose à faire que de manger.

– Haral ! Au rapport !

– Ils amorcent la phase d'approche critique.

– Tous les deux ?

– Oui, capitaine. Tous les deux mettent le cap sur la station.

Ainsi, l'éventualité d'une attaque était éliminée. Le *Vigilance* et l'*Aja Jin* avaient décidé l'un et l'autre d'accoster. Il n'y aurait plus personne pour couvrir les arrières de *L'Orgueil*, là où il était vulnérable.

La cabine s'arrêta et ses portes béèrent. Pyanfar s'engagea dans la coursive conduisant à la passerelle dont les haut-parleurs répercutaient la voix d'Haral :

– Notre radiobalise les reçoit. Maintenant, les Kif mettent l'autoguidage en service. Il est synchrone avec le nôtre. Pour le moment. Nous avons un autre problème, capitaine. Du côté des contrôleurs de la station. Ils nous bombardent de questions. Ça se bouscule sur les écrans. Ils sont en pleine panique.

Pyanfar se mit à jurer et pressa le pas. Une station en proie à l'émeute... de quoi figer le sang de n'importe quel spatien.

– Il ne faut à aucun prix quitter notre mouillage, dit-elle en pénétrant dans la timonerie. (Aucune des navigantes, visiblement harcelées, ne tourna la tête.) Hilfy, tu vas dire bien poliment aux contrôleurs qu'il y a un tireur isolé embusqué à proximité de notre mouillage et que nous devons prendre les mesures qui s'imposent.

Elle prit vivement place dans son fauteuil qui gémit quand elle le mit en position. Les écrans affichaient toutes les informations que *L'Orgueil* pouvait capter, compte tenu de la réduction des transmissions en provenance de la station.

– Les Kif seraient peut-être d'accord pour mettre une sourdine aux appels de la station, suggéra Haral.

– Mieux vaut laisser les choses en l'état. La panique sera moindre, comme ça. Nous n'avons vraiment pas besoin que dix mille citoyens rappliquent en force pour avoir des nouvelles.

– Uhnn... (Haral tendit une liste à Pyanfar.) Ce

sont des messages que vous voudriez peut-être voir.

La capitaine promena son regard sur la liste.

– *Le* hakkikt *vous présente ses compliments. Le système de transmission repérage opérationnel à l'intention des bâtiments en approche est à nouveau opérationnel. Il sera précis.*

– *Le Personnage exige d'urgence des informations...*

– *Nous élevons nos protestations contre cette action insensée et nous allons saisir les autorités stsho...*

– *Le* hakkikt *vous présente ses compliments. Ordre a été donné aux équipes à quai de rejoindre leurs postes...*

Loués soient les dieux !

Jik, le commandant de l'*Aja Jin*, surgit dans le poste de commande. Seul. Il entra, l'allure déambulante, comme un spatien un peu perdu à la recherche d'un bar qui lui convienne, son visage sombre arborant l'expression lugubre et chagrine qui lui était habituelle. Il portait un collier et une demi-douzaine de bracelets en or. Un large ceinturon bronze et or maintenait son jupon violet à rayures. Il trimballait un AP dans un étui noir, une arme assez puissante pour désintégrer la moitié de la passerelle, et deux poignards : il était rare que Jif fût sous-équipé et la situation sur les quais n'était pas de nature à pousser à l'optimisme.

– Il était presque temps, lui dit Pyanfar.

– Voir, vous ? Je dire nouveau propulseur bien marcher, a ? Vous dégourdie numéro un, Pyanfar. Bien navire piloter. *Ker* Hilfy, content voir vous vivante.

– Moi aussi, je suis contente de vous voir, *na* Jik, répondit l'interpellée (protocole et litote !).

Non, elle n'avait pas dit : *Quand passe-t-on à l'attaque ? Donnez-moi un fusil !* Hilfy se contentait de manœuvrer comme à l'exercice. Elle faisait son travail de navigante, c'était tout. Mais s'il lui était arrivé de sourire depuis sa libération, ce n'avait été que d'un sourire superficiel et étriqué.

Et ce furent des heures d'attente.

Tout le monde attendait. Attendait à sa place dans la timonerie, y compris Chur bardée de pansements.

– Vous coriace très, la complimenta Jik, ce qui lui valut un remerciement sous forme d'un frémissement d'oreilles. Je devant *na* Khym passer. Il dire devoir il garde monter dans couloir inférieur. Clan Ehrran sembler vôtre sas d'accès protéger. (Son somptueux harnachement cliqueta lorsqu'il se cala contre le bord de la plus proche des consoles. Il mordilla une de ses griffes non rétractiles pour arracher une envie. Il avait l'air aussi fatigué que les navigantes. Des pattes-d'oie étiraient ses yeux et des sillons profonds accusaient les commissures de ses lèvres.) Aussi gardes hani prendre position sur quais. La Ehrran largement notre sécurité assurer, a ? Elle gâchette facile. Je faire souci.

– Vomissures des dieux, Jik... vous avez jeté un coup d'œil sur le quai ?

Il haussa les épaules et leva les yeux en plissant le front.

– Difficultés y avoir pour sûr. Appels beaucoup. Station panique. *Kif*. (Le bruit de l'ascenseur qui se mettait en marche leur parvint.) Vous faire boulot numéro un pour venir ici, Hani. Et chouette boulot numéro un, récupérer *ker* Hilfy.

– Nous n'avons fait que la moitié du travail. Et, après, il faudra encore repartir.

Elle fit pivoter ses oreilles en direction de ce bruit nouveau et tourna les yeux vers Khym quand il émergea de la coursive, la mine aussi renfrognée que celle du nouvel arrivant. Khym avait abandonné son poste de sa propre autorité. L'ascenseur se mit à redescendre. On l'avait appelé d'en bas.

– Toutes mes excuses, dit Khym d'une voix crispée. Ehrran monte. J'ai fermé.

Pyanfar décrypta ce message codé : il était parti en faisant en sorte que la salle de bains n'attire pas l'attention des arrivantes. La politique et les intrigues : c'était un domaine qui ne lui était pas étranger. Sans poser de questions, Jik, toujours aussi indolent et élégant, régla son compte à une autre envie. L'ascenseur ferrailla à nouveau. Tirun et Geran se levèrent. Hilfy était déjà debout. Haral, quant à elle, ne bougea pas de son pupitre.

– Capitaine émérite, Ehrran, murmura Jik. Arriver pile dans temps. Bon vaisseau, *Vigilance.* Mais sacrément cinoque, aussi. Je aimer peut-être un navire déhaler un peu... effrayer ces Kif, je. Mais ces Hani effrayer je, a ? Pareil avoir Chi pour alliés : folle. Alors je faire elle aussi aborder. Pour surveiller. Vous, elle détester, Pyanfar. Peut-être avoir vous accident.

Pyanfar coucha les oreilles. Et, autour d'elle toutes les autres oreilles s'aplatirent sauf celles du Mahe, minuscules, et dont les boucles d'or brillaient de tous leurs feux.

– C'est une crapule mais quand même, pas à ce point, dit Pyanfar. Elle préférerait que les Kif fassent le travail.

Dans la coursive, l'ascenseur vomit une cohorte d'Hani en armes, crinière flamboyante et bouffants noirs.

– Eh bien, elle a amené du monde, on ne peut pas dire, murmura Tirun. À combien s'élèvent les effectifs de ce vaisseau ?

– J'ai vérifié à la biblio à Kshshti, fit Haral à voix basse. Le *Vigilance* transporte cent cinquante navigantes, au bas mot. Il y a tellement de bureaucratie, n'est-ce pas...

– C'est drôle, dit Geran. Quand nous manquions de personnel, elle ne pouvait nous prêter personne.

– Très drôle, fit Pyanfar. J'aurais eu plaisir à les flanquer dehors.

L'Œil du *han* fit son entrée – immaculée, la crinière et la barbe satinées agrémentées de bouclettes de bronze, vêtue d'un bouffant de soie noir. L'uniforme immunogène du clan était flambant neuf. L'étui noir verni de son AP était fixé à sa ceinture. Tout, en

Errhan, respirait l'élégance et l'opulence. *Mais qu'est-ce qu'elle cherche ? À attirer les bandits et les Kif ?* s'interrogeait Pyanfar. Ses oreilles refusaient de se redresser et son pouls de continuer de battre régulièrement. Les dieux vomissent les immuns et leurs semblables ! Des officielles, des greffières...

– Il aurait été préférable d'éviter d'en arriver là, commença Rhif Ehrran. (Traduction : *Vous avez flanqué la pagaille.*) Tout ce que nous transmet le Central est en kifish. Convient-il d'envisager de négocier dans ces conditions ? Que proposez-vous ?

Et Rhif Ehrran, traitant totalement et délibérément Pyanfar par le mépris, dévisagea Jik.

Comme ce dernier gardait le silence, ce fut la capitaine de *L'Orgueil* qui répondit :

– Nous nous arrangerons.

Rhif Ehrran se tourna vers elle avec une lenteur étudiée.

– Je le souhaite.

Il ne servait à rien de polémiquer. L'immun ne faisait que réunir les doléances concernant les agissements du clan Chanur. Et encore maintenant. La liste en était déjà fort longue.

– Nous y aller, laissa tomber Jik. Peut-être le temps passer nous à parlementer être trop long pour l'Humain, a ? Vouloir lui retour. Pré-ci-eux être, a ?

– Nous arrivons à peine.

– Il n'y aura pas de problème, dit Pyanfar. (Elle s'assit intentionnellement sur l'accoudoir du fauteuil qu'avait abandonné Tirun, imitant l'attitude sans cérémonie de Jik et laissant l'immun et son escorte debout.) On rentre et on ressort, c'est tout. Le Kif est tout à fait amical.

La représentante du *han* se retourna, couchant ses oreilles cliquetantes d'anneaux.

– Votre intention est donc de retourner là-bas et de recommencer, Chanur ? Cette fois, peut-être que vous terminerez la besogne.

– Tout se passera à merveille.

Sa panoplie fit grand bruit en s'entrechoquant lorsque Jik se redressa soudainement.

– Non plaisanter, dit-il en s'approchant des Hani. Nous problème numéro un sérieux avoir. Moment pour Hani querelle mal choisi. Humain gros ennuis. Moche situation, Kif maîtres station, gens effrayés beaucoup, autorité station depuis longtemps sans nouvelles Mahen. Vous moyen avoir ici entrer, a, amie Pyanfar ?

– Bien entendu. Il suffit de demander. Le Kif nous laissera venir à la vitesse grand V. Ce que je ne peux pas garantir, c'est que nous en ressortirons.

– Kif combien ?

– La fois précédente, il y en avait une centaine, peut-être davantage. Je parle de ceux que j'ai vus dans la salle. C'est à ceux qui sont sur le quai que vous pensez ? Oh ! là, il peut y en avoir quatre ou cinq mille, dans le meilleur des cas.

– Aller là-bas, c'est de la folie, s'indigna Rhif Ehrran.

– Avoir idée, vous ? lui demanda Jik.

– La première idée, pour commencer, était que venir ici avec trois vaisseaux était de la démence. Mais vous n'étiez pas de cet avis.

– Quoi vous proposer ? Ouvrir feu sur quai ? Y avoir *ci-toy-ens* sur quai.

Haral fit faire demi-tour à son siège.

– Capitaine, j'ai un écho.

Les yeux de Pyanfar étaient déjà fixés sur l'image que renvoyait la console maîtresse au-dessus des fauteuils.

Ceux des autres aussi. Sans avoir besoin qu'on leur en donnât l'ordre, tous les membres de l'équipage se précipitèrent à leur place. Pyanfar fit de même sans plus se soucier de Jik, de Rhif Ehrran ou de l'escorte de celle-ci.

– Qu'est-ce que c'est que ce signal ? Il me faut son identification.

Comme elle faisait tourner son fauteuil, quelque chose de massif s'abattit sur son dossier. C'était la main de Jik qui voulait voir ce qui se passait sur les écrans. Elle ne protesta pas, trop occupée pour détourner son attention.

– C'est un signal *stsho !* s'écria Hilfy.

– Espérons-le, malédiction des dieux ! dit Tirun. Les Kif pourraient avoir...

– Interrogez la station, dit Pyanfar.

Un témoin s'alluma sur la console du communico : confirmation d'envoi de message.

La voix sonore de Khym retentit :

– Ici *L'Orgueil de Chanur*. Qu'est-ce que ce navire est en train de fabriquer, là-bas ?

Et si la formulation de la question n'avait rien de conforme au protocole d'usage, du moins avait-elle le mérite d'être directe.

– Communique-moi la réponse, Khym. (Et comme Rhif Ehrran s'approchait d'elle pour lui donner des conseils, Pyanfar ajouta :) Débarrassez le plancher. Raclures des dieux, nous avons du travail !

– ... *du* hakkikt, Orgueil de Chanur. *Cette information est confidentielle.*

– Passez-moi ce message.

Il disait ceci : Compliments de Pyanfar Chanur à *Kif*. Par les dieux, si vous levez le petit doigt contre ce Stsho, nous vous démolissons ! *Qu'est-ce qui se passe là-bas ?*

Le silence s'éternisa.

– Donnez-moi ce contact, dit Rhif Ehrran en se penchant sur le fauteuil de Pyanfar.

– Sur ma passerelle, pas question.

– Le Stsho quitte son mouillage, annonça Haral. Il prend l'espace cap au nadir...

De meilleures nouvelles.

– ... *du* hakkikt, Orgueil de Chanur, *les Stsho ont pris l'espace sans formalités préalables et sans assistance à quai. Il ne s'agit pas d'une attaque. Ce déhalage n'était pas autorisé. Il n'a pas été provoqué.*

– Central, la station a-t-elle subi des dommages ?

Un silence, puis :

– *Nous sommes autorisés à répondre par l'affirmative.*

– Vous avez un problème, n'est-ce pas, Kif ?

Silence.

– Ne le défiez pas, dit Rhif Ehrran. Donnez-moi ça, Chanur.

– Hhhhuh. (C'était Jik qui intervenait.) Laisser. Code vaisseau avoir. Non contact.

– C'est le *Nsthenishi,* dit Hilfy. Son port d'attache est Rlen Nle d'après l'ordinateur.

– Autant dire que la pluie tombe de bas en haut ! s'exclama Rhif Ehrran. Les Stsho n'indiquent jamais de destination plus lointaine. Son port d'attache est Llyene, la capitale.

– Il y avait un Stsho sur les docks quand nous avons mouillé, dit Pyanfar. Je ne sais pas d'où il venait.

La voix du Central revint à la charge :

– *Message du* hakkikt. *La situation que connaît cette station est d'ores et déjà de nature à provoquer des incidents. Vos alliés ont été autorisés à prendre contact avec vous. Êtes-vous prête à nous rencontrer sur-le-champ pour entamer des négociations ou devons-nous nous attendre à de nouveaux retards ?*

– Il n'y aura pas de délai supplémentaire. Nous viendrons avec nos armes, Kif.

La voix du Central reprit après une pause :

– *Le* hakkikt *dit : les deux parties seront armées, chasseuse Pyanfar.*

– Nous serons au rendez-vous d'ici un quart d'heure environ.

Pyanfar repoussa d'un geste du bras Ehrran qui se penchait vers le micro directionnel.

– Les dieux te fassent pourrir, gronda la représentante du *han.*

– *Cette proposition est acceptable.*

C'était la réponse du Kif.

Pyanfar coupa la transmission et tourna la tête à droite.

– Ce Stsho est au large ?

– Toujours, répondit Haral.

– Reste à l'écoute. (La capitaine fit pivoter son fauteuil et leva les yeux vers Jik.) Nous allons essayer de ramener Tully, cette fois. Tout le monde est prêt ?

Mais Ehrran n'était pas d'accord :

– Vous n'êtes pas habilitée à négocier. Laissez-nous prendre le relais à présent. Vous avez obtenu tout ce que vous avez pu obtenir facilement. Vous nous serez plus utile en restant là.

– Facilement, vous croyez ? (Les systèmes de repèrage et de transfert étaient toujours à l'œuvre. Pyanfar se leva. Elle n'avait, devant elle, que les dos des navigantes.) Fermez les postes d'Hilfy et de Chur. Haral, tu remets le commandement à Chur. Nous allons faire une petite promenade sur les docks. (Hilfy se retourna, ouvrant déjà la bouche, mais Pyanfar ne la laissa pas parler :) Pour eux, tu constitues une provocation vivante, ma nièce, et je pense que tu t'en rends compte. Tu restes ici.

– Tante...

Hilfy se leva.

– Le *sfik*, nièce. Que tu le veuilles ou non, dans cette affaire tu es un trophée et te ramener à portée de la main du *hakkikt* serait pousser les Kif à nous jouer encore plus de mauvais tours. Ne bouge pas. Et laisse Chur dialoguer avec le Central. Nous allons essayer de délivrer Tully, tu comprends ? Efficacement et en douceur. Dans son intérêt.

Hilfy serra les mâchoires. Elle aplatit ses oreilles et ses griffes s'enfoncèrent dans le dossier de son siège. Mais elle se borna à répondre :

– À vos ordres.

Tous les membres de l'équipage se levèrent à l'exception de Chur. Et Khym ne fut pas le dernier. L'escorte d'Ehrran en bouffants noirs se tenait en arrière, au fond de la passerelle. *Ker* Rhif se carra sur ses jambes, l'air toujours aussi maussade. Jik s'adossa à un placard et se gratta derrière l'oreille.

– C'est donc elle qui mène la danse ? demanda Rhif Ehrran avec indignation. Capitaine Nomesteturjai, je suis intervenue à la requête de votre gouvernement, considérant que vous souhaitiez personnellement…

– Mon gouvernement désirer pareil vous participer opération, répliqua Jik. Désirer pareil vous patience montrer, honorable. Chanur chose organiser, a ?

– Allons-y, dit Pyanfar. Les fusils, Tirun. Ne lanternons pas.

– À vos ordres.

Tirun repoussa les navigantes d'Ehrran qui lui barraient le chemin de l'arsenal.

– J'ai une identification positive sur ce commercial stsho, annonça Chur. Et ils ne s'arrêteront pour rien au monde.

– Il rentrer port origine, dit Jik. Il grandement perturbé.

– Vomissures des dieux ! grommela Ehrran. De quoi d'autre avait-il besoin ? Nous avons un Stsho au beau milieu de cet incident, des Tc'a et des Chi…

– Avoir aussi ci-toy-ens mahendo'sat dans station, fit Jik sur un ton caustique, ses petites oreilles plaquées contre son crâne. Peut-être pareil avoir agent mahen, a ?

– Un agent à vous ?

Jik haussa les épaules.

– Peut-être. Peut-être non. Je vérifier fichier. Mais je autre pari faire. Quand Sikkukkut ici arriver, maudit Kif échapper pour autorité kifish système Harak avertir. Quatre, cinq jours il y avoir. Peut-être autre Kif aller Kshshti. Agir, choses régler, a, Pyanfar ? Peut-être ici multitude Kif s'amener.

– Allons-y.

Pyanfar prit le fusil que lui tendait Geran tandis qu'Haral bouclait un AP à sa ceinture. Geran passa ensuite un autre fusil à Khym qui en fit jouer le cran de sécurité.

– Attendez une minute, Chanur, dit Rhif Ehrran. Vous n'allez pas l'emmener, lui, avec vous, n'est-ce pas ?

– Je ne l'emmène nulle part. Il fait ce que bon lui semble.

– C'est dépasser les limites, Chanur. J'ai sur vous tout un dossier que je complète…

– Je n'en doute pas un seul instant.

– Écoutez-moi, Chanur. (Ehrran redressa avec effort ses oreilles rabattues en arrière et leva la main en prenant soin de sortir sa griffe-index recourbée.) Pratiquez vos théories sociales biscornues à votre bord autant qu'il vous plaira. Mais si vous envisagez de l'emmener, *lui,* avec vous pour engager une négociation délicate, et armé, qui plus est…

Réponds-lui donc, Khym ! pria-t-elle intérieurement. Mais il n'en fit rien. Sous l'outrage, il avait baissé les oreilles. Tout dépendait de lui, tonnerre des dieux ! Et s'il réagissait à l'insulte, cela ne ferait que confirmer les idées préconçues dont Rhif Ehrran n'était que le porte-parole : les mâles étaient des créatures instables, sujettes à des crises de fureur hystérique qui les rendaient comme fous.

Khym, la tête toujours baissée, fit jouer à nouveau le verrou de sécurité de son arme. Enfin, il tourna les yeux vers elle.

Comme tireur, il ne valait rien mais son imposante carrure pouvait semer l'effroi chez les Kif. Et à juste raison si l'on devait en venir au corps à corps.

– J'aime mieux l'avoir derrière moi que quelques autres, fit Pyanfar en détachant ses mots. (Elle mit son arme en bandoulière en regardant délibérément d'un autre côté et jugea avisé de braquer les yeux sur Hilfy.) Tu resteras en haut, hein ?

Car, ô dieux ! il y avait un passager kifish en bas. Et elle ne voulait surtout pas se ronger à l'idée qu'il s'échappe et que Chur et sa nièce aient affaire à un Kif en liberté.

– Faites-le sortir, dit Hilfy.

– Compte sur moi pour cela.

Rhif Ehrran reprit la parole :

– Chanur, je dois vous prévenir pour la forme que la présence de ce mâle et votre insistance à vouloir qu'il vous accompagne seront consignées dans mon rapport.

– Fort bien. Peut-être serez-vous à même de le remettre au *han* en personne. Mais peut-être aussi qu'aucun d'entre nous n'aura jamais l'occasion de s'en inquiéter, n'est-il pas vrai ? (Pyanfar agita une main.) Dehors !

– Ce n'est pas à vous qu'il appartient de donner des ordres en cette affaire.

Jik se décolla du placard auquel il était adossé.

– Aller nous.

– Le quart d'heure de délai est déjà entamé, lança Pyanfar.

Elle laissa passer les navigantes en bouffants noirs, Jik et les Hani de son équipage. Après un dernier regard en arrière, elle suivit le mouvement et rattrapa le Mahe au milieu de la coursive.

– Avoir je quelques membres équipage à extérieur, lui dit ce dernier quand elle l'eut rattrapé. Ils navire surveiller.

– Chanur et Ehrran devraient peut-être se rendre seules là-bas en vous laissant, vous et les autres, tenir le quai, dit Pyanfar avec hésitation. Les Kif vous connaissent, Jik. Ils vous connaissent fort bien. Restez ici et couvrez-nous, moi et Ehrran. C'est tout ce dont nous avons besoin.

Jik se frotta le nez.

– Je longtemps Kif combattre. Ils vouloir moi, sûr et certain. Pareil vouloir vous, Pyanfar. À toute force. Vouloir même peut-être déléguée *han*, a ? Mais Kif prudents. Savoir cela être folie. Nous eux tuer n'importe comment. Donc, avoir nous à leurs yeux *sfik* beaucoup. Si non avoir *sfik*, ils notre cœur dévorer certitude numéro un. Nous avoir *sfik*, ils *vouloir* notre cœur dévorer mais, en même temps, ils peut-être penser déposséder nous autrement du *sfik*. En traitant avec nous. Ils peut-être espérer nous créer plus d'ennuis à leurs rivaux qu'à eux-mêmes, a ? Nous aller tous parler avec Sikkukkut. Autrement, perdre *sfik*.

– Je suppose que vous savez ce que vous faites.
– Sûr, répondit allégrement Jik. Numéro un sûr.

Cette confiance ne rassura pas Pyanfar pour autant. Pas plus, d'ailleurs, que la porte de la salle de bains devant laquelle ils passèrent avant d'atteindre le sas. À sa vue, les poils de sa crinière se hérissèrent sur sa nuque.

Tue-le, lui commandait son instinct. Tue-le tout de suite, l'otage kifish. Qu'il s'évapore sans laisser de traces. Et que Sikkukkut reste dans l'incertitude.

Mais que faisait le *sfik* là-dedans et qu'était-elle censée faire du présent qui lui avait été ainsi offert ?

Passer pour une idiote en le libérant ?

Un navire marchand stsho avait déjà appareillé en catastrophe. Si jamais un coup de feu était tiré sur ce quai, créant l'affolement chez les vaisseaux de négoce qui faisaient relâche, il y en aurait d'autres qui déhaleraient, qui fuiraient Mkks... des vaisseaux dépourvus, eux, des tendances pacifistes obsessionnelles caractéristiques des Stsho. Il y avait les Méthaniens, par exemple, et ce n'était pas peu.

C'était un piège, évidemment. On avait soudainement perdu le rythme des événements et adopté la programmation des Kif, et cela, pour un trophée qu'ils détenaient toujours.

Jamais un Kif ne renonçait à quelque chose s'il n'y trouvait pas un avantage.

4

Un silence à glacer les os régnait sur les docks. On apercevait quelques navigantes du clan d'Ehrran en bouffants noirs, l'arme au poing : elles avaient pris position à des points stratégiques mais quelques autres demeuraient invisibles. Deux de ces navigantes se tenaient sous la rampe d'accès, surveillant le sas et le tubulaire de *L'Orgueil*. Moins inquiétante, une Mahendo'sat solitaire portant un AP se dirigeait d'un pas nonchalant vers son capitaine. La fourrure noire et lustrée, aussi chargée de bijoux d'or que Jik lui-même, il lui manquait une oreille et une balafre, cicatrice d'une ancienne brûlure, lui labourait le menton.

Jik lui dit quelques mots rapides dans l'un des multiples idiomes d'Iji que tous deux parlaient. « A », répondit-elle avant de regagner, la main sur la crosse de son arme, la zone d'ombre des portiques de charge.

– Retourne au bâtiment, Khury, et prends le commandement, ordonna en chuchotant Rhif Ehrran à son adjointe. Si nous ne revenons pas, regagne directement Anuurn et présente un rapport détaillé au *han*.

Les Hani s'exprimaient dans le dialecte d'Enaury et Pyanfar comprit ce qui s'était dit. Geran aussi, peut-être, mais personne d'autre selon toute vraisemblance. La capitaine de *L'Orgueil* baissa la tête et se frotta le museau, considérant que mieux valait faire, en toutes circonstances, celle qui ne comprenait pas, et c'était particulièrement vrai quand on avait affaire à la déléguée du *han*. Il y avait déjà des montagnes de rapports à bord de ce vaisseau, de quoi ravir les ennemis de Chanur lorsqu'il arriverait à destination et que ces masses de plaintes et de critiques seraient soumises aux instances compétentes du *han* qui auraient à en débattre...

Par ailleurs, un chèque stsho n'allait pas tarder à être déposé dans une banque mahen de Maing Tol – si ce n'était déjà fait – et lorsqu'il arriverait sur le bureau d'un certain Personnage...

La déléguée du *han* n'avait pas encore découvert ce petit détail.

Jik non plus.

Pyanfar releva la tête. Sous cette lumière, les membres du comité d'accueil kifish qui approchaient avaient presque l'air amical.

Ils ne prirent pas le même passage que la première

fois. La demi-douzaine de Kif qui leur servaient de guides les entraînèrent toujours plus loin sur les quais. Là où ils se trouvaient à présent, l'odeur de vieux parchemin et d'ammoniac était si puissante qu'elle occultait même le froid. Le jour avait une clarté d'un orange bourbeux, seul élément de chaleur visuelle dans la grisaille enténébrée qui les entourait. Les panneaux indicateurs étaient en écriture kifish : gribouillages formés d'arabesques et de points.

Des bâtiments kifish étaient alignés à leurs postes d'arrimage, sur leur gauche. À droite se succédaient en rangs serrés des tanières kifish, désertes et silencieuses, ce qui était rien moins que rassurant. Plus l'horizon se déployait, plus les poils de Pyanfar se hérissaient sur son échine. Et ils se redressèrent tous quand les Kif jusque-là absents se montrèrent par-delà les hautes longrines de la concavité de la station, masse sombre composée de milliers d'individus agglutinés sur les quais.

Ô dieux ! Pyanfar sentait ses jambes se paralyser. Mais Jik pas plus qu'Ehrran n'avaient marqué un temps d'hésitation. Peut-être se reposaient-ils tous deux sur Chanur qui, pensaient-ils, avait déjà eu l'occasion de faire le même chemin.

– Il y en a plus que la dernière fois, fit-elle, rompant le charme du silence qu'imposait la prudence. Beaucoup plus, les dieux les pourrissent !

Jik émit un son guttural inarticulé. Devant eux s'enflait un bruit comme elle n'en avait jamais entendu – le cliquetis grondant de milliers de bouches kifish qui parlaient toutes à la fois. Et ils étaient obligés de s'enfoncer au travers de cette foule. Pyanfar était consciente de la présence, derrière elle, de Khym, tendu comme un ressort, d'Haral, de Tirun et de Geran, impassibles. De Rhif Ehrran et de ses spatiennes, de Jik qui, bien qu'il pût marcher à longues foulées comme les Kif, restait à leur hauteur, contraignant leurs guides à se plier au rythme des Hani.

Elle dégagea le cran de sûreté de son fusil quand

la convexité du sol s'aplanit et que tout ce qui était oblique redevint droit. Partout, à les toucher, des Kif encapuchonnés, des Kif aux robes flottantes se retournaient sur leur passage. Et, de toute part, le même léger cliquetis de crécelle s'élevait, persifleur… *Kk-kk-kk*.

Ils étaient, à l'évidence, en territoire kifish. Mille fois inférieurs aux Kif, tant en importance numérique qu'en puissance de feu. Si jamais les armes devaient parler, les dieux les préservent ! Personne ne pourrait rien pour eux.

Et les pourparlers devaient avoir pour théâtre l'un de ces vaisseaux au mouillage : ils n'étaient pas en mesure de s'élever contre pareille prétention. Ils seraient contraints et forcés de monter à bord.

Le Kif qui marchait en tête, leur servant de guide, écartait ses congénères pour leur ouvrir le chemin, et c'était comme si une tranchée se creusait dans un champ de ténèbres. Et, de la main, il désigna l'obscure entrée d'un passage. Là, l'odeur nauséabonde des Kif et celle, empestée, de la boisson étaient plus entêtantes encore.

Kokitikk proclamait la banderole qui flottait au-dessus des doubles portes – du moins était-ce ce que semblaient proclamer les symboles dont elle était frappée. *Entrée interdite,* y lisait-on aussi en caractères mahen. *Réservée au personnel kifish.*

Voilà qui était suffisant pour décourager les touristes !

– Salle conférence, dit Jik.

Ils entrèrent. Des tables. Le caquetage des Kif monta d'un cran. On entendait s'entrechoquer des verres. L'air sentait l'alcool. Et le sang.

– Les dieux nous protègent ! murmura Geran. Des Kif ivres ! Il ne manquait plus que ça !

Pyanfar avançait la première, l'arme prête, Jik à son côté. Rhif Ehrran accéléra l'allure pour la rattraper. Partout, des sièges semblables à celui qu'affectionnait Sikkukkut. Et des lampes, des coupes d'encens d'où s'élevait une fumée fétide dont les volutes tournoyaient dans la lueur orange sale des luminaires. Des ombres de Kif, des silhouettes de Kif. *Kkkt,* chuintaient-ils, railleurs. *Kkkt.*

Leurs guides – ils étaient une demi-douzaine – leur frayaient la voie tels des spectres de nuit. Les caquetages se firent plus tapageurs. Claquements de mâchoires. Tintements de glaçons dans les verres. Des diodes électroluminescentes rougeoyaient le long des murs : les armes étaient chargées.

– Pourriture des dieux ! Mais c'est un *bar !* dit Rhif Ehrran.

La foule s'écarta. Dans l'espace ainsi libéré étaient installés des fauteuils kifish et une table au-dessus de laquelle brillait une lampe.

Un Kif était assis, tout seul, devant la table.

Levant une manche ondulante, il leur fit signe d'approcher.

Il y eut un bruissement d'étoffe quand tous les Kif présents se levèrent pour mieux voir.

– Asseyez-vous, les pria le Kif assis à la table. Keia. (C'était le prénom de Jik, son véritable nom.) Pyanfar. Mes amis...

– Où est Tully ? l'interrompit Pyanfar.

– Tully ? Ah oui ! (Sikkukkut fit un geste de la main. Il y eut un frémissement chez les Kif qui l'entouraient. Puis un cri. Un cri indubitablement mahen. Un hurlement de souffrance.) Mais l'Humain n'est plus le seul objet de litige.

Au fond de la salle, la foule reflua, dégageant les portes qui s'ouvrirent, et l'on poussa des formes sombres à l'intérieur. Entravées. Et qui ne ressemblaient pas à des Kif. C'étaient des prisonniers mahendo'sat. Certains en jupon, d'autres revêtus de la robe distinctive des responsables de la station. L'un d'eux, d'après les insignes qu'il arborait, était un dignitaire religieux. Et il y avait aussi un Stsho aux voiles arachnéens dont, sous la lumière kifish, la peau laiteuse paraissait zébrée de taches brunâtres. Il était en piteux état. Ses jambes flageolaient sous lui et des Kif le maintenaient pour qu'il tienne debout.

– A, fit Jik. Donc Stsho avoir bonnes raisons quitter Mkks.

– La station de Mkks est à moi, dit Sikkukkut. Les officiels m'ont officiellement transmis leurs pouvoirs. Asseyez-vous, mes amis, et causons.

Jik fut le premier à se rendre à l'invitation et à s'installer dans l'un des sombres fauteuils insectoïdes qui entouraient la table. Pyanfar se tapit, le corps ramassé, à côté de Sikkukkut et, un pied sur le fauteuil, le tint sous la menace de son arme posée sur un genou. Rhif Ehrran prit place sur le siège qui demeurait vacant. Haral et Tirun se postèrent en faction derrière leur capitaine. Khym, Geran et les Hani d'Ehrran se rapprochèrent. Les Kif formaient une muraille qui les cernait.

– Vous laisser gens partir. (Jik ouvrit d'une main un sachet d'où il sortit un bâton-fumée et un petit allumeur. Une brève flamme fusa. Il aspira et souffla un nuage de vapeur grise.) Vieil ami.

– Est-ce que vous proposez un marché ? s'enquit Sikkukkut.

– Je non marchand.

– Moi non plus, je ne fais pas de commerce. (Le Kif fit un geste négligent de la main et Pyanfar huma une bouffée de quelque chose d'étranger, quelque chose qui était à elle, quelque chose habité par la terreur avant qu'une autre masse blême fût propulsée à travers le rempart des Kif. Tully s'abattit au bord de la table entre elle et le *hakkikt.*) Voilà. Je vous l'offre en guise de présent.

Pyanfar ne broncha pas. Sa vision de chasseuse était braquée sur le Kif, elle ne voyait que lui. Son doigt était crispé sur la détente. Si Tully se redressait un peu trop, il serait dans sa ligne de tir. C'était voulu. Elle le savait. Elle souleva légèrement le genou pour pointer son fusil sur la face même de Sikkukkut.

– Vous voulez que votre otage vous soit restitué ?

– Skkukkuk ? Non. Disposez-en selon votre bon plaisir. Et parlons plutôt de choses sérieuses.

Les oreilles de Rhif Ehrran étaient maintenant toutes droites. Jik lâcha un épais nuage de fumée qui dériva et se mêla à celle des encens kifish.

– Nous temps avoir.

– Excellent. Hokki. (Sikkukkut prit la coupe posée devant lui sur la table et la remplit d'un liquide d'une couleur vert moisi qui empestait comme du pétrole. Il la porta à ses lèvres, la reposa et se tourna vers Pyanfar.) Et vous ?

– J'ai tout mon temps.

– Même avant Kshshti et ce qui s'y est passé, je m'étais entretenu à La Jonction avec Ismehanan-min... Or-Aux-Dents comme l'appelle la chasseuse Pyanfar. Je lui avais alors conseillé d'éviter certains points et certains contacts. Vous avez sûrement noté que le vaisseau stsho nous a faussé compagnie.

– Remarqué, confirma Jik.

– Vous avez aussi certainement noté qu'une certaine détresse habite le Stsho qui est demeuré avec nous... kkkt, peut-être souhaiterez-vous l'interroger. Un négociateur qui se prétend *gtst*...

– Vous dire. (Jik exhala un second nuage de fumée.) Quelque chose pour boire avoir, ami Kif ?

– Certes. Du kiskkit. Hikekkti ktoktok kkok... (Obéissant au signe qui lui était adressé, un des Kif s'éloigna.) Couvriez-vous toujours les arrières de Chanur ?

– Non, non. Je venir Kshshti résultat accident imprévu. Amie Pyanfar dire ennuis avoir. Alors venir je. Amener cette noble Hani. (Un coup de menton en direction d'Ehrran.) Vous souvenir, a ?

– À La Jonction. (Le Kif leva son visage à la mâchoire allongée. Son expression était indéchiffrable.) Oui. Cette Hani avait commerce avec les mangeurs d'herbe.

Rhif Ehrran toussota.

– Laissez-moi vous rappeler que par traité...

Sikkukkut balaya l'interruption d'un revers de main.

– Les traités ne m'intéressent pas. Ce qui m'intéresse, ce sont les opérations. Ce qui m'intéresse, c'est Chanur.

– Chasseur Sikkukkut, il y a eu un malentendu persistant relativement aux filières d'autorité hani.

Ô dieux ! Pyanfar se sentit soudain barbouillée. *Chasseur*... en vérité ! D'un seul mot, Rhif Ehrran avait rabaissé le Kif devant ses subordonnés.

– Il semble que la réciproque soit vraie, répliqua Sikkukkut avec une sérénité mêlée d'une lourde ironie. Je parlerai avec vous, chasseuse Pyanfar, poursuivit-il, traitant délibérément la Ehrran par le mépris. Avec vous et mon vieil ami Keia. Quand nous sommes-nous affrontés la dernière fois ? C'était à Kita, n'est-ce pas ?

– Vous à Mirkti ?

– Non, ce n'était pas moi qui y étais.

– Kita, alors. (Jik aspira une nouvelle bouffée et secoua la cendre de son bâtonnet par terre.) Nous feu essuyer ici ?

– Le franc-parler mahen... Cette chose... c'est une mauvaise habitude, Keia.

Jik rit et replaça son bâton-fumée entre ses lèvres.

– Vrai. (Il tourna la tête vers un Kif qui avançait avec un verre à la main, s'en empara, renifla son contenu et but.) Mahen. Bonne denrée.

– Ssskkt. Je l'apprécie moi-même à l'occasion.

– Faire quoi ?

– Vous voulez parler de l'affaire qui m'occupe ? Elle est très sérieuse. Intervention mahen. Connivence entre Stsho et Hani. Cette *humanité*... (Tendant le bras, Sikkukkut souleva le menton de Tully.) Comment vous portez-vous ? Ça va bien, kkkt ? Vous comprenez ? (Quand il le lâcha, Tully resta quelques instants la tête haute. Il était livide, couvert de sueur et se trouvait dans la ligne de tir de Pyanfar jusqu'au moment où il s'affala à nouveau, les bras reposant sur la table.) Cette humanité constitue un problème. Sa présence n'a pas seulement désorganisé les activités commerciales. En ce qui nous concerne, nous, elles n'ont qu'une importance marginale...

kkkt ? Mais, pour les Stsho, c'est différent. Ils redoutent tout ce qui peut entrer en rivalité avec eux. En conséquence, l'équilibre de la Communauté spatiale est perturbé. Quand il est perturbé, les accords sont rompus. Et quand les accords sont rompus, les autorités chancellent – et la désorganisation s'instaure. Telle est notre perspective. Et telle est l'opportunité qui s'offre à nous. C'est Akkukkak qui a fait entrer le premier cette créature dans l'espace communautaire. Si j'avais été à sa place, j'aurais donné un tour beaucoup plus favorable à la situation, kkkt ?

– Akkukkak mort. Grande dés-organisation, a ?

– Nous le tenons pour mort. Mais les Knnn sont imprévisibles. Peut-être réapparaîtra-t-il dans un quelconque bazar pour y faire de quelconques affaires. Mais partons du postulat qu'il est éliminé. À présent, il y a Akkhtimakt. Akkhtimakt se donne le titre d'*hakkikt.* Il tient Kita, il disloque le trafic…

– … il gros bouleverser.

– L'avez-vous débusqué ?

– Peut-être oui. Peut-être non. Pourquoi vous attaquer docks Kshshti ?

– Ah ! là, vous vous méprenez. Il y avait un traître dans l'entourage du Personnage de Kshshti.

– Maintenant plus.

– Kkkt. Vous êtes à la hauteur de l'opinion que j'ai de vous. Mais cet espion était un agent d'Akkhtimakt, ce n'était pas pour moi qu'il travaillait.

– Hum… Vous pareil espion à Kshshti avoir ?

– À l'époque, oui. Mais plus à présent. Quand l'Humain a traversé les quais, les agents d'Akkhtimakt sont intervenus pour s'emparer de lui. Heureusement, je l'avais prévu. J'ai donc participé, moi aussi, à la poursuite. Kkkt. Est-ce que Kshshti s'en serait tirée à si bon compte si des Kif ne s'étaient pas battus contre des Kif ? Les Mahendo'sat devraient me remercier – je crois que c'est l'expression juste. En tout cas, je suis intervenu et j'ai enlevé la proie avant que les émissaires d'Akkhtimakt aient pu mettre la main sur elle. À ce moment-là, aucune négociation n'était possible sur Kshshti avec l'effervescence qui régnait dans la station. De plus, il y avait toutes les probabilités pour que les agents d'Akkhtimakt fassent sans délai un rapport sur cette affaire. Maintenant, je n'ai plus à observer la même discrétion. En intervenant de la sorte, j'ai ouvertement défié mon rival. Maintenant, c'est la guerre entre nous. Et je ne me suis pas trompé en présumant que vous vous lanceriez à ma poursuite dès que votre navire serait en état de prendre l'espace, chasseuse Pyanfar.

– Quelle transaction proposez-vous ?

– Dites-moi, vous pourriez peut-être reverrouiller la sécurité de cet engin ?

– Hum... Oui, peut-être. Mais je me sens plus à l'aise comme cela, *hakkikt.*

Le groin du Kif se plissa – ce qui pouvait passer pour un signe de bonne humeur.

– Vous n'avez pas confiance en ma parole.

– Quel est ce marché, *hakkikt ?*

– Ah ! kkkt. Je vais vous le dire en toute simplicité : j'ai décidé de faire de Mkks ma base temporaire. Et nos motivations respectives coïncident, chasseuse Pyanfar.

– Vraiment ?

– Kkkt. Des insensés sont en liberté. Et ils sont nombreux. Les Stsho cherchent un moyen d'empêcher l'humanité de pénétrer dans leur espace. Les mêmes Stsho se sont coalisés avec les Hani – ai-je tort ou raison, déléguée ? – contre les Mahendo'sat qui voudraient que les Humains nous prennent, nous, à revers pour des mobiles à nos yeux évidents. Avec quelle promptitude Keia a fait diversion, tout à l'heure, quand j'ai fait allusion à des négociateurs stsho ! Mais nous savons de quoi il retourne. Pour prendre pied à La Jonction, les Mahendo'sat font passer les Humains par l'espace tc'a. C'est imprudent. Extrêmement imprudent. Les Stsho ne le toléreront pas plus que les autres. La seule possibilité pour les Humains d'emprunter un itinéraire proche de leur territoire, ou même de celui de leurs voisins et alliés tc'a, les tourmente plus que de raison. Akkhtimakt opère avec le poing; moi, avec le couteau. Son désir est de barrer la route aux Humains. Mais moi, tout Kif que je sois, je suis votre ami. Nos motivations coïncident fréquemment. N'est-ce pas là une meilleure définition pour une alliance que le mot « amitié » ?

Jik rejeta une bouffée de fumée.

– Erreur faire, ami. Humains idée à eux avoir. Stupide terrible. Mais ils passer vouloir.

– Ils y sont encouragés. N'est-ce pas ?

– Qui savoir ? Je dire vous chose numéro un sérieuse : Méthaniens chambardés. Avoir tracas nous. Avoir tracas Kif. Profit aucun des deux côtés. A ?

– Vous désirez conclure un marché ?

– Peut-être. (Nouvelle bouffée de fumée.) Quoi avoir vous vouloir je ?

– Mkks.

Jik, d'une chiquenaude, fit tomber un peu de cendre.

– A. Maintenant, parler nous logique kifish.

– Vous comprenez ?

– Comprendre sûr. Non vous commercer. Peut-être cadeau donner. Vous à je Mkks donner. Je alors *sfik* grandement. Je bon allié, faire, a ? Peut-être plus encore faire.

– Prendre Kefk.

Le front de Jik se creusa de rides profondes. La main qui tenait le bâton-fumée hésita avant de parvenir à sa bouche.

– Ainsi ? Peut-être.

Prendre Kefk. La seule porte kifish pour atteindre La Jonction. La seule voie kifish permettant de gagner la base commerciale la plus importante de la Communauté spatiale. Une station clé et probablement le point le plus sensible de l'espace kifish en dehors d'Akkt elle-même.

Pyanfar faisait des efforts farouches pour que ses oreilles restent droites et pour garder une expression neutre. Le Kif et le Mahe étaient fous à lier !

– Pensez-vous la chose possible ? s'enquit Sikkukkut.

– Avoir alliés je. Pareil vous. Nous prendre Kefk. (Jik tira une dernière bouffée et éteignit le bâtonnet dans le liquide qui demeurait au fond de sa coupe.) Personnel station à poste siens revenir. Ensuite prendre Kefk je. D'accord vous ?

– Une minute, dit Rhif Ehrran. *Attendez* une minute.

– À elle parler je, fit Jik en jetant un regard en direction de la déléguée du *han*. Pareil bonne amie Pyanfar avoir je, rudement coriace Hani. Vouloir Kefk vous ? Bon. Vous avoir.

– Je veux une alliance entre moi et votre Personnage.

– Avoir vous.

– Parler ne suffit pas, reprit Rhif Ehrran.

– L'envoyée du *han* souhaite savoir quels bénéfices elle retirera de l'opération, fit Sikkukkut. Mais les Hani ont déjà noué une alliance avec les Kif par le passé. La déléguée sait de quoi je parle. Les Hani ont constitué différentes associations.

Pyanfar lança un regard en coin à Rhif Ehrran. Les oreilles de cette dernière étaient couchées.

– Qu'est-ce que le *hakkikt* sait des Hani alliées aux Kif ?

– Je répondrai par un seul mot : Tahar. Cela vous intéresse-t-il ?

– Où est Tahar ?

– Elle est au service d'Akkhtimakt. *Lune Qui Monte* fait partie de sa flotte et Tahar est son *skkukun*. Elle ne jouit que d'une considération limitée à ses yeux, mais a pour lui une certaine utilité.

– Vomissures des dieux, gronda Pyanfar en dévisageant Sikkukkut.

– C'est une Hani célèbre pour son penchant à la

trahison. *Trahison*... n'est-ce pas le terme approprié ?

– Quasiment. Et *où* est-elle ?

Le Kif eut un haussement d'épaules fluide et coulant.

– Où est Akkhtimakt ? La confrontation vous intéresse, maintenant ?

– Elle bien faire, commenta Jik tout en examinant les glaçons qui fondaient dans son verre tandis qu'Ehrran gardait le silence. Dire quoi, *hakkikt ?*

– Ssko kjiokhkt nokthokkti ksho mhankhti akt. (Sikkukkut agita la main.) Le personnel de la station a, désormais, sa pleine et entière liberté.

– A. (Jik se retourna à moitié dans son fauteuil, se penchant vers les Mahendo'sat et les Stsho.) Shio ! Ta hamhensi nanshe sphisoto shanti-shasti no.

Des gazouillements s'élevèrent. Les Stsho avaient des voix stridentes. Les Mahendo'sat se dégagèrent des mains des Kif qui les maintenaient et se dirigèrent vers la porte, d'abord à pas mesurés, mais leur allure allait s'accélérant. Les Stsho, eux, s'élancèrent en courant, tombant, se relevant, et ils dépassèrent la horde pépiante en battant les premiers de plusieurs longueurs.

Quand la cohue eut franchi la porte jusqu'au dernier, Jik sortit un nouveau bâton-fumée de l'étui fixé à sa ceinture et l'alluma.

– Combien navires avoir vous ? demanda-t-il.

– Ici ? Toutes les unités kif sont à moi, à l'exception d'une seule. Mais ce bâtiment est hors service. Son équipage est en train de réviser ses loyautés à l'heure qu'il est.

– Quatorze navires. Nous trois. Non problème. Akkhtimakt peut-être venir Kshshti. Peut-être venir Mkks. Vous rester ici pas bon. Conseil gratuit, a ?

– Alors, Mkks tombera de nouveau si Akkhtimakt vient.

– Il non rester. Donner lui bonnes raisons pas rester. (Cette fois, ce fut une bouffée de fumée conséquente qui appuya les dires de Jik.) Il vite partir quand apprendre nous Kefk aller, a ? Alors, il venir Kefk. Quitter Mkks, venir Kefk vite numéro un rendre visite vous.

Une vague de fronces parcourut le groin de Sikkukkut.

– De la sorte, en m'aidant vous aidez Mkks.

– Juste dire, ami.

– Chasseuse Pyanfar, où va votre loyauté en cette affaire ?

– À moi. À mon équipage. À mes amis. Jik tient à notre présence. Sans nul doute, nous en discuterons.

– Bien. Et tiendrez-vous votre promesse ?

– Je croyais que les Kif n'avaient pas de parole.

– Vous, si. (Pyanfar approuva avec une grimace furibarde.) Alors, acceptez l'Humain à titre de cadeau. Joignez vos forces aux nôtres. Je donnerai l'ordre d'attaque. Je vous ferai personnellement parvenir des informations sur les défenses de Kefk.

– Jik ?

– Vous promettre. Je non problème avoir.

Pyanfar décocha au Mahe un regard flamboyant qui s'attarda. Il ne regardait pas dans sa direction : il étudiait le contenu de son verre. Les yeux de la Hani se posèrent derechef sur le fusil posé en équilibre sur son genou.

– Nous parlerons de tout cela, Jik et moi.

– Vous partir, dit ce dernier.

– Huh ?

– Elle promettre.

– Excellent. (Sikkukkut déplia ses membres et se mit debout. Du côté des Kif, on s'agita.) Vous êtes tous libres. Considérez cela comme un présent que je vous offre.

Il recula. Les robes noires de ses congénères l'entourèrent.

– Tully. (Pyanfar se pencha en avant et secoua l'Humain en le poussant du pied – elle tenait son fusil à deux mains.) Tully. Lève-toi. Nous devons sortir d'ici. Il faut que tu marches, Tully.

L'Humain se redressa en prenant appui sur le siège à présent vide de Sikkukkut. Il chancelait. Personne ne disait rien. Selon toute vraisemblance, Rhif Ehrran mourait d'envie de donner son point de vue, mais ce n'était ni le moment ni le lieu, et force lui fut de ravaler son discours. Pyanfar se leva à son tour, mit son arme en bandoulière et posa une main, toutes griffes dehors, sur l'épaule de Tully. Elle était glacée. Le bras de l'Humain portait une plaie profonde en cours de cicatrisation.

– Viens. Viens avec nous.

Tully se mit en marche. De la main gauche, Geran lui empoigna le bras, de la droite, elle étreignait la crosse de son pistolet. Jik s'était levé, lui aussi. Il lâcha un nuage de fumée nauséabond du bâtonnet vissé à ses lèvres. Rhif Ehrran donna l'ordre à son contingent de battre en retraite.

Ce fut une longue marche à travers la foule silencieuse des Kif massés devant la porte. Longue et lente. Les Hani avançaient à l'allure de Tully. Enfin, ils émergèrent dans la clarté relative des quais. Après le confinement de la salle où avait eu lieu la conférence, l'atmosphère chargée de relents d'huile et de produits volatils leur fit l'effet d'une bouffée d'air pur.

Khym faisait office de flanc-garde et Haral ouvrait la marche. Tirun avait fait passer son arme dans la main gauche pour soutenir Tully. Jik et Rhif Ehrran formaient l'arrière-garde. Pyanfar se retourna. Dieux ! Jik continuait de fumer cette puanteur, laissant un sillage de cendres derrière lui ! Mais les Kif les laissaient libres d'avancer. Tous les yeux étaient fixés sur la petite troupe, il y avait des chuchotements, mais rien de plus.

– Vous vite regagner navire, dit Jik comme Pyanfar lui emboîtait le pas. Beaucoup travail, Hani. *Beaucoup.*

– Vous avez donc l'intention de suivre ce plan ? demanda Rhif Ehrran.

– Numéro un sûr. Vouloir rester là ? Accueillir

Akkhtimakt ? Alors avoir grosses complications. Ce Stsho avoir quitté station. Peut-être aller Kshshti. Mais peut-être, aussi, aller Kefk, a ? Faire escale Kefk sur chemin La Jonction. Peut-être trop parler. Stsho beaucoup parler. Chose non bonne. Nous avoir com-pli-ca-tions. Stsho pareil faire, a ? Partir.

– J'ai les mains liées par les traités. Il va falloir que nous en discutions, *na* Jik.

– Bien. Même temps, vous calculer cap. Nous pareil faire. Parier je Kif plusieurs partir, aller Kshshti. Ils rapporter Akkhtimakt événements ici intervenus. Nous peu de temps. Akkhtimakt vaisseaux rapides posséder. Pareil Kif peut-être aller Harak et ennuis. Pareil Stsho aller Kefk et ennuis. Astucieux beaucoup, Stsho : peut-être rumeurs déjà dire Akkhtimakt aller Kshshti, alors filer grand précipité Kefk filer La Jonction... peut-être Tt'a'va'o, peut-être Llyene. Mais Sikkukkut beaucoup malheureux ce vaisseau non arrêter.

– Il semblerait que vos intérêts ne coïncident plus avec ceux du *han*.

– A. Alors, peut-être souhaiter dire adieu vous et beaucoup de chance. Akkhtimakt votre cœur manger.

– Vous avez flanqué la pagaille...

– ... il mien manger. Numéro un sûr, Hani. Akkhtimakt vouloir moi. Depuis longtemps. (Il posa sa main sur le dos de Rhif Ehrran et pressa le pas, flanqué des deux Hani.) Préférable, partir, a ?

– Kefk... au nom des dieux ! grommela Pyanfar.

– À prendre facile.

– *Alors, par tous les dieux, pourquoi Sikkukkut ne s'en est-il pas chargé lui-même ?*

– *Sfik*. (Jik sortit le bâton-fumée de sa bouche et souffla un épais nuage.) Besoin *sfik*. Autres Kif convaincre, a ? Ils maintenant avoir *nous*. Tous nous grand beaucoup *sfik* posséder, lé-gi-ti-mi-té, a ?

– C'est de la folie !

– Marcher vous, bonne amie ?

– Raclures des dieux, il faudrait que vous trouviez une raison de m'en dissuader !

Jik sourit et le bâtonnet reprit place dans sa bouche.

– Vous en dette envers je. Quand Chanur non honorer créance avoir ?

– Que les dieux fassent moisir votre carcasse !

Ils continuèrent de trotter l'un à côté de l'autre. De temps en temps, Pyanfar jetait un coup d'œil derrière eux à l'instar des navigantes d'Ehrran. *Dieux, quand arriverons-nous au bout de ce quai ?* Des Kif ne cessaient de surgir, toujours plus nombreux, qui caquetaient entre eux. *Nos alliés ! Dieux !*

Tully avançait en claudiquant à son rythme. Il faisait de son mieux.

Enfin, ils arrivèrent en vue de la zone protégée, la partie des docks couverte par les armes amies. Quand ils l'atteignirent, Pyanfar se retourna. Les Kif ne les avaient pas suivis, ils n'avaient pas franchi la ligne de démarcation théorique... les dieux en soient loués.

– Nous sommes en sécurité, dit quelqu'un de l'équipage d'Ehrran.

Les navigantes dissimulées sortirent de leurs cachettes. On apercevait aussi quelques membres de l'équipage de Jik.

À présent, on était dans la zone d'écoute du communicateur de *L'Orgueil* et Haral décrocha son portatif.

– Tout va bien. C'est Haral qui parle. Nous revenons avec lui. Il est sain et sauf.

Pyanfar n'entendit pas l'accusé de réception. Elle vit Rhif Ehrran faire un signe du bras à ses navigantes au moment où elles passaient devant le poste de mouillage du *Vigilance d'Ehrran* – pour leur ordonner, non pas de bifurquer en direction de leur vaisseau mais de la suivre. Elle allongea le pas et, s'arrêtant devant Tirun, Tully et Geran en bas de *L'Orgueil*, elle prit le second par le bras.

– L'Humain sera plus en sécurité avec nous, dit-elle. Nous allons l'emmener.

– Non, répliqua Pyanfar en se hâtant de rejoindre

le trio. Dieux pourris, nous en discuterons ailleurs, Ehrran. Passez votre chemin. Nous sommes encerclés par les Kif – lâchez-le. Il en a déjà assez subi comme ça ! Que les dieux vous fassent frire, vous et votre équipage !

Jik tendit vivement le bras pour bloquer le coup qu'elle expédia à Rhif Ehrran.

– Lui prendre je, dit-il. *Je*... entendre ?

– Non ! Il n'en est pas question. Il est inscrit sur mon rôle. Les dieux vous liquéfient, laissez-le...

Comme elle disait ces mots, Haral se rua sur une navigante d'Ehrran et une bagarre dont l'enjeu était Tully que chacune voulait arracher à l'autre commença. Pyanfar repoussa Jik d'un coup de coude et se rua dans la mêlée accompagnée de Khym.

– *Du vent !* hurla ce dernier.

Sa voix de mâle se répercutait sur la voûte qui en renvoyait les échos. Il plongea et s'empara de Tully. Puis, l'Humain plaqué contre son torse, il adressa un sourire à Ehrran qui avait aplati les oreilles.

Tout se figea. Et la bataille prit fin.

– Je suis fou, laissa alors tomber Khym. Vous vous rappelez ? Je suis fou.

Et l'idée se fit jour dans l'esprit de Pyanfar qu'il pouvait réellement avoir une crise de démence. Elle ouvrit la bouche, puis la referma. Tully ne se débattait pas. Il restait accroché à Khym, s'agrippant à sa fourrure qu'il tenait à pleines mains. Et Ehrran attendait de voir des bouts de chair sanguinolente se mettre à voleter de toutes parts. Un mâle contre un autre mâle... Tully tel un jouet désarticulé dans la poigne de Khym...

– Il fait partie de l'équipage de Chanur, n'est-ce pas ? tonitrua ce dernier. Comme moi.

Il prit l'Humain dans ses bras, son fusil se balançant librement après son coude – dieux bons ! avec sa sécurité déverrouillée, l'arme pouvait faire un trou dans le blindage de l'appontement ! La tête de

Tully ballottait, ses membres étaient soudain devenus flasques.

– On remonte à bord, capitaine ?

– En vitesse.

Le cœur de Pyanfar cognait à nouveau dans sa poitrine.

– Hhhunh. Excusez-moi.

Et Khym se fraya son chemin à travers les rangs des Ehrran en se dandinant afin que les jambes de Tully aient la place de passer.

– Chanur... commença Rhif Ehrran.

– Je sais. Vous allez déposer une protestation. Faites dégager vos spatiennes si vous ne voulez pas que leurs poils engorgent tous les filtres de Mkks.

– Stupide folle, marmonna Jik qui éteignit son bâton-fumée entre deux doigts et le remit dans l'étui. Avancer ! Penser vous non témoins avoir ? (D'un geste brusque, il désigna de la main les Kif qui, à l'autre bout des docks, observaient la scène.) Quoi vouloir ? À eux divertissement donner ?

Au signal de Rhif Ehrran, les fusils s'écartèrent en cliquetant. Ses yeux étaient des points sombres au centre d'un cercle d'ambre. Sa crinière en désordre se hérissait de mèches entortillées comme chargée d'électricité statique.

– Nous réglerons nos comptes plus tard, Chanur.

– À merveille.

Pyanfar fit rentrer son équipage. Elle s'attarda, accoudée à la barre d'appui de la rampe ascendante, et tourna la tête afin de s'assurer que rien d'anormal ne se passait derrière son dos. Les Ehrran observaient une immobilité de statues. *Ker* Rhif ellemême, les oreilles couchées, la buvait des yeux, et ce seul regard était lourd de promesses informulées. Geran arriva la dernière. Elle aussi lança un coup d'œil en arrière.

– Monte, lui ordonna Pyanfar devant sa brève hésitation.

Un temps mort qui voulait dire : *Est-ce que vous avez besoin d'aide ?*

Geran s'exécuta et Pyanfar lui emboîta le pas. En pénétrant dans le tubulaire, elle se rappela subitement les gardes Ehrran en faction dans le pont inférieur.

– Dieux !

Et elle se mit à courir, imitée par le reste de la troupe.

Tenant toujours Tully dans ses bras, Khym atteignit le sas. L'opercule était ouvert. Deux gardes Ehrran étaient à l'intérieur. Leurs armes vacillaient entre leurs mains et on lisait de la panique dans leur regard.

– Tout est en ordre, leur dit Pyanfar d'un ton égal en reprenant son souffle. (Elle plissa ses lèvres en un sourire à l'intention des deux sentinelles totalement ignorantes du tumulte qui s'était produit à l'extérieur.) Restez à vos postes. Viens, Khym. Tu as besoin qu'on t'aide à le porter ?

– Il ne pèse pas lourd.

Ils traversèrent le sas et pénétrèrent dans la coursive. Tully, que Khym serrait toujours contre lui, bougea et sa main s'agita mollement.

– Py-an-far.

– Nous t'avons récupéré, dit Haral tout en soulageant précautionneusement Khym de son fusil avant qu'il ne parte et ne fracasse la voûte. Tu n'as plus d'inquiétude à avoir, Tully. Tu es revenu parmi nous.

Tandis qu'ils avançaient, ils entendirent le bourdonnement de l'ascenseur. Hilfy en sortit et vint à leur rencontre.

– Il va bien, lui dit Geran.

Hilfy s'immobilisa, visiblement mal à l'aise, devant Khym et ce qui, de toute évidence, constituait une Situation. Mais Tully tendit une main vers elle et elle lui serra le bras, Khym ou pas Khym.

– Hil-fy... (Tully essaya à son tour de serrer maladroitement le bras de la jeune Hani tandis que Khym l'emportait inexorablement.) Hil-fy... Hil-fy, ne cessait-il de répéter.

– Huh, fit Pyanfar. (Quel bonheur de voir les

oreilles d'Hilfy redressées, de voir la joie briller dans ses yeux. C'était comme si quelque chose de brisé s'était réparé.) Par les dieux, mets-le au lit ! Nous avons d'autres problèmes.

Elle se laissa aller contre la paroi quand Khym et son fardeau eurent disparu. Tirun, en face d'elle, parut s'affaisser sur elle-même. Elle ne se tenait que sur une seule jambe. À cause de la blessure qu'elle avait reçue deux ans auparavant, à La Jonction, et que, pendant ce voyage-là, on n'avait pas eu le temps de soigner convenablement... Dieux ! elles avaient encore eu la peur aux trousses ! Sa pensée alla à Chur que l'on avait retapée à Kshshti. Tout comme *L'Orgueil*.

– Kefk, fit Haral en s'adossant au mur à côté de sa sœur. Ça ne va pas être la joie, capitaine.

Geran arriva avec les autres. Elle se sentait les membres gourds. Cette longue trotte l'avait mise mal en point. Et le désir de tordre le cou de Rhif Ehrran lui était resté en travers de la gorge. Elle se ressentait des deux.

– Non, pourriture des dieux ! Ça ne va pas être la joie.

Elle s'éloigna, seule, en direction de l'ascenseur.

Dieux ! L'anxiété et la confiance qu'on lisait dans les yeux d'Haral ! La plus vieille des amies de Pyanfar et la plus fidèle. D'un an l'aînée de Tirun, de deux ans l'aînée de Chur. Cinq Hani dont quelques poils gris mouchetaient le museau et à qui courir donnait des crampes. Une gamine prompte à faire des sottises. Un humain errant et un Hani mâle qui n'était plus de la première jeunesse. À une époque, quand elle s'était lancée dans l'aventure, Pyanfar nourrissait diverses ambitions – passer des contrats commerciaux avec les Mahendo'sat et les Humains, renflouer les finances de Chanur qui en avaient le plus urgent besoin, moderniser le vaisseau. Cela, elle l'avait réalisé. *L'Orgueil* avait maintenant une autre silhouette, des aubettes plus grandes, des équipements techniques de facture étrangère qui, indéniablement, stupéfieraient les ennemis de Chanur – si jamais un conflit devait éclater dans l'espace.

Mais il existait des ennemis d'un autre genre – comme les sages du *han* quand Rhif Ehrran se lèverait pour prononcer un réquisitoire qui mettrait Chanur à genoux.

Khym, dieux, Khym... Elle s'attendrit en se remémorant comment il avait fait échec à Rhif Ehrran sur les quais. Mais cela leur coûterait cher quand le *Vigilance* serait rentré au port. Très cher. Chanur avait beaucoup tablé sur ces transactions avec les extérieurs. Pris trop de risques. Chanur avait subi une métamorphose semblable à celle de *L'Orgueil,* maintenant seulement à demi hani, et dont la silhouette était incongrue. Ces changements, c'était la richesse qui permettait de les acquérir.

Mais rentrer ? Revoir le fief du clan ? Traiter à nouveau en tant qu'Hani et non comme quelque Mahendo'sat à gages ?

Elle appuya sur le bouton de montée. Se retourna. Les navigantes n'avaient pas bougé de leur place au fond de la coursive. Elles ne l'avaient pas suivie. Peut-être étaient-elles sensibles à son actuel état d'âme. Haral et les autres la rejoignirent après qu'elle leur eut fait signe.

Un autre navire hani avait changé de camp deux années plus tôt, *Lune Qui Monte de Tahar.* À présent, il battait pavillon kifish.

Au moment où la cabine arrivait, une autre pensée lui vint qui lui fit froid dans le dos.

– Le Kif est toujours à bord, dit-elle à l'équipage.

– Nous pouvons l'éjecter, fit Tirun. Nous avons ce que nous sommes venues chercher.

Pyanfar, une griffe accrochée à la commande d'ouverture de la porte, rumina la réponse. Mais tout ce qu'elle savait des Kif fit retentir un signal d'alarme dans sa tête.

– Le *sfik,* dit-elle. (Elle s'effaça pour laisser passer les spatiennes et entra la dernière dans l'ascenseur.)

Si nous le réexpédions à l'envoyeur, nous perdons quelque chose qui a une valeur *sfik* – quoi que l'on puisse entendre par là. Le prestige... la face.

– Qu'est-ce que les Kif veulent qu'on fasse de lui ? demanda Geran sur un ton écœuré.

– Ce que le *hakkikt* a fait avec Tully, suggéra Haral dans le silence qui avait suivi la question tandis que la cabine commençait à s'élever. Ou pire encore. Qu'est-ce que cela peut faire à un Kif ? S'il est là, c'est pour sauvegarder notre amour-propre, c'est tout.

– Dieux ! murmura Pyanfar en frissonnant.

– Qu'y a-t-il, capitaine ?

– Il a parlé d'un bâtiment kifish qui n'appartient pas à son escadre. (La cabine s'immobilisa et la porte coulissa.) L'équipage réexamine ses loyautés, a-t-il dit, ou quelque chose d'approchant.

– Il fait partie de la flotte d'Akkhtimakt, peut-être ?

– Tu peux parier que oui, Haral.

– Par les dieux, qu'est-ce que nous faisons avec cette crapule ?

Pyanfar sortit de l'ascenseur et se mit en marche en direction de la timonerie. Elle se retourna pour jeter un coup d'œil à Chur.

– Si tu réussis à deviner à quoi peut ressembler le cerveau d'un Kif, fais-le-moi savoir. Il déclare être féal de Chanur. Si nous le jetons dehors, nous perdons notre *sfik*. Et, dans ce cas, tous les Kif de la station nous tomberont dessus.

– Pourquoi ne pas le livrer à l'espace ? proposa Tirun avec convoitise.

– Ou en faire cadeau à Ehrran, dit Geran.

Pyanfar fit halte devant la porte de la passerelle.

– C'est la meilleure idée que j'aie entendu formuler jusqu'à présent.

– On le fait ?

La capitaine se mordilla la moustache.

– Huh, laissa-t-elle tomber tout en faisant une note mentale pour s'en souvenir. Huh.

Et elle entra dans la timonerie.
Chur fit pivoter son fauteuil.
– *Kefk ?* interrogea-t-elle.

– Je te l'ai amené.
Les mains glissées dans la ceinture de son bouffant kaki, défraîchi et déchiré, ses oreilles abondamment couturées à demi rabattues en arrière, il baissait d'un air embarrassé son museau zébré de cicatrices. Hilfy s'approcha de lui et, quand elle entreprit de remettre de l'ordre dans sa crinière en broussaille, elles se redressèrent alors même qu'il y avait un autre mâle dans la pièce, Tully, toujours allongé sur le lit et témoin de la scène.
– Vous avez été merveilleux, dit Hilfy.
– Huh, grommela le colossal Hani. Huh. Il sent épouvantablement mauvais. Et moi aussi.
Sur quoi, haussant ses impressionnantes épaules, Khym sortit d'un pas nonchalant.
Hilfy fut alors secouée d'un frisson. Et elle songea à tuer le Kif dont la pensée lui était maintenant comme un fer rouge.
– Hilfy...
Tully fit mine de vouloir se lever du lit sur lequel Khym l'avait déposé – son propre lit dans sa propre cabine – et dont son pauvre dos ensanglanté avait maculé la couverture. Elle se tourna vers lui. Une grimace déforma les traits de Tully qui, incapable de se mettre debout, se laissa lourdement retomber assis sur le lit, prenant appui sur un coude.
– Dieux ! (Hilfy détacha prestement le communico portatif fixé à sa ceinture et enfonça la touche « traduction ».) Tully. Ne t'agite pas.
S'avançant, elle lui glissa l'instrument dans les mains pour que, grâce au relais de l'ordinateur de la passerelle, il pût parler et comprendre.
Mais l'Humain laissa tomber le communico. Il saisit la jeune Hani par les épaules et resta à la tenir ainsi, comme il l'avait fait quand l'un ou l'autre

souffrait ou quand les Kif les menaçaient de les séparer.

– Tout va bien. (Elle le tenait contre elle, comme elle l'avait tenu serré contre elle dans le cachot obscur quand c'était à peu près tout ce qu'il lui était possible de comprendre.) Tout va bien. Nous t'avons délivré. C'est fini – il n'y a plus de Kif.

Il leva enfin la tête et la regarda, un être d'une autre race qui empestait, dont la crinière et la barbe, ce qu'il avait de plus beau, étaient des tortillons d'or quand elles étaient propres mais qui étaient maintenant tout échevelées. Ses yeux étranges étaient rougis et de l'eau en coulait qui ruisselait sur son visage – l'odeur des Kif les brûlait, elle imprégnait ses haillons, mêlée à celle de l'encens kifish.

– Pyanfar, balbutia-t-il... Pyanfar, avec ces Kif, amie ?

– Certes pas, par les dieux !

Elle crut que le frisson qui secouait l'Humain allait le désarticuler et le serra plus fort contre elle comme s'il était le gage de sa propre sauvegarde. Un talisman. Elle avait conscience de sa condition de mâle tout comme elle en avait eu conscience lors de leur captivité à bord du *Harukk* d'une façon à la fois vague et troublante. Mais Anuurn, la patrie, les hommes étaient loin, très loin. Abstraction faite de Khym dont la présence suffisait à lui rappeler tout cela, bien qu'il appartînt à Pyanfar et fût bien trop vieux. Pour ce qui était de Tully et quels que pussent être les sentiments des Humains, c'était un être complexe, un être d'ailleurs et les dieux seuls savaient si même il voyait en elle une femelle.

Mais quelqu'un se devait de le protéger. Hilfy savait depuis toujours que les hommes étaient une denrée précieuse, que leur équilibre mental était fragile et que leurs crises de fureur n'avaient d'égales que leur vanité. *Na* Khym, et quoi qu'en pensât Pyanfar, *na* Khym avec son museau grisonnant et la pondération qui vient avec l'âge... eh bien, il faisait exception à la règle. Les jeunes, c'était une autre affaire. On leur faisait une place et on les tenait à l'écart de tous les désagréments, ils portaient des vêtements de soie, ils chassaient et faisaient la fierté des femmes. Ils ne combattaient que lorsque leurs épouses et leurs sœurs avaient failli à leurs devoirs, que le désastre était aux portes. Et ils étaient vaillants, ils avaient le courage de l'ultime recours. Mais aucune habileté : nul n'attendait de la ruse de la part d'un mâle. Pas quand ils étaient jeunes. Pas avant de s'être frottés aux Mahendo'sat.

Son Tully était intelligent. Et brave. Elle se rappelait la fois où les Kif l'avaient attaquée. Il s'était jeté sur eux bien qu'il n'eût même pas de griffes. Les Kif l'avaient catapulté mais il avait continué d'essayer de la défendre jusqu'au moment où ils l'avaient proprement assommé.

Et elle n'avait pas pu aller jusqu'à lui. Ç'avait été encore plus douloureux que les plaies et les bosses qu'elle avait récoltées. Ils l'avaient droguée. Et elle n'avait rien pu faire, réduite à l'impuissance comme elle l'était, lorsqu'ils avaient emmené Tully pour l'interroger.

– Chur va bien, dit-elle, se rappelant soudain que, n'étant pas monté sur la passerelle, il ne le savait pas encore. On l'en a sortie, Tully.

Il la regarda en battant des paupières.

– Chur sauvée ?

– Tout le monde est sain et sauf.

L'Humain émit un bruit non identifiable, s'essuya la figure et passa ses doigts épointés dans sa crinière hirsute et emmêlée.

– ≠ ≠ ≠.

Mais la traductrice ne restitua qu'une bouillie incompréhensible. Balançant ses pieds, il reprit :

– Je ≠ équipage. Je équipage, Hilfy, travailler… Vouloir travailler… comprendre ?

Il se mit debout. Comme il vacillait sur ses jambes, il s'appuya sur la main qu'Hilfy lui tendait pour recouvrer l'équilibre.

– Bain, fit-il.

Et il tourna la tête dans la direction de la salle d'eau.

Cela, Hilfy le comprit.

– Je t'attendrai.

Somme toute, ils étaient tous un peu dérangés. Elle avait elle-même l'impression d'être prête à s'effondrer, et le coup qu'elle avait reçu sur la tête lui laissait une impression de vertige. Mais *L'Orgueil* allait appareiller sans tarder. On allait prendre l'espace, dire adieu à toute cette histoire. Et elle avait connu une fois l'interminable martyre du saut alors qu'elle était entre les mains des Kif... enfermée quelque part dans les ponts inférieurs du vaisseau sans savoir où ils allaient, où ils étaient, ni quand ils mourraient.

Ils étaient à Mkks. Chur le lui avait dit. Et elle lui avait dit aussi une foule d'autres choses – par exemple, qu'un marché avait été passé à la station de Kshshti, à la suite de quoi Banny Ayhar avait pris précipitamment la route de Maing Tol avec des messages, et les Hani avaient fait cause commune avec Jik et le *Vigilance* – une alliance improbable mais utile.

Jik a enfoncé ses crocs dans le cuir d'Ehrran, avait dit Chur pendant la longue attente. *Il lui a montré des papiers à Kshshti et elle a instantanément mis les pouces. Ce n'est pas un capitaine de chasse, ce Jik... enfin, pas seulement. Il a des relations. Il nous a fait sortir du port, il a fait travailler le drôle d'ordinateur de l'*Aja Jin *et a établi un itinéraire qui nous a conduits tous les trois à Mkks en beauté. Nous avons un nouveau moteur...*

Chur le lui avait fait voir grâce à la caméra de poupe et un frisson avait parcouru l'échine d'Hilfy à la vue des équipements de queue.

L'Orgueil avait changé. Il était devenu quelque chose d'autre depuis qu'il avait mouillé à Kshshti.

Comme Hilfy elle-même. Comme elle aurait voulu que le navire ait toujours son ancienne silhouette et retrouver quelque chose de familier et d'immuable !

Pyanfar, avec ces Kif, amie ?

Faisant appel à son imagination, Hilfy essaya de se représenter ce qui avait pu se passer dans la salle entre Pyanfar et les Kif, et dont Tully avait été témoin, mais pas elle. Et quand Pyanfar était revenue là-bas avec Jik, Ehrran, Tully et tout l'équipage, à l'exception de Chur et d'elle-même. *Dieux. Mais pourquoi donc la seule idée de poser cette question était-elle venue à l'esprit de l'Humain ?*

Certes, ils avaient un Kif à bord. Cela, Tully ne le savait pas. Rien que de penser à cette présence, Hilfy retroussa les babines et trembla jusqu'à la moelle. Le Kif était tout près. Quelques portes plus loin, juste après le coude que faisait la coursive.

Elle s'assit sur le lit de Tully, pelotonnée sur elle-même. Jamais elle ne s'était sentie aussi misérable depuis qu'elle avait supplié qu'on l'autorisât à prendre l'espace en abandonnant un père gâteux... Elle n'avait plus qu'un désir : retrouver la demeure ancestrale et la sécurité. Et ne pas envisager de faire ce qu'elle voulait faire maintenant. Mieux valait chasser dans les collines. C'était une autre façon de tuer. Une façon plus propre. Trouver un compagnon. Voilà ce qu'elle devait faire. Sentir à nouveau l'herbe sous ses pieds et le soleil lui chauffer le dos, là-bas... là où les Hani qu'elle pourrait rencontrer ne comprendraient jamais ce qu'étaient les Kif, ne comprendraient jamais les choses qu'elle avait vues.

Tully ressortit de la salle de bains, chancelant toujours. Il était nu. Couvert de plaies sanguinolentes. De meurtrissures. De traces de brûlures. Quels sévices avait-il endurés ! Hilfy était pareillement marquée.

Il ouvrit un tiroir dans lequel il fouilla et finit par dénicher un vieux bouffant de rebut appartenant à Haral.

– Tu veux que je t'aide ?

Il secoua la tête. L'équivalent de « négatif » pour

les Humains. Il s'assit et fit plusieurs vaines tentatives pour enfiler une jambe. Après s'être accordé un bref instant de répit et non sans avoir repoussé Hilfy d'un geste, il recommença en se tenant au bord du fauteuil et réussit enfin la première partie de l'opération.

La porte s'ouvrit sans avertissement. Chur, emmaillotée dans ses bandages, se tenait sur le seuil. Elle écarquilla les yeux et coucha ses oreilles garnies d'anneaux qui étaient autant de symboles des voyages auxquels elle avait participé.

– Chur…

Tully passa à la seconde jambe, parvint à se mettre debout, remonta le pantalon et attacha la ceinture, s'interrompant de temps en temps pour se cramponner au fauteuil.

– Vomissures des dieux, nous ne nous sommes guère vus, tous les deux, murmura Hilfy avec un petit haussement d'épaules en direction de Tully. (Soudain, ses oreilles étaient brûlantes.) Ni lui ni moi. Tu es la bienvenue, Chur.

– Vous bien. (Tully, abandonnant son fauteuil, tendit les deux mains à Chur. Instinctivement, celle-ci tressaillit mais l'Humain se borna à faire claquer ses paumes contre les siennes.) Vous voir bon, Chur. Vous voir bon…

– J'en ai autant à ton service. (Chur sourit gauchement tandis qu'Hilfy se levait.) Nous ne sommes pas beaux à voir tous les deux, hein ?

– Nous bien, dit Tully avec une simplicité qui faisait mal. (Il sourit à son tour, essayant d'arborer une expression de plaisir hani.) Je croire vous, Chur, morte.

– Eh bien, je ne le suis pas. (Elle effleura la joue de l'Humain avec une douceur extrême.) Dieux ! Ils t'ont recraché après t'avoir mâché, n'est-ce pas ?

Prise d'une soudaine faiblesse, Hilfy se retint au siège.

– Laisse-le s'asseoir, par les dieux ! Et toi aussi, assieds-toi ! Qu'est-ce que tu fais là ?

– Je prends une petite récréation. Des messages n'arrêtent pas d'arriver, en haut. Tirun les collecte. Alors, je me suis dit que c'était le moment ou jamais de passer vous voir pendant qu'on n'avait pas besoin de moi.

– Nous filons d'ici, n'est-ce pas ? (Chur aplatit les oreilles.) Réponds ! Nous reprenons l'espace ?

– Nous avons conclu un marché. Une petite transaction...

– Quel marché ?

– Avec Jik. Nous... enfin, nous lui devons une faveur. Il nous a demandé d'aller à Kefk. Il a convaincu Ehrran de donner son accord.

– Dieux et tonnerres ! (Les griffes d'Hilfy s'enfoncèrent dans le rembourrage du fauteuil. Elle les rentra. La peur... la peur à l'état brut. Elle savait au fond d'elle-même qu'elle était inscrite à jamais dans son être. Dans ses os, dans ses nerfs. À jamais...) Mais il n'y a personne d'autre que les Kif, à Kefk ! Nous continuons donc à poursuivre ce projet nébuleux de nouer des relations commerciales avec l'humanité ?

– Il s'agit d'un autre genre de marché. (Les oreilles de Chur prirent le demi-pavois. On voyait le blanc au coin de ses yeux.) Je ne sais pas exactement ce qui est en jeu. La capitaine parlemente sans arrêt avec Jik.

– Aller Kefk ? (Tully s'appuya à la cloison pour tenir debout.) Kif ? Aller chez Kif ?

– Quels sont les termes de ce traité ?

– C'est Jik qui en est l'initiateur, répondit Chur. Nous t'avons récupérée moyennant une rançon, Hilfy. J'ignore ce qui se mijote mais il est certain que nous ne sommes pas tirés d'affaire. Nous allons appareiller pour détourner Akkhtimakt de Mkks au cas – vraisemblable – où il y viendrait. Nous avons deux Kif décidés à en découdre à Kefk et Jik a choisi son camp. C'est une question de politique mahen. Et nous sommes dans le coup.

– Non, par les dieux !

Soudain, la cabine n'était plus qu'un ténébreux tunnel. Hilfy repoussa violemment le fauteuil et se dirigea vers la porte sans prêter attention à la main que Chur lui tendait.

La voix de cette dernière l'accompagnait :

– Hilfy !

Et celle, cassée et rocailleuse, de Tully :

– *Hilfy !*

– Dans un enfer mahen, répliqua la jeune Hani à tous les échos en se précipitant vers l'ascenseur.

5

Accord Ehrran obtenu nous. Ce message concis de Jik était arrivé très peu de temps après que ce dernier eut regagné son navire. « Bonté des dieux ! avait hurlé Haral. Quel moyen de chantage emploie-t-il ? » Et Tirun avait rétorqué : « Il doit être efficace. »

Jik avait précisé presque aussitôt : *Obtenu nous* hakkikt *balancer infos ordinateur. Intéressant beaucoup très. Nous traiter biblio. Vous prendre, nous vérifier.*

Arrivèrent les données en provenance du *Harukk* de Sikkukkut : *Moi, Sikkukkut, je vous offre un cadeau. Kefk n'est pas Mkks. Vous le constaterez. Nous quittons le mouillage dans douze heures ou moins encore.*

– C'est court comme délai, *Aja Jin*, protesta instantanément Pyanfar. Je sais qu'il faut faire très vite mais nous n'avons pris aucun repos, pourriture des dieux !

– Désolé, répondit Jik. Il obligation y avoir. *Essayer,* amie. Nous problème avoir.

– Quel problème ?

– Quelque chose comme vecteur de ce Stsho.

– Il a mis le cap sur Kefk, c'est cela ?

– Tout juste.
– Dieux et tonnerres !
Pyanfar passa les doigts dans sa crinière et posa ses coudes sur la console. Elle sentait la tension derrière ses yeux.
Le communicateur continuait inlassablement à déverser les caquets du dialogue entre Kif et Mahendo'sat. Le Central de la station, en effet, était encore sous contrôle kifish mais il y avait des opérateurs mahen dans quelques-uns des bureaux des docks. Les tableaux clignotaient, affichant les messages de l'*Aja Jin* qui captait les émissions de le *Harukk* et en faisait une vérification comparative sur son propre ordinateur avant de les répercuter sur *L'Orgueil*.
– J'aimerais bien jeter un coup d'œil à cet ordinateur. Elle est méchamment compliquée, cette raclure, à en juger par la manière dont elle nous a conduits ici.
– Mieux vaut deux fois qu'une, c'est tout ce que je peux te dire, fit Haral. Khym... occupe-t'en, veux-tu ? Geran, donne-lui un coup de main. Il risque de le bousiller.
– Je regrette. Il est parti. J'ai égaré les spécifications.
– Une facture de plus ou de moins, soupira Geran.
L'équipage était amputé de deux navigantes. Chur était à bout de force et incapable de continuer de travailler. Hilfy se reposait en bas avec Tully. Pendant ce temps, l'univers accessible se manifestait par une pluie de griefs qui se déversaient du communico.
– Nous portons plainte.
C'était une véritable litanie.
– Vous êtes sacrément optimiste, lança Pyanfar à l'adresse d'un Mahe qui faisait preuve de plus d'insistance que les autres. Communiquez votre plainte à Maing Tol. Et, par les dieux, j'espère qu'elle y arrivera !
Elle regretta immédiatement de s'être énervée. Ses mains tremblaient et elle avait cette sensation

de creux dans le ventre que provoque inévitablement l'hyperaccélération après le saut. Elle mangea quelques concentrés, elle but mais cela ne lui fit aucun bien.

Il était indispensable qu'ils dorment. Tout le monde devait être libéré de ses tâches pour prendre un peu de repos mais les émissions de Jik continuaient sans trêve d'arriver.

– Cette déjection de Mahe n'a donc pas de nerfs ? maugréa-t-elle. Il avait un équipage de rotation pendant qu'il était en approche. Et il a probablement festoyé. Qui croit-il donc que nous sommes ?

La question demeura sans réponse.

– Dieux ! fit Geran à voix basse quand le plan de vol et les informations sur Kefk commencèrent à prendre forme. Ce salaud est une belle raclure !

– Et encore, nous n'y sommes pas, dit Haral. Je parie que ce système nous réserve plus de surprises que ce Kif ne veut bien nous le dire.

– Je ne relèverai pas le pari, fit Geran.

Il n'y avait pas de point de saut sur la route de Kefk, pas de point de masse où trois vaisseaux aux intentions inamicales pourraient se tapir dans un silence total afin que les équipages puissent se reposer et dormir un peu. L'itinéraire passait par deux étoiles dont chacune exerçait son influence gravitationnelle sur l'autre. *L'Orgueil* serait directement et brutalement soumis à son champ de saut et à l'attraction de Kefk. Trois étoiles, en fait, en comptant Mkks, Kefk 1 et Kefk 2. Car Kefk était une binaire courte, ce qui, en mettant les choses au mieux, rendait la navigation difficile.

– Six bâtiments pénétreront avec Sikkukkut, Jik et notre amie Ehrran, dit Tirun. Nous constituons l'arrière-garde.

– Seuls avec sept Kif, soupira Geran. Dieux ! Quelle armada !

– De quel intervalle disposons-nous ?

– Pas grand-chose, par les dieux !

Haral prenait furieusement des notes. L'ordinateur de Pyanfar cracha un ruban de papier.

Elle n'avait qu'une seule idée en tête : dormir, allonger ses os douloureux sur un matelas et ne plus penser – alors qu'ils étaient en panne dans un port tenu par les Kif. Alors qu'ils avaient probablement dans leur dos une force d'assaut kifish aux ordres d'Harak ou d'Akkhtimakt par le truchement de Kshshti. Au choix ! Avec le seul espoir qu'Akkhtimakt ne fût pas à une plus courte distance d'eux que ne l'était Kshshti.

Cela, les dieux seuls pouvaient le savoir. Si attaque il y avait dans cette situation, si Akkhtimakt atteignait Mkks avant que *L'Orgueil* eût déhalé ou avant qu'il eût atteint sa vitesse régime, il était une cible sans défense, le nez face à la station, et sans la possibilité de parvenir à sa vélocité V à temps. Exactement ce qui s'était passé pour le *Harukk* et ses alliés.

Nul besoin d'être télépathe pour deviner la raison d'ordre pratique qui poussait Jik à quitter Mkks dans les délais les plus rapides.

Mais d'autres pensées traversaient l'esprit de Pyanfar. L'éventualité que le même Jik possédât des renseignements qu'il gardait pour lui sur telle ou telle opération en train de se développer ailleurs. La certitude absolue que cela était vrai en ce qui concernait Sikkukkut.

Tout s'embrase, Hani, avait-il dit. De Llyene à Akkt et à Mkks. Même à Anuurn.

Même à Anuurn.

Et le *Vigilance* avait accepté d'être partie prenante d'une action de piraterie ouverte.

Sikkukkut : j'ai émis l'hypothèse, qui s'est révélée exacte, que vous me suivriez, chasseuse Pyanfar, dès que votre navire serait en état de prendre l'espace.

Cela ou quelque chose d'approchant.

Alors, pourquoi nous ? Dieux et tonnerres, qu'avons-nous en notre possession que les uns et les autres voudraient s'approprier, sinon Tully ? Et Sikkukkut le leur avait restitué. Jik aurait pu exciper des droits qu'il avait sur lui. Et il s'était écrasé.

Pourquoi Sikkukkut tenait-il à nous mettre, nous, dans le coup ?

Un Kif dans la salle de bains. Et des Kif partout. Des menaces de poursuites en justice tombant en avalanche parce qu'il était plus facile d'intenter un procès à un navire de commerce hani qu'à une déléguée du *han* ou à un chasseur mahen. Ou à des Kif, par les dieux !

– Le *Vigilance* vient de nous appeler, annonça Haral. Pour nous notifier officiellement qu'une plainte a été déposée contre nous.

– Dis-leur qu'elles peuvent se la mettre où je pense, leur notification.

– Capitaine...

– Non, d'accord, ne leur dis pas ça. Accuse réception. (Pyanfar porta les yeux sur un autre panneau où s'était affiché le compte rendu du contrôle des systèmes.) La vanne numéro deux en bon état de marche.

Elle vérifia les contrôles effectués par Tirun, enclencha la commande d'essai de la numéro trois et revint aux paramètres du système de Kefk.

Le schéma montrait des stations de surveillance armées. Dont trois à Kefk. Et la balise de navigation robot balayant la zone du rayon de saut ne donnait aucun itinéraire d'accostage aux bâtiments émergeants s'ils ne s'identifiaient pas. Et si leur ID n'était pas de son goût, elle cessait tout simplement d'émettre. Il s'ensuivrait qu'il serait nécessaire de casser la vélocité prématurément pour éviter une possible collision. Or, même à vitesse réduite, le risque de collision n'était pas éliminé. Et si, à l'entrée, leur V était annulée, le bâtiment émergeant serait une proie désignée pour tous les projectiles que les stations de protection jugeraient bon de leur balancer. Dieux ! C'était pure démence !

Pyanfar regarda l'écran numéro deux sur lequel venait de s'inscrire un nouvel état partiel de contrôles techniques. Elle cligna des paupières. Se gratta l'oreille droite. Les lettres se brouillaient dans une sorte de brume glauque pour se reformer ensuite. L'équipage, stoïque, n'élevait pas la moindre protestation. Un Hani mâle exténué était là, s'escrimant sur son clavier, exhalant sans s'en rendre compte un grondement guttural qui n'était qu'un réflexe et se transformait de temps en temps en un murmure. Pauvre Khym ! Il était trop bien éduqué pour jurer comme les autres, bien qu'il fît un travail de navigante à côté de Geran avec une concentration d'esprit digne d'une femme. Il répétait inlassablement et irréprochablement la même litanie : Communiquez-moi votre message. Je le transmettrai à qui de droit. Puis : Je regrette, mais il y a impossibilité.

Bruit de l'ascenseur. Pyanfar fit pivoter à moitié son siège pour surveiller la porte de la coursive, geste instinctif qu'expliquait sa nervosité : n'y avait-il pas un Kif à bord et des spatiennes d'Ehrran en faction dans le sas de *L'Orgueil* ?

Hilfy entra dans la timonerie. À grandes enjambées et les oreilles couchées en arrière. L'œil sombre.

– Qu'est-ce que c'est que cette histoire de Kefk, ma tante ? demanda-t-elle sans ambages.

Pyanfar fit effectuer une rotation complète à son fauteuil et appuya sa nuque sur les coussins qui le garnissaient. C'était la première fois que quelqu'un se permettait d'employer ce ton-là sur la passerelle pour s'adresser à elle. Mais Hilfy… ces derniers temps, Hilfy voulait avoir les coudées franches. La capitaine ne s'en offusqua pas.

– Oui, nous allons à Kefk. Une petite affaire nous y appelle.

– Une affaire kifish ?

Ce fut au tour de Pyanfar de baisser les oreilles. Visiblement, Hilfy était en train de se désagréger. Elle n'avait plus toute sa raison.

– Oui ou non ? insista la jeune Hani.

– C'est une affaire qui est du ressort de Jik. Écoute, ma nièce, nous avons une dette à régler. Et une sacrée foutue dette, pourriture des dieux !

– Une dette envers qui ?

– Envers Jik, pour commencer. (Quoi qu'elle en eût, Pyanfar sentait son cœur accélérer ses battements. Ses oreilles se rabattirent, ses griffes sortirent à demi de leurs coussinets et labourèrent la garniture de son fauteuil.) Eh oui, Jik ! Te figures-tu que j'avais assez d'influence pour faire venir un chasseur mahen et une déléguée du *han* à Mkks afin de m'aider à te délivrer sans accepter en contrepartie un marché donnant, donnant ? Tu nous coûtes cher, ma nièce.

Ce fut comme si Hilfy avait reçu une gifle en plein visage. Du blanc apparut au coin de ses yeux et ses narines se dilatèrent.

– Alors, qu'est-ce que nous faisons ?

– Ce que nous faisons... (La voix de Pyanfar se cassa. Elle n'en pouvait plus de fatigue. Elle agita une main. Hilfy, en face d'elle, vacillait. Elle n'était pas en meilleure condition. C'était du délire ! Ils étaient tous au bord de l'épuisement.) Nous faisons ce qu'il a été décidé de faire... quoi que cela puisse être, ma nièce. Oui, nous allons à Kefk. Nous n'avons pas le choix. Nous avons des dettes que l'on nous met en demeure d'honorer. Nous ne tromperons pas Jik. Ehrran elle-même est partie prenante. Ne me demande pas pourquoi. En tant qu'espionne, cette pourrie des dieux ! Et en ce qui nous concerne, il s'agit de ce que je t'ai dit. Il nous faut payer nos dettes. Nous t'avons arrachée aux Kif. C'était le mieux que je pouvais faire.

– Nous avons un Kif à bord.

– Je n'y suis pour rien.

– Alors, c'est la faute à qui ?

Sur le moment, Pyanfar crut avoir mal entendu. Puis ses muscles se contractèrent convulsivement, la propulsant hors de son siège. Hilfy se tenait devant elle, immobile, les oreilles basses et l'air atterré comme si, elle non plus, n'en revenait pas. Comment avait-elle pu dire une chose pareille ?

Khym se leva. Ses oreilles étaient couchées en arrière. Un bloc de chagrin sur deux jambes...

– Quelle quantité de territoire est-ce que je te concède ? dit Pyanfar. Qu'as-tu à exiger ?

Dans la coursive, les portes de l'ascenseur s'étaient à nouveau ouvertes. Chur et... dieux !... et Tully s'approchaient de la passerelle, plus vite que l'une et l'autre ne l'auraient cru. Seul le chuintement du cuir quand les membres de l'équipage se rassirent brisa le silence de mort qui régnait dans la salle de commandement.

– As-tu une recommandation particulière à proposer, ma nièce ?

– Non.

Elle avait finalement réussi à articuler ce « non ».

Chur et Tully firent leur entrée, l'un soutenant l'autre.

– Il serait peut-être préférable que tu retournes te reposer. Nous avons du travail.

– Mais, malédiction des dieux, ma tante...

– Je t'ordonne de vider les lieux ! Dieux et tonnerres, Hilfy Chanur, aurais-tu le front de discuter mes décisions ?

Tully quitta l'appui de la console à laquelle il s'était adossé et, le corps flasque, en proie au vertige de la fièvre, il s'immobilisa entre les deux Hani en fureur. Il oscillait d'avant en arrière et son regard était hanté par la panique.

La lumière se fit alors en Pyanfar. Elle eut un aperçu de ce qui s'était passé quand sa nièce et l'Humain étaient prisonniers des Kif. Tout l'équipage également. Elle ne voulait même pas tenter d'imaginer ce qui avait pu se passer d'autre. Le prenant par l'épaule, Hilfy fit doucement asseoir Tully dans le fauteuil qu'avait quitté Khym, sous la surveillance de Chur.

Il n'y avait pas d'autres bruits que les bips des instruments et rien ne bougeait hormis les témoins lumineux qui clignotaient.

– Hilfy... (Pyanfar se laissa lourdement choir sur son siège.) Hilfy... (les bips et le grésillement de l'imprimante enregistrant les dialogues que captait le récepteur). Nous sommes tous fatigués. Nous ne sommes pas préparés à affronter une situation pareille. Sur d'autres navires, il y a des relèves, des rotations d'équipage... Geran, tu vas envoyer un message à Jik pour lui dire qu'il accélère son programme horaire pourri : nous allons décrocher. Quand nous l'avons retrouvé, Hilfy, il avait eu une bagarre quelque part avec les Kif. Il en avait fait voir de rudes à Akkhtimakt, et pas qu'un peu. Où est maintenant Akkhtimakt ? Mystère, mais une chose est sûre : il veut notre peau, la question ne se pose même pas. Sikkukkut jure ses grands dieux que ce sont les sbires d'Akkhtimakt qui ont mis les docks de Kshshti à feu et à sang et qui ont tenté de s'emparer de Tully et de toi...

– Quelle importance de savoir quel est le Kif vomi des dieux qui...

– Tais-toi et écoute. C'est Sikkukkut qui, pour des raisons personnelles, vous a capturés à la place de l'autre. Il n'escompte pas de gratitude de notre part. Seulement que nous fassions preuve de bon sens. Les agents d'Akkhtimakt se sont enfuis de Kshshti. Il y a des chances pour que ses navires d'observation surveillent le système de Kshshti. Il n'est pas commode de repérer ce genre d'engins tant qu'ils n'émettent pas. Et si c'est le cas, il triangulera à la minute où il passera au ras du système, il saura tout de A à Z avant de casser sa célérité, et les dieux leur viennent en aide s'il reste pour régler les choses. Mais cela semble peu probable. Nous pensons qu'il foncera droit sur nous sans perdre de temps. Seulement, on ne peut pas parier qu'il en ira ainsi à coup sûr. Nous avons été par ailleurs informés que ces sans-oreilles de Stsho qui viennent de déhaler ont pris la route de Kefk pour rentrer – afin d'en profiter pour dégoiser tout ce qu'ils savent au *gtst,* tu peux être tranquille ! Nous avons un paquet de problèmes sur le dos, ma nièce.

– Mais, au nom des dieux, nous ne sommes qu'à une portée de saut de Maing Tol ou d'Idunspol !

Nous devions y conduire Tully. Qu'est devenue cette priorité ?

– Elle a été prise en charge par Banny Ayhar. Le *Prospérité* transporte depuis son départ de Kshshti le courrier de Tully avec une bande de traduction en langage humain. Si Banny n'a pas fait de mauvaises rencontres, l'objet est déjà à Maing Tol. Ou il y sera bientôt. (Fatiguée comme elle l'était, Pyanfar devait se battre avec les chiffres des vitesses translumiques.) Nous sommes plus rapides que nous l'étions avant. Et si le sort de Tully t'intéresse tellement, mets-toi bien ceci dans la tête : si nous l'amenons aux Mahendo'sat à Maing Tol, ils l'agraferont, ça ne fait pas l'ombre d'un doute. Pourquoi crois-tu donc que je ne l'aie pas confié à Jik, là-bas ? Ils l'auraient enfermé à double tour et ils l'auraient forcé à raconter tout ce qu'il sait. C'est ça que tu veux qu'il lui arrive, hein ? Peut-être qu'il sait encore quelque chose. Peut-être que je suis folle de ne pas le laisser partir. Mais je ne lui jouerai pas ce mauvais tour. Ce serait signer son arrêt de mort. Tu entends ? Après, ils ne le lâcheraient jamais.

– Vous étiez pourtant prête à l'abandonner aux mains des autres à Kshshti ! s'écria Hilfy.

Le communico à traductrice intégrée de Tully bourdonnait régulièrement. Les yeux de l'Humain étaient obscurcis et écarquillés.

– C'était *avant,* vomissures des dieux. *Avant* que tout explose, avant que nous…

– … ayons cette dette à payer. Admettez-le : il est une monnaie d'échange. S'il nous tire du mauvais pas où nous nous sommes fourvoyés, il vaut le sacrifice. C'est pour cela que vous tenez à lui ! Le plus pourri des marchés pourris !

– Prends garde à ce que tu dis, petite morveuse !

– Ce n'est pas la vérité ?

– Non, dieux et tonnerres ! *Non !* Pas… (… pas depuis la confrontation avec Sikkukkut, pensa Pyanfar. Pas depuis qu'elle avait pénétré dans une forteresse kifish pour se le faire restituer et qu'elle avait vu ce qu'elle avait vu.) Non, ce n'est plus vrai.

– Alors, nous faisons alliance avec eux ? Nous prenons le risque de condamner à la mort tous ceux et toutes celles qui sont à bord ? Alors que nous sommes à moins d'un saut de l'espace mahen ?

– Nous avons une dette à payer – tu l'as dit toi-même. Et c'est l'espace *mahen.* Nous sommes tributaires des lois mahen. De la politique mahen. Tu veux t'en remettre à leur compassion ? Jouer sur un coup de dés tout ce que nous avons en faisant l'impasse sur des priorités qui ne sont pas les nôtres ?

– Je croyais que c'étaient nos alliés d'ici qui avaient une dette envers nous. Maintenant, il s'agit de tout autre chose.

– Si j'avais su de quoi il retournait exactement, ma nièce, je n'aurais peut-être pas marché. Les Mahendo'sat s'en tiennent à leur statut. Veux-tu que Jik soit tué ? Tu veux qu'il suive sa ligne – et qu'arrivera-t-il alors à son Personnage ? Qu'arrivera-t-il à ses amis, Or-Aux-Dents et nous, par exemple ? Nous avons partie liée en cette affaire. Et avoir une foi aveugle en eux n'est pas de saison.

– Nous ne sommes pas un vaisseau de guerre, tante !

– Non. (Pyanfar avait mal aux tripes. Parce qu'elle n'avait pas mangé ? À cause du manque de sommeil ? Ou de la peur – une peur à l'état brut ?) Nous sommes un navire marchand aux cales vides, nous sommes endettés jusqu'au cou, la déléguée du *han* a des dossiers assez fournis pour nous acculer à la ruine, et il y a toutes les chances pour que, de leur côté, les Stsho de La Jonction déposent plainte contre nous auprès du *han.* Cette crapule de Stle stles stlen ne m'inspire pas plus de confiance que de sympathie. Et nous avons un Kif déchaîné dont nous sommes la proie désignée. Akkhtimakt veut régner sur tous les Kif et, s'il réalise son ambition, je te laisse juge de ce que seront nos chances personnelles. Ainsi, tu veux savoir pourquoi je fais alliance avec les Mahendo'sat ?

– Vous n'imaginez quand même pas qu'ils nous laisseront loyalement la possibilité de nouer des relations commerciales avec les Humains ! Ils nous blouseront à la première occasion, nos chers alliés !

– Je ne doute pas qu'ils essaieront. C'est là un jeu où ils excellent. Mais, dans l'immédiat, ils sont notre seule planche de salut. Tu veux qu'on aille à Maing Tol, qu'on fasse clopin-clopant la longue route qui nous sépare de La Jonction pour reprendre notre cargaison sous hypothèse... mais en échange de quel cautionnement, ma nièce ? Ou que l'on retourne à Anuurn pour essayer de nous disculper devant le *han* de toutes les accusations portées contre nous ? Quand la chose se saura, des défis seront portés à ton père. La moindre petite pisseuse ayant de l'ambition lui en fera voir des vertes et des pas mûres, Ehrran y veillera, crois-le bien. Et Kohan se fait vieux, petite. Il n'est pas en mesure de faire face à tout le monde. C'est comme ça.

– Alors, on prend le risque de perdre *L'Orgueil* ?

– C'est la ligne de conduite que j'ai choisie.

Personne ne broncha. Hilfy, immobile, s'efforça de recouvrer son souffle. Le communico émettait ses bips avec persévérance.

– Ce que nous allons faire ? reprit Pyanfar. Prendre d'abord le repos qui nous est indispensable. Nous prêterons assistance à Jik pour cette mission démentielle et nous protégerons les fesses de la déléguée cachées sous son bouffant noir. En faisant des vœux pour qu'Or-Aux-Dents soit dans les parages. Le principal est de faire en sorte que les Mahendo'sat restent bien disposés à notre égard. Sikkukkut n'est que normalement dingue. On t'a récupérée vivante. Ce que j'ai entendu dire d'Akkhtimakt m'inquiète plus qu'un peu. Ce Kif-là nous poursuit d'une haine implacable. Sikkukkut est deux fois moins malfaisant. Voilà la vérité, ma nièce. Écoute-moi. Veux-tu qu'Akkhtimakt devienne le *hakkikt* suprême, celui qui sera l'unificateur des mondes, le chef que les Kif attendent depuis qu'ils ont découvert la piraterie ? Ne préfères-tu pas que ce rôle échoie à Sikkukkut qui, lui, a au moins des limites ? Peut-être sommes-nous directement intéressés par cette lutte pour le pouvoir qui sépare les Kif en deux camps, tu ne crois pas ?

– Alors, on laisse Sikkukkut dormir bien tranquillement dans son lit ?

La violence du ton de sa nièce était telle que Pyanfar rabattit les oreilles.

– Ni là ni ailleurs. Oui, nous avons passé un marché. Un marché profitable pour les deux parties.

– Je vous demande pardon, je vous demande pardon... Ce vomi m'a infligé des sévices, il m'a droguée, m'a fait tout le mal, toutes les misères qui peuvent venir à l'esprit d'un Kif – et les dieux seuls savent ce qu'ils ont fait à Tully : il n'a même pas pu me le raconter. Et vous voulez que j'approuve ce marché ?

– Non. Je ne t'ai pas demandé cela. (Pyanfar laissa retomber sa tête sur le capiton de son dossier.) J'ai seulement essayé de te faire comprendre ce qui s'est passé. Si tu veux réfléchir à tout cela à tête reposée, tu peux disposer. Tu as le droit de souffler. Mais je ne te conseille pas de quitter le bord. Bientôt, il ne fera pas bon se promener dans Mkks. Pas bon du tout à partir du moment où les nouvelles parviendront à Maing Tol et à Akkt. Le fond de la question, c'est que les Mahendo'sat risquent de perdre une station stellaire, tu entends ? Ou que les Kif s'en rendent maîtres si tu préfères. Et cela ne fait plaisir à personne. Tu n'es pas la seule à te tourmenter. Les dieux seuls savent ce que feront les Mahendo'sat ou de quelle crédibilité bénéficie encore Jik chez nous. Nous avons perdu le soutien qu'aurait pu nous accorder le *han*. Jik est tout ce qui nous reste. Jik et Or-Aux-Dents. Et s'ils se défilent, nous n'aurons plus rien. *Absolument rien.* Il est prévisible qu'ils nous blouseront exactement comme tu le disais. Mais si tel est le cas... il y a de fortes chances pour que le Personnage pour lequel ils travaillent soit révoqué. Alors, il y en aura un nouveau. De nouvelles ententes. Une nouvelle politique. Je ne sais trop si j'apprécierais. Et si Ehrran, elle aussi, apprécierait.

Les épaules d'Hilfy s'affaissèrent. Son expression était torturée. Le communico continuait d'égrener ses bips. C'était son poste de travail. D'un signe de la main, elle s'avoua vaincue, enfonça l'écouteur dans son oreille et appuya sur la touche.

– Ici *L'Orgueil de Chanur.* L'officier des transmissions est à l'écoute.

Elle s'assit, tournant le dos aux autres.

– Tully ! appela Pyanfar.

Il s'approcha d'elle et l'enveloppa de son regard bleu et méditatif. Mais ce fut avec douceur que l'Humain lui prit la main comme il avait appris à le faire. La capitaine sortit à demi ses griffes qu'elle posa sur la sienne – juste ce qu'il fallait pour ne pas écorcher sa peau fragile.

– Descends, Tully. Va te reposer. Tout va bien. C'est juste une petite discussion. De la palabre. Descends et repose-toi.

– Je équipage appartiens. Je technicien radar. Je travailler.

– Tu n'en peux plus. D'ailleurs, tu ne peux pas lire les écrans et encore moins t'occuper des commandes sans détecteur. Tu veux travailler ? D'accord. Va dormir un peu et on verra après. Allez... va.

Pyanfar lâcha sa main et lui claqua les fesses, mais Tully ne fit pas un pas. Khym observait la scène. Elle grinça des dents. Son mari. Et ce mâle. Une adolescente blessée au plus profond d'elle-même – et les dieux seuls savaient ce qu'elle avait pu apprendre dans sa cellule quand elle était entre les mains des Kif !

– Quartier libre pour tout le monde ! Nous allons tous prendre une permission de détente. Dormir. Et manger. D'accord ?

Nouvelle claque sur les fesses de Tully pour le faire bouger, toutes griffes dehors, cette fois. L'Humain s'ébranla alors avec un sursaut et se retourna, l'air de ne rien comprendre.

– Tante... (Hilfy avait sa voix de service. Posée. Raisonnable.) C'est l'*Aja Jin.* Le capitaine vous présente ses compliments et vous fait savoir qu'il a un problème. Il dit qu'il faut qu'il vous parle directement. À vous et à personne d'autre. Vous prenez la communication ?

– Je la prends. (Tout... n'importe quoi pourvu qu'Hilfy gardât son calme ! Pyanfar fit pivoter son fauteuil.) Tully, Khym, Chur et Geran, disparaissez d'ici. Allez vous restaurer et dormir. Exécution. Et que ça saute ! Toi aussi, Hilfy... Ah ! encore une chose.

– Oui ?

D'après le ton qu'elle avait employé, sa nièce était sur la défensive.

– Selon le Kif, Tahar fait ami-ami avec Akkhtimakt.

– *Lune Qui Monte ?*

Hilfy ouvrit de grands yeux.

– Depuis Gaohn. Logique, non ? Elle faisait le jeu d'Akkukkak. Après Gaohn, vers qui d'autre aurait-elle pu se tourner ? Le *Vigilance* est intéressé. Très intéressé. J'ai pensé que tu aimerais le savoir.

– Crache-dieux ! Ma tante...

– Veille un peu à ton langage. Tu es de retour à la civilisation, ma nièce. (Pyanfar prit le relais de l'émetteur et un torrent d'exigences mahen lui parvint.) Par les dieux, Jik...

– ... *temps. Vous reçu transmission ordinateur. Quoi vouloir ? Attendre Akkhtimakt ? Attendre Kif* Harak.

– Et vous, qu'est-ce que vous voulez ? Que je perde mon équipage en faisant le saut ?

– *Non temps pour repos. Je pareil avoir autorisés station sur dos mien. Expliquer je aux Kif vous dormir vouloir, a ?*

Pyanfar repoussa sa crinière en arrière et ses

oreilles frémirent. Leurs anneaux produisirent un léger tintement.

– Alors, j'aurai des explications à donner au *hakkikt,* ami. C'est cela que vous voulez ?

Un silence. Puis :

– *Parler* hakkikt *je. Malédictions !*

– Merci.

– *Avant couper émission, peut-être compte à rebours, a ?*

– Il n'en est pas question. Mon équipage n'en peut plus, compris ? Fini pour le moment !

– *Stsho foncer Kefk.*

– Nous ne pouvons rien faire, Jik. Nous avons dépassé les limites de l'endurance.

– *Envoyer équipage je.*

– Personne ne mettra le pied sur ma passerelle.

– *Vous venir je expliquer ? Difficultés avec station, exiger prendre large nous urgence, peur très grande, Pyanfar. Avec Kif soucis. Que dire je à Kif ? Regrets mais Hani faire sieste vouloir ?*

– Donnez-leur les explications qu'il vous plaira. Je n'en peux plus. Je suis à bout de forces. J'ai mis mon équipage au repos.

– *Terminer je alimenter ordinateur en données.*

– Je vous demande douze heures. Après, on ira.

– *Neuf.*

– Onze.

– *Damnation, Hani, non marchandage s'agir ! Neuf heures. Neuf. Neuf pas plus pouvoir. Non possible plus. Nous couvrir vos arrières neuf heures. Non davantage.*

– Neuf heures, murmura Pyanfar. Neuf heures.

Elle coupa la communication, fit tourner son siège et se leva.

Hilfy et Chur s'en étaient allées. Khym et Geran aussi. Mais Tully s'attardait, adossé à l'encadrement de la porte, les mains derrière le dos. Il la regardait.

– Tu as peur, hein ?

– Pyanfar...

– Je ne suis pas en colère contre toi. Je t'ai donné un ordre, *na* Tully. L'ordre de dégager, vu ?

– Pyanfar.

Il restait planté devant elle, les lèvres crispées et il y avait de l'affolement dans ses yeux. Finalement, il se résigna à se détacher de la cloison contre laquelle il s'appuyait et avança jusqu'au siège de la console d'observation. Alors, il s'élança brusquement d'un bond et ses bras se refermèrent sur Pyanfar. Elle se sentit furieuse mais ce geste était plus éloquent que tout ce qu'il aurait pu dire. Elle lui caressa la tête, le repoussa et le considéra.

Il avait en elle une confiance absolue. Et les dieux savaient combien elle était peu justifiée !

– Tu es complètement fou, Tully.

– Hilfy dire vous venir.

– Elle aussi, elle est folle. (Mais cela n'empêchait pas la capitaine de *L'Orgueil* d'être émue. Qu'avait-il pensé quand elle l'avait laissé en compagnie de Sikkukkut ? Qu'avait-il cru ? Il n'était pas un Hani, il n'était pas de la même race... pour les Kif, il n'était qu'un laissé-pour-compte et une épine dans leur pied.) Il faut que tu prennes un peu de repos. Nous nous occuperons de toi.

– Je non aller Kif.

– Bien sûr. La question ne se pose pas. Nous ne te livrerons ni aux Kif ni à personne. Tu restes avec nous. (Pyanfar réfléchit un instant et lui enfonça la griffe de son index dans le flanc pour qu'il lui prêtât attention.) Il y a un Kif à bord. Est-ce qu'Hilfy te l'a dit ?

– Kif... sur *Orgueil* ?

– Il est prisonnier. Son nom est Skkukkuk. Tu le connais ?

Il hocha la tête.

– Non. ≠ ≠ prisonnier ?

– Une partie de ce que tu m'as dit m'a échappé. Sikkukkut nous l'a livré. C'est pour cela qu'il est à bord. Tu n'as pas peur ?

Derechef, Tully secoua la tête.

– Hilfy… Hilfy… vouloir dire… elle Kif.

– Là encore, je n'ai pas compris. Elle est malheureuse, je le sais. Mais nous nous occupons d'elle.

– Elle bonne, bonne.

– Ça aussi, je le sais. (Pyanfar lui tapota le bras.) On va te donner quelque chose à manger.

– Non vouloir.

– « Non vouloir », le singea-t-elle. Allons… viens. (Elle lui prit le poignet, l'entraîna vers la porte de la passerelle. S'arrêta pour regarder Haral et Tirun dont les yeux noirs disaient tout l'épuisement. Les siens coulaient. Elle les essuya d'un revers de main.) Quittez vos postes.

– Et vous ? s'enquit Haral.

– J'en fais autant.

Remorquant toujours Tully, elle s'engagea dans le couloir derrière le coude duquel était située la coquerie. Derrière eux, on entendait des sièges chuinter et claquer les commandes mises en position de repos.

L'activité régnait dans la coquerie. Geran et Khym allaient et venaient. Dieux ! Elle aurait dû hésiter à l'idée de mettre ce dernier et Tully en présence. Mais elle était au-delà de ça, à présent.

– Assieds-toi.

L'Humain obéit et prit la coupe que Geran lui mettait entre les mains – et qui était la sienne. Il but.

– Il va falloir que j'aille apporter de quoi manger à Hilfy. Et à Chur.

– Je m'en charge, ma tante.

Geran rajouta du liquide dans le mélangeur en voyant arriver Haral et Tirun qui se dirigèrent droit sur le comptoir et firent une razzia sur les vivres qui y étaient disposés.

– Tiens, tu en as besoin, dit Khym en tendant une coupe à Pyanfar. Assieds-toi donc.

– Huh.

Elle se laissa pesamment choir sur le banc, but jusqu'à la dernière goutte le contenu du récipient en le tenant à deux mains et repoussa les mèches de sa crinière qui lui tombaient sur la figure.

Le communico se mit à crachoter des bips.

– Pourriture des dieux ! maugréa Haral en sortant le portatif de sa poche. Ici *L'Orgueil de Chanur.* Nous avons signalé que nous sommes en détente. S'agit-il d'une urgence ?

– *J'ai un message personnel en provenance du* hakkikt. *Ce message est le suivant : je vous attends à votre poste de mouillage.*

– Dieux et tonnerres ! gémit Pyanfar. Le Kif.

– N'y va pas, lui conseilla Khym. Envoie-le promener.

– On risquerait peut-être de le regretter plus tard. (Elle s'offrit une énorme rasade de gfi.) Dis-lui de monter à bord. Et dis aux gardes d'Ehrran de le laisser passer. Je m'entretiendrai avec lui en bas.

– Kif. (Signe manifeste d'anxiété, les yeux de Tully papillotaient.) Kif venir...

Pyanfar lui ordonna d'un signe de se taire. Haral relaya le message.

– Il monte, annonça-t-elle. (Elle leva la tête, menton tendu.) Vous savez que ces Ehrran, que les dieux les emportent, vont signaler l'incident dans leur rapport.

– Je sais. (Pyanfar se mit debout.) Tu viens ?

– Moi, je viens, dit Khym.

– Nous n'allons pas y aller tous, cela n'aurait pas de sens. Contentez-vous de surveiller la rencontre d'ici. Il est préférable de ne pas donner l'impression que nous sommes inquiets, non ?

– Ce Kif est peut-être un envoyé de Sikkukkut chargé de récupérer celui que nous détenons, suggéra Haral dans l'ascenseur qui les conduisait aux ponts inférieurs.

– Cela résoudrait déjà un problème. Je le leur rendrais dans du papier cadeau. Mais je n'ai pas grand espoir que ce soit là la raison de cette visite.

La porte coulissa. Les deux Hani sortirent de la cabine.

Le Kif, sombre silhouette dans la lumière, les mains cachées à l'intérieur de ses larges manches, était déjà dans la coursive.

L'index de Pyanfar se recourba sur la détente du pistolet qu'elle avait dans sa poche. Haral devait faire la même chose.

Le Kif s'inclina à leur approche mais la capitaine traita cette marque de courtoisie par le mépris.

– Eh bien ?

Deux mains noires et grêles émergèrent de ces amples manches. Elles étaient vides. Le Kif était d'une taille impressionnante. Une médaille d'argent travaillé à facettes brillait sur sa poitrine.

– Vous venez de la part du *hakkikt* ?

– Vous n'apprendrez jamais à nous distinguer les uns des autres, chasseuse Pyanfar.

Elle scruta plus attentivement son interlocuteur.

– *Sikkukkut ?* C'est vous ?

Le *hakkikt* écarta les bras, paumes ouvertes.

– En l'occurrence, on ne saurait faire confiance à un courrier, chasseuse Pyanfar. Et, n'importe comment, il y a des nuances qu'un messager ne serait pas capable de rendre. Il y aura une transmission par ordinateur. Vous recevez ?

– Oui. Les émissions nous sont relayées par l'*Aja Jin*.

Sikkukkut leva la tête, laissant son regard glisser du haut en bas de son long groin sur la peau fine duquel saillaient les veines. Ses yeux luisaient.

– Vous avez confiance en vos alliés.

– Disons qu'il y a coïncidence entre nos intérêts.

– Vous avez trop de *sfik* pour que les vôtres coïncident avec les leurs.

– Est-ce un marché que vous êtes venu me proposer ?

– J'ai offert de l'or.

– L'or m'est égal.

– Pourtant, vous faites du commerce.

– Certaines espèces de marchandises seulement sont de mon ressort.

– Votre Humain s'est refusé à parler. Il n'a pas proféré un mot.

– Huh.

Pyanfar prit une profonde aspiration sans prêter attention à l'odeur d'ammoniac que dégageait le Kif.

– Je n'ai pas mis trop d'insistance. Mais ses camarades qui se trouvaient sur l'*Aja Jin* ont sans aucun doute parlé à Akkhtimakt quand il a arraisonné ce bâtiment. Et qu'ont-ils pu dire ? Que les Humains sont déterminés à instaurer des échanges commerciaux… qui détruiront la Communauté ? Qui gêneront les Méthaniens ? Qui affligeront les Stsho ? Avez-vous une idée des forces qui sont coalisées contre vous, *ker* Pyanfar ? Votre propre *han* vous désavoue. Vous vous êtes alliée aux Mahendo'sat dont vous connaissez les objectifs.

– Expliquez-les-moi.

– Ils veulent amoindrir notre influence. Lancer encore une autre espèce à nos trousses, comme ils l'ont déjà fait en se servant des Hani pour protéger leur flanc gauche. Il y a des postes d'écoute sur Ninan Hol. Les Mahendo'sat tendent leurs oreilles vers l'espace qui s'étend au-delà. Ils lancent constamment des sondes dans l'espoir de trouver un contact quelconque qui pourrait leur être utile à condition qu'il soit nouveau. Ils mettent leurs mains partout. Comme mon vieil ami Keia.

– Votre ami, huh ?

– Nos intérêts coïncident. Il veut que j'écrase Akkhtimakt dont il tient les buts immédiats en aversion. C'est aussi mon désir, naturellement. Et ce devrait être le vôtre.

– Ce n'est pas exclu.

Le groin de Sikkukkut se plissa, puis se déplissa.

– Kkkt. Partons de l'hypothèse que nous sommes alliés. Souvenez-vous-en à Kefk. Si les choses prennent mauvaise tournure, tournez-vous vers moi.

Pyanfar le dévisagea longuement. Très longuement.

– C'est cela que vous êtes venu me dire ?

– Je trouve que vous êtes quelqu'un qui ne manque pas d'intérêt.

– Merci.

Le groin du *hakkikt* se fronça à nouveau.

– Vous êtes candide. Vous avez des ennemis chez vous – dans vos propres rangs.

Pyanfar baissa les oreilles.

– Qu'est-ce que cela a à voir avec ce qui se passe ici et maintenant ?

– Cela a beaucoup à voir avec le futur. Me vendrez-vous cet Humain ?

– Non.

– Que comptez-vous faire de lui ? Dites-le-moi. J'avoue que je suis curieux de le savoir.

– J'ignore si je ferai quoi que ce soit. C'est un membre de mon équipage.

– Les Hani me déconcertent. Mais vous avez promis, n'est-ce pas ? Vous me donnerez Kefk ?

– C'est ce qu'a dit Jik. Un accord privé entre vous et moi s'impose-t-il ?

– Je vous offre *pukkukkta* sur tous vos ennemis.

– Je n'ai nul besoin d'une vengeance.

– Vraiment ? Les Tc'a vocalisent votre nom. Je l'ai entendu.

Les poils de Pyanfar se dressèrent tout droit sur son dos.

– Parfait. J'imagine qu'ils bavardent d'une foule de choses.

– *Pukkukkta.* (Les noires babines du Kif se retroussèrent, découvrant ses incisives acérées dans leur cavité en forme de V et une manche ondula sombrement.) Un jour viendra où vous le souhaiterez, Hani.

– Qu'est-ce que cela veut dire, au nom des dieux ?

Mais Sikkukkut avait déjà tourné les talons et n'était plus qu'une tache de nuit qui diminuait à mesure qu'elle s'éloignait. Soudain, il fit halte et se retourna à demi, avec toujours la même grâce :

– Vous allez devoir me laisser sortir, évidemment. Amie.

– *Tirun !* Nous avons un visiteur étranger qui se retire. Qu'on le laisse débarquer.

– *À vos ordres.*

Sikkukkut reprit sa marche, avançant dans une sereine dignité. Pyanfar tendit l'épiderme de son échine pour remettre de l'ordre dans sa fourrure. Mais ses muscles résistèrent et ce fut un frisson qui la parcourut.

– Dieux ! murmura Haral.

– Assure-toi que notre hôte est bien sorti.

Docilement, Haral se mit en marche en direction du sas, disparaissant à son tour derrière le coude que faisait la coursive. La fourrure de Pyanfar ne recouvra son aspect soyeux que lorsque Haral eut reparu et l'eut rejointe.

– Tu as enregistré notre conversation, Tirun ? demanda-t-elle.

– *Tout est archivé.* (La voix qui tombait des haut-parleurs était celle de Khym.) *Ce n'est pas pour rien que j'ai été le conseil juridique discret de Mahn.*

Pyanfar lâcha un soupir qui n'en finissait pas et rugit de rire. C'était comme si un coup de tonnerre avait éclaté dans la coursive, comme si le soleil s'était à nouveau levé.

Mais, brusquement, Haral se figea sur place, les yeux braqués vers l'extrémité opposée de la coursive. Pyanfar se retourna.

Et vit Hilfy, pistolet en main.

– Qu'est-ce que tu fabriques là ? s'exclama-t-elle.

– J'ai entendu le tambour du sas, répondit Hilfy d'une voix calme.

Trop calme.

– Nous avons réglé le problème. Retourne dans tes quartiers, huh ?

– À vos ordres.

Déclic du verrouillage de sécurité. Hilfy fourra le pistolet dans sa poche et s'éclipsa.

– Pourquoi ai-je donc crié de la sorte ? (Le chuchotement de Pyanfar ne s'adressait à personne en particulier.) Je n'avais pas besoin de crier, raclures des dieux !

– Hilfy n'y a rien vu de mal.

– Bien sûr.

Mais l'étau qui enserrait les tripes de Pyanfar ne relâcha son emprise qu'après qu'elle eut traversé la timonerie et regagné la cambuse.

Tully se leva à moitié, l'air anxieux.

– Il quoi vouloir ? demanda-t-il.

Posant une main sur son épaule, Pyanfar l'obligea à se rasseoir.

– Nous faire des ennuis, rien de plus.

– Il donner argent. Il moi vouloir.

– Il sait que je n'aurais pas pris son argent.

La capitaine se laissa choir sur le banc et tendit le bras vers la coupe qu'elle avait abandonnée. (*Que voulait donc le Kif ?* se demandait-elle.) Mais Khym la prit avant qu'elle eût achevé son geste et lui en glissa une, toute chaude, dans la main.

– Bon, dit-il.

Elle leva les yeux vers son époux, surprise.

– Bon, répéta Khym.

Ç'avait été du bon travail : il ne voulait pas dire autre chose, songea-t-elle. Elle en doutait. Mais elle but une gorgée de gfi et dévisagea à nouveau Khym. Dans ses yeux d'ambre, elle lut la patience. Une patience chèrement acquise.

– Ta cabine est prise, dit-elle à brûle-pourpoint.

– Huh.

Il eut l'air embarrassé quand il se rendit compte que c'était une invitation. Geran était là. Ainsi qu'un autre mâle.

Puis, en dépit de lui-même, son expression dénota de la satisfaction. Ses oreilles frémirent. *Dieux. Les Tc'a. Les Méthaniens.* Le souvenir du Knnn qui les avait dépassés à La Jonction revint à la mémoire de Pyanfar. Elle sentit que sa fourrure dorsale était prête à se hérisser une fois encore.

Il avait dit quelque chose d'important. Quelque chose qui valait la peine qu'il se fût déplacé en personne. Lui. Candidat au titre de suzerain de tous les Kif.

Partons de l'hypothèse que nous sommes alliés. Souvenez-vous-en à Kefk.

– Quelque chose qui cloche ? lui demanda Khym.

Je vous offre vengeance sur tous vos ennemis. Un jour viendra où vous le souhaiterez, Hani.

– Pas encore.

Pyanfar attrapa au vol la ration que lui lançait Geran, en déchira l'emballage plastifié et mordit à belles dents dans le hachis qu'il contenait. Déglutir ça par grosses bouchées, comme elle le faisait, était le moyen le plus sûr d'attraper une belle crise de hoquet. Elle prit un bon coup de gfi pour faire passer.

– Dieux ! Ce tofi !

Les épices qui entraient dans la confection de l'aliment la firent éternuer.

– Ne mange pas si vite ! Rien ne presse.

– Rien ne presse ? Alors que nous avons huit heures et demie pour dormir ? (Elle se leva et prit Khym par le bras.) Viens, mon époux. Il se trouve que je suis soudain d'humeur à ça.

– Dieux, Py !

– Qui s'en apercevra ? Finis ton gfi et viens.

6

Huit heures et demie, ce n'était pas assez. Quand la sonnerie du réveil se déclencha, ce fut comme une attaque, un assaut brutal, l'univers qui explosait. Pyanfar se pencha par-dessus Khym pour mettre fin à ce vacarme. Alors seulement, elle se rappela où elle était et ce qui l'attendait. Il ne lui restait plus qu'à se lever, à pousser hors du lit son mari encore endormi et à faire face à ses devoirs.

Pour cela, elle revêtit une paire de bouffants de coton bleu de simple spatienne. Avant le saut, pas le temps de se débarbouiller, pas le temps de se pomponner. Sa tenue de soie des grandes occasions, elle la mettrait avant de poser le pied sur les quais de Kefk.

Il était plus sain de penser en ces termes – de se dire qu'elle *aurait* besoin de son bouffant de soie rouge et de ses plus beaux atours.

Néanmoins, elle mit le pendentif de rubis qui tintinnabulait en lançant ses féroces éclats dans l'épaisse fourrure cuivrée de son oreille ornée d'anneaux nombreux. Ce rubis ferait savoir à tous ceux qui voudraient chercher noise à une Hani portant de sobres vêtements ordinaires qu'elle avait rang de capitaine. Un jour pareil, toute la puissance de conviction que lui conférerait son pendant d'oreille lui serait nécessaire.

– Donne à manger à cette vomissure de Kif, ordonna-t-elle à Tirun quand elle l'eut rejointe sur la passerelle.

– Lui donner à manger… *quoi* ?

– Je ne sais pas. Décongèle quelque chose. Un steak que tu lui lanceras en entrebâillant la porte. Ne t'approche pas de lui. Et ne prends pas d'armes.

– Par les dieux, ce n'est jamais qu'un Kif isolé. Je peux…

– Ne t'approche pas de lui. Crois-tu que nous n'avons pas suffisamment de soucis comme ça ?

– À vos ordres, fit Tirun, renonçant à discuter.

Tout le monde était debout et prêt à reprendre son poste. Chur émergea de l'ex-cabine de Khym pour s'installer au pupitre de contrôle. Haral, Hilfy et Geran se présentèrent à leur tour. Puis ce fut Tully, ankylosé et endolori, qui, traînant la jambe, fit un détour par la coquerie pour prendre son petit déjeuner en compagnie de Khym (dieux !) et Hilfy. Dans la timonerie, l'ordinateur commença à débiter les informations que l'*Aja Jin* et la *Vigilance* avaient fournies à *L'Orgueil* pendant que le personnel du bord n'était plus de service. Tandis qu'Haral, Geran et Chur se mettaient à l'écoute, Tirun ressortit pour aller donner à manger au Kif.

– Nous avons une requête de l'*Aja Jin*, annonça Chur. Ils veulent conférer avec vous quand cela vous conviendra.

– Bien, soupira Pyanfar avec l'air d'une martyre. Bien. Je conférerai.

– Les contrôles se passent bien. Nous nous contentons de prendre le cap de l'*Aja Jin* tel qu'il est ?

– Nous prenons ce qu'ils nous donneront. Je ne pinaille pas avec leur ordinateur.

Pyanfar se pencha par-dessus l'épaule de Chur pour jeter un coup d'œil sur les émissions de la station. Elles étaient à nouveau en langue mahen. Le fonctionnement de Mkks revenait à la normale, apparemment.

Tous les Kif de Mkks qui tenaient un tant soit peu à leur vie refluaient sur les navires de Sikkukkut, c'était certain. Elle pensa aux autres, aux non-Kif, qui eux n'étaient pas impliqués, faisant des vœux pour qu'ils aient pu évacuer la station tout entière. Mais ce n'était pas possible. Les Mahendo'sat et les Stsho étaient tenus d'y rester et de compter sur les quelques conventions communautaires de non-intervention et de neutralité que même les Kif respectaient. Les T'ca et les Chi étaient en sécurité. Indubitablement en sécurité. Et ils protégeraient les autres résidents, les oxy-respirants du fait même de leur immunité et de leur insanité.

– Où en est notre décompte ?

– Déhalage dans une heure et trois minutes.

– Bonté des dieux, ils s'y tiennent, hein ?

– Ce Mahe est une crapule butée.

– Nous tenons les temps ?

– On les rattrape.

Pyanfar alluma son panneau. Passa en revue la marche des systèmes et les messages récents captés par le communico.

De l'*Aja Jin* : Vous non problème avoir. Vous diriger vous coordonnées bien numéro un...

Encore un optimiste, songea la capitaine.

– Mets-moi en communication avec Jik.

– À vos ordres, dit Geran qui, un moment plus tard, ajouta : Il ne répond pas.

– *Comment ça*, il ne répond pas ? Nous sommes

en compte à rebours. Rappelle-lui qui le demande, huh ?

Nouvelle attente.

– La Mahe premier officier est à l'écoute si vous voulez lui parler.

Elle enclencha une touche.

– Ici Pyanfar Chanur. Avons-nous un problème ?

– Ici Soje Kesurinan. Problème avoir non. Relèvement bon.

Un frisson désagréable parcourut l'échine de Pyanfar. Le ton de la Mahe contenait un avertissement implicite : *Ne posez pas de question.*

(Mais de quoi s'agit-il au juste, au nom des dieux ?)

– Voulez-vous que je vienne ?

– Non besoin. Tout bien aller, honorée capitaine.

– Terminé pour *L'Orgueil.*

Elle coupa la transmission. Dieux ! Tous les Kif qui se trouvaient sur Mkks avaient eu accès à la conversation ! Elle surprit le regard alarmé d'Haral.

– Il n'est pas là, lui dit-elle. (Haral plissa le front.) Je te parie tout ce que tu veux qu'il n'est pas à bord. Geran, mets-moi en contact avec Rhif Ehrran.

– À vos ordres. (Geran pianota sur son clavier.) Elle est à l'écoute, capitaine.

Si vite ? Donc il n'est pas là et Rhif est à la console.

– *Ker* Rhif, je vous appelle pour vous faire savoir que nous sommes en liaison directe.

– Nous avons votre décompte. Nous le supposons exact.

– Il l'est. Avons-nous déjà une mise en séquence ?

– Cela ne peut-il se traiter à un autre niveau, Chanur ? Ou cet appel est-il simplement dicté par la civilité ?

– C'est bien ce que je suis en train de me demander, Ehrran.

Elle coupa sans se soucier des règles du protocole et se tourna vers Haral.

– Il est avec le Kif ou quelque part sur les docks.

– Dieux de pourriture ! Le moment est mal choisi pour aller se promener !

– J'imagine qu'il sait ce qu'il fait.

Elle revint aux messages. Un consortium de Mkks élevait des protestations. Un prophète mahen prononçait on ne savait quelle homélie où il était question de châtiment et de visions. Quelqu'un qui se présentait comme un médium annonçait avoir vu des Humains descendre par milliers sur Mkks, apportant quelque mystérieuse invention qui rendrait l'antimatière obsolète...

– Bonté des dieux, Geran, tu dépouilles toutes ces fariboles ?

– Excusez-moi, capitaine. Ceux-là, ce sont les bons. Nous en recevons de plus dingues encore. J'ai pensé que vous aimeriez prendre la température locale, huh ?

– Ils ont peur. Comment le leur reprocherais-je ? (Pyanfar s'efforça de chasser cette pensée de son esprit.) Où est la réclamation du *Vigilance* à propos de la visite du Kif ?

– Il n'a pas formulé de plainte à ce sujet.

– Huh.

Cela tourmentait Pyanfar. D'un coup de dents, elle arracha une ébarbure de griffe tout en lisant les appels qui défilaient sur le tableau. Khym surgit dans la passerelle avec une provision de gfi pour tout le monde, ce qui était en infraction avec les règlements. Mais comme c'était elle qui les avait imposés, elle les enfreignit avec un soupir de gratitude.

– Je suppose qu'ils s'attendent que nous prenions en compte une grande partie de ces données pendant le transit.

– Ils ont intérêt. (Pyanfar but une gorgée de gfi et leva à nouveau la tête. Hilfy arrivait avec un plateau chargé de sandwichs.) Merci, petite.

Hilfy lui décocha un regard étrange, les oreilles couchées, comme si ce « petite » était une incongruité. Peut-être en était-ce une. Sa nièce se détourna pour servir les autres, Khym et Tully compris. L'Humain portait le bouffant réglementaire et une chemise blanche de fabrication stsho – probablement la dernière qu'il possédait. Elle cachait ses plaies. Sa crinière et sa barbe étaient propres et soigneusement peignées. Ses yeux toujours en mouvement – c'en était agaçant – dansaient une sorte de ballet désespéré qui contrastait avec le calme qu'affichait Hilfy. Il souriait. Paraissait heureux. Une joie qui avait le visage de la désespérance.

A-t-il peur d'eux ? se demanda Pyanfar dans un malaise. Ce fut alors qu'elle accrocha le regard que Tully lançait à Hilfy qui lui tournait le dos. Rien qu'un regard dont le sourire s'était effacé et où l'on discernait quelque chose d'autre – jusqu'au moment où Hilfy redressa les oreilles avec un semblant de bonne humeur…

… non, c'est pour elle qu'il a peur.

Il affectait la gaieté pour donner le change à Hilfy. On eût dit une femme tournant autour d'un homme, à la limite de la perte de son sang-froid. *Ne la bouscule pas. Sois aimable. Pas d'impatience.* Peut-être Hilfy s'en rendait-elle compte, peut-être pas.

L'instinct humain ?

À moins qu'ils ne fussent liés l'un à l'autre – chacun se cramponnant à son équilibre mental à cause de l'autre – et que sa nièce ne fût allée plus loin qu'elle ne le soupçonnait.

– Capitaine ?

Pyanfar battit des paupières, avala un bon morceau de son sandwich et revint au panneau.

– Merci.

Des données s'affichèrent. Elle dévora ce qui restait à manger en deux bouchées et enfonça une touche. Le système de navigation débita ses paramètres.

– Trois quarts d'heure, dit Haral.

– Nous n'avons pas de confirmation de nos amis.

– Je… (Geran se reprit.) Nous avons un appel de la Mahe premier officier de l'*Aja Jin*.

– Eh bien, il était temps, par les dieux pourris ! Qu'est-ce qu'elle a à nous dire ?

À côté de Pyanfar, Chur s'installa à sa place et commença à effectuer les vérifications. Tully se coula dans le fauteuil voisin de celui de Chur.

– C'est la place de Khym, fit cette dernière *sotto voce*. Va te mettre de l'autre côté de Tirun.

– Capitaine, Jik se dirige vers nous. Le renseignement vient de son poste de commandement.

– Huh.

Pyanfar leva les yeux vers le compte-temps qui s'égrenait dans le coin de la console maîtresse. Des friselis coururent le long de son dos comme autant de petits signaux d'alarme. Elle but une gorgée de gfi.

– On approche de H moins 30 et Jik vient nous rendre une visite de courtoisie. Les sentinelles Ehrran sont-elles toujours en faction dans notre sas ?

– J'ai reçu un appel du *Vigilance* il y a quelques minutes, dit Haral. Elles nous font savoir qu'elles déhalent à H moins 30. Je les ai remerciées et je leur ai dit que nous nous occuperions nous-mêmes de nous à partir de maintenant.

– Cette raclure de formalisme protocolaire est grotesque. Leur but, c'est que des oreilles Ehrran restent à l'affût pour que leur clan demeure informé des affaires de Chanur. Bouclez le sas. (Un rictus déforma les lèvres de Pyanfar : une idée venait de lui venir à l'esprit.) Cette crapule en bouffant noir sait très bien qu'il y a quelque chose d'intéressant dans la coursive du pont inférieur. Ce qui passe ou ne passe pas par le sas est le dernier de ses soucis.

– Vous croyez ?

Du coup, Haral tourna la tête.

– Khym était de garde en bas quand Ehrran est montée à bord. Ce Kif, Skkukkuk, est venu sur *L'Orgueil* et ne l'a pas quitté. Tu veux parier que, sur le quai, personne n'a vu cela ? Et que Rhif Ehrran n'a pas cherché à tirer les vers du nez de tous les gens de la station qu'elle a pu interroger ? Et même si elle n'a pas réussi, elle m'a entendue demander à Sikkukkut ce que je devais faire de cette vomissure. Elle sait, par tous les dieux ! Elle sait que Sikkukkut est venu entamer des pourparlers. Et elle attend que je cède et que j'explique ce que nous faisons avec le Kif.

– À ce moment, le dossier sera communiqué à toutes les banques.

– N'est-ce pas ? Je jure que je lui donnerai ce Kif !

Pyanfar termina son gfi et chercha des yeux quelqu'un pour rapporter le gobelet à la cambuse. Tully était assis à côté de Tirun. Khym faisait du rangement dans la coquerie. On entendait claquer des verrous.

Tully posa sur elle des yeux écarquillés, ces yeux bleus où luisait perpétuellement une lueur de panique.

– Ennuis ? demanda-t-il à Chur en lançant un regard dans sa direction.

– Explique-lui. (Pyanfar jeta sa coupe vide sur le coffre de sécurité.) Je vais parler en bas avec Jik quand il sera arrivé.

– Vous voulez que je vous accompagne ? proposa Haral.

– Non, reste ici, tu as du travail. Qui doit effectuer la sortie du mouillage ?

– Le Central signale qu'ils ont dépêché une équipe. De Mahendo'sat.

– Bien. (Pyanfar se dirigea vers la porte.) Bien. Il faut que Tully prenne ses médicaments en prévision du saut. Tu entends, Tully ?

– Je avoir. (Il tapota sa poche.) Mais Kif...

– Loués soient les dieux. Il en a déjà dans la cervelle.

– Je travailler pendant saut.

– Ah oui ? Tu travailleras à plat sur le dos. Va te mettre au lit, c'est compris ? Et toi, Chur, tu rejoindras ta carrée à partir du déhalage.

– Capitaine...

Chur fit tourner son siège et ouvrit la bouche

pour protester mais Pyanfar la coupa net dans son élan :

– Tu as entendu mes ordres. Tu n'es pas encore en condition et nous n'avons pas le temps de nous occuper de toi. Ne me crée pas de problèmes supplémentaires.

– Je vous en supplie, capitaine. Je serai en bonne forme. Ça va être dur, cette fois. *Je veux être là !*

– Huh. (Pyanfar réfléchit un rien trop longtemps – et secoua la tête.) Eh bien, c'est d'accord, raclures des dieux. Rejoins ton poste.

– Je, dit Tully. Je travailler.

Un nouveau regard bleu. Péremptoire. La bouche de l'Humain tremblait comme elle tremblait quand il avait dépassé ses limites.

Pyanfar se rappela soudain ce qu'elle avait dans sa poche, l'objet qu'elle avait repris dans son pantalon de cérémonie de la veille. Elle avait compté le remettre à Tully. Maintenant, il revêtait un caractère superstitieux – c'était comme de dire « non » à Chur. Elle le prit entre le pouce et l'index, saisit la main de l'Humain et déposa sur la paume ouverte de celui-ci le petit anneau d'or. Un anneau que les Humains portaient aux doigts et non pas aux oreilles.

Tully referma le poing sur le bijou qui avait appartenu à un ami à présent disparu. Il revêtait une importance profonde pour lui.

– Où trouver ?

– Tâche de le garder, cette fois.

Il le glissa à son doigt et, quand il releva la tête, une lueur fiévreuse brillait dans ses yeux. Il serra la main de Pyanfar si violemment qu'elle en eut les articulations meurtries. Manière de se protéger, elle sortit ses griffes, à la force opposant la force, et Tully lâcha prise.

– Installe-toi dans ce fauteuil, huh ? *Tu restes assis là, tu ne bouges pas, tu demeures calme pour empêcher – ô dieux ! – pour empêcher Hilfy de penser. Tu lui feras honte. Ne la laisse pas faire d'idioties, Tully.*

– Je travailler, capitaine.
– Capitaine ? Huh. (Cela, quelqu'un le lui avait appris. Il se débrouillait pour le dire en hani, déroutant la traductrice qui travaillait à outrance et qui ne laissa tomber que des bredouillements du communico fixé à sa ceinture.) Il est aux ordres, hein ? Huh. Prends la veille, Tully.
Et Pyanfar quitta la dunette.

Arrivé à l'entrepont inférieur, l'ascenseur s'ouvrit et Pyanfar en ressortit. Tirun était dans la coursive. Elle s'y attendait.
Mais qu'elle fût adossée à la paroi et arborât cette expression chagrine, cela, Pyanfar ne l'avait pas prévu.
La capitaine ralentit le pas. Une crise chassant l'autre… et Tirun baissa encore davantage ses oreilles déjà repliées.
– Capitaine…
– Accouche !
– Le Kif refuse la nourriture surgelée. Il veut vous parler personnellement.
Pyanfar exhala un soupir qui n'en finissait pas.
– Splendide ! Explique-lui que nous aurons une longue et amicale conversation à notre prochaine escale.
– Je lui ai dit que vous êtes occupée.
– Et qu'a-t-il répondu ?
– Que vous étiez insensée, capitaine. (Tirun gardait les yeux fixés droit devant elle, pas un frémissement n'agitait ses oreilles rabattues.) Je lui ai demandé qui se trouvait dans les sanitaires d'un navire appartenant à quelqu'un d'autre. Il a répliqué que l'humour hani manquait de subtilité.
– Tu lui as laissé la ration surgelée ?
– Oui. Elle était décongelée. J'aurais pu en faire de la purée.
– Les Kif ont des dents.
Pyanfar fit mine de poursuivre sa route.

– Capitaine ! Je pourrais peut-être... enfin, soudoyer un docker pour qu'il me fournisse une de ces bestioles vivantes...

La capitaine se retourna. L'expression de Tirun était, cette fois, celle du dégoût.

– Raisonne-le.

– Mais j'ai essayé.

– Essaie encore.

Pyanfar s'éloigna en direction du sas, les mains enfoncées dans les poches – celle de droite serrée sur la crosse de son pistolet. Elle pénétra dans le court passage aboutissant au tambour intérieur et fit jouer la clavette de fermeture. L'opercule s'ouvrit et elle fusilla du regard les deux sentinelles Ehrran qui, décontenancées par cette subite intrusion, amorcèrent – mais ne firent qu'amorcer – le geste de lever leurs fusils.

– Sur qui, venant de ce côté, comptez-vous faire feu ? Des spatiennes en bordée illégale ?

– Capitaine... (Pareille politesse devait étouffer la Ehrran. Pyanfar passa entre les deux factionnaires pour atteindre le panneau de commande du communico afin de dire à Haral d'ouvrir le second tambour. L'une des navigatrices du *Vigilance* se précipita :) Capitaine, je vous prie de me pardonner mais c'est dans une demi-heure que...

Pyanfar se retourna et lui fit face, museau contre museau. Des oreilles qui mollissent, un bras qui retombe, un pas en arrière – pas assez grand pour que la Ehrran soit tout à fait hors de portée.

– Haral !

– *J'écoute, capitaine.*

– Ouvre-nous.

Pyanfar entendit le tambour claquer en s'ouvrant et un courant d'air glacial l'enveloppa. Ses yeux demeuraient rivés aux yeux de la Ehrran.

– Vous... Vous voulez entrer dans le tubulaire pour voir si le capitaine Nomesteturjai est quelque part dans les environs ?

– Je ne dois pas abandonner mon poste.

– Quoi ? Même si je cycle le sas ? Vous êtes folle !

– Je ne pense pas que ce soit un acte d'indiscipline...

– Cela y ressemble beaucoup.

– Comment, capitaine...

– Vous discutez avec moi ? *Dehors !*

Les Ehrran reculèrent toutes les deux. Désormais, il était trop tard. Pyanfar tira parti de la situation et les repoussa jusqu'au seuil du tambour béant. Dès lors, cela devenait un refus d'obéissance à un capitaine à bord de son propre navire ou une désertion de leur poste.

– *Dehors !*

Sur le moment, Pyanfar eut le sentiment que les Ehrran ne broncheraient pas et lui tiendraient tête, les armes à la main. Elle sortit ses griffes et un rictus lui chiffonna le museau. C'est alors que l'une d'entre elles se prit le pied dans le rebord en saillie de l'ouverture du tambour et trébucha. Elle recouvra rapidement son équilibre en se rattrapant à l'encadrement, puis elle et sa compagne battirent en retraite dans le tubulaire glacé baigné de lumière jaune.

Pyanfar s'y enfonça à son tour à longues enjambées, étreignant toujours le pistolet qu'elle avait en poche; sur le quai, passé la rampe d'accès, on était encore en territoire kifish. Un bruit de pas martelant à grand fracas les plaques de tôle lui parvenait et, lorsqu'elle eut dépassé le coude que faisait l'ombilical, elle vit un Mahe de haute taille qui avançait droit sur les Hani en bouffants noirs, somptueusement vêtu, à la manière mahen, d'un pantalon vert garni de bandes écarlates, paré de colliers et de bracelets d'or, une arme d'une longueur monstrueuse lui battant le flanc.

En bas, des gardes mahen formaient un cordon de protection barrant l'entrée. Les Hani qui repartaient accélérèrent le pas et s'écartèrent pour éviter le nouvel arrivant en le croisant.

Jik – car c'était lui – leur jeta un bref regard et,

haussant les épaules, fit à nouveau face à Pyanfar.

– Qu'est-ce qu'elles ont ? lui demanda le Mahe en tendant le bras vers les Ehrran.

– La chance d'avoir encore leurs deux oreilles, gronda la capitaine de *L'Orgueil*.

Elle tremblait comme une feuille. Dieux ! Elle avait connu des bagarres sur les quais, des rixes de bar, elle s'était accrochée avec son fils mais, jamais, au grand jamais, elle n'avait ainsi perdu la tête. Elle n'avait jamais été dans un état pareil. Elle ne distinguait que Jik, tout le reste était flou. Sa vision de chasseuse avait repris ses droits. Ses oreilles étaient plaquées contre son crâne et sa moustache frémissait. Jik s'arrêta net et conserva une immobilité de pierre.

Pyanfar remplit ses poumons d'air. Cracha.

– Vous voulez quelque chose ?

– Avoir temps vous ? s'enquit avec circonspection l'interpellé en restant à distance respectueuse.

Pyanfar cracha à nouveau.

– J'ai tout mon temps.

La périphérie de sa vision commençait à s'éclaircir. Elle désigna le sas du doigt et rebroussa chemin, marchant en tête. Quand ils tournèrent à l'angle du tubulaire, ils virent Tirun qui, plantée toute droite sur ses jambes, l'arme au poing, bloquait le passage.

– Haral a dit que vous aviez des ennuis, dit-elle.

– Plus maintenant. Tu peux disposer. Haral a besoin de monde, là-haut. Il y a des gardes mahen dehors.

– À vos ordres.

Et Tirun se retira au pas de course.

– Suivez-moi. (Pyanfar fit traverser le sas à Jik et, une fois à l'intérieur, s'approcha du panneau du communico. Elle appuya sur une touche.) Haral, tout va bien. Referme les tambours.

– *Bien compris*, répondit la passerelle sans commentaires superflus.

Chuintement de l'opercule qui se rabattait, suivi du déclic du verrouillage électrique.

Pyanfar, les lèvres encore retroussées, regarda Jik. Ses anneaux tintèrent quand elle agita les oreilles.

– Croyez-moi, Jik, le *han* a changé. Il n'est plus ce qu'il était. Naguère, les Hani allaient là où elles avaient envie d'aller, elles faisaient ce que bon leur semblait sans être espionnées par une raclure de greffière aux ordres du gouvernement sans cesse sur leur dos...

– Avoir commis erreur croire vous, a ?

– Oui, je crois que je viens d'en commettre une, et d'importance. Mais depuis quand est-ce une erreur que de chasser de mon bâtiment deux maudites et insolentes mouchardes vomies des dieux ?

– Peut-être... (Jik s'éclaircit la gorge)... peut-être erreur faire vous, Pyanfar. Vous beaucoup extérieurs amener Anuurn. Hani d'Anuurn... non habituées à extérieur. Elles peur. Peur très, Pyanfar. Avoir renégate Tahar travailler pour Kif. Savoir quoi penser je ? Penser cette Ehrran très beaucoup redouter Chanur puissant devenir trop...

– Que le clan Chanur acquière *trop* de puissance ? Nous avons des dettes, ami – oui, nous sommes endettés jusqu'au cou, mon frère ne rajeunit pas – il abdiquera un jour et les dieux eux-mêmes savent-ils s'il y aura un Chanur pour lui succéder ? Mes neveux sont tous des imbéciles.

Elle en avait déjà trop dit. Beaucoup trop. Elle eut un haussement d'épaules et détourna la tête.

– Chanur prendre espace, reprit Jik. Peut-être de l'espace ramener choses monde hani vouloir non, a ?

Pyanfar rabattit une oreille de côté et le dévisagea, ce capitaine de chasse qui occupait des fonctions tellement, tellement élevées dans les conseils mahen. Les Mahendo'sat avaient donné les clés de l'espace aux Hani. Ils leur avaient fourni les astronefs. Ils avaient été, même si les Hani se refusaient à l'admettre, à l'origine du concept même de *han*. Et, cela, Jik le comprenait. Il le comprenait même fort bien.

– Vous fourrez depuis longtemps votre nez dans tous les nids de la Communauté, Mahe... (Devant cette paire d'yeux marron nichés dans leur fouillis de rides, ces yeux au regard grave et trop averti, Pyanfar employait le sabir universel.) Cette Rhif Ehrran, vous la *connaissez* ?

Elle s'attendait à un haussement d'épaules, à une dénégation, à une réponse en forme de faux-fuyant. Mais non :

– Peut-être ennemis de Chanur s'organiser, a ? Peut-être regarder derrière votre dos devoir vous, amie. À Kshshti, grande erreur faire je en Ehrran mettant dans ce coup. Grosse faute.

– Je vous crois. *Maintenant*, je vous crois. Que voulez-vous ici, huh ?

– Même chose. Être sûr vous non route couper *Vigilance* à Keft. Aimer vous entière je, Hani.

– Venez.

– A ?

Elle empoigna le Mahe par le bras et l'entraîna dans les méandres de la coursive jusqu'aux sanitaires du pont inférieur. Actionna la commande. La porte s'ouvrit.

Le Kif était assis au fond du local sur une pile de couvertures posées à même le carrelage. Il était étroitement enveloppé dans sa robe mais avait baissé son capuchon. Il leva la tête, se mit debout d'un mouvement tout à la fois puissant et coulant, et s'inclina en mettant ses mains vides bien en évidence.

Le savoir-vivre d'un tueur courtois...

– Est-ce à *ker* Pyanfar que j'ai l'honneur ?

– Oui, je suis Pyanfar. Et voici le capitaine de l'*Aja Jin*.

– Sssstk. (Nouvelle plongée du menton.) Je suis impressionné. Nomesteturjai.

– Kif, dit Jik.

– Il s'appelle Skkukkuk. Il dit qu'il est à moi. Un présent de la part de Sikkukkut !

– A. A noikkhe ?

– Skku nik kktitik huikkht kehtk tok nif fik pukkukk.

(*Pourquoi ?*) Pyanfar parvenait à suivre le dialogue par bribes. (*Subordonné, arme, pour amour-propre, vengeance...*)

– Nfkokkth shokku hakhoth nkki to skohut.

– A, fit Jik.

– Eh bien ? demanda Pyanfar.

– Vous Kif avoir.

Et Jik haussa les épaules.

– J'ai faim, dit le Kif.

Elle ferma la porte et, les oreilles couchées, dévisagea le Mahe.

– Qu'est-ce que je vais en faire ? L'expulser par l'écoutille ?

– Le tuer ils, sûr.

– Par le vomi des dieux, je ne dirige pas une œuvre de charité !

Re-haussement d'épaules.

– Sikkukkut donner vous navigant. Non important numéro un. Il faute peut-être commettre...

– Un navigant dont la loyauté peut être mise en doute, peut-être ? Et qui appartient peut-être à ce navire incapable de prendre l'espace ?

Les paupières de Jik clignèrent.

– Peut-être. Tout de même, il propriété vous. Vous marché conclure, a ?

– Par les dieux pourris, vous le voulez, *vous* ?

Jik se frotta le nez.

– Dire vérité. Cela faire vous perdre *sfik*. Je amie, dire non.

– Vous entendez par là l'estime de cette raclure de Kif ? Sikkukkut ?

– Meilleure chose vous ce Kif tuer. Et envoyer à Sikkukkut par petits morceaux.

– Huh.

– Non faire, a ? Peut-être tout nu sur dock expédier.

– Dans ce cas, ils le massacreraient.

– Il massacrer quelques pareil, peut-être.

– De Jininsai à La Jonction, j'ai fait tous les docks et je n'ai jamais rien entendu de semblable au cours de mes périples. Vous comprenez cela, *vous* ? Qu'est-ce que médite Sikkukkut ?

– Je Kif longtemps combattre. Longtemps, Pyanfar. Kif à La Jonction tranquilles. Ici, frontière. Territoire con-tes-té. Cet espace non avoir *personne*. Où aller nous après, espace kif véritable. Vous encore avoir vu jamais. Ces choses. Non Hani voir… sauf peut-être Tahar. Et elle folle beaucoup.

– Vous avez *vu* Tahar ?

– Avec elle parler je une fois, deux fois. Étrange elle. Étrange très…

Il se toucha le front.

– Elle l'était déjà avant de nous plaquer à Gaohn et de faire demi-tour en prenant l'argent des Kif.

– Loi hani.

– C'est vrai, pourriture des dieux, c'est la loi hani. Et plus d'une Hani aimerait bien se payer un morceau de ce navire !

– Peut-être oui.

– Peut-être oui ! Rhif Ehrran était déjà en partance pour Kefk quand nous l'avons récupérée à Kshshti. Savez-vous pourquoi ?

– Peut-être vous.

– Eh non, je ne sais pas. Et c'est bien ce qui m'ennuie, Jik.

– Ennui aussi je.

– Qu'est-ce qu'une honnête Hani va faire à Kefk ? Qu'est-ce qu'une honnête Hani connaît d'un système kifish ?

Jik baissa la tête et se gratta derechef le nez.

– Je dire vous, Hani. Quelques navires connaître je ignorer quelquefois appels identification. Sûr vous ces choses savoir. Peut-être aussi falsifier ID pour balises. *Vigilance* navire de chasse, a ? Beaucoup fret. Très beaucoup. Et peut-être aussi Kefk très bien connaître.

– Il y est allé ?

– Stsho aller. Venir, partir. Stsho connaissances

avoir beaucoup. Peut-être in-for-ma-tions vendre.

– Je suis toute prête à le croire. Mais qu'est-ce qu'elle fait là-bas ?

– Kefk port Tahar être. Elle Tahar traquer. Aussi... aussi elle peut-être avoir intérêt pour Stsho. Affaires avec Stsho faire. Réfléchir, Hani. Stsho combattre jamais. Toujours payer gardes protection. Qui ils recruter ?

– Les Mahendo'... (Un soupçon naquit en elle. Elle scruta les yeux de Jik, des yeux mahen plus sombres, plus obscurs, des yeux plus ténébreux que ne l'étaient ceux d'aucun Hani.) Bonté des dieux, ils nous tiennent pour des barbares. Jamais ils ne nous recruteraient sinon pour...

– Qui recruter autre quand litige avec Mahendo'sat ? Recruter Kif ? Non stupides ils. Non. Peut-être brusquement idée avoir Hani non voisins mauvais, peut-être brusquement vouloir ils avec *han* faire amitié. Peut-être un jour plus Mahendo'sat mais Hani à La Jonction. Gros avantage pour Hani. Pour quelques Hani. Argent beaucoup. Argent *stsho* beaucoup... et très riches devenir. Je vérité vous dire je, amie. Vérité vous dire je. Ehrran vouloir empêcher Hani problème faire avec cette affaire. *Lune Qui Monte*. Vous.

– Vous nous mettez dans le même...

– Ehrran faire.

– Dieux !

Pyanfar leva vivement le bras et s'écarta de Jik. Le regarda fixement.

– Je dire vous. Ennemis avoir, Hani. (Elle demeura un long moment sans faire un geste. Jik avait rentré les lèvres et sa bouche n'était plus qu'une ligne mince. Comme s'il ne voulait pas qu'elles saillent davantage.) Quoi faire vous ? demanda-t-il finalement.

– Ce que je vais faire ? Ce que je vais faire ? Par les dieux, je devrais filer d'ici et vous laisser, vous et Ehrran, aux Kif !

– Cela non faire.

– Ne me mettez pas au défi.

– Non, vous non faire cela. Aller où ? Maing Tol ? *Han* déjà suspicion avoir assez. Et aussi... vous non Stsho. Chanur non fuir bataille, attendre choses s'arranger, laisser ami mourir...

– Ami !

– Votre peau sauver je.

– Par politique, pour...

– ... bonne raison pareil, a ?

– Les dieux vous recrachent, Jik !

– Essayer sauver vous je. À Kefk vouloir vous je. *Besoin* vous. Besoin rester vous en vie, Hani.

Pyanfar balaya la coursive du regard. La voix de Jik était sourde. Ses oreilles étaient collées contre son crâne.

– Alors, qu'est-ce que je fais de cette vomissure de Kif qui est dans la salle de bains ?

– Garder. Vouloir vous garder je. À vous être il. Avoir nulle part où aller il, a ? Il combattre comme diable, tuer ennemis vôtres. Grand *sfik* avoir vous.

– Et s'il estime que je n'en ai pas ?

– Tuer vite il. À vous offre armes il, a ?

– Huh.

– Vérité dire il. Vérité kif. (Jik posa doucement la main sur l'épaule de la Hani.) Vous garder enfermé il, a ? Plus tard prendre je. Raison avoir.

– Je ne doute pas que vous en ayez. (Son museau se fronça. Cette main n'était pas légère sur son épaule. Elle en supporta le poids. Puis se retourna et étudia le visage du Mahe.) Que se passe-t-il donc à Kefk ? Que veut Sikkukkut ? C'était *moi* qu'il voulait. Avant même que vous soyez devenu partie prenante. Il m'a contrainte à aller à Mkks. Qu'est-ce qu'il cherche en m'entraînant dans cette affaire de Kefk ?

– Avoir sacré beaucoup *sfik* vous.

– Vous êtes fou. (Elle se libéra de la main de Jik.) Il est fou.

– Devoir comme Kif penser vous.

– Un petit jeu auquel vous êtes très fort, je n'en doute pas.
– Amie vous.
– Amie, ma...
– Peut-être Kif pareil agir comme Ehrran faire. (Jik, les mains glissées derrière son dos dans sa ceinture, haussa les épaules.) Kif il. Esprit kif tortueux-sinueux. Un, il Akkhtimakt haïr. Deux, il contraire d'Akkhtimakt prendre vouloir. Trois, non avoir cœur il. Pas possible il comprendre vous non tout le temps comme Kif démente. Tout cela ajouter, penser comme Kif. Donner vous conseiller Kif il. Il astucieux numéro un : suivre avis kif, espère savoir quoi faire vous. Vous beaucoup *sfik* pour il avoir. Aussi avoir Humain apprivoisé vous.
– Qu'est-ce que cela vient faire là-dedans ?
– Kif toujours désavantage, essayer prévoir quoi étranger faire. Sikkukkut curieux très très à propos hu-ma-ni-té. Stsho non comprendre kif pareil : Stsho faire marché avec Akkhtimakt vouloir, même avec Sikkukkut vouloir, même avec Hani Ehrran, a ? Quelqu'un cœur ils un jour manger. Peut-être Sikkukkut. Entre-temps, Sikkukkut avoir je vouloir, a ? Pareil vouloir Humain. Bientôt Humain gros gros problème être il. Pareil Tc'a. Stsho... rien sans alliance avec Hani ils si plus confiance Mahendo'sat. Anuurn Hani sacrément fous dans cette politique s'engager.
– Les Hani ne sont pas les seuls.
– Vous engagée innée, Pyanfar. Vous Hani *spatienne*. Trop intelligente.
– Dans ce cas, pourquoi suis-je donc ici ?
– Avoir enjeux vous. Tous nous enjeux avoir.
– Par exemple, que les Hani mènent la guerre et tirent les marrons du feu pour les Mahendo'sat ? Comme vous et votre associé l'avez fait à Gaohn ? Comme vous m'avez fait frapper d'interdit à La Jonction... comme.
– Pyanfar... Nous avoir tous intérêts propres. Mkks à moitié mahen station être, a ? Aller pro-

mener je. Quelques personnes parler. Choses apprendre.

– Quel genre de choses ?

Jik eut un haussement d'épaules superlatif.

– Comme Knnn ennuyés être. Comme Tc'a dérangés grand. Chi fous comme toujours. Comme rumeurs beaucoup Humains zone méthanienne arriver. *Beaucoup* Humains. Stsho perturbés énormément.

Les visionnaires mahen. Les prophéties que débitait le communico.

– Dieux tout-puissants ! (Ç'avait été écrit noir sur blanc ! Pyanfar passa ses doigts dans sa crinière.) Geran le disait.

– Quoi dire ?

– Ces rumeurs qui agitent Mkks. L'arrivée d'Humains par milliers. Où vont-ils ?

– Penser je peut-être Tt'a'va'o.

– Bonté des dieux ! (En territoire tc'a, juste à côté de La Jonction.) Quels sont les imbéciles qui ont déclenché ce processus ?

– Kif savoir. Penser je savoir très bien. Très sûr.

– Alors, pourquoi allons-nous à Kefk ? Au nom des dieux, Jik...

– Grand jeu. Numéro un grand jeu, Hani.

– Un jeu ? Pourriture des dieux, des navires humains ont *fait feu* sur le Knnn ! (Jik ouvrit la bouche. La referma.) Maintenant, donnant, donnant, partenaire. Dites-moi toute la vérité.

– Quoi savoir affaire knnn vous ?

– Rien de plus. Absolument rien. Mais un bâtiment knnn m'a suivie à la trace aussitôt après qu'Or-Aux-Dents m'eut remis Tully. Il est resté avec moi après que j'ai quitté La Jonction pour rallier Urtur. Je l'ai semé. Je ne sais pas où il est allé. Mais il me traquait. Il est possible qu'il soit allé sur Urtur. Il a même pu savoir que je me rendais à Kshshti. Vous entendez ? Nous avons eu maille à partir avec les Tc'a, là-bas.

Jik lâcha un juron bien senti.

– Je vais encore vous dire quelque chose d'autre, reprit Pyanfar. Je n'ai aucune confiance dans le maître de station tc'a de Kshshti. Je ne sais pas ce qu'il a compris. Je n'aime pas cela, Jik.

– Quoi Tc'a faire ?

– Faire ? La peur le rendait stupide, si vous voulez savoir. Il suffisait qu'il entende prononcer le mot de knnn pour qu'il perde la tête et se mette à baragouiner en charabia. *Évitez,* disait-il. Il parlait d'Hani qui mouraient à Mkks. Il parlait... parlait de *trois* établissements de Kif auxquels il fallait prendre garde, l'un d'eux étant leur planète natale.

– Entendre cela je. Non surprise. Kif monde natal attendre voir qui vainqueur sera, a ? Non idiots, ils.

– Non, ils ne sont pas idiots. L'idiot, c'est un Mahe à l'esprit ravagé qui se figure que je vais jouer au chat et à la souris avec les Knnn et accepter une alliance politique avec ces maudits Kif...

– Écouter vous. (Jik riva ses yeux à ceux de la Hani et lui enfonça un doigt aux griffes émoussées dans la poitrine.) Je vérité dire vous, vérité dire vous. Hani et Mahendo'sat depuis longtemps amis, a ? Stsho amis seulement *Stsho*, pareil comme Kif. Avoir nous Sikkukkut, avoir pareil ce Kif dans gogues, a ? Nous beaucoup *sfik* avoir. Déteindre un peu sur Sikkukkut. Il numéro un Kif. Non danger Kif.

– Je n'en suis pas tellement convaincue.

– Je dire ceci vous : Sikkukkut et nous même intérêt avoir. Choses rester très pareilles comme maintenant vouloir. Non bruit faire vouloir. Très dangereux il, sûr. Mais vous respecter il, il avoir *sfik*, pas besoin tuer vous. Akkhtimakt, il Sikkukkut s'opposer : tuer tous marchés Sikkukkut en même temps. Liste longue, a ? Ennemis Sikkukkut tous Kif être. Mais dire je, Pyanfar : beaucoup non Kif ennemis Akkhtimakt être. Communauté entière. Humanité. Où s'arrêter il, huh ? Et déjà nous ennuis Knnn avoir. Combien encore autres ennuis besoin avoir ?

– Ils sont tous fous.

– Hani aimer trop loi vous. Kif avoir ils Personnage. Sen-sé – comme Mahendo'sat. Rendre vie plus simple. (Jik posa à nouveau la main sur l'épaule de Pyanfar.) Voir vous pourquoi vivante vous vouloir jeu ? Non contrarier *Vigilance* vous, a ?

Un claquement métallique retentit à l'extérieur : on détachait les haussières.

– Ce système d'identification fantaisiste dont je ne suis pas supposée vous demander si vous êtes équipé… existe-t-il une chance qu'il puisse tromper la balise de Kefk ?

Jik se massa l'arête du nez et décocha à la Hani un regard inquiet.

– Non dire je posséder.

– *Pouvez-vous le faire ?*

– Peut-être je devancer… un peu le groupe principal. Peut-être nous balise atteindre. Jeter bon coup d'œil, suffisant.

– Peut-être ! Vous songez à tirer une bordée par là tout seul ?

– A, bon ami kif avoir, bon ami *Vigilance* suivre très près je.

– Bien sûr, bien sûr !

– Pas soucis, Pyanfar. Vous pilote sacrée bonne, a ?

– Évidemment. Pourquoi me ferais-je du souci ? Pourquoi m'en ferais-je ? Raclure des dieux, c'est un système binaire, Jik ! Et c'est à un Kif que vous vous en remettez !

– Vouloir vous venir je.

– Dieux ! Mais pour qui me prenez-vous ? Vous êtes fou, si vous voulez que je vous dise. Toute cette aventure est de la folie ! Vous allez culbuter tout seul ce poste de surveillance zénithal…

– Tout bien aller. Vous yeux perçants.

– Vous…

– Hé, partir devoir. (Jik leva les mains et arqua les sourcils.) A. (Il sortit d'une des pochettes de sa ceinture un petit paquet carré.) Donner vous ceci vouloir je.

– Qu'est-ce que c'est ? demanda Pyanfar en baissant les oreilles. Par les dieux, plus de mauvais tours ! Vos artifices, j'en ai eu mon content...

– Vous prendre. (Jik tendit le bras et colla l'objet dans la paume de la Hani.) Choses mal tourner, filer vous, foncer La Jonction, secours trouver.

– Qu'est cette chose ?

– Enregistrement. Même microfiche avoir je. Pas besoin être inquiète. (Joyeux sourire mahen.) Tout codé.

– Jik...

– Je confiance. (Un nouveau claquement résonna, venant de la poupe. Les ventilateurs s'arrêtèrent, puis recommencèrent à tourner, mais à une cadence plus rapide et sur un rythme différent. *L'Orgueil* était désarrimé.) Je pressé, Pyanfar. Descendre rampe vite. (Le Mahe enfila la coursive. Il se retourna.) Être maligne, Pyanfar.

– Dépêchez-vous sinon la rampe sera détachée. (Elle fourra la microfiche dans une poche et se saisit de son portatif.) Haral... Tiens-toi prête à laisser Jik partir. Son escorte est toujours en place à l'extérieur ?

– Toujours là, je confirme. Je n'ai pas cessé de la surveiller, capitaine. Tout est en ordre.

– Huh. Très bien.

Pyanfar coupa le contact et s'éloigna dans la direction opposée à celle qu'avait prise Jik, non sans jeter au passage un regard méfiant à la porte des sanitaires.

D'autres choses retentirent à l'avant. Les gabiers mettaient les bouchées doubles. Pressés, pouvait-on supposer, de voir l'encombrant vaisseau prendre le large.

Pyanfar entra dans la cabine de l'ascenseur. Un étau glacé lui enserrait l'estomac.

Dieux ! Dieux ! Même Jik ne lui avait pas dit toute la vérité. Il ne lui avait même pas dit ce qu'il comptait faire, *lui*.

7

Quand Pyanfar émergea de l'ascenseur, c'était le chaos dans le couloir qui menait à la passerelle. Tully, en compagnie d'Hilfy, faisait une dernière vérification pour s'assurer que les portes étaient bien verrouillées – ce qui signifiait que Khym était ailleurs au lieu de s'occuper de cette tâche. Tirun arriva en courant avant que la cabine se soit refermée, un bol protégé d'un couvercle dans chaque main.

– Fais vite ! lui lança Pyanfar quand elle passa devant elle comme une flèche.

– À vos ordres.

– Et ne rentre pas dans le local où est ce Kif !

La porte de l'ascenseur coulissa.

Chur était avec Geran devant sa carrée, un pansement propre autour du ventre. Il y eut un fracas venant d'en bas : un panneau de blocage se mettait en place.

– Tu es sûre que tu tiendras le coup ? demanda Pyanfar à Chur au passage.

– Absolument, capitaine.

La commandante de bord poursuivit son chemin à grands pas.

Dans la passerelle, Haral était à son poste. C'était encore la seule mais Chur et Geran étaient sur les talons de Pyanfar. Les écrans étaient éclairés, tous les systèmes originels de *L'Orgueil* allumés et le reste des voyants indiquait que tout était paré. Pyanfar se laissa choir dans son fauteuil et opéra une rotation.

– Capitaine…

Haral inclina ses oreilles aux multiples anneaux, manière de confirmer la passation des pouvoirs sans bouger la tête, sans cesser un instant de solliciter les commandes de la montée en puissance. Pyanfar introduisit l'embout du communico dans son oreille gauche et, se laissant aller contre le dossier de son siège, sortit la microfiche de sa poche et la rangea dans le compartiment de sécurité.

– Qu'est-ce que c'est que ça ? s'enquit Haral.

– Le dernier en date de nos problèmes. Dieux ! J'en ai assez de jouer les porteurs de courrier ! Que les dieux donnent à cette Ehrran...

Au même instant, Khym apparut, venant de la cambuse, des paquets de rations plein les mains, tout épanoui.

... *leur donnent des fils*, disait l'ancienne malédiction.

Pyanfar ravala ces derniers mots et concentra son attention sur le communico. La voix qui venait du Central était une voix mahen, tout comme celle du chef d'équipe des gabiers qui parlait sur la ligne parallèle. À croire que l'univers était redevenu sain et normal. Jusqu'au moment où une autre voix se fit entendre, kifish, celle-là, pour leur indiquer l'heure précise de leur déhalage.

Khym posa les paquets de concentrés près du coude de Pyanfar. Trois paquets dont un d'eau.

– Merci, murmura-t-elle. Haral, tu saisis ce que Jik essaie de faire ?

– Uhhhn.

– Ce n'est pas le plan prévu, ça. C'est une idée récente. Tout à fait récente. Il ne voulait pas se servir de ce système devant les Kif, tu comprends ? Et Sikkukkut ne se servira pas de son équipement.

– Alors, vous croyez qu'il fait une partie de bras de fer avec les Kif ? Qu'ils cherchaient à les pousser à...

– Tout est possible. Seuls les dieux savent si Ehrran est au courant de ses projets.

– Il sera bien forcé de la mettre au courant. Si elle s'amène toute seule au beau milieu des Kif...

Clac-vraoum. Le tubulaire était détaché. *Crash*... Les grappins de la station se rétractaient. *L'Orgueil* ne tenait plus à son mouillage que par ses propres tangons. Rien d'autre ne le maintenait plus à son poste d'amarrage.

– Il ne voulait pas nous le dire. Pas question, poursuivit Pyanfar. Tu as enregistré tout ça ?

– Hhhuunn… oui. Vous voulez que ce soit consigné sur le livre de bord ?

Pyanfar se mordilla les moustaches.

– Cela suffirait à Ehrran pour avoir notre peau. Non. Mais n'efface pas non plus la bande. (Elle tourna la tête et, de l'autre côté de la console qui les séparait, ses yeux croisèrent les yeux d'Haral. Des yeux mordorés, des yeux de Hani qui ne ressemblaient en rien à ceux de Jik. Indifférents aux honneurs mais débordant de loyauté.) Tu mettras ça dans mes archives personnelles. Il vaut mieux que tu sois hors du coup.

Haral abaissa ses oreilles. Vexée.

– À vos ordres. Si c'est ce que vous désirez…

– C'est ce que je désire. Qui a entendu ?

– Moi.

– Huh. (Pyanfar passa les contrôles en revue et alluma son panneau. Chuintement d'un siège qui s'affaisse sous le poids d'un corps. Elle se retourna à demi et vit Tully qui s'asseyait à côté de Chur.) Tully !

– Capitaine ?

L'Humain tourna la tête dans sa direction. Il ne s'était servi ni du communico ni de la traductrice.

– Tu fais partie de l'équipage, huh ?

– Moi… (Il n'avait pas compris la question et sortit une seringue de sa poche.) Moi je dormir saut, réveiller Kefk. Travailler je.

Cela semblait risqué. Les dieux avaient ainsi fait les Humains et les Stsho : le saut les rendait fous. Ainsi se réfugiaient-ils dans l'inconscience quand ils devaient en effectuer un. Des dingues…

– Tu as peur, huh ?

Un sourire de primate qui, très vite, s'affina en un sourire hani.

– Je crever de peur.

– Huh. Nous aussi.

– Dépêchons, dit Haral dans le micro d'ordres, et sa voix retentit non seulement dans la timonerie mais aussi dans toutes les coursives. Grouille, Tirun.

Pyanfar fit pivoter son siège.

– Le *Vigilance* a encore déposé une plainte ?

– Oui. (Haral plissa le museau et ses oreilles se couchèrent.) J'aurais donné tous les bénéfices de ce voyage pour avoir été face à face avec une de ces deux-là dans le sas, tout à l'heure.

– Huh. (*Les bénéfices !* Pyanfar s'esclaffa mais son hilarité fut de courte durée.) C'était une chose stupide. Stupide, il n'y avait pas d'autre mot. Comme une vomissure de... (Pyanfar laissa l'ancestrale comparaison en suspens en raison de la présence de Khym sur la passerelle et en revint aux manœuvres d'arrachage.) Archive l'affaire Ehrran. Maintenant, sortie sas.

Une hésitation. Une clé qui s'abaisse.

– Séparation effectuée.

Dieux ! Khym ici, dans cette aventure, allant et venant entre elle et Haral, entre elle et le Mahendo'sat dans la coursive inférieure, et sans poser de questions; pas un : « Qu'est-ce qui se passe ? », pas un : « Pourquoi ? » Le monde était sens dessus dessous. Mais elle et Khym s'étaient dit beaucoup de choses dans le noir. Lors du dernier quart.

Elle regarda autour d'elle. Khym s'installa devant le panneau d'observation un, entre la place encore vide d'Hilfy et le fauteuil de Geran, pianota sur les touches. Il mettait le communicateur en service pour faire gagner du temps à Hilfy. Geran prendrait la place au poste de balayage numéro un. Tully au panneau d'observation deux. Chur au poste balayage deux. Le poste d'observation trois reviendrait à Tirun quand elle serait là, tout à la fois assistante, opératrice de l'ordinateur, ingénieur et, s'il y avait des pépins, aux commandes de feu. Quand elle serait là.

Pyanfar établit la liaison avec le pont inférieur.

– Tirun… ça va, en bas ?

– J'arrive.

Sa voix était essoufflée. On entendait un bruit de pas précipités. La capitaine coupa le contact. Hilfy rejoignit son poste. Pyanfar aperçut son reflet dans le moniteur que faisaient scintiller les voyants lumineux des panneaux de Khym.

Le retour à la maison… Hilfy fit s'allumer sur le sien un témoin : prêt.

Une voix mahen crépita dans son oreille :

– Décrochez quand vous serez paré, *Orgueil de Chanur*. La voie est libre.

Elle accusa elle-même réception du message que lui avait relayé Khym.

– Merci, Mkks.

Communication de routine. Sans fioritures. *Merci, Mkks*. Elle sentait son sang se glacer.

L'ascenseur de poupe se manifesta. Ce devait être Tirun.

– Geran, dit Haral, inscris le *Vigilance* sur la liste de précaution avec les Kif.

Un silence.

– Tu parles sérieusement, huh ?

– Tout ce qu'il y a de plus sérieusement. C'est un avis de Jik.

– Uhhhn.

Pas d'autre commentaire. Aux opérateurs de balayage de faire leur travail.

– *Aja Jin* à *Orgueil* : Prendre numéro un départ. Décrochage, décrochage…

On courait dans la coursive de la passerelle.

– *Dieux pourris*, articula Haral dans le micro, *on déhale, sœur. Dépêche ! Dépêche !*

Martèlement de pieds sur le sol de la passerelle, un corps qui s'affale dans un fauteuil. Haral démarra la séquence de décrochage.

Clank… bang. Ils étaient en sous-puissance, maintenant. Légère sensation de nausée tandis que *L'Orgueil* s'arrachait et développait l'infime force de poussée qui lui ferait prendre l'espace.

Rien de spectaculaire. Le navire pouvait appareiller. Inutile de l'annoncer à cor et à cri aux Kif ou à d'autres guetteurs de Mkks. Haral effectuait une sortie discrète en prenant tout son temps. *L'Orgueil* aurait aussi bien pu transporter des coquilles d'œufs !

– Nous avons eu un point à faire aux projections d'entrée, dit Pyanfar. Jik a...

Hilfy l'interrompit :

– Priorité.

Un mot chargé de menaces, prometteur de mauvaises nouvelles.

Liaison établie.

– ... *vous avisons qu'un Tc'a a déhalé.* (C'était la voix froide et limpide du Central.) *Prenez les mesures de prudence qui s'imposent à la navigation.*

Pyanfar exhala un juron.

– Signalez-leur de réduire leur puissance et d'attendre, dit Hilfy dans le communicateur. Station Mkks...

Des transcriptions s'inscrivaient sur le second moniteur. Protestations des Kif, protestations de Jik et du *Vigilance*...

– Je reçois un bip, annonça Geran. Confirmation qu'un objet quitte le secteur méthanien.

Haral se substitua à elle :

– Un Kif au départ. Balayage deux. Ordinateur, détectez ce Tc'a.

– Je le cherche, dit Tirun. Geran, tiens-toi prête.

Se mordillant les moustaches, Pyanfar fit vivement passer la fonction gouverne sur son propre panneau de commande tandis qu'Haral déterminait les priorités. L'équipage pouvait remercier les dieux : les crachotements du communico provenaient de trois sources primaires et d'une douzaine d'émetteurs non autorisés. Geran était calée sur le balayage de la station et Chur s'efforçait de mettre de l'ordre dans les bips qui jaillissaient de Mkks et pleuvaient sur eux comme des graines s'échappant d'une gousse éclatée.

Pyanfar embraya la rotation du navire pour lui

conférer son G intérieur et tout se mit à tournoyer, manœuvre préparatoire – et pénible épreuve – à la prise de cap préalable. Dieux ! On avait un plan de vol calculé au micropoil près pour atteindre le point de saut, tout était programmé de bout en bout en vue de l'instant de ce saut en tandem et, derrière eux, la situation était semblable à un tourbillon de plumes dans la tempête !

– Notre programmation est devenue un enfer mahen ! s'écria Haral. Les dieux foudroient cet idiot à la cervelle liquéfiée. C'est un bouzingue de fou derrière nous !

– Hilfy...

C'était Khym qui l'appelait sur un ton pressant.

– Priorité, dit Hilfy. Appel général de la station à tous les navires.

Une image apparut sur le second moniteur. Une lumière violette : une forme reptilienne mouchetée de taches d'or qui se tortillait, agitée de soubresauts, devant l'objectif du capteur.

C'était le secteur méthanien qui s'adressait à eux – le contrôle en visuel du trafic méthanien. La silhouette jaune et filiforme d'un Chi virevoltait autour de la poupe du Tc'a qui s'élevait, se précipitait, rapide comme l'éclair, dans une frénésie attentionnée à l'égard de son... de ce que pouvait être un Tc'a pour un Chi : un maître, un camarade, un ami ou un animal de compagnie. Le Tc'a se répandait en gémissements; les harmoniques de son cerveau et de son appareil vocal segmentés convoyant une pluralité de pensées et de points de vue étaient traduits matriciellement en bas de l'écran.

Tc'a	tc'a	hani	hani	hani	kif	kif
Mkks	Kefk	Kefk	Kefk	Kefk	Kefk	Kefk
donner	aller	aller	aller	aller	aller	aller
dire	chi	aller	aller	aller	aller	aller
chi	tc'a	aller	aller	aller	aller	aller
knnn	knnn	knnn	knnn	knnn	knnn	knnn

Pyanfar eut l'impression qu'un vent coulis lui glaçait les os.

– Hilfy, fais traiter ça par ordinateur. Tirun, au communico un.

– À vos ordres, répondit Hilfy.

Pas un seul mot de critique. Pas une clameur de réprobation de l'équipage. Le vaisseau tc'a était devant eux et il y avait toutes les chances pour qu'il bousille leur plan de vol. Un officiel tc'a de la station parlait des Knnn, et aucune personne saine d'esprit ne souhaitait avoir affaire à eux. Nul ne pouvait communiquer avec les Knnn en dehors des Tc'a, et les Tc'a s'exprimaient de cette façon-là : dans un langage matriciel que l'on devait lire dans toutes les directions. Le message parlait de la présence de deux Tc'a, un à Mkks qui allait, peut-être rejoindre un Tc'a à Kefk. Les Knnn étaient liés aux motivations de tout le monde, il y avait deux groupes de Kif (en partance pour Kefk ?) et deux de Hani – dont un seul se battrait ?

– … *en finir avec cette folie !* disait une voix hani, celle de la capitaine du *Vigilance*, et Ehrran hurlait dans le communico : Aja Jin, *décrochez-nous !*

La réponse de Jik fut immédiate :

– *Quoi vouloir ? Donner Kefk temps savoir venir nous ? Certain ils réduire en miettes nous,* Vigilance. *Conservez vous cap, conservez cap, entendre ?*

– Khoihktkt mahe kefkefkti… C'était le Kif : *Le Mahe est d'accord avec nous.*

– L'ordinateur sèche, ma tante. Il ne dit rien de plus. Le Tc'a parle de faire des représentations aux Knnn et dit qu'il vient avec nous à Kefk. Pour le reste, l'ordinateur ne sait pas trop mais il formule une hypothèse…

Geran coupa la parole à Hilfy :

– *Vigilance* en ligne. Il veut avoir la capitaine en direct.

– Négatif, laissa tomber Haral.

– Appel sur le trois, dit Khym. C'est le *Harukk*. Ils veulent un communico avec la capitaine.

– Négatif. Contactez Jik.

– Consigne annulée. (Mordillant ses moustaches,

Pyanfar lisait les hypothèses formulées par l'ordinateur à propos des Tc'a.) Jik nous appellera quand il le pourra. Envoie un message au Tc'a pour lui dire que nous partons et qu'il attende.

– À vos ordres.

Le ton d'Hilfy était sec et crispé. Quand un navire prenait contact avec les Méthaniens, il y avait inéluctablement, après, d'interminables demandes d'explications des autorités officielles. Non sans raisons. Notamment la logique propre aux Méthaniens qui pouvait provoquer des malentendus fatals. Ils étaient différents. Extrêmement différents. Et ils étaient pris de folie furieuse pour un oui, pour un non. Les Tc'a, quant à eux, étaient une espèce pacifique.

Les Knnn… eux, c'était autre chose.

– Ma tante, voici l'avant-projet de message. Si vous voulez en approuver les termes avant que je l'envoie…

hani	hani	mahe	kif	kif	tc'a	tc'a
navire	navire	navire	navire	navire	Mkks	navire
aller	aller	aller	aller	aller	Mkks	attendre
danger	danger	danger	danger	danger	danger	danger

– Pour moi, c'est logique, murmura Pyanfar quand le texte s'afficha sur l'écran. À archiver. Transmets au *Aja Jin* : Sommes dans les temps et poursuivons notre course. Avons averti les Tc'a des éventuels périls de navigation.

– Jik est déjà en ligne, dit Geran. Il nous donne pour consigne de continuer comme cela. De foncer.

– Parfait.

Ce n'était pas la réponse que Pyanfar aurait souhaitée mais celle à laquelle elle s'attendait. Allez-y. Foncez droit devant. Ça passe ou ça casse…

Faire le saut au beau milieu des Tc'a ! Les Tc'a se propulsaient dans l'espace comme des reptiles. C'étaient d'ailleurs effectivement des reptiles. Rallier Kefk en aveugles alors qu'un vaisseau tc'a pouvait, n'importe quand et n'importe où, jaillir hors de l'hyperespace, des navires de chasse plus rapides tout disposés à les distancer… C'était chercher la catastrophe. La collision.

– Quand nous exploserons, l'éclair sera si vif qu'on le verra sur Anuurn, fit Pyanfar. Quelqu'un veut-il calculer les dimensions qu'aura ce globe de feu ?

– Comme feu d'artifice, ce sera quelque chose, pourriture des dieux ! s'exclama Haral.

– Le *Vigilance* nous signale qu'elles portent plainte...

Des éclats de rire hystériques éclatèrent. L'équipage avait les nerfs tendus à se rompre. Des Hani. En partance pour des territoires kifish.

– Mais pour qui se prend-elle, cette Ehrran ? hurla Hilfy à pleins poumons, comme si ces jours atroces où elle avait été captive des Kif n'avaient jamais existé. (C'était toute sa jeunesse et toute sa fureur libérées.) Mais que se passe-t-il donc ?

– Tu veux que je te fasse une liste, petite ? fit sèchement Haral sans même se retourner.

– Chanur traverse une mauvaise passe, dit Geran, assise à la droite d'Hilfy. Et ses tracas ont un nom : Ehrran. Elle veut notre peau. Et elle peut l'avoir de toutes les façons. Nous ne lui coupons pas la route. C'est l'ordre. Nous faisons ce saut en remerciant cette fois les dieux d'être un peu moins rapides que le vaisseau d'Ehrran. À Kefk, elle sera devant nous. Nous préférons ne pas l'avoir derrière, non, merci.

– Tu aimes mieux avoir les Kif à la place, huh ?

Il y eut comme un petit frisson glacé dans l'air.

– Ce sera plus sûr, dit Tirun. Temporairement.

Suivit un silence. Ce fut Pyanfar qui le brisa :

– Nous ne les oublions pas, eux non plus.

Nouveau silence.

– Et après Kefk ? (La voix d'Hilfy avait repris son timbre normal.) Où irons-nous ? Vous avez une idée... capitaine ? (Elle avait posé la question avec déférence.) J'ai été tenue à l'écart des briefings.

Pyanfar fit jouer ses doigts qui étreignaient les commandes, cala son coude dans la gouttière antichocs, poussa un soupir qui n'en finissait pas.

– Dans une certaine mesure. Tu veux que je te

résume la situation ? L'échange standard du moteur, cette nouvelle installation supersophistiquée… on n'a rien sans rien, n'est-ce pas ? Nous sommes prises à la gorge, Hilfy Chanur. Rien que l'argent puisse acheter. Et l'histoire Ehrran…

Les filins se tendirent. *L'Orgueil* approchait du point de référence désigné. Maintenant, le Tc'a, qui avait accéléré, était devant lui. Désormais, plus de tours et de détours. Rien qu'un Knnn qui faisait joujou avec les lois de la physique.

– Cette vomissure de Tc'a restera devant nous jusqu'au bout, dit Pyanfar. Où sera-t-il après le saut ? Seuls les dieux le savent. Je peux vous dire une chose. L'idée de Jik est de falsifier un signal d'identification à Kefk. Il nous précédera d'un rien et nous communiquera le balayage avant qu'il cesse d'émettre.

– Dieux ! s'écria Tirun. Quelle avance aura-t-il sur nous ?

– Il ne me l'a pas dit. Même schématiquement. Silence complet. Mais, croyez-moi, s'il rate son coup, la note sera lourde. Très lourde. D'abord, nous avons tout un nid de Kif sur les bras. Et s'il n'y avait que ça ! Qu'est-ce qui se passe avec le communico ? C'est bien calme, on dirait.

– Il n'y a rien qui vaille la peine d'être écouté, répondit Haral. Des quantités de conversations kifish, c'est tout.

– Le *Vigilance* a cessé d'émettre, dit Geran.

– L'*Aja Jin* aussi, ajouta Hilfy.

– Bien. Geran, je veux que tu te tiennes prête à capter aussitôt après le saut.

– C'est compris.

– Hilfy…

– Ma tante ?

– Tu as posé des questions au sujet d'Ehrran. Je vais te dire ce que j'ai subodoré jusqu'à présent. Ce n'est pas à la malchance que nous devons attribuer nos ennuis. Ils ont été… coordonnés.

– *Par Ehrran ?*

– Oh ! Cela vient de beaucoup plus haut, petite. Il y a eu l'affaire de Gaohn, nous avons chassé les Hani ennemies qui en voulaient à Kohan, nous avons presque anéanti le clan Tahar, nous avons contraint *Lune Qui Monte* à prendre la route de l'exil... Nous avons ouvert la voie du monde-berceau aux Mahendo'sat, aux Humains et aux Knnn, ce qui a fait pousser les hauts cris à nos isolationnistes, n'est-il pas vrai ? Naur et les siens. Le clan Llun s'est fait massacrer à Gaohn en nous prêtant assistance. D'autres de nos amis ont connu le même sort. Les Tahar, qui étaient nos ennemies... nous les avons écrasées et nous avons réduit à néant leur influence sur leurs alliés. Cela a créé un vide et permis à d'autres clans de prendre de l'ascendant sur le *han*.

– Naur, Jimun et Schunan, murmura Haral. Les précieux protecteurs d'Ehrran.

– C'est exactement cela. Nous étions mieux loties quand nous avions les Tahar comme ennemies. C'étaient des gueuses mais des gueuses spatiennes. Tout ce qui reste, ce sont de vieilles belettes, des rampantes comme les Naur. Et ces bonnes femmes décaties et obèses n'auraient pas de désir plus cher que de nous voir toutes rentrer en jupettes et *sofhyn*.

– C'est mon portrait que tu traces, dit Khym.

– Écrase, Khym.

– Écoute, si j'étais resté au sol...

– Si cela n'avait pas été ça, ç'aurait été autre chose. Nous avons amené les Extérieurs dans le système d'Anuurn...

– ... et emmené un mâle dans l'espace.

– En conséquence de quoi, les fanatiques du *han* sont aux quatre cents coups. Les clans spatiens ont été durement éprouvés à Gaohn. Pour ce qui est des clans de franc-alleu, nos amies les Llun ont perdu trop de leurs vaillantes. Et il y a des années qu'Ehrran rêve de se tailler un morceau de leur croupion, ça la démange. Elle ne demande qu'à embrasser les pieds des Naur. Elles ont leur vaisseau étincelant, de grandes oreilles et de gros registres. Et les Stsho, ces bâtards de trémoussants, plongent leurs doigts dans la marmite ! Les Mahendo'sat ont fait pression sur eux pour que nos lettres d'espace nous soient restituées parce qu'Or-Aux-Dents a soudain voulu que nous l'aidions – parce qu'il avait besoin d'avoir des Hani spatiennes de son côté. Les Stsho se sont inclinés, ce qu'ils feront toujours, mais ils se sont aussitôt précipités pour en toucher deux mots à Ehrran. Elle était à La Jonction pour y traquer Tahar et y régler d'autres affaires pour le compte du *han* – mener des négociations secrètes avec les Stsho à propos de quantité de problèmes, peut-être – et les Stsho lui ont proposé notre peau moyennant une honnête prime.

– Stle stles stlen, murmura Hilfy.

– Les Stsho avaient l'humanité qui les talonnait. Ils ont parlé pour ne rien dire à Or-Aux-Dents, à La Jonction. Les dieux savent ce qu'ils ont pu débiter à Ehrran ! À mon avis, si Stle stles stlen avait été moins corrompu et moins terrorisé par Or-Aux-Dents, cette vieille crapule aurait vendu Tully aux Kif sur-le-champ. Seulement, nous étions là, nous, et Ehrran ne lui a pas graissé la patte, idiote à l'échine roide comme elle est. Ces vomis de xénophobes Stsho se marchent sur les pieds les uns des autres : les Humains sont dans leur dos et menacent leur territoire. Mais Ehrran a voulu mener le jeu de la politique. Elle s'est fait souffler sa mise… enfin, c'est ce que je présume. Stle stles stlen n'a plus eu assez de cran pour trahir Or-Aux-Dents quand nous nous sommes présentées avec, virtuellement, un chèque en blanc et des autorisations accordées par les plus hautes instances mahen. Mais je ne serais pas étonnée si, maintenant, cela ennuyait fort le vieux Stle stles stlen d'avoir des gardes mahen derrière sa porte, la nuit. J'ai encore autre chose à vous dire – une chose qu'il est préférable que vous sachiez. Haral, tu as l'enregistrement de la conversation que nous avons eue en bas, dans la coursive ?

– Oui.
– Fais-le-nous écouter… celui-là et, aussi, celui de l'entretien avec Sikkukkut. On nous a fait une foule de propositions, cousines. De tous les côtés.
Le silence qui suivit, qu'interrompait seulement le filet de son qui se débobinait, dura longtemps, très longtemps. Pyanfar écoutait d'une oreille et grimaçait de temps en temps. Elle maintenait *L'Orgueil* sur sa trajectoire, s'efforçant de ne pas penser à ce qu'Hilfy allait dire. Ni à ce que la traductrice déversait dans l'oreille de Tully.
Tc'a. Tc'a. Les Méthaniens étaient dans tous leurs états, avait dit Jik.
Jik qui s'était rendu librement sur la station. En secret. Pour comploter avec les dieux seuls savaient quels interlocuteurs. Et les Tc'a occupaient une place de choix sur la liste des possibilités.
Là-bas, avec Sikkukkut.
L'enregistrement arriva à son terme. Et ce fut, à nouveau, le silence.
– Je nous ai tous fourrés dans le merdier. Un sacré merdier. J'ai pensé que vous aimeriez savoir dans quoi nous pataugeons.
– Il semble, dit Tirun… il semblerait que Jik ait raison. C'est de naissance chez nous. Parce que nous sommes des Chanur. Quand nous rentrerons… je suis prête à parier que le *han* que nous retrouverons ne sera pas celui que nous avons quitté.
Encore un silence qui s'éternisa.
Tirun reprit la parole :
– Eh bien, moi, je marche avec vous.
– Moi aussi, dit Chur.
Et sa sœur, à son tour :
– Moi aussi.
– Ma tante, je…
– Peut-être désires-tu réfléchir à loisir, ma nièce.
Les bips continuaient de se succéder, les instruments continuaient de cliqueter. La matrice tc'a s'afficha après avoir été traitée par l'ordinateur mais c'était toujours la même chose.

– Tully, dit Pyanfar, as-tu au moins compris la moitié de ce qui a été auditionné ?

– Je entendre partie.

Elle ne voyait pas son visage, elle distinguait seulement un reflet flou dans un moniteur, celui d'une silhouette non Hani.

– Je Hani, dit l'Humain. Je *Hani*.

Elle battit des paupières, méditant sur cette réponse. Malgré tout, cela lui faisait chaud au cœur.

– Khym ?

– Tu veux mon opinion ? (Un long soupir, un sourd et grave grondement tombant du communico.) Dommage que les Ehrran soient de Franc-Alleu.

– Oui, mais c'est comme ça, laissa tomber Hilfy. Elles vont s'en prendre à Père. Elles iront le chercher dans son propre fief. Peut-être Chanur nous échappera-t-il.

– J'estime que Kohan Chanur n'est toujours pas une proie facile, ma nièce. Mon frère et ton père, pas plus qu'aucune de nos sœurs, ne sont assez stupides pour laisser ces gueuses le chasser du domaine. Ils résisteront, ils tiendront. Aussi longtemps que nous serons dans l'espace, aussi longtemps que navigueront des vaisseaux de Chanur, il faudra que Naur et ses affidés prennent garde s'ils veulent en découdre. Kohan est toujours capable d'affronter n'importe qui que je connaisse si le combat est loyal.

Pyanfar pensa à Khym en disant ces mots, et un vieux remords lui serra le cœur. *Si j'avais été chez nous quand Kara l'a défié, si j'avais été là pour empêcher les parasites d'intervenir...*

Khym serait peut-être encore suzerain de Mahn si elle avait été là – si elle avait pris fait et cause pour lui, comme lorsque le clan Chanur s'était rallié à Kohan Chanur contre Kara Mahn, son propre fils. Si elle avait été là – même seule –, Khym ne serait peut-être pas maintenant réduit à l'exil. Même après la désertion du reste de ses épouses, de ses sœurs et de ses filles. Elle, Pyanfar, elle aurait pu combattre aux côtés de leur fils et de leur canaille de sœur.

Chanur aurait alors, peut-être, conservé intact le meilleur de ses alliés en la personne de Khym, suzerain de Mahn. Alors, Ehrran et ses semblables ne seraient pas apparues, et le monde n'aurait pas changé.

– Relèvement positif, annonça Haral.

– Je me demande si ce Tc'a comprend le plan de vol, dit Tirun.

– Je suppose que c'est une chose dont nous nous apercevrons, fit Geran. Voulez-vous parier contre, *na* Khym ?

– Elle recommence à tricher, grommela Tirun. C'est toujours elle qui gagne.

– Navires en formation à notre arrière. (C'était Haral.) Les Kif se dirigent vers l'amer. On dirait que c'est vraiment parti.

– On dirait.

Les nerfs de Pyanfar la picotaient. Des poils de la fourrure de son avant-bras s'arrachaient tout seuls en raclant le rebord du pupitre. Elle était un nœud d'effroi. Et, sans aucun doute, les autres étaient tous et toutes dans le même état de nervosité.

– Je marche avec vous, dit soudain Hilfy.

Sa voix était gutturale.

– Merci, ma nièce... Tout le monde paré pour le saut ! Ça ne va plus tarder. Tully, tu ferais bien de prendre tes médicaments. Aide-le, Chur. Et assure-toi qu'il est inconscient.

– À vos ordres.

Pyanfar enclencha l'appel général.

– Kif... Skkukkuk. Préparez-vous. Ça va être le saut.

– Je vous offre vos ennemis.

– Parfait, Kif, parfait.

Elle coupa précipitamment le contact. Avec un vague sentiment de culpabilité. Pour un Kif...

Autant s'adresser aux murs. Il parlait bien hani. On lui répondait en bel et bon hani. Et rien d'intelligible ne parvenait à l'esprit ni de l'un ni de l'autre des interlocuteurs.

Je vous offre vos ennemis.

Pyanfar avait noté que la voix du Kif était tendue. Peut-être avait-il peur, tout seul à bord d'un navire hani. Peut-être cherchait-il à lui proposer un marché.

Peut-être mourrait-il de faim, réduit à l'impuissance au fond des sanitaires, sans personne pour prendre soin de lui. Ou la manœuvre lui romprait-elle les os.

Par les dieux, pris au piège du hasard comme l'était l'équipage, était-il leur talisman et leur mascotte ? Ou leur porte-malheur personnel ?

– Saut plus quatre-vingt-dix, annonça Haral.

– Enfoncez-vous bien ces consignes dans la tête, dit Pyanfar – parce que, le saut effectué, on était en pleine confusion mentale et que les habitudes reprenaient le dessus. Jik ne réussira peut-être pas. S'il rate son coup, il faudra faire vite. D'abord, faire notre point pour connaître notre position. Ensuite, localiser le *Harukk.* Rappelez-vous bien cela, vu ? Nous émergeons en G. Ce sera plus supportable pour nous. Si les choses se présentent vraiment mal, quelques options demeurent ouvertes. À la seconde même de l'émergence, nous prenons le relèvement de Tt'av'a"o. S'il le faut, nous rallions La Jonction. Ce n'est pas le plan de Jik, c'est le mien. Personnel. Nous aurons à tenir compte des trois stations de surveillance, à Kefk. Il y a de gros débris errants dans ce système du fait que c'est un système binaire de faible diamètre. Et ce sont les Kif qui ont dessiné notre carte. Même si Jik nous en a fourni une autre. Rappelez-vous bien tout cela. Rappelez-vous cela sans cesse.

– Nous avons toutes les références chiffrées, dit Tirun. Je les ai en mémoire. Où que les dieux envoient Jik le long de sa ligne d'entrée, nous le prendrons en chasse.

– Sale coin, fit Chur. Rudement sale coin.

– Système en place.

Le ton d'Haral était calme et flegmatique. Les manœuvres se succédaient rapidement. Permutation des systèmes. Mise en ligne. Pyanfar travaillait en coordination avec elle. Chassant ses inquiétudes, elle démarra le programme d'impulsions de l'ordinateur, mettant en corrélation le plan avec les problèmes posés par le Tc'a et les intentions de Jik, modifiant les priorités, revérifiant. Elle abaissa une clé pour que les mémoires enregistrent les directives. D'autres stations procédaient aux mêmes opérations. Haral s'assurait sur l'écran de contrôle général que les instructions étaient exécutées en séquence.

Il était indispensable que *L'Orgueil* soit localisé sur le balayage passif. L'impératif préalable était que sa position soit repérée avec une absolue précision.

Ensuite, trouver Jik, trouver le *Harukk* et le *Vigilance*, et s'enfoncer dans leur sillage au cœur même de Kefk.

– C'est vraiment une façon démente d'entrer dans un système stellaire, maugréa Tirun.

– On pourrait peut-être essayer de le leur dire.

Les chiffres s'égrenaient.

– Voila le Tc'a qui prend son essor, dit Geran.

– Les dieux nous protègent, soupira Haral.

– Tully ? s'informa Pyanfar.

– Il est inconscient, la rassura Chur.

– H moins 5, fit Haral.

Dieux ! Un Tc'a évoluant librement sur leur chemin !

Et son attitude avant l'appareillage ! Parlant des Méthaniens et rendant visite à des espions...

Jik pouvait-il acheter un Tc'a ? Était-ce la raison de sa sortie furtive sur les quais de Mkks juste avant le déhalage ?

Une assistance à la navigation ? Des précisions ?

Était-ce cela qu'il avait voulu obtenir ? Une marche à suivre assez pointue pour maintenir le *Harukk* droit devant... utiliser les ordinateurs et les cartes tc'a pour effectuer un calcul spatio-temporel critique...

... dans un système kifish ?... contre les désirs

exprimés par le *Harukk*, et au-delà de ce qu'il était prêt à leur fournir ?

Dieux...

– Moins 1.

Ils étaient partis.

... *là* de nouveau...

... chute...

... matérialité et solidité. Des lumières clignotaient, les instruments dopplérisés qui captaient le signal et le déchiffraient...

– Kefk, dit Haral. Spectre conforme.

– Repère... où est notre repère ?

– On le recherche, répondit Geran. Il est... *dieux pourris*... C'est... en tolérance.

– Hnnnh.

L'esprit voulait vagabonder, prendre la tangente, retrouver son ancien ici et maintenant. Les lumières menaient leur sarabande hypnotique, engendraient des images visuelles : le soleil éclairant les collines...

... le domaine.

– Tante Pyanfar, criait la petite fille dévalant le flanc de la colline à une allure vertigineuse, les oreilles couchées en arrière, ses petites jambes se levant et s'abaissant de toutes leurs forces, tels des pistons, tante Pyanfar ! Vous êtes de retour !

Les yeux écarquillés, ouvrant toutes grandes ses oreilles, telle était Hilfy Chanur, la fille chérie de son père, substitut pour sa tante de la perfide Tahy...

... la nuit dans le jardin de Chanur :

– Tante Pyanfar, comment s'appelle cette étoile ?

– ... C'est Kjohi. C'est une blanche mais elle est beaucoup, beaucoup trop loin et trop chaude. Nous n'y allons jamais. Tu vois la petite en dessous ? Celle-là, c'est une jaune. Tt'a'va'o.

– Vous y êtes allée ?

– Jamais des Hani n'y sont encore allées. C'est une étoile tc'a. Les Tc'a ont des quantités de cerveaux. Ils chantent pour parler. Ils parlent avec sept voix en même temps. J'en ai connu un, une fois. Il se nommait So'o'ai'na'a'o.

Hilfy éclatait de rire.

– Répétez encore...

– Où est cette raclure de Tc'a ? Geran ! Chur ! Où est notre propre schéma ? Avons-nous une position sur quelqu'un ?

– Négatif, négatif. L'autre carte est presque intégrée... je l'ai, je l'ai, je l'ai... elle arrive...

L'image apparut sur le panneau de Pyanfar. Le diagramme du système de Kefk rapporté à leur point d'entrée. La meilleure carte actuelle de Sikkukkut – en ce qui concernait, tout au moins, des objets comme des rocs de grosse taille, susceptibles d'être repérés à long terme, et dont il était possible de suivre les orbites chaotiques qu'ils traçaient au sein du système de Kefk.

Une colossale station stellaire... dieux ! Pyanfar savait qu'elle devait être énorme. C'était, après tout, le seul débouché légitime des Kif pour avoir accès aux activités commerciales de la Communauté. Cinquante navires au port et des minéraliers éparpillés comme autant d'étoiles rouges au milieu de celles, jaunes, des astéroïdes. Et aucun de ces navires là où une marque était indiquée. Ce n'était qu'une carte théorique. *Prenez garde, Hani : il pourrait se trouver des vaisseaux. Et il en existe.*

Elle montrait des Kif, des Tc'a et des Chi au port. Vraisemblablement. Encore du théorique. Qu'y avait-il d'autre ? Les dieux seuls le savaient.

– Préparez-vous pour la décélération. Haral, tu me contrôles.

– Bien compris.

– Et rappelez-vous : faites fonctionner vos méninges. Réveillez-vous. L'*Aja Jin* est par l'avant, maintenant... *où ça,* par les dieux ? Le *Harukk,* la moitié des Kif et le *Vigilance* – et d'autres Kif qui vont s'amener d'un instant à l'autre.

– On remet ça.

– Tante Pyanfar... apprenez-moi les étoiles...

Sa propre fille, Tahy Mahn :

– Tu n'es jamais là. Tu arrives toujours trop tard. Tout est fini, à présent. Kara est parti. Je l'ai moi-même envoyé à l'Ermitage...

Son fils et sa fille en allés. Chacun d'une façon différente.

– Eh oui ! j'ai des choses à faire, Tahy. Je suis désolée.

– Tu en auras *toujours*. Tu ne *vis* pas dans ce monde. C'est ce navire ! C'est ce navire. Je ne te connais pas. Jamais je ne...

... Et remontée.

Retour à l'espace réel. Les yeux de Pyanfar roulèrent dans leurs orbites pour se polariser sur les témoins lumineux. C'était à peine si elle sentait les commandes sous ses doigts. Son coude était meurtri.

– Troisième décélération. Alors, qu'est-ce que vous attendez pour émettre, là-bas ? Pour montrer que vous êtes en vie...

– Je le reçois... *je reçois Jik, il est là !*

– ... Pyanfar. (Kohan. Son large visage, ses yeux d'or qui n'étaient plus que douceur en dépit de la mine maussade qu'il arborait pour donner le change.) Sœur... pour l'amour des dieux... sois prudente, cette fois.

... Elle était égoïste. Pas lui. Il se gardait de faire mention de la véritable raison de son inquiétude. Khym. Sa folie personnelle à elle. Sa gêne publique à lui. Ils en avaient parlé, une fois.

– ... Ils fondront sur toi, avait dit Kohan. Tous nos ennemis. Ils essaieront.

– Là-bas, les lois ne sont pas les mêmes, mon frère. On est plus en sécurité. Les gens acceptent ce qui est étranger.

– Je l'espère. Je l'espère.

... Et il s'en était allé.

– Nous y sommes, tout va bien. Nous recevons le

signal, nous recevons le signal. Il nous envoie une image-balise, il a réussi.

– Le point stellaire, fais le point par rapport à l'étoile, Haral.

– Affirmatif. Tt'a'va'o.

– Uhhhnnn.

Pyanfar était vidée. Ses mains tremblaient. On était en inertie. Leur G les poussait droit devant. Dans sa gouttière, son bras était douloureux. Pyanfar l'en dégagea et décrocha une ration concentrée, y perça un trou et but. L'aliment descendit comme du plomb dans son estomac.

Dieux, dieux... Les chiffres menaient une danse démentielle. Et finissaient par coïncider.

– C'est gagné, dit Haral. Par les dieux, nous avons réussi deux fois, et en aveugles ! Et Jik et tous les autres...

– Je le croirai quand j'aurai vu ce Tc'a, rétorqua Geran. Où est-il donc, ce cinglé ? BONTÉ DES DIEUX !

Le capteur de balayage se mit en panne. Les lumières devinrent rouges. Le klaxon ulula.

– *Haaaa !*

C'était Khym.

Une nausée monta en eux comme pour une entrée en décélération mais ce ne fut que passager...

– Contrôle V, hurla Pyanfar dans le micro. Dieux maudits...

... *décélération*, cette fois, et l'affreuse nausée rampante qui en était l'accompagnement.

Le Tc'a avait surgi à proximité immédiate. Accélération foudroyante et freinage en succession rapide – et il était *là*, gros grumeau sur l'écran radar, qui avait une vélocité égale à la leur.

– Eh bien, on l'a trouvé, le Tc'a, dit Tirun.

– Dieux et tonnerres, gronda Pyanfar.

Son sang était tour à tour brûlant et glacé. Ses articulations étaient en coton. Le concentré qu'elle avait avalé lui remontait dans la gorge. Quelqu'un était effectivement en train de vomir. Sur l'écran, les blips étaient redevenus normaux mais il y en avait un qui était beaucoup trop proche.

Un balbutiement. Humain. Tully avait repris conscience.

– V plus 0,08, lança Haral. Ce gueux nous donne du V !

– Laisse faire. Nous le couperons plus tard. (Pyanfar déglutit péniblement sa salive et battit des paupières, s'efforçant de faire la sourde oreille aux éructations que répercutait le communico.) Quand nous... encore devant Jik en approche de Kefk. Cette raclure de Tc'a... il dit quelque chose ?

Quelqu'un réussit à basculer l'appel sur son écran.

tc'a	chi	hani	kif	kif	kif	kif
Mkks	Mkks	Mkks	Mkks	Mkks	Mkks	Kefk
Kefk	Kefk	Kefk	Kefk	Kefk	Kefk	Kefk

– Il dit... commença Hilfy, la voix enrouée... je crois... il va de Mkks à Kefk avec une Hani et des quantités de Kif.

– Ils ne tireront pas, fit Pyanfar quand cette idée lui traversa l'esprit. (*Jik... cette canaille de sans oreilles a une autre dette à rembourser et il nous a mis un Tc'a sur le dos. Qui connaît notre plan de vol. Impossible qu'il en soit autrement.*) Dieux ! Cette crapule est trop près de nous... Ils ne tireront pas. Kefk n'osera pas. (Elle se laissa aller en arrière contre son dossier et tourna la tête.) Ça va, Chur ?

– Ça va. (La voix de Chur était vacillante.) Je suis à mon poste.

– Et toi, Khym ?

C'était lui qui était malade. Comme elle l'avait pensé. La réponse à la question se limita à un gémissement.

– Équipements en charge nominale, dit Tirun.

– Nous nous sommes débarrassés des Kif, annonça Geran. Je viens de capter les blips d'un navire juste derrière nous. L'*Ikkiktk*... je crois... juste au point repère, cinq minutes-lumière.

Tout autour d'eux, les instruments de bord continuaient de cliqueter et de crépiter, assurant imperturbablement les procédures mécaniques de vol ordinaires.

– Tully… Tully, tu vas bien ?

– Quoi ça ? (La voix qui tombait du communico était un bredouillement anémique.) Quoi ?

– Les Tc'a sont devenus bien gentils. Jamais nous n'avons frôlé de si près la collision, par les dieux ! Il s'en est fallu d'un rien.

– Deuxième blip. Second Kif arrivé.

– Le Kif de tête nous fait savoir qu'il est derrière nous, dit Hilfy. C'est tout.

– Accuse réception.

Leur capteur en réel leur découvrait le petit écrin d'espace où se blottissait *L'Orgueil*. Le Récepteur signal passif, d'un demi-aller et retour plus rapide que le signal écho, leur montrait les étoiles, les objets réfléchissants et les traînes d'émission récentes des vaisseaux de l'avant-garde. Il y en avait beaucoup.

– Nous avons eu une analyse temporelle de cette image, dit Tirun. Jik se débrouille bien. Jik, Ehrran, Sikkukkut et une flotte composée des meilleures unités du *hakkikt*. Haaa… voilà le balayage du *Harukk*, maintenant… net.

– Je leur souhaite bonne chance à tous, murmura Haral. Même à ces maudits Kif.

– Espérons que ces gredins sans oreilles, à Kefk, n'ont pas déplacé de rocs, dit Geran.

– Nous tombons dans les vieux radotages, la rabroua Hilfy. Kefk n'est encore avertie de rien sur cette ligne temporelle, Geran. Je vais te fournir les données séquentielles sur l'encombrement. Tâche de mettre un localisateur là-dessus pour obtenir un relevé de position actualisé de cette mouscaille.

– Il y en a partout. Chur, prends le balayage numéro un.

Nouvelle descente le long de la ligne temporelle à la poursuite de leur front d'onde écho en provenance de Kefk Station. Attente du message retour. Mais cette fois, on avait perdu beaucoup de vitesse.

Les Kif dialoguaient derrière eux et ceux de la station dialoguaient sur une autre référence temporelle. Ces caquetages emplissaient le communicateur.

D'autres Kif surgissaient derrière eux.

Et le Tc'a filait de conserve avec *L'Orgueil*.

– Nous avons une réaction, annonça Hilfy. Je crois que c'est une station de surveillance qui émet. C'est une sommation. À moins douze minutes-lumière.

Il y avait deux stations de surveillance. Une au nadir de Kefk 1 pour empêcher les évasions et une à son zénith, relativement proche. Plus une troisième à l'écliptique de Kefk. Et Kefk Station elle-même était armée, de l'aveu même de Sikkukkut : une violation de plus des règlements communautaires.

– *Harukk* vient de répondre, reprit Hilfy. Il enjoint au système Kefk de se rendre. Toujours les sommations... je n'arrive pas à savoir s'ils ont lancé quelque chose. La traductrice, Khym ! Aide-moi, raclure des dieux...

– C'est ça ?

– À toi, Geran.

– Je suis navré, balbutia Khym. Je suis navré...

– Je le tiens, dit Geran. Affirmatif pour ce qui est du lancement. Deux intercepteurs catapultés de Kefk 1 sur moment de contact de Jik.

– Vecteur d'interception Jik, dit Hilfy.

– Les Kif qui sont sur notre arrière signalent qu'ils viennent d'entendre l'ordre d'engagement-défense.

Se mordillant les moustaches, Pyanfar observait la rotation régulière des images qu'Haral basculait sur ses écrans.

– Situation inchangée, signala Hilfy.

– Même chose pour le Tc'a. (C'était Chur.) Il est toujours sur notre flanc.

– Espérons qu'il va y rester, fit Haral.

– Situation toujours inchangée, continuait de psalmodier Hilfy. (Puis :) Attendez... Nous commençons à recevoir des commentaires de la station, maintenant. Ils sont vraiment affolés et ils parlent tantôt sabir, tantôt kifish courant. Nous ne capterons pas les émissions de la base de surveillance à destination de la station ou de Jik et de son escorte du fait de leur angulation.

– Que se passe-t-il ? demanda Khym d'une voix posée et précise (c'était la première question étrangère au service qu'il posait). Au nom des dieux, qu'est-ce qu'ils mijotent ?

– Du calme, le rembarra Haral. Nous ne sommes pas encore scalpés.

– Kif, lança Tully sur un ton perçant.

– Tully a raison, dit Chur, les yeux rivés à l'écran de balayage. Un de nos éléments de soutien vient encore d'arriver.

– Huh ! s'exclama Geran. Par tous les dieux réunis, nous réussirons peut-être de justesse.

– Un *hakkikt*, cinq chasseurs kifish, le *Aja Jin* et une déléguée du *han* leur disant qu'ils ont un Tc'a derrière eux, marmotta Tirun. Et combien de plus ou quoi de plus ? Ils n'en savent rien. Vous pensez que ça ne va pas leur faire un choc ? Si j'étais un Kif avec mon nez dans la station, ou assis à un bureau dans le Central, je serais affolée. Ils écraseront. Sikkukkut est loin d'être un imbécile.

– Huh.

L'équipage parlait pour se donner confiance. À nouveau, l'estomac de Pyanfar se révulsa et elle dut prendre sur elle-même pour combattre la nausée. L'ordinateur posa une question, proposa des choix. Les yeux fixes, elle lut la suggestion sur l'écran, interrogea du regard deux autres moniteurs et tapa : « confirmation ».

Ravala désespérément sa bile. Sa main était agitée de tremblements. Longtemps après l'instant fatidique, une terreur glacée s'emparait rétrospectivement d'elle. Le Tc'a *aurait pu* les heurter. Dieux ! De combien était-il capable de se rapprocher avant que *L'Orgueil* ne se désintègre ? Ou qu'ils ne se transforment tous en une seule et même boule de feu incandescente : Hani, Tc'a et Kif réunis ?

– Ils amis ?

Mais personne n'avait le temps de répondre à la question de Tully.

– Les Tc'a ensystémés s'inquiètent, dit Hilfy. Nous commençons à recevoir le nôtre. Il s'identifie. Nous aussi. Ligne de temps : seize minutes.

Une image se forma sur les écrans : une image qu'Haral avait réussi à capter… à cette distance. Un soleil dont l'éclatante lueur orangée éclipsait les étoiles. Elle avait un compagnon nain et rouge, Kefk 2, invisible ou qui échappait aux regards. Quant au reste, les débris massifs qui, selon les cartes périmées de Sikkukkut, orbitaient autour de Kefk, ils étaient encore trop loin.

Et quatre stations en tout, avec une foule de Kif en pleine agitation.

– Transmission, prévint Hilfy. Ce sont eux… (Oubliées, les formules qu'exigeait l'étiquette !) C'est Jik.

– … *Maintenant cap*, disait le message relayé à Pyanfar par les bons soins d'Haral. *Vous maintenir cap. Nous passer devant en entrée. Non encore ennuis avoir…*

– Ils savent que les unités de surveillance et de protection les traquent ? s'étonna Khym.

– Peux pas dire, répondit Haral. Ils devraient. Dix minutes-lumière. Ça arrive toujours… mais rien que des bavardages. Les gens de Jik sont tout à fait calmes. Et ils sont plus loin que nous sur la ligne temporelle.

– Ça a l'air de bien se présenter, conclut Geran.

Pyanfar vida ses poumons et un frisson courut le long de son dos. Pousser à la limite, *passer*, arriver comme ça, à l'aveuglette, par les dieux, et recevoir un signal au point critique avec tous ces Kif derrière… Naviguer de cette manière, c'était bon pour un vaisseau de chasse, pas pour un honnête bâtiment de commerce.

Mais ils l'avaient fait.

Ils l'avaient fait.

Jusque-là, ils étaient encore en vie.

– Haral, s'écria Hilfy, nous recevons la balise !

Sur l'écran du moniteur surgit une image. Tous les actuels éléments hétérogènes du système : les navires de Sikkukkut se dirigeant vers la station maîtresse, une masse confuse d'astronefs – les Kif, le Tc'a, *L'Orgueil*.

Et les intercepteurs.

Trois stations surveillance/protection. Une ceinture de minéraliers. Un navire qui prenait le large. Un diagramme de la station maîtresse montrant quarante-six vaisseaux d'origine indéterminée au mouillage. Exactement l'image initialement interceptée par Jik avant que la balise cesse d'émettre.

– Faut-il y croire ou pas ? demanda Tirun.

– Kefk émet, l'interrompit Hilfy. Une station surv/prot, je pense. Elle... elle nous souhaite la bienvenue.

– Dieux, marmonna Haral. Maintenant que ça marche, je n'aime pas ça.

Pyanfar se grignota la moustache.

– Moi non plus. Message. Retransmettre à Jik ce qu'il nous a envoyé. Et avec discrétion.

– À vos ordres.

– Les Kif parlent, fit Khym. (Haral commuta.) Derrière nous.

– ... *kkthos fikkthi kthtokkuri ktokkt* Harukkur *shokkuin*.

– Ils appellent le *Harukk*, traduisit Pyanfar. On dirait qu'ils sont aussi perdus que nous.

– Voilà enfin une bonne nouvelle, marmonna Haral.

– Notre Tc'a émet, lui aussi, dit Hilfy. La même chose que tout à l'heure. « J'arrive avec des Hani et des Kif. »

– Voilà pourquoi ils nous souhaitent la bienvenue, dit Geran. Ils sont fous, ces Tc'a, n'est-ce pas ? Ils ne peuvent pas tirer.

– Pas encore, se borna à répliquer Pyanfar en mâchonnant toujours l'extrémité de ses moustaches.

Elle prit un autre bloc ration et but péniblement quelques goulées. Reposa sa nuque contre l'appui-tête et examina la situation telle qu'elle se présentait. *L'Orgueil* fonçait à une vélocité à C résiduel sur une place forte kifish toute disposée à l'accueillir. Avec, avant de l'atteindre, une station de surveillance armée à croiser.

Elle imaginait les conseils qui pouvaient s'échanger dans le fragile assemblage de métal vers lequel ils se dirigeaient : *Laissons-les accoster. Nous sommes en état de supériorité numérique. Persuadons-les, si possible, de sortir de leurs navires. Sinon, il n'y aura qu'à envoyer des gaz empoisonnés dans leurs circuits de ventilation. Laissons les Tc'a aborder paisiblement dans la section méthanienne et détruisons les intrus dans le secteur dévolu aux oxyrespirants.*

– Nous avons notre Kif personnel avec nous, non ? fit Pyanfar. Nous disposons d'un petit délai. Tirun et Khym, je veux que vous descendiez jusqu'aux sanitaires d'en bas et que vous fassiez monter notre passager sur la passerelle. Il s'appelle Skkukkuk. Soyez courtois. Dites que c'est moi qui vous envoie le chercher.

– À vos ordres, répondit Tirun.

– À vos ordres, laissa tomber Khym avec un temps de retard.

Un Kif dans la timonerie de *L'Orgueil*... De l'autre côté de Mkks, elle aurait préféré mourir.

8

L'ascenseur descendait. Deux Hani dans les ponts inférieurs en quête d'un Kif. Et, bientôt, un Kif serait là, en haut : à proximité des commandes critiques. Des frémissements d'anxiété parcouraient l'échine de Pyanfar. Elle enclencha quelques commandes, prenant en main quelques-uns des réflexes automatiques de *L'Orgueil* tandis que Tirun et Khym, sortant de la cabine, s'aventuraient dans les coursives – et ce pourrait être une chute brutale d'une hauteur de quatre niveaux si jamais la propulsion stoppait pour une imprévisible raison – une alerte d'évitement, par exemple.

Peut-être y avait-il quelque crânerie à se promener de la sorte, si le navire se dirigeait vers un quelconque port commercial aux couloirs de navigation sûrs et avec, en perspective, une longue et calme traversée en inertie.

Ces garanties-là, Kefk ne les présentait pas.

– *Vous garder cap*, crachota la voix de Jik dans l'écouteur auriculaire de Pyanfar.

Haral avait relayé l'appel en léger différé. Rejetant ses oreilles en arrière, la capitaine jeta un coup d'œil sur les différentiels temporels affichés en haut du moniteur numéro quatre. Pas assez de temps, loin de là, pour qu'elle eût demandé d'avoir une réponse directe de Jik. Il avait devancé sa question, reconnut-elle, quand il avait lui-même obtenu l'image balise à partir d'une source indéterminée, peut-être de la station Kefk elle-même.

– Sikkukkut émet, dit Hilfy. Le même genre de choses…

S'il y avait un court-circuit entre le *Harukk* et l'*Aja Jin* ou le *Vigilance*, si près l'un de l'autre au milieu de leur flottille de Kif, Jik n'en laissait rien paraître.

– *Nous maintenant balayage système avoir, recevoir émission Kefk, non vouloir complications ils, a ? Port amical hospitalier.*

Dieux !

– Nous maintenons notre cap, annonça Pyanfar à l'équipage.

Elle se tortilla, percluse de douleurs. La fatigue était un fer rouge qui s'enfonçait entre ses omoplates, dans l'épaule et le coude maintenu par la gouttière au-dessus du tableau de commande. Elle transpirait d'abondance, elle sentait mauvais, elle perdait ses poils. Les autres n'étaient pas en meilleure condition. Dans les chasseurs de combat, il y avait des rotations régulières, tout le personnel était réquisitionné dans des situations délicates comme celle-là mais, grâce aux équipes qui prenaient le relais, les membres de l'équipage pouvaient, de temps à autre, s'étendre, manger, reposer leur dos courbaturé. Oui, c'était là un luxe qu'aurait pu se permettre un navire de combat. Même chose pour les Kif qui suivaient et ceux qui précédaient *L'Orgueil*. Quant aux Tc'a aux cerveaux multiples, les dieux seuls savaient s'ils avaient même *besoin* de se délasser.

Elle laissait des bribes de sa fourrure sur tout ce qu'elle touchait. Et pour ce qui était des crampes… *dieux !*

– Jik dit qu'ils ont demandé et redemandé une liste des navires. Pas de réponse de la station.

– Voilà qui sent mauvais, dit Haral.

– Pas du tout amical de leur part, renchérit Chur.

– Espérons que ce Tc'a restera tout près, fit Pyanfar.

– Il émet toujours et toujours le même genre de choses, intervint Hilfy.

– Comment te sens-tu ? s'enquit Pyanfar.

– Uhhhn. J'ai perdu un peu de poids. Saleté de concentrés… Si cela continue, il faudra faire monter une boîte à chaleur en passerelle. De la bonne nourriture chaude…

– Nourriture ? demanda Tully.

– Il en a vu de rudes pour mordre dans ces blocs. (C'était Geran.) Et… doucement ! Il convient d'avoir les dents qu'il faut pour ça, ami… Il se débrouille bien avec l'équipement. Il sait ce qu'il a sous les yeux.

– Maths, dit l'Humain.

– Cela nous aiderait s'il pouvait lire.

– Pour sûr, capitaine.

Allez savoir si les instruments dont se servaient les Humains avaient quoi que ce fût de commun avec les leurs ! Et avec ses doigts aux ongles ras, les boutons hani à évidement lui étaient inaccessibles.

Grâce aux dieux ! Il n'y avait rien qu'il pouvait enfoncer.

Mais les griffes rétractiles d'un Kif, c'était une autre paire de manches !

Pyanfar se dit qu'elle aurait dû descendre elle-même sur le pont inférieur et laisser le vaisseau entre les mains compétentes d'Haral. Ne pas faire venir un Kif en passerelle…

Mais il était trop tard pour revenir sur sa décision : elle fit s'allumer le mouchard optionnel présentement en liaison avec l'ascenseur. Elle libéra son bras du berceau de maintien.

– Un Kif est en train de monter. Directives d'ordre général. (Elle fit pivoter son fauteuil pour faire face à l'équipage.) Que tout le monde reste concentré sur son travail, vu ? Cela sera-t-il un problème pour certains ? (Silence.) Même si les choses prennent un tour intéressant.

– Bien compris, articulèrent plusieurs bouches.

Tully la regarda d'un air ahuri. Hilfy conservait une immobilité de pierre.

– Geran, occupe-toi du communico. Hilfy veut être déchargée de sa tâche.

– À vos ordres, capitaine.

Hilfy fit à son tour pivoter son siège de 180°. Ses oreilles étaient plaquées sur son crâne.

– Je n'ai pas dit…

– Je sais. Je veux que tu sois de garde. Ça te défrise ?

– Non, ma tante, répondit Hilfy d'une voix égale. (Elle reprit sa place devant la console et leva les yeux tandis que Geran détachait son harnais et se préparait à changer de place. Pyanfar fit de même après avoir repris sa position.) C'est une mise à l'épreuve ?

– Non, il ne s'agit pas d'un test, Hilfy, mais d'une opération en vraie grandeur. Je présume que tu connais assez bien les Kif. Je me trompe ? Peut-être ton opinion méritera-t-elle d'être prise en considération.

Les oreilles d'Hilfy s'inclinèrent et ses moustaches adolescentes s'abaissèrent avec désolation.

– Vous plaisantez, n'est-ce pas ?

– Oui.

– Pour l'amour des dieux, ne me traitez pas avec cette condescendance.

– Pour l'amour des dieux, ne fiche pas tout en l'air.

Hilfy ouvrit la bouche. La referma – définitivement. Lentement, ses oreilles se redressèrent. L'une d'elles était entaillée. Un anneau d'or se balançait au lobe de l'autre.

– C'est d'accord ?

Frémissements des oreilles.

– C'est d'accord.

La voix d'Hilfy avait perdu de son âpreté. Mais ses yeux demeuraient obscurs.

Dans la coursive, la porte de l'ascenseur s'était ouverte.

– Nous avons de la visite.

Dans le silence qui suivit ces mots, Pyanfar se mit debout pour accueillir le trio. La vue du grand Kif à la robe de ténèbres que flanquaient les deux Hani la fit grincer des dents.

Un Kif ici, dans la timonerie... Hilfy se leva à son tour et Geran s'installa à sa place.

– Tirun... occupe-toi du capteur numéro un.

L'interpellée prit le poste indiqué sans poser de question. Khym demeura au côté de Skkukkuk. Il était aussi grand que lui et deux fois plus corpulent. Si Tirun était capable de lui briser les os à mains nues, le mâle, lui, aurait pu facilement le démembrer. Skkukkuk avait les mains liées devant lui : les membres des Kif ne se pliaient pas en arrière comme il l'eût fallu.

– Capitaine, dit-il.

Tully s'était retourné brièvement une seule fois. Son expression avait alors été sûrement celle de la défiance. Peut-être autre chose. Mais il avait à nouveau les yeux fixés au scope et le dos tourné au

Kif. Pyanfar le nota et l'estime dans laquelle elle tenait l'Humain monta encore d'un cran.

– Vous allez bien, Skkukkuk ? s'enquit-elle courtoisement.

Skkukkuk leva ses mains entravées et les laissa retomber. À la lumière vive qui baignait la passerelle, ses yeux sombres cernés d'un liséré rouge larmoyaient.

– Ceci est stupide, dit-il. C'est beaucoup plus efficace derrière le cou. Nous pouvons cisailler les fils métalliques à coups de dents.

– Merci, nous nous en souviendrons la prochaine fois. Savez-vous où nous sommes ?

– À Kefk, je suppose.

– Et pourquoi le supposez-vous ?

Le Kif eut un haussement d'épaules.

– C'était l'intention du *hakkikt.*

– Sikkukkut ?

– Ce *hakkikt*-là, oui.

– Il vous a mis au courant de ses projets, n'est-ce pas ?

– Tous ses vaisseaux le savaient fort bien.

– Faisiez-vous partie... de sa flotte ? (Skkukkuk exécuta un petit plongeon du menton.) Vous apparteniez à Akkhtimakt, huh ?

– C'est maintenant à vous que j'appartiens. (Il releva sa tête noire, mâchonnant dans le vide.) Je vous ai prêté mon *sfik.* Même à présent, je suis encore formidable.

– Vous m'avez accordé confiance. Dites-moi, Skkukkuk... connaissez-vous Kefk ?

– Oui. Parfaitement.

– Pourquoi, d'après vous, Kefk n'a pas lancé une vague d'assaut défensive ?

– Vous voulez mon assistance ?

– Je vous la demande, Kif.

Nouveau haussement d'épaules kifish, puis Skkukkuk tendit ses mains ligotées vers les écrans, simulant le geste de la requête.

– Faites-moi observer la situation.

– Haral, mets en service l'imageur primaire.

L'image jaillit. Le Kif leva les yeux vers le grand écran qui les dominait tous.

– Nous avons là le *Vigilance*, l'*Aja Jin* et, devant, l'*Harukk* qui se dirigent vers Kefk avec d'autres vaisseaux. Le bâtiment de protection kefk est maintenant entré en phase d'inertie. Ils ne paraissent pas très pressés. Au-delà de cet intervalle, nous autres. À côté de nous, un Tc'a en flanc-garde. Le reste des Kif sous la responsabilité du *Ikkiktk.*

– Un Tc'a...

– Qui porte le nom de *So'oa'ai.*

Skkukkuk fit voleter ses mains attachées.

– Voilà qui ne présage rien de bon.

– Pourquoi ?

Le Kif regarda tour à tour Pyanfar et Hilfy. À présent, une puissante odeur d'ammoniac se mêlait à celle que dégageaient les Hani et l'Humain qui ne s'étaient pas lavés.

– Les Méthaniens sont imprévisibles.

– Avez-vous une raison pour l'affirmer ? Grand est leur émoi, n'est-il pas vrai ?

– En effet. (Cette odeur d'ammoniac – la sueur des Kif – était vraiment entêtante.) Je vous conseille la prudence. Ne l'offensez pas. Ne lui parlez pas. Laissez-le accoster.

– C'est ce que la station semble être en train de faire.

– C'est la solution la plus sage.

– Nous portons notre petit différend sur la place publique, n'est-il pas vrai ?

– Kkkt. C'est le mot qui convient. Oui, c'est ce que nous faisons. Il y a toujours les Méthaniens.

– Qu'étiez-vous... avant d'encourir le déplaisir de Sikkukkut ?

– Son skku. Son féal.

Pyanfar redressa les oreilles.

– Ami d'Akkhtimakt, huh ?

– J'étais aussi son skku.

– Je vous accorde encore une chance de me dire toute la vérité en termes compréhensibles. Si vous cherchez à m'embobiner, je vous renvoie à Sikkukkut pour son dîner. Après, je vous livrerai à l'Humain et à ma nièce pour leur amusement. Vous entendez ?

Le Kif enfonça imperceptiblement la tête entre ses épaules. Ses mains se levèrent. Retombèrent.

– J'entends, Hani.

– *Alors, par les dieux, dites la vérité !*

– Je vous ai remis mes armes. Je vous ferai présent de vos ennemis. Nommez-les-moi. Ou laissez-moi les traquer. Je vous prêterai le *sfik*. Les Hani peuvent être des sots.

– Les Kif aussi, *ami*. Qu'en est-il de cette invitation à nous rendre à Kefk ? Ceux qui nous précèdent y filent tout droit. Sikkukkut dit : venez. Est-ce un piège, Kif ?

– Bien sûr que c'en est un !

– Manigancé par qui ?

– Par Sikkukkut. Et d'autres. Il ne faut faire confiance à personne. Conservez votre vitesse, arrachez et filez ! (Les mains maigres du Kif s'écartèrent autant qu'elles le pouvaient.) Peut-être que la station et ses défenses se chargeront du reste. Mais frappez l'*Aja Jin*, mettez-le hors de combat. Nomesteturjai vous poursuivrait jusqu'à la mort. Dans de telles circonstances, l'*Harukk* constituerait un danger moindre. Ainsi attaqués, les Kif abandonneraient le *hakkikt*. Mais frappez-le si vous en avez le temps, et cela vaut aussi pour le *Vigilance*. Seulement... (Les mains du Kif retombèrent, ses épaules se voûtèrent.) Votre bâtiment manque d'armement; les Hani ne respecteraient pas votre *sfik*. Faites cela et rejoignez l'*hakkikt* Akkhtimakt. Apportez-lui vos armes et il vous fera bon accueil.

Sa fourrure se hérissa sur l'échine de Pyanfar. Ses oreilles s'étaient rabattues. Elle les releva à nouveau. Celles de Khym, planté au côté du Kif, étaient toujours aplaties. Et Hilfy...

– Oui, dit-elle. C'est ce que ferait notre allié kifish. Qu'attend-il ?

– Dois-je répondre à cette personne ?

– Répondez-lui, rétorqua la capitaine. Et respectez mon équipage, raclure de tripaille. Vous nous appartenez à tous.

Les épaules du Kif s'affaissèrent une fois encore, le visage encapuchonné effectua un plongeon.

– Je réponds donc. Sikkukkut pense qu'il possède suffisamment de *sfik* pour attirer Akkhtimakt dans un lieu de son choix et pour que Kefk lui rende les armes...

– Ce qui veut dire ?

– Cela. Elles seront parties de son *sfik*. Il occupera temporairement Kefk, c'est hors de doute. Peut-être même s'en emparera-t-il entièrement.

– Logique, commenta Khym.

– C'est la vérité. (Skkukkuk se tourna vers lui en ouvrant ses mains décharnées.) Est-ce ma faute si Sikkukkut est un sot ? Et vous lui prêtez du *sfik*. Je nourris l'espoir que c'est un stratagème.

– Vous le détestez, huh ?

– Je le couvrirais de crachats.

Pyanfar eut un haut-le-cœur.

– Où en sommes-nous, Haral ?

– Nous continuons sans anicroche. Les émissions balises nous disent de poursuivre notre route. Pour le reste, situation inchangée.

Peut-être avait-on le temps de reconduire cette atrocité aux arrêts. Peut-être oui... peut-être non.

– Faites-le asseoir, ordonna Pyanfar à Khym et à Hilfy. Vite. Nous ne savons pas dans quel guêpier nous sommes. Et attachez-le serré.

– C'est inutile. Je vous ai dit que j'étais capable de me libérer de mes liens.

– Veillez à ce qu'il n'en fasse rien.

– Ne soyez pas stupide.

Skkukkut se redressa; Khym l'empoigna par un bras tandis qu'Hilfy s'apprêtait à le prendre par l'autre.

– Un instant, dit Pyanfar.

Plus personne ne bougea.

– Question : y a-t-il un navire du nom de *Lune Qui Lève* avec Akkhtimakt ?

– J'ai rencontré les Hani de ce vaisseau. Plusieurs fois. Les Kif le connaissent. Elles sont... kthok kakotk kthi nankkhi sfikun... de piètre *sfik*. Elles ont apporté un peu du *sfik* d'Akkukkak à Akkhtimakt, mais guère. Elles ont été utiles. Ktoht-sfik. Un bon poignard aussi en a. Mais sans ornementation. On l'apprécie. On peut en prendre un autre.

Dieux, quelle logique !

– Allez vous asseoir. Faites-moi *confiance*, Kif.

– La capitaine plaisante. De plus, je suis affamé. Je proteste contre le traitement dont je suis l'objet. (Pyanfar émit un sifflement et s'affala dans son fauteuil.) Je souhaite dire à la capitaine...

– Faites-le asseoir, répéta celle-ci. Et dépêchons !

Ses poils étaient toujours aussi hérissés sur son dos. Quand elle tourna la tête, ce fut pour voir Hilfy et Khym pousser le Kif vers le siège du poste d'observation numéro quatre et lui ligoter les bras en tirant à coups secs.

Tully la regarda. Une frayeur intense se lisait dans ses yeux. Le poste numéro quatre était pour le moment vacant. Une seule console le séparait de lui – et c'était manifestement encore beaucoup trop près pour l'Humain.

– Je ne te blâme pas, murmura Pyanfar. Moi aussi... Tu as une tâche à accomplir, Tully, ajouta-t-elle à haute voix. Occupe-t'en, huh ? *Travaille.*

– Comprendre.

Tully fit opérer une demi-rotation à son siège et riva son regard au scope. Chur lui dit quelque chose à voix basse. Il lui répondit sur le même ton.

Pyanfar fit pivoter son fauteuil.

– Le Kif dit que c'est un piège, observa Haral.

– C'est ce que je pense depuis le début. Nous tous, non ?

– Cela sonnait comme un bon conseil kifish.

– Je ne doute pas que c'en soit un.

– Je me demande ce que Jik a en tête, fit Haral

au bout d'un moment. (Nouvelle pause. Puis :) Capitaine... l'histoire du *Vigilance*, je n'ai pas de mal à la croire. Je sais que Jik nous a déjà tirés d'un mauvais pas.

– Mais ?

– Mais aborder de cette façon... vous êtes-vous jamais demandé, même vaguement, si Jik n'a pas joué un double jeu... s'il n'est pas resté trop longtemps dans les trous noirs.

– J'y ai songé, en effet. (Pyanfar exhala un profond soupir.) Très fort ces derniers temps. Il va y avoir de l'animation sur les docks.

Seul un blip occasionnel, attirant l'attention de l'équipage, brisait le silence qui régnait sur la passerelle.

– Je reprends mon poste ? s'enquit Tirun.

– Quand tu auras recouvré tes forces, lui répondit Haral.

Les coussins gémirent quand Hilfy et Khym reprirent leur place. Clignotement des témoins lumineux.

– Kkkk-kkt, couina le Kif.

– Bouclez-la.

C'était la voix de Tirun.

– Jik répond à notre demande, dit Haral. Ne bougez pas. C'est sa consigne. Et *Vigilance* appelle. Je cite : Obéissez aux ordres.

– Pas de réponse, décida Pyanfar.

Qu'est-ce que mijote Vigilance, *huh* ? Ehrran était toujours dans la course – à cette distance.

Et Jik avec ce navire par son travers...

Frappez les premiers, avait dit le Kif qui connaissait ses congénères. C'était ce qu'ils feraient.

Une pensée d'épouvante, une pensée terrifiante, traversa le fil des méditations de Pyanfar : et si jamais le chaos éclatait juste au moment où les vaisseaux émergeaient ? Émergeaient au milieu de tous ces Kif, au milieu des projectiles perdus. Des *accidents* pourraient se produire... des astronefs ne sachant plus d'où était venu le feu...

... si les choses tournaient mal, s'ils étaient trahis et si l'on se mettait à tirer...

Un simple, un tout simple accident. Un navire hani pris sous le feu d'un autre, par exemple.

... détruire les vannes du *Vigilance* et laisser les Ehrran à la merci des Kif. Faire disparaître les témoins, détruire les archives...

Cela n'était pas dans le style hani. Plutôt, les dieux les protègent, le mode opératoire simpliste de Sikkukkut.

N'avait-il pas parlé de quelque chose comme ne pas se mettre en travers du chemin du *Vigilance*, à Kefk ?

Faire disparaître les témoins.

L'Orgueil perdu corps et biens... il y avait des monceaux de preuves et d'accusations dans les banques de données du *Vigilance*. Qui pourrait regagner son port d'attache et brandir ces preuves incontestées – comment Chanur avait trahi les Hani, trahi le *han*. Éliminer *L'Orgueil*, clouer le clan Chanur au pilori et ce serait la chute de Kohan Chanur. Après quoi, les charognards surgiraient, le système-berceau s'engagerait dans la voie qu'Ehrran et ses semblables souhaitaient.

Mais, si l'ordre d'ouvrir le feu était donné, les accidents pouvaient ne pas être univoques.

C'était un Kif, une vomissure des dieux, qui avait mis de pareilles idées dans sa tête. Le *Vigilance* n'avait pas, quant à lui, un Kif pour le conseiller. Une Hani d'Anuurn pouvait-elle nourrir d'aussi infâmes pensées de son propre chef ?

Jik était resté trop longtemps dans les trous noirs, avait dit Haral.

Peut-être tout cela ne définissait-il que trop bien une capitaine hani vieillissante.

– Un poste de mouillage nous est attribué, annonça Haral exactement comme si l'on allait tout banalement aborder n'importe quel port de la Communauté. Le numéro 12. Jik est après Ehrran. Le *Harukk* bien plus loin.

– Le secteur méthanien fait savoir qu'il prend le Tc'a en charge, dit Tirun.

– On croirait qu'on arrive dans n'importe quelle installation communautaire, fit Haral tandis que Pyanfar s'affairait sur ses commandes. Abstraction faite des canons et des stations de surveillance. Des navires dont ils ne nous donnent pas les noms pourrissent leurs yeux ! Mais il y a un Knnn avec six Tc'a.

– Je n'aime pas ça, bougonna la capitaine. Dieux, que je n'aime pas ça.

Une poignée de Tc'a au mouillage, deux autres dans le système, s'occupant sans aucun doute d'affaires qui les regardaient, et regardaient les Chi, c'est-à-dire essentiellement des forages miniers et un peu de culture dans la section de la station qui leur était dévolue – des cultures, en partie à usage mobilier et en partie à usage alimentaire, qui faisaient les délices des Méthaniens. Cela n'avait rien d'alarmant.

Mais cette activité anormale autour d'un Knnn... Il y avait de quoi attirer l'attention. Enregistrée, sans nul doute. Le Knnn était immobilisé. Vaquant à ses affaires. Observant peut-être la curieuse démence des oxyrespirants.

– Accuse réception des directives, ordonna Pyanfar.

– Kkkkt.

C'était le Kif qui se manifestait.

Ils étaient bien au-delà du point où, dans un quelconque système ami, ils auraient décéléré. Le décalage temporel entre *L'Orgueil* et Jik demeurait constant. Entre eux et la station, il s'était réduit.

Soudain, le décompte de Jik s'afficha.

– Jik décélère, annonça instantanément Chur.

– L'ordinateur confirme le freinage, ajouta Tirun. J'ai un message du *Harukk*, ajouta-t-elle. Ils veulent... écoutez-moi ça : Ordre aux Kif de décélérer.

– Priorité. À l'*Aja Jin*. Texte suivant : *Restez avec le Tc'a.*

– Restez avec le Tc'a, répéta Haral à mi-voix

tout en pianotant sur ses touches. Couplez-vous avec les mouvements d'un maudit serpent à cerveau multiple ! Bonté des dieux ! Mais pour qui nous prend-il ?

– Pour une cible de choix, rétorqua Pyanfar. Voilà, si tu veux le savoir. Il vient tout de suite après Sikkukkut. Il veut que nous restions dans l'ombre du vieux serpent jusqu'à la station. Comme si nous étions douillettement blottis contre lui. (Pyanfar tendit le bras et boucla le harnais de protection autour de sa poitrine, bloqua son coude dans le berceau d'attache.) Calfeutrez-vous bien. Dieux... Chur, es-tu en état d'affronter ça ? Je ne veux pas de réponse dilatoire.

– Tout à fait en état. J'aime mieux être dans ce fauteuil que de clopiner dans la coursive pour regagner le dortoir.

– Si tu joues les héroïnes, c'est là où je t'enverrai.

Le blip du Tc'a cliquetait régulièrement, écho fantôme glissant dans l'inertie comme s'il savait qu'il servait de bouclier. Elle prit un autre paquet de concentrés, solides, cette fois. Le goût en était atroce. Son estomac s'insurgea et elle eut un frisson. Haral, à côté d'elle, fit de même, s'efforçant de maintenir ses réactions aiguisées et son cerveau en état de fonctionnement. À cette heure, sur les navires de chasse, ce devait sûrement être des équipages frais et reposés qui avaient pris la relève.

– Le Tc'a se comporte raisonnablement jusqu'à maintenant, dit Haral.

– Est-ce qu'ils comprennent ? demanda Khym *via* le communicateur. Ces choses-là ont-elles jamais un comportement amical ?

– Ces choses font ce qu'elles veulent et que les dieux leur interdisent de faire des zigs et des zags ! Ce qui se passera quand ils approcheront de V.

– Les Knnn ont encore moins de règles, répliqua Haral.

Une image vidéo se forma sur le dernier moniteur, un amas de sphères et de propulseurs hérissé de cinq aubettes irrégulièrement disposées.

– Il Tc'a ? voulut savoir Tully.

– Tu n'en verras jamais un en mouvement d'aussi près. Oui, c'est un Tc'a.

– *Kkkt.* Kkkkt. Kkkkt.

La voix bourdonnante du Kif se parlait à lui-même…

Pourriture de Kif vomi des dieux ! Sikkukkut disait ce qu'il ferait, *lui.* S'il en avait le cran. Le *sfik.* L'assurance. Tirer sur tout ce qui bougeait.

C'était à cette aune que se mesurait *la loyauté. Skku*, c'était le mot kifish… qui signifiait vassal.

Alors, que veut dire Skkukkuk ? *Serviteur fidèle ? Esclave ?*

– Skkukkuk… Êtes-vous né avec ce nom ?

Un silence.

– Kkkkt. Non. (La réponse était venue du coin opposé de la passerelle, le plus éloigné.) Je le porte depuis sept années.

– Quel est votre âge ?

– J'ai trente-six ans, capitaine, je suis incommodé.

Des mystères s'additionnant aux mystères.

Sans nul doute, les Hani intriguaient aussi Skkukkuk.

– Kkkkt, dit-il. Kkkkt.

– Tais-toi, Kif.

Ce fut à nouveau le silence.

– Le Tc'a, dit Khym, alarmé. Le Tc'a, Hilfy…

La matrice de communication surgit sur l'écran.

– Priorité, dit Hilfy. Il se prépare à…

L'Orgueil fit une embardée. Coup de fouet de l'énergie libérée à pleine puissance.

– *Dieux et tonnerres*, jura Pyanfar.

– … effectuer une manœuvre, acheva Hilfy.

Retour à la stabilité. *Lunatiques sans oreilles, pourriture des dieux…* Les aliments qui voulaient à toute force remonter dans l'œsophage de Pyanfar interrompirent sa litanie de blasphèmes. Elle tremblait. Obligea son bras à s'immobiliser. Perçut le halètement aux sonorités de basse de Khym. *L'Orgueil* encaissa la poussée de la décélération.

Clang !

– Rocher, laissa tomber Haral.

– Pas d'alarmes, dit Tirun.

Deux nouveaux chocs retentissants contre la coque. *Ping. Baoum.*

– Fille de...

Pyanfar écrasa le frein.

– Pas de bobo, fit Tirun.

– Les Kif, là-bas, ne sont pas joyeux, dit Geran.

– Moi non plus. Raclures des dieux...

Le Tc'a les décramponna, fit un tonneau et vira de bord. Une manœuvre d'approche qui n'avait de sens que pour un serpent multicérébré...

Pyanfar garda son cap.

– Le Tc'a émet, indiqua Hilfy. Nous recevons l'*Aja Jin*...

L'image du balayage sur la console maîtresse. Les navires de tête étaient en approche du mouillage.

– Le vaisseau de garde freine, dit Haral.

– Message du *Harukk* : Sikkukkut vous présente ses compliments et nous invite à accoster. Il dit que Kefk a capitulé.

– Les Tc'a...

La voix d'Hilfy, faible et crispée, interrompit Khym :

– Je l'ai... La station donne ses consignes de mouillage au Tc'a.

– Kkkkt.

Pyanfar leva les yeux pour regarder un reflet de la passerelle.

– Skkukkuk. Quel est votre avis, huh ?

– La station s'est rendue.

– Où est le piège, maintenant ?

– Kkkt. Ils vous laisseront vous mettre à quai. Prenez garde à Sikkukkut. Prenez garde à vos alliés. Restituez-moi mes armes, Hani. Donnez-moi les meilleures que vous possédez. Ce sera tout profit.

– Pour quel côté ?

– Kkkt. Celui où il y a profit. Sikkukkut ne m'est d'aucun avantage. Kkkotok kto ufikki Sikkukkutik nifikekk nok Akkhtimaktok kektkhikt nok nokktokme… kkkkt.

Quelque chose où il était question d'Akkhtimakt, de repas et d'objets uniques.

Hilfy bascula la transcription muette de cette déclaration sur l'écran de la capitaine : Sikkukkut ayant bénéficié de mes services, se repaître de moi en face d'Akkhtimakt lui sera un trésor doublement unique.

– On dirait qu'il a un problème, murmura Haral. Si l'on peut croire à ce que dit cette fripouille, ce qui est loin d'être mon cas.

– Jik confirme, dit Hilfy. Il est prêt à accoster. Le *Harukk* émet.

– Les dieux le liquéfient ! (Pyanfar fit jouer sa main enserrée dans la gouttière tandis que ses oreilles se couchaient en arrière. Ses tempes battaient.) Nous sommes des imbéciles. Une station kif vomie des dieux, un Mahe cinglé vomi des dieux…

Où est notre liste des vaisseaux, Jik ?

– Qu'est-ce qu'il cherche ?

Ainsi, Haral avait, elle aussi, pensé dans le secret de son vieux cœur madré quasiment la même chose : qu'au dernier moment, Jik serait capable de leur jouer un tour à sa façon.

– Je ne sais pas. Hilfy, transmets le schéma à l'écran de Skkukkuk.

– À vos ordres.

– Cela a-t-il l'air normal, Kif ?

– Il y a un trafic important mais c'est une chose fréquente. Ils ne vous ont pas donné les noms des navires ?

– Non.

– Ce n'est pas rassurant.

– Le *Vigilance* est en entrée, annonça Khym.

– C'était lui auquel je pensais, dit Haral.

– J'étais certaine que cette gueuse se précipiterait, fit Tirun.

– Que feront-ils, Skkukkuk ?

– Ils feront leur reddition. Lentement. Pèseront

le *sfik* contre le *sfik*. Conserver par devers-elle la liste nominative des navires est peut-être pour la station un test à l'usage du *hakkikt*.

– Ou un ordre de Sikkukkut ?

– Il n'a pas de raison de la tenir sous le boisseau. Les vaisseaux qui nous entourent lui obéissent. Non, c'est un test à lui destiné. Et qui risque de leur coûter cher s'ils n'y prennent garde. Kukottki-skki pukkuk. Sikkukkut pourrait être curieux de savoir qui refuse de communiquer cette liste. Souhaitez-vous gagner du *sfik* à ses dépens ? Trouvez cet idiot sur la station et tuez-le avant que Sikkukkut s'en charge. Je vous le dis, capitaine, c'est gaspiller...

– *Priorité !* s'écrièrent d'une même voix Chur et Tully. Entrée système, écliptique 23-45, V z-70 facteur 9...

Le cœur de Pyanfar s'arrêta de battre. Un astronef doté d'une traîne de 9 G fonçait droit devant. Une balise kifish relaya son image.

– *Transmission !* ordonna Pyanfar mais Hilfy avait déjà déclenché le système et le message était calmement envoyé. Ici *L'Orgueil*. Nous avons une intrusion, *Aja Jin*. Prenez...

– Priorité, la coupa Hilfy. Ma tante, c'est le *Mahijiru* ! C'est Or-Aux-Dents qui arrive ! Les Kif... *Harukk* appelle. Il dit à ses navires : ne tirez pas, ne tirez pas. C'est un allié.

Conservez votre vitesse et démarrez en catastrophe, conseillaient les Kif. *On ne peut faire confiance à personne.*

Ils étaient des Hani, pas des Kif.

– Envoie, dit Pyanfar en luttant contre la nausée qui lui obstruait la gorge. *L'Orgueil* au *Mahijiru*. Que les dieux vous fassent griller vif, Or-Aux-Dents ! Il était grand temps que vous montriez le bout de votre nez.

9

Le *Harukk* s'embossa à son poste d'arrimage, suivi de l'*Aja Jin*, du *Vigilance* et de l'avant-garde des Kif.

– *L'*hakkikt *est maintenant dans son bassin*, signala l'*Aja Jin*.

Peu après, le Central de Kefk émit à son tour :

– *Le contrôle du trafic dans le secteur des oxyrespirants sera bientôt interrompu.*

L'annonce, faite en kifish de base, fut répétée en hani :

– Orgueil de Chanur, *ici Kefk Central. Le contrôle du trafic dans le secteur des oxyrespirants s'interrompra à bref délai pour reprendre à l'intention du personnel du* Harukk, *avec les compliments du* hakkikt *Sikkukkut an'nikktukkin. Les opérations se poursuivront dans le secteur méthanien. Veuillez rester à l'écoute.*

– Qu'en pensez-vous, Skkukkuk ? demanda Pyanfar.

– Le *hakkikt* Sikkukkut s'est rendu maître des quais au voisinage de son vaisseau, répondit le Kif. Ses unités de combat s'apprêtent à s'emparer du Central. Celui-ci ne parle pas de résistance. Hani, je souffre. Kkkt. Je suis...

– Nous en sommes tous au même point. Taisez-vous.

– Méfiez-vous des pièges. Méfiez-vous. Sikkukkut les connaît. Prenez garde à la résistance occulte. Il y aura résistance... Kkkt. Résistance cachée.

– Où cela ?

– Cachée. Cachée.

– Voilà qui nous est d'un grand secours, Kif.

– Kkkkt. Ktkot kifik kifai...

– Oui, mais nous ne sommes pas des Kif, grâce en soit rendue aux dieux.

– Stupide. Kkkt. Stupide !

– *Mais faites-le donc taire !*

Il y avait du désespoir dans le ton âpre d'Hilfy.

– Silence, Kif. Taisez-vous.

– Kkkkt. (Et d'ajouter d'une voix sourde :) Kkk... kt.

– Silence, répéta Tirun, ou je vous brise votre maudit bras.

Et ce fut le silence, un silence que rompaient seulement d'occasionnels déclics. Un silence de mort dont la console d'Hilfy était le pôle. *Tu as perdu, petite, tout le monde le sait. Le Kif le sait. Reprends-toi, huh, ma nièce. Reprenons-nous, faisons ce que nous avons à faire. Tu te débrouilles parfaitement, petite.*

Et, un peu plus tard :

– Ma tante...

Le communico coupa Hilfy dans son élan :

– *Ici contrôle trafic Kefk. Avec les compliments du* hakkikt. *Reprise des transmissions.* Ikkiktk, *continuez conformément à vos instructions.* Orgueil de Chanur, *compliments du* hakkikt. *Continuez conformément aux instructions. Ici Tikkukka,* skku *de Sikkukkut an'nikktukktin* akki-hakkikt pakkuk Keftoki. *Compliments du* hakkikt. *Le poste de mouillage 12 vous est assigné.* Ikkiktk, *honneur au* hakkikt, *vous occuperez le poste de mouillage n° 14.* Makkurik, *honneur au* hakkikt. *Le bassin 25 vous sera dévolu...*

– Que de civilités, bougonna Chanur. Non, mais écoutez-les ! Quelle courtoisie !

– Vous avez entendu, Skkukkuk ? fit Pyanfar.

– Cela m'a l'air franc. Le *hakkikt* occupe le Central contrôle. Hani, j'en ai assez d'être assis sur ce siège. Ces fils de fer me cisaillent les poignets. J'ai besoin de nourriture... Kkkt. Kkkt. Je vous avertis que l'aide que je pourrais vous apporter sera gâchée...

– Ça suffit, Kif. Je ne veux pas de réponses dilatoires. Comment pensez-vous que la situation se présente là-bas ?

– Que feront les Mahendo'sat ? Kkkt. Kkkt. Quelles sont les intentions de vos alliés ? Kkkt. Si les Mahendo'sat essaient de trahir le *hakkikt*, il serait peu judicieux d'accoster.

Le *Mahijiru* était maintenant en inertie. Il approchait à vitesse réduite. Mais il approchait.

– Tante, l'*Aja Jin* nous conseille d'aborder mais de ne pas nous arrimer et d'assurer la protection des lignes et des accès réservés au personnel.

– Accuse réception et confirme.

– Kkkt. Méfiez-vous d'abord et avant tout de vos alliés. Méfiez-vous...

– Silence, Kif.

– Stupides... j'ai été offert à des imbéciles !

Leur progression se poursuivait. Devant eux, le Tc'a solitaire qui les escortait entama ses évolutions délirantes pour rejoindre le secteur méthanien de la station. Le Contrôle communiquait ses directives à ses matrices en langage tc'a. Haral bascula l'image captée par la caméra sur le moniteur 4. La station de Kefk flamboyait comme une étoile maléfique, rouge et orangée.

– Un enfer mahen, par les dieux ! grommela Chur.

– Les Kif ont-ils un enfer ? s'interrogea Tirun. En ont-ils un, Skkukkuk ?

Pas de réponse.

– Ils ne jurent pas, non plus, dit Hilfy. Les Kif ne blasphèment pas, n'est-ce pas, Kif ?

– Occupe-toi de tes tâches, la rabroua Pyanfar.

– Kefk...

Et Haral relaya un appel – venant, selon toute probabilité, du pupitre de Khym. Tirun tria les stats de Kefk par ordinateur interposé, cherchant des anomalies et des problèmes.

– Voie libre, dit Tirun. Approche normale au V où nous sommes compte tenu des paramètres en fonction de la taille de Kefk.

Des chiffres et des chiffres qui défilaient.

– On se met en pilotage automatique ? suggéra Haral.

– Affirmatif, laissa tomber Pyanfar.

Il n'y avait pas de raison de ne pas le faire.

L'Orgueil saisit les données qu'Haral tapait sur son clavier pour effectuer l'approche en auto : ils étaient épuisés, dieux ! Tous. Ils n'en pouvaient plus. Un témoin rouge d'alerte se mit à clignoter impérativement : l'ordinateur signalait que les pièces d'artillerie étaient armées et qu'il lui était demandé de violer les règlements en vigueur. Pyanfar confirma l'ordre en enfonçant par trois fois une touche et l'enregistra en archive par une pression sur une autre touche.

– Approche dans des conditions hostiles, murmura-t-elle dans le micro. Les pièces resteront armées et prêtes à faire feu jusqu'à l'accostage.

L'écran vidéo attira son regard. La lente rotation de la station présentait une tonalité différente. Quelques navires n'accrochaient pas la lumière des projecteurs de la même façon que d'autres. Trois étaient à quai. Deux d'entre eux étaient des taches à peine lumineuses dans l'alignement encore indiscernable des bâtiments oxyrespirants mitoyens de la partie de la jante qui était le domaine des Méthaniens. Elle serra l'image. La serra encore davantage.

– Je ne détecte aucun dégagement de chaleur, dit Haral, sauf des navires dont je pense qu'ils sont les nôtres.

Ce qui signifiait qu'aucun des moteurs des navires adverses n'était chaud et qu'aucun astronef inattendu n'était en approche. Pas encore.

– Nous n'avons pas seulement affaire à des Kif sur cette station, fit Pyanfar. Haral, jette un coup d'œil à l'écran un. Il y a plus de points brillants le long de cette jante qu'il ne devrait y en avoir.

– Oui, je vois. Il s'agit peut-être des réserves de notre Stsho fugueur. Peut-être s'est-il embossé ici. Peut-être y a-t-il été contraint.

– Possible.

– Ou d'une autre embrouille que ce gueux de Jik nous a préparée.
– Ou Or-Aux-Dents.
L'Orgueil se redressait pour se mettre d'équerre. La station continuait ses appels, en temps réel, maintenant, pour des raisons d'ordre pratique. Le schématique montrait une multitude de minéraliers éparpillés un peu partout dans le système, guère plus manœuvrables, les uns et les autres, que les astéroïdes eux-mêmes. Les unités de protection, qui avaient laissé tomber leur V, commençaient à regagner sans hâte leurs bases. Le seul navire en célérité, à part *L'Orgueil*, était le *Mahijiru*. Il était identifiable par le tracé rouge visible sur l'indicateur d'itinéraire.
– L'*Aja Jin* annonce qu'ils ont abordé et sont au mouillage, dit Hilfy. Le *Mahijiru* demande ses instructions d'accostage.
Haral :
– Huh.
Geran :
– Loués soient les dieux.
Donc, pas d'attaque à redouter. Maintenant qu'il avait sérieusement amorcé sa manœuvre de décélération, Or-Aux-Dents avait l'intention bien arrêtée de se mettre à quai.
Pourquoi ? Pourquoi, au nom des dieux, alors qu'il était en sécurité et à l'abri des regards indiscrets au large ?
Pourquoi te découvrir, Or-Aux-Dents ? Qu'est-ce que tu es en train de mijoter, mon ami ? Une nouvelle perfidie ?
A moins que Jik n'ait su depuis le début où tu te trouvais ?
Haral transmit à Pyanfar l'image que montrait son écran.
– Capitaine, regardez le numéro un. Cette anomalie me semble avoir un petit air mahen.
Pyanfar examina l'image. La tache lumineuse visible parmi les obscures et sinistres silhouettes des

nefs kifish se précisa. C'était, en effet, un bâtiment de type mahen.

Autrement dit, un navire mahen que l'on n'attendait pas était à quai. Mahen ou Hani.

La distance allait se réduisant. Pyanfar se frotta les yeux. *Ne t'endors pas, stupide, reste éveillée, sans quoi tu n'auras plus de souci à te faire.* L'odeur nauséabonde du Kif imprégnait toute la passerelle. Ses narines la chatouillaient. Elle s'efforça de retenir l'éternuement qui s'annonçait mais rien n'y fit : il éclata. Elle se gratta le museau.

L'*Aja Jin*, le *Vigilance* et un navire à l'éclat flamboyant de trop.

– Ce doit être le bassin 18 ou 20, dit Haral. J'aimerais bien savoir ce qu'est ce navire.

– Moi aussi. (*Demandez-le à Jik*, avait voulu dire Haral. Mais Jik gardait le silence sur cette présence insolite. Personne ne parlait. Ni Jik ni le *Vigilance*.) Appelle le *Vigilance* pour avoir confirmation de son accostage.

– À vos ordres.

Et Hilfy expédia le message.

Pyanfar s'arracha une envie d'un coup de dents sans cesser d'observer la station qui tournait lentement sur elle-même, en grossissement maximum. C'était indiscutablement une unité de type mahen. Définitivement. Il ne s'agissait pas de leur Stsho. Il lui aurait fallu s'en sortir indemne : or, une chance phénoménale eût été nécessaire pour que les stations de surveillance kifish, toujours sur le pied de guerre, arrêtent un astronef en pleine course décidé à émerger sans faire de pause. Le risque qu'une force militaire sédentaire pût faire feu et intercepter un navire en transit à V élevé, à moins qu'il ne fût pratiquement droit devant, était bien mince. Ainsi en allait-il des stations. C'était leur vulnérabilité. Et celle des vaisseaux qui passaient en décélération pour l'accostage.

– Le *Vigilance* confirme, dit Hilfy. Central occupé. Elles nous conseillent d'avancer prudemment.

– Remercie-les, murmura Pyanfar d'une voix distraite.

N'ont-elles rien remarqué ? Ehrran arrivant dans une station tenue par les Kif qui refusent de donner la liste des navires à quai et n'ayant pas l'idée de mettre la vidéo en marche ? Et Jik non plus ? Dans un enfer mahen, oui ! Jik sait qu'il y a là un navire qui ne devrait pas s'y trouver. Et Rhif Ehrran n'est pas idiote à ce point-là. Qu'est-ce qu'ils méditent, ces deux-là ? Connaissent-ils ce navire ?

Pyanfar actionna les rétropulseurs. Brutalement.

– Huhhh ! souffla Haral.

Étonnant qu'ils n'aient pas tous et toutes rendu tripes et boyaux.

– Nous sommes hors champ, dit alors calmement Tirun.

Hilfy :

– Message de Kefk. De notre escorte. Ils demandent…

– Nous avons failli heurter un roc, l'interrompit Pyanfar. Dis-leur de faire le ménage dans leurs couloirs de circulation, huh ?

– Nous allons jeter un cil à ce vaisseau ?

Haral avait deviné la raison d'être de la manœuvre.

– Et comment, par les dieux !

Pyanfar avait dérouté *L'Orgueil* et l'approche auto était maintenant en décalage temporel avec les révolutions de la station. À présent, il allait falloir reprendre les chiffres et se casser la tête sur les consignes révisées d'accès et d'approche. Quelques pulsions judicieuses les rapprocheraient de la station sur un fuseau de minutage qui permettrait à la caméra de scruter ce fameux vaisseau.

– Dieux ! s'écria Haral. Priorité, priorité… les moteurs du Knnn émettent de la chaleur sur la jante.

Pyanfar lâcha un juron et passa en revue une ribambelle de nouvelles données qui s'inscrivaient sur ses écrans. Khym parlait d'une voix hachée sur un canal, Hilfy en interrogeait un autre.

– Nous avons cette information, fit le premier. *Py*, Jik dit... (Une nouvelle image surgit.)... que l'objet quitte le quai, dieux, dieux, *regardez* l'itinéraire qu'il suit !

– Relayez, relayez ! Aide-moi, Chur, je l'ai perdu !

– Kkkt. Kkkkt.

– ... Priorité, priorité... il émet... il répond en tc'a.

Des haut-parleurs du communico tomba une plaintive mélopée. Une matrice tc'a, entièrement numérique, apparut sur le panneau.

– Qu'est-ce que c'est que ça ? demanda Khym.

– J'ai mis la traductrice en service, dit Hilfy. Le Tc'a qui nous escorte parle aux Knnn.

– Transmission de Kefk, annonça Tirun. Le secteur méthanien mobilise plusieurs longueurs d'onde pour discuter.

Pyanfar mordilla ses moustaches.

– Nous continuons notre approche jusqu'à ce qu'ils essaient de nous stopper.

– ... Priorité. Traduction : Demande d'informations, demande d'informations. Question posée par les Knnn. Réponse du Tc'a : indéterminée. La traductrice est impuissante. On interroge ?

– Négatif ?

La matrice se déroulait.

Tc'a	knnn	kif	kif	hani	mahe	mahe
Mkks	Kefk	Mkks	Kefk	Mkks	Kefk	Mkks
Kekf	aller	Kefk	Kefk	Kefk	Kefk	Kefk

– On dirait que le Tc'a ne fait que parler aux Knnn, murmura Haral.

– Il maintient son cap moyen. Dieux ! Les Knnn louvoient pour se synchroniser avec lui. Ô dieux, *dieux*...

– Priorité. (C'était Hilfy.) Kefk nous assigne un nouveau couloir de transit sur lequel la station nous programme.

– Knnn ? interrogea Tully. Quoi faire, quoi faire ?

– Chut, tais-toi, lui intima Chur. Il ne... ne... fait rien. Il est simplement là.

– Kkkkt. Kkkkkt. Kkkkkt.

– Bouclez-la, vous, ou nous vous livrons à eux, grogna Tirun.

– Du calme, du calme, dit Pyanfar à mi-voix. Chur… ça va ?

– Le Knnn s'approche. Il a l'air d'avoir une course d'interception avec le Tc'a…

– Il ne figure pas à notre matriculaire, dit Geran.

– Ça colle avec les mouvements du Tc'a. Il se déplace. Voilà le Knnn.

– Accroche-le au radar de poursuite. Je veux l'image.

– J'essaie, soupira Haral. Déchets des dieux…

L'image se forma. Grossit par à-coups. Un fouillis de plans ponctués d'un semis de lumières de portée et de projecteurs. Le flamboiement à l'endroit où se trouvait le Knnn – pas de feux de route, pas de numéro, pas de nom : les Knnn se moquaient comme d'une guigne de la réglementation sur la navigation et nourrissaient le plus total mépris à l'égard des couloirs de transit. Il était là, au large – c'était tout. On le voyait sur l'écran de balayage. Une giclée de flammes. Il freinait.

– Il est sur une ligne d'interception avec le Tc'a, annonça Geran. Moins 23, 22, 21…

Or-Aux-Dents était quelque part au-delà… à plusieurs minutes de la ligne temporelle, se basant sur les anciennes informations qui lui étaient parvenues. Peut-être avait-il maintenant repéré le Knnn. Il pouvait faire n'importe quoi. Attendre d'avoir davantage d'indications. Ralentir… continuer à V… n'importe quelle initiative pouvait être considérée comme une provocation par les Knnn… *n'importe laquelle.* Pyanfar recracha quelques poils de moustache. Son cœur cognait à grands coups dans sa poitrine.

– … 3, 2… Priorité.

Balayage image. Le Knnn était parallèle au Tc'a. Il était à présent en V synchrone avec lui. La manœuvre s'était opérée rapidement, sans heurt. Une inversion brutale : jamais du métal ne pourrait supporter une pareille décélération. Elle écrabouillerait les corps.

Tully débita en sourdine une série de borborygmes qui étaient sans doute une litanie de blasphèmes. Le Tc'a et le Knnn commencèrent à accélérer de conserve. Leur double blip s'éloignait de plus en plus vite des parages immédiats de la station.

– Dieux, ils s'en vont, grommela Geran. Ils s'éloignent. Plus 10, 25... Regardez ça !

Le Knnn fonçait au nadir pour quitter le système et le Tc'a semblait être pris en remorque. Sur l'écran, les couleurs se brouillèrent. Une accélération inimaginable...

– Ah ! lâcha Tully.

– Il a fait le saut !

– Kkkt. Kkkkt.

– Occupez-vous de vos affaires, fit Pyanfar d'une voix cinglante à l'adresse du Kif. (*L'Orgueil* continuait de foncer droit sur la station, les chiffres continuaient de défiler à rebours sur les panneaux. C'était terminé. Le Tc'a était parti. Perdu. Et le second moniteur de l'ordinateur de navigation se zébrait de lignes rouges.) Hors cible, hors cible, pourriture des dieux ! Haral ! Je veux que tu me remettes tout ça en ligne.

– À vos ordres. On y va.

– Nous sommes observés, dit le Kif d'un ton étranglé. Kkkkt. Les Méthaniens, je vous avais prévenus. Faites-nous sortir d'ici. Kkkt. Stupides !

– Taisez-vous, lui ordonna Tirun.

– Il n'y a pas le moindre avantage à en retirer !

– Skkukkuk, *taisez-vous !*

Cette fois, c'était Pyanfar.

Le silence revint. Scandé par les bips et les cliquetis des instruments. Des navires kif qui dialoguaient : ... *honneur au* hakkikt. (La station reprenait son refrain.) *Il n'y a pas de dommages. Nous sommes sains et saufs. Poursuite des opérations. Veuillez accuser réception.*

Et du *Mahijiru* en approche, aucune nouvelle.

– Reste à l'écoute, Tirun, dit Pyanfar. Je veux les paramètres des mouvements d'Or-Aux-Dents. Prends ses stats et repasse-les-moi.

– Ça vient. Je suis dessus. Saloperie, jura-t-elle un peu plus tard quand la station communiqua à *L'Orgueil* ses plans d'approche révisés. J'y étais juste !

– Ils ne vont pas nous faire rétrograder, lui dit Haral. Ils vont remettre à jour la liste de tous les bâtiments qui sont derrière nous. Ils tiennent à ce que nous arrivions avant que les Kif se montrent vraiment désagréables, non ?

Personne ne répondit.

– Reprenons tout, dit Haral. Je voudrais savoir s'ils vont nous ramener en aveugles sur ce vaisseau.

– Voilà... fit Tirun au bout d'un moment, tandis qu'un tracé d'itinéraire apparaissait sur l'écran. On l'a.

Ils étaient de plus en plus proches. L'image vidéo gagnait en netteté. La station accomplit une révolution entière. Une deuxième.

– Je veux ce vaisseau, Haral. On pourra essayer en numérique si on ne l'a pas à vue.

La station tournait lentement sur elle-même devant le dôme d'observation de *L'Orgueil*. Pas besoin d'amplification. À la révolution suivante, les chiffres se dessinèrent clairement sur une gaine d'aubette aux couleurs vives.

Unité hani, 656 YAAV.

– *Lune Qui Monte*, murmura Haral. C'est *Lune Qui Monte*. Tahar !

Sur la passerelle, les jurons fusèrent.

Pyanfar, elle, demeura muette. Elle n'était nullement surprise. Ça cadrait. Ça cadrait parfaitement. *Mais on va être nombreux ! Comment Or-Aux-Dents a-t-il su qu'il nous rencontrerait ici ? Dieux, dans quel guêpier nous ai-je tous fourrés !*

Un bouffant rouge, un trait de parfum, juste ce qu'il fallait pour masquer l'odeur de la transpiration :

elle ne manquerait sûrement pas de suer dans les prochaines heures... Pyanfar prit le temps qu'il fallait pour se rafraîchir tandis que *L'Orgueil* s'efforçait avec circonspection de se mettre à quai. Les seuls liens entre lui et la station étaient encore des lignes de communication et des tubulures d'accès protégées. Les dockers protestaient – sécurité mal assurée et manœuvres pénibles des grappins, mais ils durent se faire une raison. Le navire de Sikkukkut se tenait prêt à prendre le départ.

Cette séance de récurage n'était pas vanité de la part de Pyanfar : l'une d'entre elles, au moins, devait être présentable et ne pas avoir une odeur qui révolterait l'odorat de leurs hôtes kifish, et elle s'employa avec une hâte fébrile à ce travail de remise en état. Trois navigantes n'étaient plus en service pour l'instant. Elle avait envoyé Chur se reposer malgré les protestations de celle-ci qui rétorquait qu'elle pouvait très bien rester de veille pendant que la capitaine prendrait sa douche. *Tu montes*, lui avait ordonné Pyanfar. Chur s'était alors débarrassée de son harnais et, quittant la passerelle, s'était engagée dans la coursive pour gagner la cabine de Khym d'une allure mal assurée. Le bandage qui lui maintenait le flanc s'était desserré et son pantalon délacé avait tendance à glisser dangereusement sur ses hanches.

– Couche-la et fais-la manger, avait alors lancé Pyanfar à l'adresse de Geran en posant la main sur le dossier de cette dernière. Je compte sur toi pour que tout aille bien, huh ? Khym... (Elle s'était interrompue pour réfléchir aux missions à distribuer compte tenu du personnel qui demeurait disponible. C'était maigre mais il fallait faire avec.) Toi, Khym, tu t'occuperas de la coquerie. Tully, tu l'aideras, compris ?

– Oui, avait répondu l'Humain sans broncher.

Khym lui avait seulement décoché un regard indéchiffrable en se levant pour gagner la cambuse.

Pyanfar sortit de sa carrée d'un pas pressé, encore

moite de la douche qu'elle venait de prendre et finissant de mettre ses bracelets. Dans la coursive qu'elle suivait pour regagner la passerelle, elle vit Tully émerger de la cabine de Chur. Sans doute venait-il de lui apporter une collation.

– Elle va bien ? s'enquit-elle.

Tully plaça sa main sur son côté.

– Blessée, dit-il en hani. (Il donnait l'impression de vouloir dire autre chose encore mais de ne pas se fier pour cela à la traductrice. Barrant la route de Pyanfar, il tendit le bras vers la porte.) Voir. Aller voir, capitaine.

– Huh. (Elle abaissa les oreilles. Tully était un angoissé : sourd à la plupart des choses qui se passaient, il prenait très mal les crises. Pour le moment, Pyanfar n'avait pas le temps de s'occuper de lui ni de quoi que ce soit d'autre. Mais, cette fois, il faisait preuve de calme. Ses inquiétudes... et Chur...) Va prendre un bain. (Personne, hormis le Kif, n'empestait autant que lui.) Je verrai pour Chur. *Va !*

– Chur... (Il ne bougeait pas.) Blessée. Mal.

– Va !

Pyanfar lui envoya à contrecœur une bourrade pour se débarrasser de lui, fit volte-face et actionna la commande d'ouverture. Geran, assise au chevet de Chur, se retourna en entendant le chuintement de la porte qui se refermait. Elle redressa promptement les oreilles et se composa tout aussi promptement un visage. Chur était couchée, un bras en travers des couvertures. Effectivement quelque chose ne tournait pas rond... pas rond du tout. Cette apathie... Pas normal que le plateau posé sur la table fût intact, qu'une spatienne qui venait d'émerger du saut ne l'eût pas touché.

– Comment va-t-elle ? demanda Pyanfar tandis que le battant de la porte claquait.

– Elle est très fatiguée.

– Je vais bien, dit l'intéressée.

– Bien sûr, bien sûr que tu vas bien. Tu ne bougeras pas au prochain saut. (Elle surprit le regard de Geran. *Je te parlerai* plus tard. *Dieux, dieux, dieux*, ajouta-t-elle pour elle-même.) Tu vas la faire manger, huh ? Qu'elle le veuille ou non, cela m'est égal.

– D'accord. (Chur se redressa dans son lit en prenant appui sur ses coudes.) Mon côté va beaucoup mieux. J'ai en grande partie récupéré, je vous jure.

Pyanfar s'approcha de la navigante et lui passa la main sur l'épaule. Des poils lui restèrent entre les doigts. Beaucoup trop.

– Je veillerai sur elle, dit Geran. Elle se porte bien, capitaine, elle se porte bien. Juste un peu d'épuisement.

Les oreilles rabattues, Pyanfar frotta sa main sur son bouffant.

– Prends soin d'elle. Et toi, Chur, tu ne bouges pas, tu m'as entendue ?

– Ça ira, capitaine.

Pyanfar s'attarda encore un moment. C'était une conspiration du silence. Chur et Geran... Chur avait toujours été la plus active, la plus gaie, la plus dégourdie des deux sœurs...

... l'antique salle d'honneur du palais de Chanur à l'époque de *na* Dothon Chanur. Le jour où les cousines étaient descendues de leurs montagnes pour demander à élire domicile à Chanur...

... Chur qui répondait toujours, rieuse, dissimulant la fureur que lui faisaient éprouver le sort et la chute d'Anify, tombé entre les mains de son nouveau suzerain. Geran, butée et fermée, laissant Chur parler, laissant Chur prendre avec enjouement la terrible décision d'abandonner leur nouveau seigneur à sa folie. « Seigneur Chanur, cet homme est fou, avait-elle dit. Et le pire est qu'il est assommant. » Pendant ce temps, Geran demeurait aussi silencieuse qu'une couronne mortuaire, la langue clouée par la rage.

... Geran qui, maintenant, regardait Chur tandis que Pyanfar lui parlait. Réponses laconiques, coups d'œil méditatifs à celle-ci adressés... *couvre-moi, sœur, parle pour moi, traite avec elle...*

Geran était sortie de sa réserve après qu'elle eut pris l'espace et conquis sa liberté. Elle avait découvert sa propre compétence, appris à rire, appris à avoir affaire aux étrangers, à se rengorger; ses anneaux tintinnabulaient à son oreille, et elle déambulait avec sa gracieuse aisance de spatienne.

Mais voilà que, soudain, c'était de nouveau l'antique salle d'honneur du palais de Chanur. Deux sœurs sans toit, exilées volontaires, venues de leurs montagnes. Chur était le cerveau, Geran tenait le couteau. Conspiration. Et, cette fois encore, on savait clairement laquelle des deux tirait les ficelles.

– Huh, fit Pyanfar. Huh.

Chur fit signe qu'on lui approchât le plateau. Ses oreilles étaient toutes droites. Geran lui posa la nourriture sur les genoux.

– Elle va bien.

Pyanfar sortit et referma la porte. Elle enclencha son portatif.

– Hilfy... rien de cassé, là-haut ?

Répercutée de haut-parleur en haut-parleur, la voix d'Hilfy accompagnait la capitaine.

– Tout est en ordre. Jik a appelé pour nous dire de garder notre sang-froid. Il s'occupe de tout ce dont il y a à s'occuper. Or-Aux-Dents approche en prenant tout son temps. Il n'est pas très pressé d'accoster tant que les choses ne seront pas réglées. Pour le moment, personne ne fait grand-chose. On s'active un peu du côté méthanien. Deux résidentiels tc'a et chi ont l'air troublé et les Chi courent dans tous les sens. Là-dessus, les Kif gardent le silence. En tout cas, il n'y a plus de Knnn à quai, et on dirait que ça s'apaise dans le secteur méthanien – à ce qu'il semble. Les dieux le veuillent.

Pyanfar rattrapa la voix : elle entra dans la timonerie. L'odeur âcre du Kif lui fit froncer le museau. Skkukkuk était affalé sur son siège, toujours ligoté, masse sombre et informe ignorée de tous. Hilfy et Tirun s'escrimaient sur le communicateur; Haral supervisait les opérations. Au moins, le Kif ne s'égosillait plus.

Il ne constituait qu'un problème de plus. Un amas de protoplasme oublié et malheureux de plus. Pyanfar s'arrêta à sa hauteur et posa une main sur le dossier de son fauteuil. Skkukkuk tourna vers elle son long groin étiré et la scruta de ses yeux bordés de rouge.

– Kkkkt, capitaine. Je proteste contre le traitement qui m'est infligé.

– Très bien, très bien. (La puanteur de l'ammoniac était insupportable. Elle éprouvait tout à la fois de la pitié et de l'aversion. Et l'envie d'éternuer.) Hilfy et Tirun, considérez que vous n'êtes plus de service. Emmenez ce Kif en bas, donnez-lui à manger et qu'il se nettoie. (Pyanfar détacha elle-même la boucle qui maintenait les entraves de Skkukkuk en place et le prit par le bras.) Debout !

Skkukkuk se laissa entraîner jusqu'au rebord de son siège, balbutia un vague « capitaine... » et bascula en avant. Pyanfar recula quand il heurta ses jambes avant de s'effondrer, le visage contre le sol, chiffon d'étoffes noires aux effluves ammoniaqués. Hilfy et Tirun bondirent sur leurs pieds. Haral se retourna et, au bout d'un bref instant, se remit à sa tâche.

– Dieux, murmura Pyanfar, partagée entre l'effroi et le dégoût.

Elle s'accroupit devant le Kif quand celui-ci commença à bouger et Tirun s'avança pour l'aider.

... Chur. Chur sur son lit de souffrance, Chur dont les poils s'en allaient par touffes, cette fourrure aux reflets d'or rouge, cette crinière flamboyante sur laquelle il n'était pas un homme qui ne se retournât et qui, maintenant, se ternissait. Mourait sous ses yeux...

Elle empoigna l'épaule maigre du Kif, se rappelant au même moment que ses dents pouvaient cisailler un fil de métal. Une épaule qui avait la dureté d'un bloc de pierre.

– Attention, dit-elle à Tirun qui essayait de relever le Kif en le saisissant par la hanche.

Mais celui-ci, prenant appui sur son coude et ses mains garrottées, se redressa tout seul. Son capuchon était retombé en arrière, découvrant son crâne chauve. Battant des paupières, l'air hébété, il regardait tour à tour les deux Hani.

– Va lui chercher de l'eau.

Tirun obéit.

– Prenez garde à vos mains, ma tante, ne le touchez pas, dit Hilfy, debout à côté d'elle.

Compte tenu des mâchoires du Kif, c'était là un conseil judicieux.

– Aide-moi à le remettre sur ses pieds, ordonna la capitaine en empoignant derechef Skkukkuk par l'épaule de son vêtement.

Hilfy, faisant la grimace, le prit par les genoux et toutes deux rassirent le Kif sur le siège d'où il était tombé. Tirun revint d'un pas pressé avec un gobelet. Pyanfar le lui prit des mains et l'approcha de la bouche du Kif d'où jaillit une langue noire. Il y eut un gargouillis tandis que le récipient se vidait lentement. Enfin, Skkukkuk laissa aller sa tête contre l'appui-nuque. Ses paupières étaient agitées de tressaillements apathiques.

– Il nous avait averties, murmura Pyanfar. Va faire décongeler quelque chose.

Tirun repartit précipitamment en direction de la cambuse.

Se forçant, Pyanfar palpa le bras du Kif. Sous la manche de son vêtement, il était glacé.

– Il est en état de choc, voilà ! Pourriture des dieux, je ne veux pas le perdre !

Hilfy décocha à sa tante un coup d'œil où la réserve le disputait à l'hostilité.

– Vous tenez à le conserver ? fit-elle sèchement.

– Je ne veux pas qu'il meure comme ça, par les dieux ! Reprends-toi, ma nièce ! Est-ce là ce que je t'ai enseigné ? Ou est-ce quelque chose que tu tiens de quelqu'un d'autre ?

Les oreilles d'Hilfy se rabattirent sur son crâne, ses narines se dilatèrent, puis se pincèrent. Enfin, elle fit volte-face et s'éloigna d'un pas pressé en direction de la coursive.

– Où vas-tu comme ça ?

– *M'occuper de faire ce qu'il faut pour votre sacré Kif, capitaine,* gronda Hilfy. Avec votre permission, *ker* Pyanfar.

– Ma nièce…

Mais c'était seulement au dos d'Hilfy qu'elle s'adressait. Elle était maintenant seule à garder le prisonnier inerte.

– Dieux ! Dieux !

Elle détacha le flexible qui mordait les poignets du Kif. Les mains de ce dernier étaient froides et flasques, son regard éteint, sans la flamme d'amusement que cette prise de bec entre Hani y aurait, en d'autres circonstances, amenée. *Kkkkt. Kkkkt* était le seul son que, dans sa détresse, il était capable de proférer.

On lui avait imposé silence quand il avait commencé à coasser de la sorte.

Khym émergea de la coquerie et s'immobilisa, oreilles pendantes. Tully surgit derrière lui et fit de même, observant la situation avec une de ces expressions indéchiffrables coutumières qui montraient qu'il se passait des choses sous sa blonde crinière. Peut-être, comme Hilfy, désirait-il la mort du Kif. Peut-être avait-il peur; peut-être voulait-il les prévenir du danger qu'incarnait cette créature mais manquait-il de mots pour se faire entendre.

– Allez vous nettoyer, leur lança Pyanfar à tous les deux sur un ton cassant. Vous croyez que nous avons le temps de bayer aux corneilles ? Ce maudit Kif a tourné de l'œil, c'est tout. Il meurt d'inanition. Dépêchez-vous. Les autres veulent, elles aussi, avoir un peu de répit. Exécution. On vous attend.

– Manger…, bafouilla Tully en désignant la cambuse du doigt.

– Viens, fit Khym en l'entraînant.

À un moment donné, l'Humain se retourna.

– File ! lui lança Pyanfar.

– Capitaine, j'ai un appel du *Harukk*. (C'était Haral.) Le *hakkikt* nous signale que les stations de surveillance ont officiellement fait leur reddition.

– Que les dieux soient loués ! Accuse réception.

– À vos ordres.

Tirun apparut, venant de la coquerie, avec un récipient rempli de viande crue hachée; il le tenait à bout de bras mais le plat puait le décongelé.

– Kkkkt, gémit plaintivement Skkukkuk en se détournant quand elle le lui présenta.

Pyanfar se rembrunit.

– Taisez-vous et mangez, Kif. Compris ? Je n'ai pas le temps de me préoccuper de vos stupides préférences gustatives.

– Kkkkt. Kkkkt. Kkkkt.

– Que les dieux vous emberlificotent ! (Elle arracha le plat des mains de Tirun et le colla devant la bouche de Skkukkuk.) Mangez-moi ça ! Vos goûts et vos dégoûts, je m'en moque. J'ai autre chose à penser.

– Kkkkt.

Les mâchoires du Kif se soudèrent, les muscles frémissants tandis que ses narines se pinçaient. Un frisson prolongé le secoua. Détournant toujours le visage, il ferma les yeux. Des hoquets spasmodiques lui montèrent à la gorge.

Pyanfar n'insista pas.

– A-t-il avalé quelque chose avant le saut ? demanda-t-elle à Tirun.

– Je ne sais pas. C'est en grande partie desséché.

Haral intervint.

– Capitaine, nous avons maintenant des précisions sur les allées et venues du Stsho venu de Mkks : il a filé d'ici ce matin sans même s'arrêter pour dire bonjour.

– Dieux pourris ! Naturellement… Et qu'est devenue Tahar ? Tu as des nouvelles de *Lune Qui Monte* ?

– Négatif.

– Dieux ! Reste à l'écoute.

– On devrait peut-être demander conseil au *hakkikt* pour savoir ce qu'il faut donner à manger au Kif, capitaine, suggéra Tirun.

Couchant les oreilles, Pyanfar lui décocha un regard dépourvu d'aménité. Tirun lui reprit le récipient, posa la main dessus en guise de couvercle et ne pipa mot. Sur ces entrefaites, Hilfy réapparut. Elle apportait un autre plat.

– Il a pris quelque chose ?

– Non.

Hilfy tendit au Kif la coupe qu'elle tenait. Son contenu avait l'odeur du sang. C'était du sang. Pyanfar fit la grimace au passage.

– Par les dieux, où as-tu trouvé ça ?

– Dans la réserve médicale, répondit Hilfy, oreilles aplaties et mâchoires serrées.

Déjà, les narines du Kif palpitaient. Il tourna la tête, yeux ouverts, darda une langue désespérée dans les airs. Il leva les mains pour saisir le récipient que lui présentait Hilfy et, d'une énergique contraction de ses muscles maxillaires, avala le tout.

– Bonté des dieux ! soupira Tirun.

– C'est un fin gourmet, voilà tout, dit Hilfy. Il a l'appétit délicat. Pas question de surgelé pour lui.

– Qu'il se lave, ordonna Pyanfar. Qu'on lui redonne à manger s'il le faut mais, par les dieux, ne sois pas trop généreuse. Nous avons absolument besoin de ces réserves. Et tu...

La réprimande ne sortit pas, ce qui lui laissa un goût amer dans la bouche. Hilfy était à bout. Son regard, ses mâchoires crispées trahissaient son état.

– Va te reposer.

Instantanément, les oreilles d'Hilfy se couchèrent comme si elle avait reçu une gifle.

– Je suis dans une forme excellente.

– Vraiment ?

Silence. Les oreilles d'Hilfy demeurèrent aplaties, ses yeux ténébreux.

Qu'il quitte ce navire, qu'il parte de mon bord, qu'on le renvoie à Sikkukkut !

Dieux, dieux… les fournitures médicales ! Combien de fois nous faudra-t-il passer à la saignée pour nourrir cette créature ?

– Kkk… t, fit le Kif dans un souffle. (Pyanfar le scruta. Son regard avait perdu de sa fixité quand Tirun le déplaça pour le faire lever.) Kkkkt. Kkkkt… fit-il encore tout en essayant de se carrer sur ses pieds bottés.

Il redressa la tête et ses yeux cernés de rouge se fixèrent sur Pyanfar. Il savait ce qu'il avait absorbé. *Tu veux le reste, c'est ça, Kif ?*

Tirun parvint à le mettre debout. Hilfy le saisit par un bras et les deux navigantes l'entraînèrent à pas lents, lui s'appuyant sur elles, elles s'appuyant sur lui. *On devrait lui ligaturer les mâchoires quand on le manie.* Il y avait un endroit, sur le bras gauche de Pyanfar, où la fourrure poussait à rebrousse-poil, souvenir d'une greffe subie il y avait bien longtemps de cela – du temps de sa jeunesse aventureuse. *Je me demande s'il ne va pas s'étouffer… ses narines sont presque à fleur de peau.*

Dieux, qu'il quitte mon navire, c'est tout ce que je demande !

Et qu'Hilfy se tienne à bonne distance de lui.

– Je vais refiler ce gueux à Jik, maugréa Pyanfar en reprenant sa place à côté d'Haral. (Et, avant que celle-ci eût pu se risquer à émettre le moindre commentaire sur la situation de la famille, elle ajouta :) Va te laver. Je peux m'occuper des opérations quelque temps. Nous avons assez de problèmes, maudits soient les dieux. Je ne sais pas combien de temps nous resterons dans ce port. Pas très longtemps, je suppose. Quelques heures. Peut-être une journée à tout casser. Avec un peu de chance.

– À vos ordres.

Pas d'objection, pas de commentaire. Tirun se leva après avoir éteint son pupitre de commande.

– Vous avez besoin que je vous remonte quelque chose, capitaine ?

– Négatif. Mais dépêche-toi. Transmets la consigne à Hilfy et à Tirun quand tu les verras.

– À vos ordres.

Haral quitta la passerelle en maîtrisant son impatience. S'asperger d'eau, se savonner, mettre un bouffant propre, faire en revenant un détour par la cantine si elle en avait le temps et manger un morceau...

Plus personne n'avait de réserves de graisses, maintenant. Les membres de l'équipage étaient décharnés et avaient un air hagard. Veilles sur veilles, sans prendre pour ainsi dire ni repas ni sommeil, tandis que des sauts successifs les consumaient intérieurement. Pour chacun, il y avait un tribut physiologique à payer. Pour les Kif comme pour les Hani. Pyanfar s'alimentait parce qu'elle savait qu'il le fallait, non pas parce que la nourriture l'attirait. Elle n'avait aucun appétit, alors qu'elle aurait dû mourir de faim. *Un autre saut... dieux, un autre saut et nous commencerons à partir en loques, c'est sûr. Personne ne peut supporter une cadence pareille.*

Chur... elle ne pourra pas. J'ai été idiote de l'écouter à Kshshti. Elle est dans un triste état. De plus en plus maigre. Ce sera ensuite le tour des os et du pelage. Les fonctions intestinales. Les reins. Le cœur. Il n'y a pas que le feu des Kif qui soit capable de nous tuer. Nous sommes coincés. Si jamais les choses tournent mal, nous ne pourrons pas tirer notre révérence. Chur a besoin de ces quelques heures, de ces quelques jours de répit.

Faire venir un médico ? D'où ?

Non. Non. Chur est en voie de guérison. Sa blessure au flanc est cicatrisée. Le saut a provoqué une forte déperdition de sels minéraux. Le processus de cicatrisation a fait main basse sur le reste. La bourrer de vitamines. De viande rouge en quantité. Maintenant, elle s'en sortira. Le plus dur est passé et elle a encore des réserves.

Mais ma fourrure pèle sérieusement. Le Kif s'est effondré. Du bout de la langue, Pyanfar tâta un point douloureux dans sa bouche, une dent qui promettait de lui faire mal après le brossage. *Oui, nous avons souffert. Le Kif a lâché après un seul saut. Nous en avons accompli combien avec des rations de misère et presque sans dormir ? Et nous tenons toujours le coup.*

Vomissures, c'est d'un médico hani que nous avons besoin. *Pas un Mahendo'sat, quelqu'un qui* sache *de quelle marge nous disposons. Et le personnel médical hani est plutôt rare dans ce secteur. Si je demandais au* Vigilance…

Dans un enfer mahen !

Mais alors même que se poursuivait ce débat intérieur, sa main cherchait la touche communication de navire à navire.

– *Vigilance*, ici la capitaine de *L'Orgueil de Chanur*. Passez-moi votre service médical.

– Orgueil de Chanur, *ici le poste de veille du* Vigilance. *Nous sommes en cours d'opération, capitaine. Nos écrans sont occupés. Je transmets votre demande et je vous rappelle.*

Il fallait lire entre les lignes. C'était un gros vaisseau qui se la coulait douce, du personnel comme s'il en pleuvait, des rotations d'équipage. Rhif Ehrran n'était pas sur le pont. Avec ses Hani officiers, elle procédait à ses ablutions, dormait et mangeait tout à loisir. Et elle ne voulait pas que ça se sache trop.

– Bien compris, *Vigilance*. (Pyanfar passa sur le canal de Jik.) *Aja Jin*, ici *L'Orgueil*.

– Aja Jin *à l'écoute. Tout personnel occupé. Urgence être ?*

C'est Pyanfar Chanur qui appelle, allez vous faire vomir et passez-moi Jik ! Mais c'était la panique. Vraisemblablement, Jik était en communication avec le *Mahijiru*, et l'équipage planchait sur les codes et maintenait le contact avec Or-Aux-Dents qui continuait son approche. L'*Aja Jin* essayait de suivre l'évolution de la situation et déchargeait le *Vigilance* des opérations parce qu'il n'avait pas confiance en lui et en faisait autant pour *L'Orgueil* parce qu'il savait que l'équipage de celui-ci n'était pas en état de les mener à bien.

– Non, répondit Pyanfar à la Mahe officier de transmissions. On se rappelle quand les choses se seront calmées.

C'était un problème délicat. Comment joindre Jik et obtenir de lui qu'il frotte les oreilles d'Ehrran pour qu'elle envoie un médecin sans que ce soit trop voyant ? On avait pris à la légère les charges rassemblées par Ehrran mais celles-ci étaient maintenant largement suffisantes. S'il y en avait davantage, le *han* les condamnerait sans appel.

Suivre la routine. Plier l'échine. S'en tenir aux règles du protocole.

On aurait assez de temps, il le fallait. Même si le Stsho s'était précipité à La Jonction et racontait tout ce qu'il savait. Même s'il y avait de l'agitation chez les Knnn. Or-Aux-Dents et Jik se comportaient comme si l'on avait tout le temps. Ils fignolaient leurs plans. Le second faisait toujours route pour se mettre à quai, ce qui voulait dire qu'il escomptait voir s'écouler au moins plusieurs heures avant que le pandémonium éclate – le délai qu'il fallait pour qu'il puisse mener à bien ses affaires personnelles et que le voyage se révèle fructueux.

Mais Chur…

Geran la protège, c'est tout. Et elle a peur. Moi aussi. Déjections des dieux ! Je n'aurais jamais dû l'autoriser à quitter Kshshti.

Mais nous avions besoin d'elle. Nous avons encore besoin d'elle.

Dieux ! Son état ne s'améliore pas. Il empire.

Le communico fonctionnait sans trêve. Kefk s'adaptait à la réalité – son occupation. Finalement, du côté du secteur méthanien, les choses s'apaisaient. Cela ne représentait qu'une faible portion du territoire de la station mais c'était un endroit que les Kif laissaient tranquille et d'où provenaient peu d'informations cohérentes. En tout cas, la situation y était moins chaotique. Et il n'y avait plus de Knnn.

Geran regagna la passerelle. Pyanfar se retourna quand elle s'appuya sur son fauteuil.

– Elle va bien ?

Non. Elle n'allait pas bien. Pas bien du tout, pensa la capitaine avec un frisson soudain. La bouche de Geran n'était qu'un trait, ses mâchoires étaient comme soudées.

De nouveau, la langue collée. Comme dans la salle d'honneur. Ses lèvres se froncèrent, sa gorge se contracta. Pour que les mots en sortent.

– Elle n'a rien pu garder, capitaine.

– J'ai déjà demandé qu'on fasse venir un médecin, ma cousine.

– Bien. (Chose surprenante, Geran n'émit pas de protestations. Puis son regard se fit plus farouche.) Je pense que vous avez bien fait, capitaine. La nourriture l'étranglait tellement elle est affaiblie. Elle étouffait.

Silence. Des équations mortelles. Des points de non-retour. Lourde, lourde est la rançon de la cicatrisation d'une plaie durant un saut. Et si le processus épuisait trop les ressources biologiques de Chur, si la tension du saut persistait…

Et il y aurait un nouveau saut. Dans une journée… ou dans quelques heures. Et si les choses prenaient vraiment vilaine tournure à Kefk, il y aurait d'autres sauts, et encore d'autres sauts avec les Kif qui les talonneraient et, quelque part, à un moment ou à un autre de ce périple… il faudrait en faire un avec la certitude que Chur n'y survivrait pas. C'était ainsi que se présentait l'avenir immédiat.

– C'est fait, dit calmement Pyanfar. Le médico sera bientôt là. Un médico hani. Le *Vigilance* a tout le personnel qu'il faut. J'en aurai un. Je me moque du prix à payer.

Geran fit un nouvel effort convulsif pour parler.

– Permettez-moi, capitaine, permettez-moi… (Et le barrage céda sous le torrent des mots :) Je vous demande pardon mais peut-être… si je pouvais leur parler… sans faire d'esclandre, huh ? Le droit de parentèle…

Sans l'arrogance de la capitaine, voulait dire Geran.

– Vas-y. (Il n'y avait pas de ressentiment dans le ton de Pyanfar.) Leur communico fait barrage. Il te faudra tourner l'obstacle.

– Compris.

Geran prit place au poste un et se mit au travail avec une fièvre tranquille.

Implorer une navigante Ehrran qui soulèverait des objections alors que la vie d'une Hani du clan de Chanur était en jeu… non, c'était là une chose que Pyanfar ne souhaitait pas écouter.

J'aurais déjà dû le faire. Les supplier. Dieux, il y a urgence. Mais Geran avait plus de chances de gagner la partie. Bien sûr, l'affaire arriverait au niveau des capitaines et Pyanfar serait obligée de plaider personnellement sa cause auprès d'Ehrran avant que l'on passe aux actes, mais il devait encore exister des choses sacrées chez les Hani – comme le droit de parentèle et les liens du sang entre sœurs. Un navire regagnant Anuurn avec une crise familiale avait la priorité sur tout autre trafic. Une femme rentrant au port natal dans de telles circonstances pouvait embarquer à bord de n'importe quel aéronef, réquisitionner n'importe quel moyen de transport sans se heurter à quelque formalité que ce soit. Par exemple, le prix du voyage. La facture lui serait présentée ultérieurement. Le droit de parentèle était plus fort que les chausse-trapes bureaucratiques, il jetait bas les barrières, damait le pion aux résistances et aux oppositions silencieuses. Il y avait une loi supérieure à la loi du *han*. Il en avait toujours été ainsi. Cela, le *Vigilance* devait le respecter.

– Capitaine, elles veulent que votre requête soit dûment enregistrée.

Pyanfar fit pivoter son fauteuil. Au regard chargé

d'angoisse de Geran, elle répondit par un regard serein et prit la communication.

– Pyanfar Chanur à l'écoute.

– *Chanur* (son interlocutrice était Rhif Ehrran en personne), *vous souhaitez que votre navigante soit transférée à notre infirmerie ?*

– Je préférerais que les soins lui soient dispensés ici. (Dieux ! remettre Chur entre les mains d'Ehrran !) C'est une requête au nom des liens du sang que je formule. (Elle parlait humblement. Calmement. Avec toute la dignité d'une Chanur qui pouvait être encore sauvegardée.) Geran Anify *par* Pyruun a le droit d'accompagner sa sœur en cas de transfert. *(Tu auras une Chanur compétente à ton bord, libre de ses mouvements, si tu les prends toutes les deux en charge, belette, gueuse d'Ehrran, et tu n'auras pas l'occasion d'avoir en ton pouvoir une d'entre nous réduite à l'impuissance et abandonnée sans défense. Et nous aurons deux navigantes de moins, que pourrissent tes yeux, alors que tu auras, toi, deux otages – et tu le sais bien.* Je vous serais reconnaissante, capitaine, de faire vite. Elle est dans un triste état.

Une longue pause suivit.

– *Faites-nous parvenir le dossier médical de l'intéressée. Nos médecins ne travaillent pas sur des suppositions.*

– Vous savez bien que je n'ai pas d'équipe médicale, Ehrran.

– *Vous voulez que je prenne la responsabilité de votre malade sans son dossier ? Je tiens à avoir une décharge signée de Geran Anify, en tant que parente la plus proche, et de vous-même, en tant que dignitaire la plus élevée du clan avant que mon équipe s'occupe de ce cas.*

– Vous l'aurez. *(Tu te couvres, maudite parasite ! Tu protèges tes arrières. Que l'occasion se présente et ce ne sera pas un procès que je t'intenterai, fais-moi confiance !)* Je vous demanderai respectueusement si nous pouvons mettre le processus en marche ?

Nous ne savons pas combien de temps nous resterons dans ce port.

– *Il faut attendre que je sois en possession de cette décharge, Chanur. À moins que vous ne préfériez que ce soient les Mahendo'sat ou les Kif qui s'occupent de votre problème…*

– Nous allons vous la faire parvenir. Merci, *ker* Rhif. J'aurai une dette de reconnaissance envers vous.

Le contact fut coupé sans courtoisie.

– Les dieux la fracassent, grommela Geran.

Pyanfar se tourna vers elle et leurs regards se croisèrent.

– Nous sommes en dette envers elle. Chanur est en dette envers elle.

– Oui, gronda Geran. (Son souffle était âpre comme s'il sortait mal.) Par le feu et par le sang, capitaine… quand l'occasion se présentera…

– Quand elle se présentera.

Les oreilles de Pyanfar frémirent et ses anneaux, rappel des voyages qu'elle avait effectués et de l'expérience qu'elle avait acquise, tintinnabulèrent. C'était à une Immune qu'ils avaient affaire. Tous les principes de la loi civilisée interdisaient qu'on la défiât. Mais Chanur était un clan plus ancien que tous les clans de franc-alleu. Plus ancien qu'Ehrran dans tous les sens du terme.

– Établis cette décharge, reprit-elle. Fais venir Khym. Ensuite, tu t'occuperas de l'automédical et tu transmettras tous les éléments vitaux concernant Chur au *Vigilance*. Apporte aux médecins toute l'aide possible. On aura le temps de s'occuper d'Ehrran plus tard. Chur, elle, n'a pas le temps.

Khym arriva sur la passerelle et se plongea dans les archives juridiques.

– Approche, dit Pyanfar à Tully qui restait sur le seuil de la porte.

Se penchant de côté, elle prit dans la trousse à

outils placée sous la console une sonde de taille 3. À titre de démonstration, elle sortit une griffe, enfonça un anodin bouton à l'aide de l'instrument sous le regard attentif de l'Humain, puis, se retournant, déposa la sonde dans la paume de ce dernier. Instantanément, une lueur de compréhension s'alluma dans ses yeux et il referma la main sur l'objet.

– Nous allons faire soigner Chur. En attendant, nous aurons besoin d'un navigant, huh ? Compris ? Boutons. Commandes. Dieux, tu ne sais pas lire ! Utilise ton imagination. Tu diras à Khym que tu feras ce qu'il te dira de faire, tu peux ?

– Je comprendre. Je faire. Je travailler, aider.

– Parfait.

Elle tapota la jambe de Tully qui se trouvait à portée de sa main pour qu'il allât là où le devoir l'appelait. L'aveugle au secours du paralytique ! Et que tous deux fassent ce qu'ils pourraient. Dieux, dieux... Elle enfouit sa figure dans ses mains, repoussa d'un mouvement de la tête sa crinière en arrière. Elle n'en pouvait plus de fatigue, elle en tremblait. Elle entendit que quelqu'un entrait dans la timonerie. C'était Geran qui revenait avec le peu de matériel sanitaire dont disposait *L'Orgueil*. Elle prit vivement place dans le fauteuil vide d'Haral pour transmettre les données au *Vigilance* avec la plus grande économie de mouvements.

Les dieux sont seuls à savoir combien de temps nous allons rester ici. Geran devine le risque que nous prenons... si nous devons déhaler sans préavis. Et Chur... eux seuls, aussi, savent si elle pense juste à l'heure qu'il est. Si elle ne se dit pas qu'elle est n'importe comment condamnée et qu'elle ne sera plus un poids mort pour nous, que cela nous délivrera de l'obligation de nous occuper d'elle. Ah ! l'entêtement de ces filles des collines ! Dieux, dieux...

Pendant un instant, alors qu'elle dialoguait avec le *Vigilance*, Geran avait eu la même expression qu'Hilfy quand elle avait eu affaire au Kif – une expression qui, dans un cas comme dans l'autre, avait peu de chose à voir avec l'espérance de survie personnelle. Son cœur battait la chamade quand Pyanfar pensait à Ehrran, quand elle songeait à elle-même, à cette idiotie qui avait consisté à mêler un petit vaisseau et un équipage commercial aux affaires de Personnages, d'*hakkiktun* et, les dieux le lui pardonnent, de Knnn.

Nulle part où aller sinon regagner Anuurn où il n'y avait rien à attendre d'autre que des mises en accusation et des défis – et le voyage tuerait la malade. On pouvait retourner à Mkks. Ou rallier Tt'a'va'o, un secteur de l'espace qui n'avait jamais eu la visite des Hani et où leur présence était indésirable. Ou revenir à La Jonction – où la présence de *L'Orgueil* n'était pas moins indésirable et où plus d'une faction voulait avoir leur peau. Chur n'arriverait d'ailleurs jamais vivante dans aucun de ces endroits et il était bien possible que *L'Orgueil* ne tienne pas le coup jusqu'au bout et qu'il lâche en cours de route.

Pyanfar secoua de nouveau sa crinière, secoua ses anneaux d'oreilles pour les remettre en place. Geran continuait de débiter ses paramètres et insistait pour que l'équipe médicale du *Vigilance* accuse réception.

Haral réapparut, encore humide après son bain, au moment où Khym se levait et tendait négligemment à Geran la décharge légale afin qu'elle en transmette le fac-similé au *Vigilance*.

– Où en sommes-nous ? s'enquit l'arrivante.

– Nous faisons appel à un médecin du *Vigilance*, répondit Pyanfar sur un ton serein.

Haral se contenta de coucher ses oreilles moites sans mot dire. Un mouvement qui signifiait qu'elle savait qui, qu'elle savait pourquoi, qui avouait qu'elle ne s'était pas fait de souci, qu'elle savait d'avance que l'on aurait fait ce qu'il fallait faire. Cette familiarité chaleureuse, proche de son propre état d'esprit, fut un réconfort pour Pyanfar. Il y avait eu des moments, quand elles étaient jeunes toutes les deux, où elles s'étaient dressées l'une contre l'autre.

Cela ne s'était jamais produit à bord de *L'Orgueil*, jamais depuis qu'elles étaient installées à leurs consoles.

– Chur ne va pas trop bien ?

– Son état n'est pas catastrophique mais il laisse à désirer. Ce n'est pas le présent immédiat qui me cause du souci.

Haral ajouta aussitôt encore quelques appréciations muettes assorties d'un froncement de sourcils destiné à attirer la chance sur eux, sur Chur, et à l'adresse des alliés auxquels il fallait qu'ils se fient.

– J'ai Or-Aux-Dents en ligne…

En approche d'insertion, se préparait à dire Pyanfar quand le clignotant du communicateur s'alluma. Elle approcha sa bouche du micro.

– *Orgueil de Chanur.* La capitaine à l'écoute.

Ce n'était ni Ehrran ni Jik mais le bruissement grêle de la ligne protégée.

– *…kokkitta ktogotki. Chanur-hakto. Kgoto nakatki skthokkikt.*

– Raclure des dieux ! Je n'ouvre pas ce panneau.

– … *Kohogot kakkti hakkiktu.*

– Même pas pour lui.

– … *Khotakku. Sphitktit hakkiktu.*

– Parlez en idiome.

– … *Présent. De la part du* hakkikt.

Pyanfar laissa échapper un long soupir et regarda Haral. Les oreilles de celle-ci étaient couchées en arrière : ne me demandez pas mon avis, ça m'a tout l'air d'un coup fourré. Vous savez ce que nous avons comme choix. Tel était le sens de son attitude.

– Je viens. Kgakki tkki, skku-hakkiktu. (La formule de politesse lui écorchait le gosier.) Dieux, comme si tout cela ne suffisait encore pas ! gronda Pyanfar une fois le contact rompu. Khym… Tully, je vais au sas avec Haral. Prenez la relève au communico et dites à Tirun et à Hilfy de nous rejoindre en bas. Armées, et en vitesse. Geran, mets la caméra en service. (Elle se leva d'un bond tandis qu'Haral se dirigeait vers le placard où était entreposé l'armement.) Khym, ensuite tu avertiras Jik que des Kif doivent se présenter à notre sas avec des cadeaux. Mais sur fréquences courtes, pas sur la fréquence de la station, surtout !

– À vos ordres.

Khym prit la place d'Hilfy et entreprit d'actionner les commandes du communico. Sans discuter. Dieux, les Humains avaient réglé les choses et se montraient utiles... quelque part, il s'était passé quelque chose. Le poids qu'elle maintenait depuis le départ d'Anuurn commençait à se mouvoir de lui-même. Elle saisit le pistolet léger qu'Haral lui tendait, vérifia en hâte que la sécurité était en place et sortit la première de la timonerie.

– Des cadeaux ! maugréa-t-elle tandis qu'Haral la rattrapait dans la coursive. Des cadeaux ! C'est comme ça que nous nous sommes retrouvés dans ce nœud d'embrouilles. Les Knnn. Chur hors de combat. Le *Vigilance* qui nous cherche des poux dans la tête. Et ce vomi de Kif qui veut nous faire des cadeaux !

Or-Aux-Dents en était aux phases finales de sa procédure d'approche et le bouclier qu'il constituait en espace libre allait leur faire défaut. À partir de maintenant, il fallait se tenir prêts à déhaler à toute vitesse et à se mettre sur la défensive à tout moment.

Les Kif s'étaient emparés de la station alors qu'elle n'était pas sur ses gardes. Rien de plus facile que d'éliminer une base stellaire – quelques rocailles à charge C emmenées pendant le saut et qu'on libérait... il n'en fallait pas plus pour un attaquant sans scrupule.

Et Pyanfar se rappelait la réputation qu'avait Akkhtimakt de n'en avoir aucun. Une réputation qu'il avait même auprès de ses congénères.

10

Tirun et Hilfy, armées de pistolets provenant de l'arsenal du pont inférieur, les oreilles aplaties et le poil humide, les retrouvèrent à la sortie de l'ascenseur.

– Que se passe-t-il ? s'enquit la première.

– Nous allons recevoir un cadeau de Sikkukkut. (Pyanfar lança un coup d'œil en direction d'Hilfy. Son regard clair n'exprimait plus rien d'autre, maintenant, que de la vigilance.) C'est, en tout cas, ce qu'ils disaient. Je n'ai nullement apprécié son dernier présent et, par les dieux, s'il me fait encore cadeau d'un nouveau parasite de sans-oreilles, je le donnerai à Skkukkuk pour qu'il le mange, ce qui résoudra deux problèmes d'un seul coup.

– Ça ne me plaît pas, murmura Haral. Ça ne me plaît pas du tout. Capitaine, laissez-nous régler cette histoire dans le sas, Tirun et moi. Nous pourrions bien tomber sur plus de Kif que prévu et ils seraient capables de saboter l'écoutille…

– Ils bénéficient de l'avantage de la situation topographique. Geran, tu les as sur image ?

– Non, capitaine. J'en vois un à la hauteur du coude que fait le couloir. Il y en a d'autres mais ils se tiennent en arrière et la lumière est mauvaise dans le tubulaire.

– Un coup fourré, maugréa Pyanfar. Reste en observation, Geran.

Un seul coup de feu tiré du sas en direction du boyau d'accès aurait suffi pour décompresser, même en se servant de ces légers pistolets. Et il y avait, sur Kefk, des gens prêts au suicide, tout disposés à mettre leur vie en jeu en misant sur le fait qu'il y aurait, pour les Hani, un instant de flottement avant de prendre la décision de faire front.

– On pourrait utiliser la salle de commande du pont inférieur, suggéra Haral.

– *Sfik*. (Pyanfar sortit son arme de sa poche et débloqua le verrou de sûreté.) D'ailleurs, le sabotage de cette écoutille est une chose dont nous pouvons fort bien nous passer ! Nous allons gagner le sas toutes les deux, cousine. Hilfy et Tirun nous couvriront. Sois prête à actionner la commande de fermeture. Et ouvre l'œil, Geran !

– Ne vous faites pas de souci pour cela, répondit Geran.

Les oreilles de Tirun étaient couchées en arrière. Elle avait la promptitude d'esprit nécessaire pour coopérer avec Geran en rabattant l'opercule hermétique d'urgence. Hilfy était là parce qu'elle s'était trouvée du côté du pont inférieur, et lui ordonner de remonter aurait prêté à une interprétation qui répugnait à Pyanfar.

– Huh.

Ce fut le seul commentaire de Tirun.

Les Hani passèrent le coude en direction du sas.

– Geran... le tambour intérieur seulement.

Sssnnk. Le gros tambour s'ouvrit instantanément. Derrière, le sas était inondé de lumière. La main gauche posée sur la commande d'urgence, Tirun prit position à l'endroit où la couronne formait une relative protection face au feu adverse, ce qui assurerait une fraction de seconde de survie en cas de décompression explosive. Hilfy, l'arme au poing, se tenait du côté opposé.

– Du calme. (Pyanfar entra dans le sas, Haral sur les talons.) Geran, ouvre.

L'opercule extérieur se rétracta. Un Kif était là, dans le tubulaire, un peu plus loin, les mains bien en vue. Seul. Les deux pistolets pointés sur lui ne semblaient pas l'émouvoir et il avait la sagesse d'éviter tout mouvement brusque.

Sikkukkut en personne ? se demanda Pyanfar. Non, le Kif n'avait pas la haute taille du *hakkikt*. Et son odeur n'était pas la même. Elle respirait les relents différents de la station de Kefk, effluves de moisi et d'ammoniac, qui émanaient de lui et qui avaient de quoi faire se hérisser les poils sur le dos d'une Hani. *Dieux ! je suis* allergique *à ces gueux...*

– Le *hakkikt m'envoie*, dit le visiteur. Acceptez-vous le cadeau ?

– *Quel* cadeau ?

L'autre se retourna lentement.

– ... Kktanankki ! lança-t-il.

Apportez... un mot qui recouvrait d'autres acceptions que le simple verbe *apporter.* Un présent capable de marcher de sa propre volonté, par exemple.

Il y eut un vague bruissement de l'autre côté du coude que faisait le tubulaire. D'autres Kif surgirent, masse de silhouettes d'ombre au milieu de laquelle tranchait la fourrure cuivrée d'une Hani dont le bouffant de soie bleue était en loques.

Le cœur de Pyanfar cogna dans sa poitrine. D'abord d'étonnement puis, quand elle reconnut ce visage, cette crinière ébouriffée aux reflets de bronze, caractéristiques des êtres originaires des contrées méridionales d'Anuurn, l'oreille gauche déchirée, la cicatrice sombre allant de la bouche au menton...

– Dur Tahar !

La capitaine de *Lune Qui Monte* ouvrit les yeux quand les Kif la poussèrent jusqu'à l'entrée du sas. Elle battit des paupières et ses oreilles frémirent et se couchèrent quand le premier Kif et deux de ses semblables la firent avancer sous les lumières blanches. Ses yeux avaient le même éclat de bronze que sa crinière. Il y avait de l'affolement dans son regard minéral.

– Pyanfar Chanur, fit Tahar d'une voix lointaine et rauque.

– Le *hakkikt* vous fait don de votre ennemie, dit le chef du groupe. Avec ses compliments, Chanur.

– Adressez-lui les miens, murmura Pyanfar.

– Kkt.

Le Kif fit volte-face dans un envol de robes et, coupant court, à la mode kifish, aux formules de politesse, repartit avec son escorte.

– Mon équipage ! (C'était en vain que Dur Tahar essayait de parler d'une voix unie.) Au nom des dieux, Chanur... rattrapez-les ! Réclamez-le-leur ! Faites-le libérer !

Pyanfar vida ses poumons, les remplit à nouveau et s'élança dans l'ombilical à la poursuite des Kif qui s'éloignaient.

– Capitaine ! appela Haral.

Mais Pyanfar n'alla pas au-delà du coude d'où elle pouvait voir le groupe des Kif qui s'apprêtaient à descendre la rampe.

– *Skku-hakkiktu !* s'écria-t-elle à l'adresse de la masse d'ombre, je veux les autres Hani. Vous m'avez entendue ? (Le Kif fit halte et, sans se presser, posa les yeux sur Pyanfar.) Dites au *hakkikt* que j'apprécie son présent. (Sa voix résonnait dans le tube glacial.) Et que je veux les autres Hani. J'y attache de l'importance. Dites-le-lui !

– Kkt. Chanur-hakto. Akktut okkukkun nakth hakti-hak-kikta.

Quelque chose comme : le message sera transmis. Les nuances échappaient à Pyanfar, les subtilités – quand et dans quels délais – s'enchevêtraient dans les vocables que les Kif utilisaient entre eux à la manière de couteaux au fil acéré.

– Je compte qu'il le sera ! cria-t-elle en guise de réponse.

Le Kif s'inclina – comme de l'huile se répand –, fit demi-tour et s'engagea sur la rampe avec ses compagnons. Pyanfar, l'œil flamboyant, reverrouilla le cran de sûreté de son pistolet et rejoignit le sas à grands pas.

– Referme, Geran. Et solidement.

L'opercule se rabattit derrière elle et les clapets électroniques de blocage hermétique firent entendre leur claquement sourd.

– Où est votre équipage ? demanda-t-elle à Tahar.

– Au Central d'après les dernières nouvelles que j'en ai eu.

Tahar chancela quand Haral, la saisissant par un bras ligoté, la fit entrer dans la tiédeur de la coursive. Au passage, elle regarda tour à tour Hilfy à sa gauche et Tirun à sa droite. Avec la première dont la mère appartenait au clan Faha, il y avait un conflit aussi grave que celui qui l'opposait au clan Chanur. Mais Tahar ne manifesta pas l'ombre d'un défi quand Pyanfar la poussa contre la paroi de la coursive. Rien que de l'assentiment.

– Tirez-les de leurs griffes ! supplia-t-elle d'une voix éraillée. Tout ce que vous voudrez en échange, Chanur, mais sortez-les de là. Vite !

– Tirun, tu as un couteau ?

– Oui.

Tirun sortit de sa poche un couteau pliant, fit pivoter Tahar sur elle-même pour qu'elle fît face à la paroi, trancha les liens qui lui immobilisaient les mains, la fit derechef pivoter en sens inverse et coupa celui qui la garrottait. Cela fait, elle mit les cordes dans sa poche en bonne spatienne amoureuse de l'ordre. Dur Tahar s'adossa au mur et se frotta les mains l'une contre l'autre pour rétablir la circulation. Ses yeux étaient vitreux. Elle n'était pas remise du choc.

– Je n'imaginais certainement pas que nous nous rencontrerions dans de pareilles circonstances, dit Pyanfar.

– Nous avions quitté notre navire quand vous êtes arrivés. Ils nous ont gardées dans les bureaux... dieux, faites de moi ce que vous voudrez, cela m'est égal, mais tirez mes navigantes des griffes des Kif !

– Je vais essayer. Je viens d'adresser un message destiné à Sikkukkut. Je ne suis pas sûre d'avoir assez de crédit pour que le *hakkikt* y prête l'oreille, mais je pense en avoir suffisamment quand même pour qu'il lui parvienne.

Dur Tahar se détacha de la paroi.

– Vous pouvez faire plus que cela, Chanur.

– Si vous me créez des difficultés, vous mourrez sans oreilles, Tahar, vous m'entendez ?

– J'entends. Continuez, c'est tout ce que je vous demande. Parlez-leur. Vous savez ce qu'ils leur feront s'ils...

– Je sais. Mais il faut que mon message parvienne à son destinataire avant que je puisse intervenir. Vous devriez le savoir aussi bien que n'importe qui. Je vais appeler le *Harukk* par le communico. Si vous me disiez maintenant ce que vous faisiez à quai en compagnie d'Akkhtimakt. Peut-être pourriez-vous me donner un petit pécule qui me servirait à marchander, huh ?

Les lèvres de Tahar se pincèrent. D'un geste vague, elle désigna l'extérieur... n'importe quoi... n'importe où... en levant les yeux.

– Là-bas... très vraisemblablement à Kshshti. (Sa voix n'était que le fantôme d'une voix.) Si vous voulez notre parole, vous l'avez. N'importe quoi. Mais, au nom des dieux, ne laissez pas mes navigantes mourir comme cela.

Pyanfar la regardait fixement. Des mots démodés voulaient encore dire quelque chose à Anuurn. Des mots comme *notre parole*, comme *clan*, comme *loi* et d'autres choses encore, des choses étrangères aux lieux obscurs et lointains où l'on était allé à l'âge moderne du *Vigilance* et de la collusion avec les Stsho.

– C'est loin de chez nous, Tahar. Bien loin.

Dur Tahar appuya sa tête contre la cloison et ferma les yeux.

– Ils se retourneront contre vous. Les Mahendo'sat tout comme les Kif. Ils le feront. Suivez mon exemple. Partez d'ici. Laissez-les tous choir et sauvez-vous, Chanur.

– Vous connaissez un endroit où se réfugier ?

Tahar rouvrit les yeux. Son regard faisait mal. On y lisait l'épuisement, la frayeur, les mois et les années passés à fuir.

– Non. Il n'y en a pas. Pas si vous êtes comme

moi. Et vous êtes en train de devenir très vite semblable à moi, n'est-ce pas, Chanur ?

C'était un spectacle qu'aucun d'entre eux n'eût jamais souhaité voir : la capitaine de *Lune Qui Monte* devant la table de la cambuse de *L'Orgueil*, à côté de la passerelle, prenant la coupe de gfi que lui tendait Geran.

Elle but. Pyanfar était assise en face d'elle, tenant elle aussi une coupe entre ses mains. Et quelques membres de l'équipage adossés aux placards dévorant les quelques aliments que Tully avait grappillés. Deux mâles dans la coquerie... Dur Tahar était dans un tel état de prostration qu'elle avait à peine accordé un regard méfiant à Tully et avait encore moins prêté attention à Khym.

Elle savait que Tully était à bord, nota Pyanfar. *Ou, du moins, qu'il pouvait y être. C'est ainsi qu'Akkhtimakt a eu vent de sa présence.* Tirun avait repris sa place à son poste, s'efforçant de quémander l'assistance médicale du *Vigilance* et de mettre Jik au courant en ce qui concernait Tahar... (Laissez-moi m'en occuper, avait-elle proposé quand Geran était retournée auprès de Chur. À ta guise, avait répondu Pyanfar. Et d'ajouter à mi-voix : Insiste auprès du *Vigilance*, huh ? Discrètement. Les dieux les vomissent, tâche de les presser.) Khym et Haral et Hilfy et Tully... nonchalamment accotés aux murs, le pistolet à la ceinture, tous armés sauf l'Humain. Et Tahar qui lampait son gfi en silence, les yeux dans le vide.

– Je veux que vous me racontiez tout, lui dit Pyanfar. Et vite. Parlez, je vous écoute, *ker* Dur.

Le regard de Tahar perdit sa fixité.

– Mon équipage...

– Le *Mahijiru* est à quai. Or-Aux-Dents est en communication à l'heure actuelle. Nous allons voir les Kif bouger avant longtemps. Les équipages des navires, même des navires kifish, sont réduits, comme il en va pour nous. Vos cousines n'ont rien à craindre pour le moment. Les Kif ne feront rien tant que Sikkukkut ne leur en aura pas donné l'ordre direct, ou tant qu'il ne les aura pas vues. Et il est très occupé pour l'instant. Faites-moi confiance. Terminez votre coupe. Mon officier de veille est en contact avec l'*Aja Jin*. Nous faisons plus de travail qu'il n'y paraît. Mais si vous me prenez pour une idiote, je...

– Non. (Tahar avala une gorgée de gfi. La coupe tremblait entre ses mains.) Vous êtes en déplaisante compagnie. Votre *hakkikt*...

– Ce n'est pas *mon* hakkikt.

– Il joue gagnant, est-ce que vous comprenez cela ? Les Kif pensent qu'Akkhtimakt a déjà perdu. La rumeur s'en répand de bouche à oreille. Connaissez-vous bien les Kif ?

– Autant qu'il le faut pour que ce me soit utile et mieux que je ne le voudrais.

– *Moi*, je les connais, par les dieux, vous pouvez me croire. *Sfik*. Ces gueux de Kif changent de camp aussi vite que des Stsho dans une situation comme celle-ci. Deux en haut et presque à égalité : Sikkukkut et Akkhtimakt. Tous les deux ont été à des titres différents au service d'Akkukkak jusqu'à son départ et, maintenant, ils ont plongé tout l'espace kifish dans le chaos. Chaque bouffée de vent, chaque souffle de brise, les Kif ordinaires les sentent et ils modifient leur politique. Brusquement, voilà qu'Akkhtimakt est devenu du menu fretin. Son action contre Kita a constitué une menace périlleuse. Dieux ! Il est originaire d'Akkht et c'est quelqu'un d'important, là-bas. Il a acquis une puissante *skkukun* en pourchassant tous ses rivaux sur la planète-berceau alors que Sikkukkut n'est qu'un chef-faillon de province qui se pousse du col. Natif de Mirkti, pour l'amour des dieux ! *Mais les Mahendo'sat le connaissent*. Il a été longtemps leur voisin; ils avaient l'habitude de traiter avec lui. Et c'est ce qu'ils sont en train de faire... ils traitent avec lui.

Vous voyez le tableau ? Subitement, Akkhtimakt fait figure de Kif très éloigné de la base de son pouvoir et qui la voit lui échapper. Sikkukkut opère dans son territoire, il utilise ses anciens contacts et il coupe méchamment l'herbe sous le pied d'Akkhtimakt – grâce à vous et aux Mahendo'sat. Méchamment.

Pyanfar posa les coudes sur la table.

– Et que vient faire l'humanité là-dedans ?

Le blanc des yeux de Tahar apparut lorsqu'elle les tourna dans la direction de Tully mais elle ne bougea pas la tête, pas même quand Geran entra silencieusement dans le carré et s'immobilisa, bras croisés et visage de tempête.

– Les Humains arrivent. Lentement. Mais votre allié devrait pouvoir vous le dire.

– C'est à Sikkukkut que vous faites allusion ?

– Non, à cet Humain. *Ou* aux Mahendo'sat. L'intention d'Akkhtimakt était de stopper les vaisseaux humains. Ou de fondre sur eux, les uns après les autres, dans les marches. Pour les Kif, les Humains sont des alliés des Mahen. Mais Sikkukkut a fait en sorte que les Mahendo'sat marchent la main dans la main avec lui. Au nom des dieux, il vous a capturée, il a capturé les Yeux du *han !* Il s'est offert un Humain en guise d'animal de compagnie. Que faire face à une pareille combinaison ? Kefk a examiné la situation et tous les partisans d'Akkhtimakt présents ont commencé à regarder leurs voisins et à remanier tous les liens qu'ils avaient avec les uns et les autres. Je suis déjà passée par là. Un Kif prend la mesure d'une situation, il ajoute son propre *sfik* et se demande s'il trouvera un avantage dans l'autre camp. S'il ne le fait pas, il sait que ses voisins le font, eux, et l'un d'eux pourra essayer d'accroître son *sfik* en le tuant. S'il fait mordre la poussière à son assaillant, il acquerra momentanément un surplus de *sfik* mais si jamais il en a trop, il peut donner l'impression de constituer une menace, et il en perdra tout le bénéfice. C'est un jeu sanglant, Chanur. Un jeu que j'ai joué deux ans.

– Et on dirait que vous avez trébuché, non ?

– Oh, j'ai essayé ! Les Kif ne comprennent pas les Hani, c'est tout. Ils ne savent pas comment notre cerveau fonctionne, pas dans des circonstances critiques. Mais ils savent que nous sommes différents et ils sont incapables de prévoir ou de comprendre comment nous choisissons notre camp. C'est ce qui nous est arrivé. Nous n'avons pas eu l'occasion de changer de camp. Nous étions dans un bureau... le personnel a fait volte-face sans avertissement et a tué un Kif qui était trop haut placé... qui avait trop de *sfik* pour inspirer confiance. Ils ont rassemblé les autres pour les livrer à Sikkukkut afin... Ô dieux ! (Un frisson secoua Tahar qui posa sur la table la coupe qu'elle tenait à deux mains.) *Mon équipage*, Chanur, mon équipage... Sikkukkut m'a remise entre vos mains comme un présent qu'on offre. J'ai suffisamment de *sfik*. La situation aussi. Mais mes cousines... Si vous ne les tirez pas de là... Chanur, j'ai vu ce qui se passe quand un Kif veut faire une cérémonie de célébration. Je l'ai vu de mes yeux.

– J'étudie la question. Je vous en donne ma parole, Tahar. Les dieux savent avec quelle joie je vous tordrais le cou si les choses se présentaient autrement. Mais pas ici, pas maintenant, et pas de cette manière. Je mets en œuvre tous les moyens dont je dispose. Vous prenez un petit coup de remontant ?

– Non.

– Mais si. Cela ne vous fera pas de mal. (Pyanfar saisit la coupe de Tahar, la tendit à Tirun pour qu'elle la remplisse et la reposa devant son interlocutrice.) Vous avez des nouvelles du pays ?

Tahar leva les yeux avec appréhension.

– Parlons peu mais parlons bien. (Dieux ! Un peu plus tôt, dire à Dur Tahar ce qu'elle se préparait à lui dire aurait été une vengeance délectable mais, à présent, elle en avait déjà un goût amer dans la bouche.) Tahar a de gros ennuis – mais vous l'avez deviné. J'ignore leur gravité, je ne sais pas ce qui se passe à Anuurn actuellement mais cela aussi vous pouvez l'imaginer. Le clan Tahar a eu des difficultés à trouver des cargaisons l'année dernière. Le *Victoire, Soleil Flamboyant* et l'*Anneau d'Or* opèrent en espace profond d'après les dernières informations que j'ai pu obtenir, le plus loin possible des Kif. S'ils transportent leur propre fret, quelqu'un pourrait poser la question de savoir si ce ne sont pas des marchandises piratées. Et si le fret appartient à quelqu'un d'autre, il leur faut être munis d'une lettre de cautionnement au cas où ils décideraient de le pirater eux-mêmes.

– Abrégez, Chanur.

– C'est la vérité. Vous pouvez vous vanter d'avoir porté un rude coup à la réputation de Tahar. Vomissures des dieux, vous le saviez quand vous avez pris l'espace avec les Kif à Gaohn !

Tahar, les oreilles rejetées en arrière, reposa brutalement sa coupe. On l'aurait dite prête à se jeter sur Pyanfar. Mais elle poussa un long soupir haché, baissa la tête et enfonça le bout de ses griffes dans la table.

– Vous ne me laissez guère de choix. Que puis-je faire ? Rentrer et affronter mon frère ? Continuer à transporter des cargaisons de Tahar après ce que les Kif ont fait aux Hani à Gaohn ?

– Vous saviez que c'étaient des Kif quand vous vous êtes acoquinée avec eux.

– Ainsi, vous le savez ? (Tahar releva la tête, ses yeux à la pupille noire cernée d'un iris au reflet de bronze rougeoyant flamboyaient.) Rappelez-vous une chose, Pyanfar Chanur. *Rappelez-vous*-la bien. On ne peut pas déserter son clan. Jamais. Il vous colle à la peau. Ce que vous faites retombe sur les vôtres, au pays. Et les Kif sont des Kif, les Hani des Hani et, en définitive, les uns ne peuvent pas se fier aux autres. Sortez-nous de ce mauvais pas. Délivrez mon équipage et rentrons, Chanur, au nom des dieux. Je vous en conjure : rentrons toutes les deux chez nous.

Du haut-parleur encastré dans la cloison tomba la voix de Tirun :

– *Capitaine, nous avons un appel en provenance du* Vigilance. *Je cite : Vous avez embarqué à votre bord un membre de l'équipage Tahar. Je lis textuellement, capitaine. Nous vous demandons de vous tenir prête à remettre cette personne à la disposition de l'Immune.*

– Les dieux les recrachent ! gronda Pyanfar en se levant de son banc.

– Ehrran, murmura sombrement Dur Tahar en se levant à son tour, et les Chanur qui se trouvaient dans la coquerie abandonnèrent instantanément leur attitude nonchalante.

Sous l'effet de l'inquiétude, ses oreilles s'aplatirent et elle se rassit.

– C'est la loi, dit Pyanfar. Elles sont là, Tahar. La loi du han. Elles vous pourchassent depuis deux ans.

– Chanur... prenez ma parole !

Tahar voulait dire : de clan à clan. La conduire pour qu'elle se présente à la justice d'Anuurn sous la garde de Chanur. Chanur pourrait même marquer un point sur ses ennemis et humilier Rhif Ehrran. Telle était l'offre de Dur Tahar, et elle savait ce qu'elle proposait.

L'opération pouvait aussi se retourner contre ses instigatrices.

Passant devant Dur Tahar, Pyanfar se dirigea vers la passerelle.

– *Chanur !*

Elle se retourna. Haral tenait fermement Tahar par le bras. D'un signe du menton, la capitaine lui ordonna de la lâcher et elle s'engagea dans la coursive incurvée menant à la salle de commandement.

– Elles sont toujours en ligne ? demanda-t-elle à Tirun en s'installant dans son fauteuil.

– Sur le deux.

Pyanfar fit pivoter son siège et ouvrit le micro tout en déclenchant l'enregistreur.

– C'est Pyanfar Chanur qui parle.

– *Rhif Ehrran*. (Les autres s'agloméraient autour du haut-parleur pour entendre.) *Nous croyons savoir que les Kif vous ont remis une navigante. Tahar.*

– C'est exact, *ker* Rhif. Dur Tahar. Elle nous a signalé que ses cousines sont toujours entre les mains des forces du *hakkikt* et qu'elles sont gravement en danger. Nous sommes immédiatement intervenus pour obtenir leur libération. Nous gardons Dur Tahar à notre bord en attendant que la situation s'apaise à quai...

– *Vous avez agi sans nous le notifier.*

– Mettre le *hakkikt* en demeure de libérer ses otages était une urgence prioritaire. Des vies hani sont en péril. Pour ce qui est de la situation générale, Tahar s'est présentée à mon sas avec une escorte kifish sans avertissement préalable. Et qu'il me soit permis de rappeler à la déléguée que nous ne sommes pas sur une ligne protégée.

– *Vous faites obstruction à un ordre du* han, *Chanur.*

– Je vous signale que Tahar a fait appel à nous pour que nous prenions sa parole.

À l'autre bout de la ligne, silence de mort. Puis :

– *Votre coopération, Chanur. Vous ne prenez pas sa parole. Vous m'entendez ?* Vous m'entendez ? *Vous voulez la nôtre, il nous faut la vôtre. Vous allez nous la remettre.*

Le pouls de Pyanfar s'accéléra. Elle jeta un coup d'œil au témoin lumineux vert de l'enregistreur. Tout était archivé sur le *Vigilance* et elle tenait à ce que tout soit également gravé sur les bandes magnétiques de *L'Orgueil*.

– Dois-je comprendre que vous ne nous donnerez l'assistance médicale qu'exige l'état d'une navigante blessée que si nous repoussons la demande de Tahar ?

Nouveau silence. Le piège était cousu de fil blanc : Rhif Ehrran était trop prudente pour répondre par l'affirmative alors qu'il y avait toutes les chances pour que la conversation soit enregistrée mot pour mot.

– Il ne s'agit de rien de la sorte, Chanur. Mais je ne veux pas risquer des membres de mon équipe dans une situation qui suscite ma méfiance. En attendant que le problème soit résolu, votre requête demeurera en attente.

– Vomissures des dieux, il s'agit d'une femme qui est dans un état critique et il faut faire quelque chose dans les délais les plus brefs ! Vous...

Clic.

– Les dieux te pourrissent !

– J'archive ? demanda Tirun d'une voix unie.

– Tu archives. Intégralement.

Pyanfar coupa l'enregistreur. Elle tremblait en se retournant et son cœur se serra à la vue de l'expression peinte sur les visages qui l'entouraient. Celui de Geran. Et celui de Tahar. Une rage meurtrière luisait dans les yeux de la première et elle la rappela à l'ordre sans hausser le ton :

– Geran. (Puis ajouta avec une honte profonde :) J'essaie encore, Tahar.

– Que font-elles ? demanda Tahar d'une voix creuse. Que se passe-t-il, Chanur ?

– La *loi*. La loi qui vous réclame m'ordonne par les dieux de laisser mourir Chur Anify si nous ne vous livrons pas sur-le-champ. C'est ce qui est arrivé sur Anuurn depuis Gaohn. C'est ce que sont devenues les Hani : des espionnes et des greffières qui prennent note de tout pour avoir raison devant la justice à tout prix. La loi par la calomnie, par la menace, par l'insinuation, le profit et l'avantage politique. Voilà devant quoi nous sommes. Des ententes avec les Stsho. Trahison et perfidie. Les Hani sont tellement désireuses d'écraser leurs rivales qu'elles ne voient plus rien d'autre – comme vous et moi, Tahar. Comme les deux pauvres idiotes que nous sommes. Je vous ai surveillée, vous m'avez surveillée, nous nous sommes affrontées, nos hommes en font autant là-bas et, pendant ce temps, les vieilles femmes de Naur et de Schunan se pourléchaient les moustaches et tiraient des plans pour nous écorcher vives toutes les deux. Elles ont chargé Ehrran de mission. Les Stsho ont trouvé un levier et ils s'en sont servis : l'argent stsho. Et la stupidité hani, incarnée en Ehrran. Par les dieux, Tahar, j'aiderai votre équipage, je vous le jure. Mais elles exigent que je vous livre, vous et lui, à Ehrran. Et je ne vois pas de moyen de sortir de ce dilemme. J'ai une malade à bord avec la perspective d'effectuer un nouveau saut les dieux seuls savent quand. Elles ont le médico qui pourra sauver la blessée et elles joueront leur sale jeu jusqu'au bout.

– Ma sœur.

La voix posée de Geran se brisa, parvenant à un degré de raucité encore jamais atteint.

Ce fut tout, encore qu'il fût évident qu'elle en avait gros sur le cœur. La honte. La honte d'avoir à accepter une pareille transaction dans l'intérêt de Chanur et d'Anify – et il n'y avait rien d'autre à faire.

– Chanur... (Tahar serrait avec tant de force le siège de la copilote que ses griffes en labouraient le coussin)... Chanur, je suis un cadeau. Un cadeau *kifish*, vous entendez ? Vous voulez que le *hakkikt* pense que Chanur est incapable de conserver ce qu'il lui a donné ?

– Par les dieux, vous raisonnez comme un Kif !

– Vous avez affaire à un Kif, Chanur. Vous êtes sur leur station. C'est leur jeu, pas celui du *han*. Pas le vôtre. Si vous me livrez au *han*, vous perdez votre *sfik*. Et cela peut vous coûter la vie. Vous pouvez tout perdre.

– Taisez-vous, Tahar !

– *Ne me livrez pas encore à Ehrran !* Dieux, Chanur, si vous devez en passer par là, sauvez au moins d'abord mon équipage pendant que vous avez encore assez de *sfik* pour marchander.

– J'ai une blessée à bord, je vous l'ai déjà dit. Et bien peu de temps pour marchander.

– Ils vous tueront. Les Kif vous tueront si vous

commettez une bévue. Vous m'entendez ? Qu'adviendra-t-il alors de Chur Anify et de vous tous, huh ? Vous croyez que la vie des Tahar est la seule en jeu sur cette station ?

Un profond silence tomba. Un silence effrayant. L'équipage écoutait. Si peu qu'il ait pu saisir de ce dialogue, Tully était pâle et son visage crispé.

– Peut-être... (La voix douce de Geran était comme désincarnée.) Peut-être qu'un docteur mahen... Capitaine, peut-être qu'en tout état de cause il vaudrait mieux, pour Chur, que ce ne soit pas quelqu'un que Rhif Ehrran aura désigné. Je la connais assez pour savoir quelle est son opinion.

Mais où nous sommes-nous fourrés, par les dieux ? Une obscurité envahit la vision de Pyanfar, tunnel de ténèbres allant en se rétrécissant, et au fond duquel luisait une lumière éblouissante.

– *Dieux*, non ! Nous ne ferons pas le jeu de cette hypocrite, cette flagorneuse en bouffant noir ! Tirun ! Mets-moi en communication avec Jik ! (Pyanfar se retourna vers sa console, mit en marche l'enregistreur et le communico.) Priorité... (Le voyant du communicateur s'alluma.) *L'Orgueil de Chanur à Aja Jin*, priorité, priorité, ici Pyanfar Chanur. Passez-moi le capitaine. (Il y eut, en réponse, le bourdonnement d'une voix mahen.) Dépêchez-vous, navigant... Tirun, raclures des dieux, donne-moi ces médicostats. (Elle enfonça bouton sur bouton.) Dans quel enfer mahen as-tu fourré ce maudit dossier ?

– Sur votre ordina... le numéro 4. Je vais le...

– Reste à ton poste. *Aja Jin*, priorité... *Où est Jik, que tombent vos yeux !*

Une voix aux sonorités de basse retentit :

– *Là, je.*

– Jik, soyez paré à recevoir les données que je vous transmets et envoyez-nous un médico, priorité, priorité numéro un ! Mahen, hani, je m'en moque, faites vite, c'est tout ce que je vous demande, vous entendez ? Code un. *Vite*, Jik !

– *Vous avoir. Prêt données recevoir.*

Pyanfar actionna deux clés.

– *Je comprendre. Aller, nous, aller.*

– *Venez !* (La capitaine de *L'Orgueil* coupa le contact et fit pivoter son fauteuil.) Tirun. Archive. Urgence médicale. Porte l'appel au journal de bord. (Elle s'adossa aux coussins et regarda son équipage, regarda Tahar avec une sombre satisfaction.) Il y a plus d'une façon d'obtenir quelque chose, ici. *Maintenant*, laissons Ehrran faire de la politique avec un appel d'urgence !

C'était aléatoire. Des mouvements inattendus dans une station bourrée de Kif nerveux, cela pouvait déboucher sur tout autre chose.

Ne pas bouger du tout était impensable. Les oreilles de Geran étaient rabattues en arrière, un cerne blanc entourait ses iris d'ambre et de nuit.

– Nous avons donc mis Jik en branle. Et, par les dieux, s'il a pu faire venir Bouffant Noir à Kefk, vous pouvez compter qu'il fera venir ce médecin hani, que cela plaise ou non à Rhif Ehrran. Elle fera son travail, c'est moi qui vous le dis.

Geran eut un sourire rien moins que plaisant, un simple froncement du museau. Les autres ne sourirent même pas. Un regard méfiant de Khym, un regard plus méfiant encore de Tahar. Et un regard éperdu et soucieux de Tully. Il posa une main sur le bras d'Haral. Une interrogation muette flottait dans ses yeux.

– Nous allons avoir de l'aide pour Chur, dit simplement Pyanfar à son intention en se levant. Tahar, vous pouvez compter sur mon concours inconditionnel en ce qui concerne votre équipage. Je ne suis pas Rhif Ehrran. Si vous me doublez ou si vous me mettez des bâtons dans les roues, je vous tords le cou et j'enverrai votre dépouille aux Kif. Et il faut encore qu'une chose soit bien claire. Vous avez intérêt à ne pas l'ouvrir car mon équipage n'est pas en état de faire preuve de patience. Nous manquons de sommeil et nous sommes à bout de nerfs. Je ne sais pas si je réussirais à calmer les esprits si vous aviez le malheur de dresser encore quelqu'un contre vous. *Compris ?*

Tahar aplatit les oreilles, bronchant visiblement. C'était la vérité. Au moins pour ce qui était de la première partie des propos de Pyanfar. Et peut-être aussi de la seconde. Tahar n'avait aucun doute à ce sujet.

– Il vaudrait mieux préparer cet accès, dit la capitaine en décochant un coup d'œil à Haral. Tirun, tu restes à ton poste. Tu sais à qui tu as affaire. Hilfy, Khym, conduisez provisoirement Tahar dans la cabine de Tully. (C'était un des rares endroits du navire relativement à l'abri des dégâts et, au moins, il y avait un lit.) Exécution. Geran... tu veilleras sur Chur, c'est tout.

Tout le monde se dispersa à l'exception de Tully. Il avait toujours le même regard perdu – anxieux, effrayé. *Chur*. C'était vraisemblablement la seule chose qu'il pouvait comprendre. Elle était, après Hilfy, son amie la plus proche. Pyanfar s'approcha de lui et le prit par le bras, griffes à moitié sorties. Il était hagard, à la limite de l'hystérie. Elle serra son bras pour le secouer.

– Allons... tout va bien, huh ?

– Tahar, dit l'Humain. Kif. Kefk. Faire quoi, Pyanfar ? Faire quoi ? Quoi ?

Qu'est-ce que vous cherchez à faire ? À quel jeu jouez-vous ? Je vous ai fait confiance. Que se passe-t-il, Pyanfar ?

– Capitaine, signala Tirun, les gens de Jik s'approchent du quai. Temps estimé : trois minutes. Le *Mahijiru* demande si nous voulons de l'assistance.

– Affirmatif.

Lâchant le bras de Tully, Pyanfar rejoignit Tirun.

– Les Kif nous interrogent. C'est le *Harukk*.

– Réponse : urgence médicale. Membre de l'équipage blessé.

Tirun transmit.

Un nouveau voyant s'alluma.

– … Bien compris. Nous allons vous ouvrir. Capitaine, ce sont les médicos.

– Qu'Hilfy les prenne en charge à leur arrivée. Tully, va aider Geran. Auprès de Chur. Tu te mettras à ses ordres.

L'Humain sortit sans poser de questions.

Il est loyal, songea Pyanfar. *C'est un ami.*

Et un étranger. Aussi dangereux qu'un Mahendo'sat quand il perdait le contrôle de soi.

Il y avait des allées et venues dans les ponts inférieurs. Des navigants mahen à la mine sévère, bardés d'armes, prenaient position dans le tubulaire, le long de la coursive principale et devant l'ascenseur.

Et, sur le pont supérieur, une médico Ehrran maussade travaillait en compagnie d'un grand Mahendo'sat noir de Ksota. Le personnel de Chanur qui n'était pas de service, quelques personnages mal assortis se tenaient debout, l'air pas commode, à contempler les murs de la chambre de Chur – deux mâles qui auraient volontiers fait son affaire à la Ehrran, quoique pour des raisons tout à fait différentes, Geran Anify et Hilfy Chanur qui, consciemment ou inconsciemment, gardaient la main posée sur la crosse de leur pistolet. Elles étaient l'une et l'autre armées, avec le sas ouvert gardé par les Mahe, et ce n'étaient pas seulement les Kif qui les inquiétaient.

Pyanfar se tenait sur le seuil, la capsule de l'écouteur dans l'oreille, attentive aux rapports d'opération dont Tirun lui rendait compte.

Les médecins échangeaient d'un ton rogue des considérations techniques.

– Ça ne va pas comme ça, laissa tomber la Hani.

Geran s'avança, les pouces passés dans sa ceinture, les mâchoires soudées.

– Qu'est-ce qui ne va pas ?

– Capitaine, je voudrais que cette pièce soit évacuée, protesta la médico – et ce n'était pas la première fois.

– Il n'y a pas de problème, dit Pyanfar sans bouger de sa place. Nous sommes tous des amis. Je suis sûre que Chur ne voit pas d'inconvénient à notre présence.

– Qu'ils sortent, *eux*...

Le regard qui accompagnait ce *eux* était éloquent : c'était aux deux mâles de *L'Orgueil* que la médico faisait allusion.

– Pourquoi ? Avez-vous des objections à la présence de votre propre confrère ?

Lequel était un mâle, et un Mahendo'sat.

La Ehrran darda sur Pyanfar un coup d'œil glacé, se retourna et disposa ses instruments. À l'évidence, elle désapprouvait les mâles dans sa profession, quelle que fût leur appartenance. Mais elle ravala sa hargne.

– Vous avez intérêt à faire du bon travail, dit Geran.

La médico, un flacon à la main, marqua une hésitation.

– Une erreur pourrait gravement compromettre votre carrière, dit Hilfy, la main toujours sur la crosse de son arme.

– Je ne suis pas venue ici pour me faire insulter et menacer par des moussaillonnes.

– J'espère que c'est du valable, murmura Chur pour elle-même, elle se redressa pour renverser la tête en arrière et regarder le support de perfusion que les assistants étaient en train d'installer à côté du lit. Mahe, haosti.

Vérifiez cela, voulez-vous ?

– Shishti, approuva l'interpellé.

La Hani, le regard furieux, tendit un par un les flacons et les sacs au Mahe.

– Tout est scellé, dit-elle en désignant les goulots. Cette femme n'aurait jamais dû quitter Kshshti. Par les dieux, elle n'aurait même jamais dû s'asseoir devant une console...

– Vous allez encore longtemps citer le règlement ? demanda Khym de sa voix de rogomme. Je peux, moi aussi, vous citer vos lois. Par exemple, négligence criminelle, incurie et droit du sang.

– *Faites-le sortir de cette pièce !*

– Huh.

Pyanfar s'adossa au chambranle.

– *Capitaine*, grésilla le communico, *le médico qui est auprès de lui dit que Skkukkuk est en bonne condition. Il semble qu'il y ait seulement un problème diététique à son sujet. Il faudrait lui fournir des aliments.*

– Des aliments… vivants ?

– *Ils disent… enfin, ce sont des créatures inintelligentes et elles se reproduisent vite.*

Pyanfar fit la grimace et elle sentit se tendre son épiderme entre les épaules.

– De la vermine, huh ? Qu'est-ce que *ça* mange ?

Un court silence.

– *Je vais demander.*

Pyanfar jeta un coup d'œil dans la pièce. Elle tourna la tête quand, plus loin, la porte de l'ascenseur s'ouvrit. Une nouvelle troupe de Mahendo'sat émergea de la cabine. L'espace d'un instant, devant leur aspect sinistre, elle porta instinctivement la main à la crosse de son arme.

Et puis, elle reconnut le Mahe à qui elle avait eu affaire et se précipita dans la coursive.

– Or-Aux-Dents ! s'exclama-t-elle.

– Ah, Pyanfar… (C'était un Mahendo'sat au pelage noir, du même noir que ses compagnons et ce n'était que lorsque sa bouche se fendait d'un large sourire que l'on voyait étinceler un éclat d'or. Il était plus grand que les Mahe qui l'accompagnaient. Dans leur groupe, seuls les reflets métalliques des armes et des boucles de ceinturons brillaient. Le sourire d'Or-Aux-Dents s'évanouit aussi vite qu'il était apparu.) Chur aller elle bien, huh ?

– Ce n'est pas grâce à vous, espèce de gueux aux oreilles déchiquetées ! (Pyanfar retira son écouteur et considéra le sombre visage soucieux de son interlocuteur.) Je me suis fait abîmer la queue à Urtur, mes navigantes se sont fait tirer dessus à Kshshti...

– Message partir.

– Oui, raclures des dieux, vos maudits messages sont partis. Banny Ayhar et *Prospérité* les ont reçus – si elle en est sortie vivante. (Se rappelant que la porte était ouverte et que la médico Ehrran était là, elle empoigna le bras sec et nerveux d'Or-Aux-Dents et l'entraîna vers sa cabine personnelle.) Restez dehors, lança-t-elle sèchement à l'escorte mahen en armes en le faisant entrer.

Elle rabattit la porte au nez des gardes, pivota sur elle-même et enveloppa le Mahendo'sat d'un regard fulminant.

– Maintenant, cessez de jouer la comédie et de vous faire passer pour un capitaine marchand, lui lança-t-elle quand ils furent seuls tous les deux dans la carrée insonorisée. Voilà votre vrai visage, *capitaine chasseur*, huh ? Vous nous laissez un message à Urtur, vous nous envoyez à Jik – et plus personne ! Vous menez votre petit jeu, bâtard sans oreilles, et c'est nous qui versons notre sang; nous en inondons les quais de Kshshti. Si vous essayez maintenant de me passer la main dans le dos, je vous décervelle ! *Où étiez-vous allé ?*

Les petites oreilles d'Or-Aux-Dents étaient rabattues en arrière. Il n'était pas comme de coutume. Toute sa jovialité habituelle l'avait déserté.

– Vouloir savoir, vous ? (Le calme de sa voix rocailleuse contrastait avec son attitude.) Jik imbécile numéro un, Pyanfar. Il idiot prêter oreille à ce Kif.

La froideur de Pyanfar ne fit que s'accentuer.

– Il est votre ami, non, vomissures des dieux ? Vous me l'avez envoyé à Kshshti. Ce n'est pas vrai, peut-être ?

– Je envoyer. Il ami. En même temps, imbécile numéro un. Peut-être bien marcher, cette affaire. Peut-être je idiot pareil. (Or-Aux-Dents chercha un endroit où s'asseoir et se laissa tomber sur le lit défait. Appuyé sur un coude, il contemplait Pyanfar.) Avoir ennuis, Pyanfar. Jik imbécile parler Tc'a.

Knnn prendre Tc'a. Beaucoup navires humains venir, proches Tt'a'va'o maintenant. Humains venir, Stsho embêtés, Kif combattre – Jik ce Sikkukkut connaître. Il dire... écraser Akkhtimakt. Sikkukkut faire. Jik dire ce Kif pauvre pro-vin-cial être, faire mauvaise affaire pourrie avec monde natal, long-temps ennuis. Penser je Jik tort. Penser je tort très. Non petit problème, ce Kif. Avoir *hakkikt* numéro un vouloir vraiment ami être avec Mahendo'sat, avec vous... Vous prendre garde, prendre garde, Pyanfar. Sikkukkut Kif non stupide.

– C'est aussi mon avis.

– Imbécile. Grand imbécile, Jik.

– Que faites-vous ici, vous ?

Les oreilles d'Or-Aux-Dents se redressèrent pour se rabattre aussitôt.

– Essayer peut-être faire Kif occupés très ? Je venir, aller, arriver frapper ici, arriver frapper là. Je près route Kif vers La Jonction. (Un bref éclair de dents dorées.) Ils très tracassés. Rendre Akkhti-makt occupé très, a ? Ce Kif vouloir cœur mien numéro un urgent. Trois fois essayer.

– Que va faire Sikkukkut maintenant que vous êtes là ? Répondez-moi, huh ?

– Il non rancune contre je avoir. Apporter lui *sfik* beaucoup je. Pareil vous, Hani. Pareil Jik. Pareil *Vigilance*. Nous tellement *sfik* donner il tout entière Communauté manger.

Le raisonnement était logique. Inconfortablement logique.

– Alors, pourquoi êtes-vous venu ?

Les oreilles d'Or-Aux-Dents tressaillirent. Il ferma à moitié ses sombres yeux mahen.

– Peut-être plus de choix avoir je. Peut-être Jik avoir chose toute.

C'était comme si un poing se refermait autour du cœur de Pyanfar.

– Vous me racontez des histoires, Or-Aux-Dents. J'ai eu mon content de mensonges, ça suffit.

Suivit un silence prolongé.

– Peut-être bonne chose un Mahe astucieux tout près de ce Kif venir, huh ?

– Vous projetez de… le tuer ?

– A. Peut-être idée avoir, Hani.

– Vous vous figurez que d'autres Kif n'ont pas essayé ?

– Kif non faire. Kif essayer non. Ils Kif lui vouloir *vivant*, Pyanfar. Nous Mahendo'sat fous un peu, a ? Je vérité dire vous, Pyanfar. Dire vous ce Kif très lentement mourir je. A ?

– Dieux, je ne veux pas entendre un mot de plus là-dessus. Ne faites pas de moi votre complice !

– Vieille amie.

– Amie !

Pyanfar alla jusqu'à la coiffeuse, ouvrit le tiroir et en sortit un petit écrin. Or-Aux-Dents s'était redressé sur son séant. Elle lui lança l'objet qu'il rattrapa au vol.

– Quoi être ça ?

– Un présent coûteux. De Stle stles stlen, votre cher ami à La Jonction. C'est un billet. Allez. Lisez-le. Il est bref.

Le Mahe ouvrit le couvercle de l'étui et déplia le papier. À nouveau, ses oreilles se collèrent sur son crâne.

– Gueux ! s'exclama-t-il.

– Le *gtst* a failli entrer en Phase devant moi. Peut-être a-t-il succombé à une attaque de duperie aiguë. *N'ayez aucune confiance en Or-Aux-Dents.* Ce conseil coûte cher à votre gouvernement. Et cette crapule de Stsho a traité avec Rhif Ehrran, avec les Kif et avec les Tc'a, je n'en doute pas. Et avec vous. Et avec moi. Et toutes les canailles sans terres de la Communauté cherchent à en tirer avantage. Ce gueux a été d'un grand secours, certes oui ! Comme votre maître de station à Kshshti. Le même genre d'aide vomie des dieux que celle de Stle stles stlen. Que vous recrachent les dieux ! Vous m'avez expédiée d'un bout à l'autre de la Communauté comme la foudre pour toutes les trahisons dans un rayon de quarante années-lumière !

Or-Aux-Dents se leva, réexpédia à la volée l'étui dont Pyanfar se saisit. Elle le remit dans le tiroir qu'elle referma.

– Vous beaucoup de raisons être agitée, Pyanfar. Mais très maligne. Anuurn non meilleure capitaine avoir. Je confiance grande en vous. Presque bonne pareil je. Peut-être meilleure pilote, a ?

– Oh non ! Plus de faveurs. Raclures des dieux ! Ce n'est plus un équipage que j'ai, c'est un zoo ! J'ai à mon bord un technicien humain au balayage, un Kif qui a négligé de me montrer ses accréditifs, et on veut lui donner de la vermine vivante comme nourriture…

– Vouloir Mahe ? Je prêter vous numéro un très bien. Deux, trois gardes ?

Sur mon navire ? Pour qu'ils rapportent tous mes faits et gestes ?

– Non, merci. Le *Vigilance* possède déjà un dossier assez volumineux sur moi. Prendre des navigants mahen serait me passer la corde au cou, ami.

– Vous accepter. Vous besoin d'eux avoir. Ils être à vos ordres. Jurer je. Cinq je donner vous.

– Non. Pas question. Je suis capable de m'en tirer comme ça.

– Gros ennuis avoir vous. Akkhtimakt… aller La Jonction il.

– Ô dieux… (C'était vraisemblable. Ce n'était que trop vraisemblable. Tout se déployait comme un rouleau d'étoffe.) Il va se vendre à Stle stles stlen.

– Vous dire juste.

– *Les Hani sont alliées avec l'autre camp !*

– Sauf vous. Sauf peut-être Tahar. Amie.

Les jurons manquèrent à Pyanfar. Immobile, elle regardait fixement Or-Aux-Dents, la gorge nouée. Une chape d'obscurité les enveloppait tous les deux. Elle s'éclaircit la gorge et un frisson lui parcourut les entrailles.

– Vous… balbutia-t-elle, vous…

– Non stupide vous, Pyanfar. Avoir cervelle. Vous, moi, Jik... apparences non compter. Ce que faire nous compter seul. Akkhtimakt Hani avoir, alliés Stsho avoir, il eux tromper. Où puissance de feu hani, a ? Deux, trois navires. Stsho avoir non.

Les yeux levés, elle contemplait le Mahe tel qu'il ne se montrait jamais sur les quais. *Je tuerai ce Kif*, avait-il dit. Duperies et trahisons. Il pouvait le faire. Frapper Sikkukkut après que tout ce fragile édifice eut été dressé et il s'effondrerait, il retomberait dans le chaos.

D'autres existences et d'autres vaisseaux. D'autres années de risques et d'aventures. Et les Knnn agitant leurs pattes noires, mijotant allez savoir quoi aux marches de la Communauté, avec les Humains qui essayaient de faire leur percée.

C'est un Mahendo'sat qui se bat pour que survivent les Mahe. C'est son espèce tout entière, son espèce à lui, qui est en danger.

Et la survie des Hani, où était-elle ?

Certainement pas avec Akkhtimakt, en tout cas.

Pyanfar respira à fond et croisa les bras sur sa poitrine.

– Bien. Maintenant, vous allez m'écouter, Mahe. Mais il serait bon que vous sachiez une chose; nous n'avons pas seulement perdu ici ce Tc'a que les Knnn ont enlevé. Un bâtiment stsho a quitté Mkks en catastrophe et il a filé à la vitesse V pour rallier La Jonction.

– Ah, non. Pas La Jonction. Partir vecteur Tt'av'a'o. (Un fugitif reflet de dents aurifiées.) Peut-être chercher raccourci, a ? Direction Llyene ?

– Dans des navires humains ?

– Xénophobes Stsho grosse surprise avoir, a ?

– Ces Stsho vomis des dieux sont en bons termes avec les Tc'a, ami.

– Ça nous peut-être arranger.

– Dieux ! La folie humaine est contagieuse ! C'est avec les *Knnn* que vous avez affaire, bâtard aux oreilles effilochées !

– Ça poser problème, vous raison.

Pyanfar scruta les yeux sombres du Mahe et le doute s'empara à nouveau d'elle.

– Encore d'autres secrets ? Où les Humains vont-ils, ami ? Quelle est leur prochaine étape ? Ici ? *La Jonction ?*

Sa bonne humeur avait abandonné Or-Aux-Dents comme un vêtement qui glisse. Il regarda longuement la Hani, songeur.

– Peut-être nous entendre avec Knnn. Peut-être *é-qui-li-bre*. Vous avoir enregistrement je donner à La Jonction, vous dire Banny Ayhar prendre... une chose dans enregistrement intéresser Knnn. Hani, nous espérer il Maing Tol parvenir. Vous transmettre message *Knnn*.

– Bonté des dieux !

– Tully... il couverture pour message. Il savoir. Et je savoir bien vous occuper de cet Humain. Il avoir papier qui dire il équipage *Orgueil* membre. Vous combattre pour lui sauver si non vous battre pour je.

– Espèce de salopard ! Espèce de fils de...

– Écouter vous.

Or-Aux-Dents leva une main tandis qu'il plongeait l'autre dans la sacoche qu'il portait à la ceinture.

– Qu'est-ce que c'est encore que ça ?

– Venir de Jik. Vous en bas avoir beau tout neuf ordinateur, a ? Vous à lui donner ça. Être sorte code. Vous transmettre nos messages privés, vous à nous parler. *Ehrran* non capter.

– Il y a longtemps que je n'ai pas reçu un aussi beau cadeau.

Elle prit l'objet et le fourra dans sa poche.

– Aussi, mon médico regarder stats Chur Anify. Avoir apporté équipement nous. Elle effectuer saut numéro un bon. Pareil comme hôpital. Donner tout pour elle nécessaire.

– *Vomissures des dieux, pourquoi Jik ne nous a-t-il pas donné tout cela à Mkks ?*

– Il non avoir. Équipement venir *Mahijiru*. Nous

gros navire. Poste commande zonal. Grande infirmerie. *Aja Jin*, il peut-être plus rapide, *Mahijiru* équipage plus nombreux – besoin cette chose avoir. Sauver plusieurs vies. Maintenant, vous besoin, a ? (Or-Aux-Dents prit Pyanfar par les épaules. Ses mains étaient dures et lourdes.) Nous détails régler plus tard. Je partir devoir. Pas aimer quitter longtemps navire mien. Mauvais endroit très, Kefk. Mais je encore une chose donner... (Il fouilla dans sa sacoche, en sortit quelque chose, saisit la main de Pyanfar et lui passa au doigt un pendant d'oreille serti d'une perle parfaite.) Le plus beau je trouver avoir. Vieille dette pour soudeuses, a ? Venir océans Llyene, très splen-di-de numéro un.

– Or-Aux-Dents... Ismehanan-min...

Mais, pour la seconde fois, Pyanfar ne trouvait plus ses mots. Or-Aux-Dents tendit le bras vers la commande d'ouverture de la porte.

– Vous femme bien, dit-il. Chose splen-di-de à vous revenir.

– Où vont-ils ? Déjections des dieux, quelle est leur route ?

– Toujours vouloir affaires parler, soupira le Mahe qui ouvrit la porte et sortit.

– Or-Aux-Dents, que les dieux vous...

Elle le suivit mais s'arrêta net sur le seuil : deux Mahendo'sat poussaient dans la coursive une grosse caisse de polystyrène. Or-Aux-Dents se colla contre la paroi pour les laisser passer et agita joyeusement la main. La caisse avait pour destination la cabine de Chur.

– Voilà. Vous voir ? Nous temps non perdre. Je promettre, je faire. (Il sourit avec affabilité.) Vous confiance. Vous *confiance*, Pyanfar.

– Ismehanan-min...

– Chur guérir, maintenant.

Sur cette déclaration définitive, Or-Aux-Dents se dirigea vers l'ascenseur et, d'un signe de tête, rassembla son escorte de noir vêtue qui l'entoura de toutes parts, massive, irrésistible.

Pyanfar était pétrifiée sur le seuil de sa cabine, la perle serrée dans la main. Et elle éprouvait un sentiment de total engourdissement.

11

– Elle ne doit pas bouger de son lit. (La médico hani se tenait dans la coursive pour prendre congé, les oreilles couchées en arrière, le museau froncé. Elle levait les yeux pour regarder Pyanfar, plus grande qu'elle d'une demi-tête.) Quoi que vous puissiez penser de l'éthique à laquelle j'obéis, capitaine, j'ai fait pour elle du mieux que j'ai pu, et les Mahendo'sat ont apporté un coûteux matériel auquel il faudra qu'elle reste branchée pendant le saut. Cela allégera son cœur et ses reins, et empêchera de nouvelles détériorations... (Geran les avait rejointes dans la coursive. Immobile, le visage sombre.) Avec de la chance, la traversée pourra peut-être même l'améliorer un peu. Cela dépend d'une foule de choses. De la chance, vous en avez eu jusqu'ici. Elle aussi. Nous ne possédons pas ce genre de ressources. Nous ne pouvons pas les acheter.

Il y avait de l'amertume dans le ton de la Ehrran aux mâchoires serrées – une colère hani dirigée contre la richesse des Extérieurs, contre les lois et les règles en vigueur entre les Mahendo'sat et les Stsho qui excluaient les Hani à jamais. Et c'était là une vieille histoire que Pyanfar comprenait parfaitement.

– J'apprécie votre travail professionnel, dit-elle d'une voix unie – sans pouvoir s'empêcher d'ajouter : Et je vous comprends, Ehrran.

– Merci, fit simplement Geran.

Ce seul mot lui resta presque en travers de la gorge.

La médico eut un sec hochement du menton. Elle

remonta la courroie de son sac et, au même moment, son confrère mahen sortit à son tour de la chambre.

– Expliquer elle ? demanda-t-il. Monter machine je, elle branchée rester. Enlever non. Avoir notice procédures vous. Laisser fournitures dans placard je.

– Oui, elle m'a tout expliqué. Je vous remercie, Mashini-to, a ?

– A.

Le Mahe sourit largement, s'inclina et s'éloigna en direction de l'ascenseur, suivi par les deux Hani qui formaient un couple plutôt bizarrement assorti. Les gardes mahen se regroupèrent et leur emboîtèrent le pas. De l'intrusion d'Or-Aux-Dents, nulle trace.

Geran arborait une expression ravagée. Elle tremblait. Même maintenant, elle demeurait muette. Pyanfar lui posa la main sur l'épaule.

– Allons... elle va se remettre, l'encouragea-t-elle. Les équipements amenés par l'*Iji* sont les plus récents et ce que l'on fait de mieux. Cela vaut l'hôpital. Et ce n'est pas la seule bonne nouvelle. Je ne pense pas que nous déhalerons à très bref délai, contrairement à ce que nous avons pu craindre. Pas avant un jour ou deux. Peut-être davantage. Nous savons où est Akkhtimakt, Or-Aux-Dents vient de nous l'apprendre, et il semble que nous aurons le temps de souffler un peu. C'est la meilleure nouvelle pour Chur que nous pouvions espérer recevoir dans l'immédiat.

Geran ne dit rien mais son expression se détendit, redevint ce qu'elle était d'ordinaire, comme si elle retrouvait son état normal. Quand Pyanfar lui étreignit l'épaule, elle exhala un profond soupir.

– Qu'a dit Or-Aux-Dents ? fit-elle enfin.

– Des tas de choses qui demandent à être expliquées.

Pyanfar ouvrit la porte et s'appuya au chambranle. Il y avait des quantités d'appareils alignés contre les murs de la chambre. Et, aussi, du monde : Hilfy, Tully et Khym étaient toujours là.

– Sortez, vous autres, leur ordonna la capitaine.

Laissez Chur se reposer, voulez-vous ? Chur, ajouta-t-elle tandis que la petite troupe passait devant elle à la queue leu leu. Tu m'entends, ma cousine ?

– Huh ?

Chur redressa la tête.

– Un petit bienfait vient de nous arriver. Nous avons appris où est Akkhtimakt et nous avons le temps de récupérer un peu et de reprendre des forces. Ne sors pas de ce lit sinon tu retournes à Kshshti à pied !

– Toutes ces fichues aiguilles... je déteste les aiguilles.

– Eh bien, je vais t'annoncer une bonne nouvelle de plus : tu en auras encore d'autres en route. Maintenant, dors, huh ?

– J'essaie.

Chur s'allongea au milieu des tubes dont elle était hérissée, un bras en extension. Pyanfar sortit. Son regard balaya le groupe à la mine sombre agglutiné dans la coursive.

– De quoi s'agit-il, capitaine ? s'enquit Geran.

– De quelque chose dont je n'ai pas envie de vous mettre tout de suite au courant. Mais il est quand même préférable que je le fasse.

– Chur...

– Non, il n'est pas question d'elle mais de nous. Tout le monde sur la passerelle.

Les quatre navigants la suivirent. À leur entrée, Tirun et Haral se retournèrent. Pyanfar se dirigea vers son poste, à côté de cette dernière, et s'y adossa, tandis que les autres s'asseyaient ou s'accotaient aux armoires.

– Haral, Tirun, vous avez entendu ce qui s'est dit dans la coursive ?

– Oui, répondit Haral. Toutes les deux. De bonnes nouvelles pour Chur, grâce aux dieux.

– Grâce à eux et à nos amis... qui sont comme ils sont. Il ne se passe rien d'essentiel pour le moment ?

– Non.

– Bien. (Pyanfar sortit de sa poche la bande-code que lui avait remise Or-Aux-Dents, la posa sur le pupitre à côté de son fauteuil qu'elle fit pivoter pour faire face à l'équipage avant de s'asseoir.) Les Humains sont en route, venant de Tt'a'va'o. Je ne sais pas quel itinéraire ils ont pris – peut-être que tu le sais, toi, Tully – mais les choix sont restreints. J'ai parlé à Or-Aux-Dents. Je sais beaucoup de choses. (Elle scruta Tully et discerna une infime lueur d'anxiété dans ses yeux étranges.) Les Humains sont en route, répéta-t-elle. Et ce n'est pas le plus grave. Or-Aux-Dents s'est embusqué dans les régions de Kefk, fermant la route de La Jonction et créant de sérieuses difficultés à Akkhtimakt. Jik m'a dit un peu plus tôt qu'Or-Aux-Dents était peut-être sur un coup dans le secteur. Mais il apparaît qu'ils ne s'étaient pas bien compris tous les deux. Il semble que Jik soit parti de son propre chef et se soit entendu avec Sikkukkut. Sans en avoir mandat, en fait. Ou, à tout le moins, sans avoir consulté Or-Aux-Dents. Il lui a forcé la main. Tully, je vais essayer d'employer des mots simples. Or-Aux-Dents était venu de l'espace profond – d'au-delà de la Communauté, en tout cas – avec Tully à bord, débarqué de l'*Ijir*. Il a laissé l'*Ijir* poursuivre son chemin mais il avait un double du message que celui-ci transportait. Il avait Tully. Et quelque chose de plus encore – une sorte de message des Knnn. *Des Knnn*, les dieux nous viennent en aide ! Du moins, c'est ce que m'a laissé entendre Or-Aux-Dents. Entre-temps, Akkhtimakt se fixait pour but de prendre Kita Point, tandis que ses agents s'employaient à éliminer toute opposition sur la planète-berceau des Kif. Ce qu'il cherchait, c'était à devenir le *hakkikt* de tous les Kif. À ce stade, c'est-à-dire il y a quelques mois, Sikkukkut n'était rien de plus qu'un petit cheffaillon de province de Mirkti – qui avait des ambitions. Il a sollicité ses vieux contacts mahen à La Jonction, est entré en pourparlers avec Or-Aux-Dents pour déborder Akkhtimakt par le flanc, a sondé tous les points faibles... La Jonction a toujours été un bon terrain pour les intrigues. L'endroit idéal pour être à l'écoute des rumeurs. Et, à ce moment précisément, les rumeurs arrivaient en force – par exemple, qu'il y avait des accords passés entre les Hani et les Stsho, des marchés avec les Mahe. Tout ceux qui occupaient une position assez élevée pour être avertis s'efforçaient de tirer au mieux profit de tout pour faire pièce à ce nouvel *hakkikt* kifish. Contre Akkhtimakt.

» Mais Sikkukkut avait un espion à sa solde dans l'entourage d'Akkhtimakt, les dieux seuls savent où et comment il avait fait. Sans aucun doute, il avait un Stsho à sa botte à La Jonction. Il *savait* que le navire-courrier était tombé entre les mains d'Akkhtimakt. Il savait – par son espion, je suppose de la même façon qu'il s'est probablement procuré l'anneau – qu'Or-Aux-Dents avait Tully à son bord. Et il n'était pas très difficile de deviner qu'Or-Aux-Dents nous avait remis Tully à La Jonction quand nos papiers ont été dûment validés après que de monstrueux pots-de-vin eurent été versés par les Mahendo'sat. Cela, nous l'ignorions mais peut-être Sikkukkut le savait-il. Il nous a délibérément piégés à La Jonction. Il a mis Ehrran et Ayhar de son côté et, à Kita, il nous a arrachés à Akkhtimakt. Il nous a, petit à petit, fait venir à sa main. Et il a pris aussi Jik dans ses filets pendant qu'il y était. L'affaire de Kshshti lui avait valu assez de *sfik* pour que Mkks tombe comme un fruit mûr. Et maintenant, il tient Kefk. Ainsi, d'un seul coup, Akkhtimakt se retrouve isolé. Ses partisans commencent à l'abandonner. Et vite. C'est là la logique kifish en action : tirez dans le dos de votre ancien allié et précipitez-vous du côté du vainqueur. Akkhtimakt doit se faire bien du souci. Venons-en à Jik. Il a pensé que les Mahendo'sat avaient tout à gagner à voir leur vieux voisin de Mirkti, qu'ils connaissent bien, devenir le *hakkikt* de tous les Kif. Et il a entraîné Ehrran derrière lui. Il nous a entraînés, nous. La sécurité de Mkks... sans importance. Elle n'avait pas sa place dans les négociations. Et si Ehrran a quelque chose dans la tête, elle vise maintenant plus haut que la traque de Tahar. Elle est au point culminant de cette petite pyramide d'informations. Elle a accès aux subtilités stratégiques suprêmes – si elle n'est pas complètement idiote et si elle sait plus ou moins de quoi il s'agit, c'est quelque chose de bien plus important que Tahar qui l'a conduite à Kefk. Des traités, oui. Jik a tous les accréditifs voulus, je n'en doute pas une seconde. Mais seuls les dieux savent ce qu'il lui a dit exactement pour lui faire quitter Mkks et venir ici. J'ai idée que l'importance qu'elle attache à la traque de Tahar est étroitement associée aux négociations entre le *han* et les Stsho, et à la crainte que les Kif se dotent d'un chef. Pour moi, ils souhaitaient la mort de Tahar. Ils voulaient éliminer la possibilité qu'elle aide, par ses conseils, un *hakkikt* à prévoir ce que feront les Hani. Xénophobie, toujours, mais, dans ce cas précis, la xénophobie est justifiée. À mon sens, la motivation réelle et immédiate qui a poussé Ehrran à se lancer dans cette expédition démente, c'est qu'elle savait qu'elle n'avait pas l'ombre d'une chance de retourner à La Jonction et de se retrouver d'un seul morceau sur les routes hani si elle ne collait pas à Jik... et n'apprenait pas ce qu'il méditait de faire. Entre-temps, ne l'oublions pas, Akkhtimakt est censé tenir Kita.

– Censé ? répéta interrogativement Haral.

– J'estime que ce gredin de Jik savait où allait Or-Aux-Dents en quittant La Jonction : droit dans l'espace stsho. Il avait rendez-vous avec *quelqu'un* qui devait aider les Humains à y entrer. Et, ensuite, il était supposé se rendre à Kefk – probablement depuis la base de Tt'a'va'o (encore la tc'a connexion) – en harcelant Akkhtimakt, en l'obligeant à diviser ses forces de façon à conserver la mainmise sur Kita tout en essayant de maintenir libres les routes de

Kefk que, pour sa part, Or-Aux-Dents avait l'intention de fermer. Ainsi, La Jonction était prise dans un étau : les Kif bloquant ses accès commerciaux à Kita et Or-Aux-Dents à Kefk. Le plan de ce dernier était de démolir Akkhtimakt en l'affaiblissant – en s'attaquant à sa crédibilité – tout en menant un autre jeu destiné à rendre moins épineuse toute la zone Kefk-La Jonction, parce qu'il savait que c'était dans son voisinage que les Humains arriveraient. S'il pouvait mettre en place une route commerciale humano-mahen à la limite des frontières kifish, c'en serait fait une fois pour toutes de la crédibilité d'Akkhtimakt. Il serait fini. Pendant ce temps, chez les Kif, c'est le chaos. Escadrons de la mort et assassinats sont monnaie courante. Ils essaient d'avoir raison d'Or-Aux-Dents, de pourchasser les Humains tout en gardant l'œil sur les deux *hakkiktun* rivaux. Ils savent ce qui se passe à Kefk et une partie de ces informations va à Mkks... aux autorités kifish, mais pas aux autorités mahen – à moins que les Tc'a n'aient vendu la mèche – et ils ne l'ont peut-être pas fait – aux Mahendo'sat de façon informelle. Non, Sikkukkut savait depuis le début, et exactement, où était Or-Aux-Dents. Mais je ne suis pas sûre que Jik le savait quand il a accepté sa proposition de faire mouvement sur Kefk. Je ne pense même pas qu'il avait la certitude qu'Or-Aux-Dents était encore vivant. Aussi, quand on lui a offert un marché qui permettrait d'avoir un *hakkikt* avec lequel les Mahendo'sat pourraient faire affaire, il a donné son accord. Cela l'amènerait à Kefk. Cela le mettrait en liaison avec Or-Aux-Dents si Or-Aux-Dents était toujours en vie. Je pense que cette information mahen est arrivée précisément à ce moment on ne peut plus critique. Et maintenant, Or-Aux-Dents est en danger. Parce que je crois que Sikkukkut comprend beaucoup mieux comment tourne sa pensée qu'il ne se l'imagine – beaucoup mieux que Jik ne s'en rend compte. Sikkukkut a amené Or-Aux-Dents à se découvrir. Il l'a rendu vulnérable. Or-Aux-Dents s'est engagé à fond, à présent. Vous voyez le tableau ?

– Par les dieux, nous sommes en fâcheuse posture, fit Haral. Ça ne s'arrange pas.

– Oh ! cela empire, ma cousine. À Mkks, Jik a usé du crédit qu'il pouvait avoir pour faire en sorte que les Tc'a viennent avec nous. Ils ont déjà adressé un message à Maing Tol – ce paquet que nous avons expédié sous l'égide de Banny Ayhar… pour autant qu'on puisse, jusque-là, faire confiance à Or-Aux-Dents. Je ne sais pas ce que Jil a pu faire d'autre à Mkks mais je suis prête à parier qu'il a donné nos paramètres de vol au maître de station tc'a, qu'il s'est arrangé pour qu'un Tc'a nous couvre afin d'être certain que Kefk tomberait sans coup férir. Les Knnn y ont peut-être consenti. Peut-être y ont-ils trouvé à redire. Toujours est-il qu'ils ont pris le Tc'a. Nous ne savons pas comment ils raisonnent. Ni ce qu'ils veulent. Mais n'oublions pas que les Humains passent près du territoire des Knnn à le frôler, à supposer même qu'ils ne le traversent pas. Et les dieux seuls savent jusqu'où s'étend leur zone d'influence – et même s'ils comprennent la notion de frontières. Et Tully dit que les Humains ont tiré sur des navires Knnn.

Tout autour, dans la passerelle, ce n'étaient qu'yeux écarquillés et oreilles aplaties.

– Voilà où nous en sommes, poursuivit Pyanfar. Nous nous sommes emparés de Kefk par surprise. Les dés ont été jetés. Et Kefk s'est rendu. Sikkukkut a raflé la mise. Sauf sur un point. Akkhtimakt a encore un recours. Les Stsho recrutent des gardes mahen pour assurer la sécurité de haut niveau, n'est-ce pas ? Ils ne laissent aux Hani que les basses besognes de gardiennage et ils considèrent les Kif comme des brutes. Mais… car il y a un *mais*. Les Mahendo'sat cherchent à faire entrer les Humains dans la Communauté, de la même façon qu'ils ont jadis forcé les Stsho à admettre les Hani. Maintenant, nous avons avec les Mahendo'sat une frontière commune qui, au plan commercial, nous donne toute satisfaction depuis longtemps. Et, du côté stsho, nous avons une barrière naturelle, un gouffre que les navires Hani – nos navires – ne peuvent franchir. Les Hani n'ont pas été de mauvais voisins pour les Stsho. Il en va tout différemment pour ce qui est des Humains. Les Humains veulent couper à travers l'espace stsho. À travers l'espace t'ca et à travers l'espace knnn. À travers l'espace kifish s'ils ne peuvent passer par les autres routes. C'est ce qui inquiète les Stsho. Cela les ennuie beaucoup. Et, pendant ce temps, la division règne à Anuurn. Il y a des Hani qui ont pris l'espace, et il y en a qui sont à peu de chose près aussi xénophobes que les Stsho. Des Hani de la vieille école qui ne connaissent pas les Stsho. Elles sont incapables... Dieux, elles sont même incapables de les *imaginer !* Mais elles reçoivent de l'argent stsho et l'argent stsho achète des voix au sein du *han*. Il suscite de nouvelles autorités hani dont la tournure d'esprit convient aux Stsho. Cela règle déjà un problème frontalier. On recrute alors des gardes hani. On chasse les Mahendo'sat de tous les postes touchant à la sécurité qu'ils occupent dans le domaine des Stsho. Du coup, on se libère des mâchoires de l'étau mahen et on dégage ses lignes de communication de l'emprise mahen. Mais il y a encore autre chose qui est indispensable aux Stsho pour arrêter la progression des Humains, quelque chose que la faction non spatienne du *han* ne peut leur fournir. Des vaisseaux armés – et en grand nombre.

– Dieux ! soupira Tirun.

– Tu as saisi, ma cousine. Les Humains se dirigent soit sur La Jonction, soit sur Kefk. C'est ce qu'a prévu Or-Aux-Dents. Faire pression sur les Stsho pour se rapprocher des Mahendo'sat. Faire en sorte qu'ils traitent avec les Humains. Porter un coup d'arrêt brutal à Akkhtimakt sous le nez même des Kif quand il se révélera incapable de stopper l'avance des Humains. Mais son plan a fait long feu, en partie grâce à Jik et en partie grâce à nous. En s'emparant de Kefk, Sikkukkut a simplement exercé une pression redoublée sur Akkhtimakt qui le contraint à faire quelque chose que, normalement, il n'aurait jamais fait. Il est impuissant devant Sikkukkut, les Mahendo'sat et les Humains s'il ne dispose pas de plus d'atouts. Aussi s'est-il rendu à La Jonction pour négocier avec les Stsho. Ce que fait le *han*. Il vient juste de se ranger aux côtés d'Akkhtimakt.

Il y eut un profond silence. On entendait seulement le grésillement qui s'échappait d'un écouteur d'oreille abandonné et chuinter les gaines conductrices.

– Eh bien, on dirait que nous avons un sérieux problème sur les bras, n'est-il pas vrai ? laissa tomber Haral.

– Mais c'est le *han !* s'exclama Geran. Les semblables d'Ehrran, les semblables de Naur et toutes ces maudites idiotes qui sont là-bas, à la maison !

– Nous nous retrouvons seuls de ce côté avec les Mahendo'sat, enchaîna Pyanfar. Et les Kif. Nous rallions La Jonction. C'est certainement là que le *hakkikt* conduira ses affidés. S'il a la certitude que les Humains s'y rendront et ne viendront pas faire main basse sur Kefk. C'est la seule chose qu'il peut redouter – la seule qui puisse le faire échouer, détruire tout ce qu'il a édifié. Or-Aux-Dents pourrait peut-être le mener là. Oui ou non : il veut le savoir. Désespérément. Et Or-Aux-Dents garde le silence. Et si vous vous demandez quelles raisons l'ont incité à venir accoster gentiment, il y a une possibilité : qu'il attende des renforts. Importants. Cela doit inquiéter Sikkukkut. Il n'osera pas bouger tant qu'il n'aura pas un moyen d'être à couvert et il n'ose pas rester ici de peur que ses propres partisans ne s'essoufflent et ne le lâchent. Oui, Or-Aux-Dents l'inquiète sérieusement et Or-Aux-Dents trouve excellent qu'il en soit ainsi, et que cela continue de cette façon. J'ai encore un autre sujet de réflexion à vous soumettre : Ehrran. Elle fondra sur nous à la minute où nous entrerons dans l'espace de La Jonction. À tout le moins, elle filera immédiatement droit sur Anuurn pour essayer d'obtenir une décision du *han.* Et elle déballera devant lui tout ce qu'il y a dans ses dossiers. Tout. Nos difficultés atteindront peut-être leur point culminant avant même que nous arrivions – à supposer qu'on finisse par arriver. Par ailleurs, nous n'avons aucun moyen de prévenir Kohan de ce qui se prépare, sauf à tout laisser tomber et foncer, nous aussi, en direction de la planète. Je ne dirai rien de tout cela à Chur dans l'état où elle est mais, vous, il vaut mieux que vous soyez avertis de la situation. Réfléchissez, énergiquement ! Nous pouvons tourner les talons avec une excuse quelconque et rentrer. Nous pouvons tirer notre révérence à La Jonction quand tout le monde sera occupé. Et faire face à ce qui nous attendra sur Anuurn. Il ne nous est pas possible de distancer le *Vigilance* mais nous avons une chance d'arriver à temps pour répondre aux accusations dont nous sommes l'objet. Arranger les choses avec le *han.* Nous battre mais, les dieux nous viennent en aide, il se peut que le combat soit déjà perdu. Nous pouvons aussi rester ici et engager la bataille contre le Mahendo'sat quand il sera là, contre Akkhtimakt et les forces que le *han* peut avoir réunies pour appuyer les Stsho à La Jonction. Je vous laisse à penser ce qu'on a pu raconter aux capitaines. Où tout cela finira-t-il ? Je l'ignore. Mais il y a une chose que je sais, une chose sur laquelle je n'ai pas le moindre doute : si Akkhtimakt l'emporte... il se rendra maître de La Jonction, donnera l'assaut aux Stsho sans qu'il y ait personne pour l'arrêter une fois qu'il aura percé leurs systèmes de sécurité et seuls les dieux savent ce que feront, dans leur folie respective, les Knnn, les Humains et le *han* ! Mais, là-dessus, je ne prends pas de décision. La décision, c'est à vous qu'elle appartient.

– Que pensez-vous que nous devrions faire ? demanda Haral.

– Je vous l'ai expliqué.

– Dites-le-nous clairement.

– Oui, murmura Tirun. Vous nous avez dit comment vous envisagez les choses. Mais que voyez-vous de plus ?

Pyanfar exhala un profond soupir et se cacha les yeux derrière ses mains. Le temps se lovait sur lui-même. Le soleil levant sur Anuurn. La vieille vigne vierge tapissant le mur d'enceinte du domaine. Hilfy jouant par terre, dans la poussière.

À La Jonction, un navire se désintégrait parce qu'il se trouvait que c'était un navire hani et qu'il avait tort d'être là…

Tully nu, tapi sur le pont, écrivant des chiffres avec son sang…

Chur sur un quai de Kshshti baignant dans son sang et leur tendant un étui de plastique blanc… Un repaire kifish. Le ridicule bâton-fumée de Jik… jouant le jeu du *sfik* avec les Kif.

– Je ferais front commun avec les Mahendo'sat. C'est peut-être de la folie, la pire espèce de folie, mais être folle n'a pas empêché Ehrran de tripoter à gauche et droite, n'est-ce pas ? Nous ne pouvons pas faire pis. Nous ne pouvons pas faire pis que ce qu'a fait le *han*. Peut-être est-ce là aussi l'outrecuidance d'une folle. Peut-être, peut-être et encore peut-être. Peut-être est-ce là la dernière chance pour Anuurn. La dernière chance pour les Hani de mener une action indépendante dans l'univers. Cela peut sonner étrangement, paraître un but trop élevé pour nous. Mais c'est la vérité dans toute sa nudité. Je ne sais trop où nous aboutirons, ni ce que nous ferons de Chanur, chez nous, ni même si Chanur survivra. Ni où nous serons si nous gagnons… dans le camp de Sikkukkut. Mais je ne veux pas voir ce qui arrivera quand Akkhtimakt avalera les Stsho pour se mettre en appétit. Voilà le fond de ma pensée. Si vous partagez mon point de vue, nous

nous attaquerons à notre tâche immédiate et ferons de notre mieux. Si vous préférez rentrer chez vous, dites-le et nous entreprendrons le long et difficile voyage pendant que nous le pouvons encore.

– Je marche avec vous, dit doucement Haral. Si les Stsho tombent... nous n'avons encore rien vu.

– Moi aussi, fit Tirun.

– Moi aussi, renchérit Geran. Il n'y a pas de question.

– Moi aussi, laissa tomber Hilfy d'une voix unie. Nous n'avons pas le choix, n'est-ce pas ?

Pyanfar s'aperçut que ses griffes lacéraient le capitonnage de son fauteuil et elle les rétracta précautionneusement.

– Je vous dois des excuses pour cela, dit-elle – ce qui était un euphémisme. (Tendant le bras, elle prit l'étui posé sur la console, celui que lui avait remis son visiteur.) Ce sont des codes mahen. Nous voilà maintenant devenus des officiels. À l'heure présente, les dossiers du *Vigilance* nous tiennent pour coupables de tout et du reste. Je ne veux pas lui fausser trop vite compagnie. Aussi, nous allons continuer sur notre lancée sans donner l'éveil si, par un improbable hasard, Ehrran n'a pas encore deviné ce que médite Or-Aux-Dents et ce que Jik a fait. Si, les dieux le veuillent, nous avions réellement de la chance, Ehrran retrouverait un peu de bon sens, elle se rangerait à nos côtés et inciterait le *han* à en faire autant. Mais c'est bien l'ultime espoir que je nourris.

– Elle est assez tortueuse pour se tourner de deux côtés en même temps, commenta Tirun.

– En attendant, pendant que nous en avons encore le temps – et nous n'en avons plus beaucoup –, au travail ! Hilfy, Tully, Khym, ils nous expédient du ravitaillement pour le Kif. Je voudrais bien me débarrasser de lui mais je ne vois pas comment faire sans que cela nous crée un problème avec Sikkukkut, et nous n'avons vraiment pas besoin de ça. D'un autre côté, quoi qu'il soit, il fait ce qu'il peut, l'ami

Skkukkuk. Je veux qu'on le transfère dans une cabine. Une chambre isolée. Nous allons avoir du ravitaillement vivant et Skkukkuk fera l'élevage de sa vermine. Je tiens à ce qu'on le passe à la décontamination. Il faudra que quelqu'un aille voir ce que devient Chur. Geran prendra soin d'elle si elle n'est pas de veille. Tu arrangeras ça, Geran. Ne t'épuise quand même pas. Tirun, tu vas appeler Tahar pour lui dire que nous continuons de réfléchir au problème. J'imagine qu'elle est en train de grimper au plafond à l'heure qu'il est. Je n'ai pas le temps de lui parler. Tirun, Geran, Hilfy et Haral, quand vous aurez un moment, donnez cette bande-code à l'ordinateur et branchez la traductrice. Et, après, je veux que nous ayons un vrai repas – assez de ces maudits sandwichs ! (Cette allusion au dîner revigora l'équipage qui faisait grise mine. Tous avaient les traits tirés.) Nous ferons la pause quand nous en aurons besoin. Lorsqu'il y aura un instant de répit, profitez-en pour dormir. Débrouillez-vous entre vous pour vous répartir les tâches et les quarts. Qui s'en chargera, cela m'est égal. Il faut seulement que les procédures soient réglées avant la fin de ce quart-ci. Et que l'on prenne toutes les précautions. Personne ne doit se rendre seul ni auprès de Skkukkuk ni auprès de Tahar. Je suis désolée de vous imposer un tel emploi du temps. Or-Aux-Dents m'a proposé de me prêter un équipage frais mais j'ai décliné son offre. Je crois qu'elle était franche mais pas question de confier à qui que ce soit les codes de *L'Orgueil*. Ce n'est vraiment pas le moment.

– Vous avez rudement raison, dit Haral.

Les autres approuvèrent avec un tressaillement d'oreilles et une crispation des mâchoires.

– Alors, exécution.

D'un signe du menton, Pyanfar indiqua que le briefing était terminé et que chacun pouvait vaquer à ses occupations. Hilfy se leva et sortit dans la coursive avec Geran. Tirun reprit son poste au communico tandis qu'Haral regagnait sa place devant la console maîtresse et les moniteurs de vérification. Les deux mâles furent les derniers à sortir – séparément.

– Khym, fit alors Pyanfar avant que son compagnon eut disparu. Tu es d'accord ? Tully ?

Khym s'arrêta net, glissa ses pouces dans sa ceinture et fixa les yeux au sol avec la déférence naturelle qui était de mise quand les affaires de Chanur étaient en jeu.

– Tu bagarres et je règle leur compte aux salopards. On ne s'était pas mutuellement promis quelque chose dans ce goût-là, il y a cinquante ans ? (C'était leur vœu de mariage – formulé de façon plus… rugueuse. Puis Khym releva la tête et arbora fugitivement une expression railleuse que Pyanfar ne lui avait pas vue depuis des années.) Mais je crois qu'il va falloir que tu y mettes du tien, femme.

Elle se mit à rire en dépit de tout et il sourit comme s'il était content de lui avoir fait plaisir. Elle le suivit du regard tandis qu'il s'éloignait. Il redressait les épaules. Il y avait, à présent, davantage d'assurance dans sa démarche.

Du coup, elle eut l'impression que ses os lui faisaient moins mal.

– Py-anfar ?

– Tully. (Elle quitta son siège et s'approcha de l'Humain. Il paraissait en proie à un grand trouble.) As-tu suivi ce que j'ai dit à l'équipage, Tully ? As-tu compris ?

Il secoua la tête avec énergie – cela voulait dire *oui*.

– Je travailler, fit-il. Je travailler.

Tournant le dos à Pyanfar, il se pencha sur l'écran de balayage, tiraillant les rubans de papier crachés par l'imprimante et qu'il n'était pas plus capable de déchiffrer que de respirer dans le vide.

Il gardait ses distances.

– Tully… Tully !

– Je travailler.

– Pose ces papiers ridicules !

Les lui arrachant des mains, elle les jeta sur la console. Tully recula, heurta le fauteuil et se retint, un bras sur le dossier. Ses yeux étaient élargis et ses paupières battaient. Il dégageait une odeur de sueur humaine et la senteur des fleurs d'Anuurn. Et d'une subite terreur. Tirun se retourna à demi et le considéra, navrée. Tully, comme pétrifié, était aussi pâle qu'un Stsho. La peur. Oui, la peur, en vérité. Cette vue fit battre plus fort le cœur de Pyanfar et déclencha ses réflexes agressifs. C'est un *enfant,* s'admonesta-t-elle, luttant pour refouler ses instincts de chasseuse. Et un *Étranger.* Et un *ami.* Et un *mâle aux réactions foudroyantes.*

Ce n'était pas le geste qu'elle avait fait qui avait engendré cet effroi. Il savait qu'elle ne lèverait jamais la main sur lui. Elle savait qu'il le savait. C'était quelque chose de plus profond.

– Il y a une chose qui te tourmente, Tully ?

– Pas compris beaucoup quoi vous dire. (D'un geste vague, il balaya la passerelle, tendit la main vers un panneau mouchard.) Je travailler. Je non besoin comprendre.

– Tully, mon vieil ami. (Quand Pyanfar lui posa la main sur l'épaule, elle sentit ses muscles se rétracter comme si ce contact lui était déplaisant. L'odeur de sa transpiration lui montait aux narines. Pourtant, l'air était frais pour un Humain.) Écoute… je sais que tu m'as trompée. (La traductrice que Tully portait fixée à sa ceinture crachota. Pyanfar n'avait pas son écouteur. À cette distance, ce n'était pas nécessaire.) Vous travaillez ensemble, toi et Or-Aux-Dents ? Il me l'a dit. Les dieux te recrachent, Tully, tu m'as trahie…

De la traductrice sortit la voix dépourvue d'inflexions de Tully qui, faute de place pour battre en retraite, se laissa choir dans le fauteuil pour éviter la main de Pyanfar.

– Tu vas me dire la vérité, Tully, huh ? Qu'est-ce qui t'a fait agir de la sorte ? Quelque chose que j'ai dit ?

– Non comprendre.
– Bien sûr. Parlons d'autre chose. De choses que j'aimerais connaître, par exemple. Quelle est la trajectoire des Humains ?
– Ta-va...
– Tt'a'va'o. Tu viens de m'entendre en parler. Mais tu en sais peut-être plus long. Tu sais peut-être ce qu'Or-Aux-Dents garde pour lui. *La vérité, Tully, que les dieux te vomissent !*
L'Humain eut un violent tressaillement.
– Vérité. (Le retour de la traductrice donnait à sa voix une sonorité féminine mais sa tonalité suraiguë était proche de la sienne.) Je non mentir. Non mentir.
– Où étais-tu avant ?
– Pas sûr. Ta-vik. Penser Tavik.
– Tvk. Au moins, c'est un port kifish. Tvk. Je serais étonnée s'ils s'étaient arrêtés seulement pour dire bonjour. Un passage éclair. Et puis, direction Chchchcho. Akkti ? Non, c'est peu probable. Chchchcho, la planète-berceau des Chti. Voilà un itinéraire remarquable, Tully. Parfaitement étudié. Qui l'a établi ?
– Je venir... *Ijir.*
– Tu veux dire que tu ne sais pas ?
– Non savoir.
– Tully, ce paquet... Paquet – tu comprends ? Que signifiait-il ?
– Offre commerce.
– Avec qui, Tully ?
Tully leva la main dans un geste d'impuissance.
– Tous. Communauté tout entière.
– Les Kif aussi, huh ?
– Mahe. Hani.
– Et quoi d'autre, à part ça ? Un message knnn, par exemple ? Knnn. Tu es au courant de cela ?
Un signe de tête. Négatif. Les yeux bleus de l'Humain, écarquillés, étaient angoissés.
– Non. Non au courant choses knnn. Pyan-far... je dire vous. Je dire tout. ≠ ≠ Je non mentir.

– Curieux comme cette traductrice trébuche toujours sur des phrases dont j'aimerais qu'elles soient parfaitement transparentes.

– Je ami. Je ami vous, Pyan-far.

– Oui. Je sais.

– Vous penser je mentir.

– Je n'ai pas dit que tu as menti. Je désirerais simplement que tu dises la vérité *avant* que les choses se détériorent, huh ? L'idée qu'il y a quelque chose qui continue de s'agiter bruyamment derrière cette paire de jolis yeux bleus me déplaît. Et il y a quelque chose qui y est embusqué depuis longtemps déjà. (D'une griffe précise, Pyanfar repoussa les mèches de sa crinière qui lui tombaient devant le visage et posa à nouveau doucement la main sur l'épaule de l'Humain.) Écoute, Tully... tu n'as pas peur de moi, n'est-ce pas ?

– Non.

– Alors, pourquoi ne me dis-tu pas la vérité ? Pourquoi y a-t-il des choses que tu m'as cachées quand nous avons entrepris cette traversée ?

– Je dire.

– À propos des navires, oui. Tu as essayé. Mais pourquoi n'as-tu rien dit du reste ?

– Je essayer... essayer dire... Tout le temps vous ‡ occupée et non ‡...

– Knnn est un mot qui aurait immédiatement attiré mon attention, Tully. Tu as parlé des Knnn avec Or-Aux-Dents, huh ? Tu lui as dit qu'on avait ouvert le feu sur les Knnn. (L'Humain battit des paupières, secoua la tête, détourna son regard.) Eh bien, tu as rendu service à beaucoup de monde, n'est-il pas vrai ? Tu m'as dit qu'il t'avait débarqué de ce navire-courrier. C'était la vérité ?

– Vérité.

– Lui en personne ?

– Or-Aux-Dents.

– As-tu entendu parler d'un autre vaisseau ? Un autre vaisseau chasseur – avec le reste des Humains à son bord ?

– Non.

– Tu veux dire que ces navires humains ne font que croiser, abandonnés à eux-mêmes dans l'espace communautaire ? Sans cartes et sans personne pour leur servir de guide ? Que nul ne les a observés ? Allons, Tully ! Combien y en a-t-il ?

– Non savoir.

– Deux ? Dix ?

– Non savoir. Dix. Peut-être plus.

– Plus ?

– Je non savoir.

– Et d'où venaient-ils, ces vaisseaux, Tully ? Qui les a fait venir ? Qui leur a dit de venir ? Tu le sais ?

– Non savoir.

– Or-Aux-Dents le savait. La vérité, Tully, je veux *la vérité*. Que sais-tu de ces autres Humains ?

Cette fois encore, Tully détourna vivement les yeux. Puis son regard revint à Pyanfar.

– Eh bien ? Que sais-tu, Tully ?

– Venir combattre Kif. Ils venir Kif combattre.

– Uhhnnn. (Le regard de Pyanfar accrocha celui de Tully. À la lumière éclatante de la passerelle, les pupilles affolées de celui-ci étaient dilatées.) Quels Kif, huh, Tully ?

– Kif être Kif.

– Tu crois ? Quel plan est-ce donc là ? S'en prendre à l'*espèce* kifish tout entière ? Tu es fou, Tully. Non. Les Mahendo'sat ne traitent pas avec des fous. Et tu as fait alliance avec eux, n'est-ce pas ?

– Je demander vous intervenir, Pyan-far. Je non ≠ les Mahendo'sat.

– Veux-tu répéter ?

– Mahendo'sat non dire vérité toute. Je peur avoir. Je non savoir ce qu'eux faire. Penser je peut-être ils vouloir aider nous. Mais je... JE ! (Tully posa la main sur sa poitrine et la traductrice balbutia en hani :) Je Tully... je peur, Pyan-far.

– De quoi ? Qu'est-ce qui t'effraie ?

– Je penser Mahendo'sat plus aider eux vouloir. Peut-être Hani avoir voulu aider elles. Non savoir.

Je non beaucoup comprendre. Traductrice déformer mots. Je peur… non savoir…

– Tu commences à parler tout à fait clairement, Tully. Tu me comprends. Et je ne veux plus de faux-fuyants. Ne me raconte pas que tu ne comprends pas, tu entends ? Tu sais dans quel pétrin nous sommes.

– Je non comprendre.

– Oh mais si, tu comprends ! *Qui est avec ces navires,* Tully ? Quelle entente a été conclue ? Où vont-ils aller ensuite ?

– Je non comprendre.

– Je t'ai déjà dit que je ne veux plus t'entendre dire ça. Je veux savoir ce que tu sais. Dis-moi ceci, Tully : quelles questions Sikkukkut t'a-t-il posées ? Que t'a-t-il demandé – en tête-à-tête ?

– Pas… pas… (Les yeux de Tully s'élargirent et il se retourna brusquement pour regarder derrière lui. Pyanfar fit de même. C'était Hilfy. Un reflet, un mouvement sur l'écran éteint avait capté l'attention de l'Humain. Qui saisit la balle au bond.)

– Hilfy, appela-t-il sur un ton implorant. *Hilfy…*

– Quelque chose qui ne va pas ? s'enquit la jeune Hani.

– Nous bavardions, c'est tout. (*Maudite programmation !*) Si tu allais voir ce que devient Chur, huh ?

– Geran est avec elle. Était juste avec elle.

Avec Hilfy, les allusions indirectes étaient lettre morte. Ou elle feignait de les ignorer.

– Très bien. Va donc voir un peu les filtres. Si tu as envie de te promener, c'est l'occasion.

Hilfy rabattit ses oreilles en arrière. Et demeura où elle était.

– Je aider, dit Tully en faisant mine de se lever.

– Toi, tu ne bouges pas. (Pyanfar le fit rasseoir sur l'accoudoir du fauteuil.) Nous n'en avons pas encore fini, tous les deux. Dégage, Hilfy.

– Mais qu'y a-t-il ? Que se passe-t-il ?

La peur. L'odeur bien particulière de la sueur humaine imprégnait l'atmosphère. L'expression qu'affichait Tully…

– Nous discutons plans de vol, fit calmement Pyanfar d'une voix unie. (Quand elle posa doucement la main sur l'épaule de Tully, celui-ci sursauta et jeta un regard affolé autour de lui.) Nous discutons de ce qu'il peut peut-être savoir. De ce qu'il a pu dire sans s'en rendre compte aux Mahendo'sat. Et aux Kif, en particulier.

– Je non parler, Hilfy. Non parler.

– Je ne t'ai pas traité de menteur, Tully. Je t'ai demandé quelles questions Sikkukkut t'avait posées. Je veux savoir ce qu'il voulait apprendre.

– Au nom des dieux, ma tante... (Le visage de Tully était moite de sueur. Son teint était devenu livide. Il leva les yeux vers Hilfy.) Raclures des dieux, laissez-le en paix, ma tante. Il en a déjà suffisamment enduré.

– Je sais ce qu'il a souffert. Je sais par quoi il est passé.

– Non, vous ne le savez pas ! Laissez-le en paix !

Panique... rage meurtrière... *Ô dieux ! Dieux ! Hilfy.* Celle qui avait ce visage n'était pas une enfant, n'avait jamais été une enfant.

– Soit. Va, Tully. (Pyanfar envoya une bourrade à l'Humain pour le faire lever.) Va ! Nous reprendrons cette conversation plus tard.

– Nous envoyer navires. (Brusquement, et de façon perverse, Tully se cramponnait à son siège. Il étreignit le poignet de Pyanfar quand elle fit un geste pour le sommer de s'en aller. Ses yeux étranges, clignotants et hagards, allaient d'elle à Hilfy, d'elle à Tirun et à Haral, revenaient à elle.) Longtemps... longtemps... je essayer... Ils la Terre quitter, comprendre ? Ils faire ≠ un ... (Quand Pyanfar voulut se dégager parce qu'il lui faisait mal, il la serra plus fort encore.) Vous écouter, Pyanfar. Écouter. Je dire vous...

– Un peu de calme, par les dieux ! La traductrice mange la moitié de ce que tu dis.

– Nous navires envoyer... (Il lâcha le poignet de la capitaine pour faire un geste vague, impuissant à l'appui de ses dires.) Navires quitter Terre, quitter patrie, ils faire ∓ soi-même ∓ loi, ∓ faire Communauté. Ils non aimer Terre. Nous combattre ∓ longtemps avec ces Humains. Maintenant non commerce avoir ∓ Terre. Y avoir *deux* Communautés humaines. Ils ∓ vouloir ∓. Vouloir Terre. Nous vouloir être libres. Faire ∓ loi nôtre. Vouloir partir espace... pas même direction qu'avant. Nous trouver direction nouvelle, commerce nouveau. Nous votre Communauté trouver, vous trouver. Vouloir commercer nous. Vérité. Si commerce, faire nous trois Communautés. Terre ∓ troisième. Terre ∓ être ∓ amie avec Hani, avec Mahendo'sat.

– *Deux* Communautés humaines.

Pyanfar cilla, ramena, de sa main douloureuse, sa crinière en arrière et regarda Hilfy qui paraissait confondue.

– Trois, dit Tully. Aussi Terre. Patrie mienne. Nous ennuis ∓ deux humanités. Nous commercer vouloir. Nous berceau humanité besoin avoir ce ∓. Vouloir nous entrer Communauté spatiale, aller et venir ∓ ∓ ∓.

– Tu es au courant de ça ? demanda Pyanfar à sa nièce.

– Non. Non, je ne sais pas de quoi il parle.

– ∓ ∓. Humains trois sortes. (Tully leva trois doigts.) ∓ ∓. Terre. Je homme-Terre être.

– De la politique, murmura Pyanfar. Nous sommes confrontés à la politique humaine, voilà. Bien... qui a dit aux vaisseaux humains où ils devaient aller ?

– Terre. Terre dire.

– Et toi, qu'est-ce que tu es, Tully.

– Je spatien.

– Tu l'es devenu sacrément vite.

– Ma tante...

– Tu veux lui poser la question ?

– Dieux et tonnerres, laissez-le en paix !

Pyanfar poussa un profond soupir.

– Écoute... Il n'a peut-être jamais rien dit aux

Kif. Je veux bien le croire sur parole. Il n'a peut-être pas ouvert la bouche. Mais il ne ment pas très bien. Il n'a jamais su.

– Il ne nous a pas menti à nous.

– Il parle la langue, ma nièce. Quand tu lui poses des questions, regarde ses yeux. Ce qu'entendent les oreilles est sans importance; regarde ses yeux. C'est un fichu menteur. Il était seul avec Sikkukkut. Drogué. Soumis à interrogatoire. Bon, tu sais comment cela se passe et moi pas. Même s'il n'a pas parlé, il a pu lâcher quelque chose qu'il n'a pas conscience d'avoir lâché. Y as-tu pensé ?

– Vous ne m'avez jamais demandé ce que j'ai pu leur donner, *moi* !

Sous le choc, Pyanfar battit des paupières. Hocha la tête à cette idée.

– Une fracture du crâne et rien d'autre, reprit Hilfy. Je ne leur ai rien donné. Pourtant, ils ont essayé, votre cher ami kifish a essayé. Vous croyez en ma parole, croyez en la sienne. Je sais qu'il n'a rien dit.

– Ils l'ont eu entre leurs mains quelques heures, Hilfy. Avec toutes les pièces de ce maudit puzzle qui commençait à se mettre en place dans la cervelle de Sikkukkut – nous à quai et lui laissant quelques précieuses heures pour tenter de tirer quelque chose de Tully – plus ce qu'il avait appris des autres Kif qui se trouvaient à Mkks. Si tu veux te rendre utile, laisse donc Tully répondre lui-même, par les dieux !

– Il vous a répondu. Non ! Il n'a pas parlé ! Je le connais.

– Bien sûr, je n'en doute pas, dit Pyanfar d'une voix lasse. (L'intérieur des oreilles d'Hilfy rosit brusquement et elles se plissèrent. Ses yeux étincelèrent. Sa réaction – une réaction de honte – était éclatante. Ce n'était pas ce que Pyanfar avait voulu dire. Elle sentit ses propres oreilles s'enflammer. Le sursaut était inévitable.) Écoute, ma nièce...

– Je le connais parfaitement bien, la coupa Hilfy avec une froide détermination. Peut-être attachez-vous du prix à ma parole, huh, ma tante ? Peut-être pensez-vous que je suis sortie de là, *moi,* la tête à l'envers, huh ? Je vous dis comment il s'est comporté, je vous dis que ce n'est ni un petit garçon ni l'idiot pour lequel vous le prenez. Ne lui parlez pas de cette manière !

Pyanfar la regarda. Ce n'était pas une enfant qu'elle avait devant les yeux. Aucun courroux en elle.

– Je n'ai jamais prétendu qu'il est idiot. Ce que je dis, c'est que vous êtes peut-être, toi et lui, un peu sortis de votre territoire – et, cela, il est bon de le savoir, ma nièce. C'est la chose intelligente à faire. Si tu n'es pas aussi maligne que ton ennemi, tu espères qu'il pèche par trop d'assurance et ce n'est pas le moment de commettre une erreur de jugement, tu peux m'en croire. Ce Kif n'est pas un casseur des docks. Il est assez astucieux pour prendre le *han* à la gorge, pour posséder Jik et se montrer plus rusé qu'Akkhtimakt. Et, par les dieux, il est presque capable de mettre la main sur la Communauté. Tu veux me dire qu'il ne pouvait pas se contenter de te poser des questions et observer tes réactions ? Tu ne veux pas te remémorer cette péripétie. Bien. Tu ne veux plus y penser ? Parfait. Mais cela te décontenance. Et si tu n'es pas la première en matière d'astuce, tu n'as nul besoin d'un autre handicap. Nous sommes embourbés dans cette affaire jusqu'aux yeux. Rappelle-toi ce que je disais – ce qui est à l'heure actuelle en jeu. Nous avons un problème, Hilfy Chanur. Il me faut une réponse franche et directe de notre ami ici présent. Je dois savoir ce que cherche ce maudit Kif et ce qu'il ne cherche pas. Et je dois savoir si les Humains vont venir ici ou à La Jonction. Sikkukkut donnerait gros pour l'apprendre. Tu penses que la Communauté est un écheveau d'ambitions embrouillées ? Je suis prête à parier que la motivation des Humains est identique – un jeu politique que nous ne comprenons pas. Trois communautés, bonté des dieux ! Et je vais te dire autre chose. Il y a de fortes chances pour que Tully *ne connaisse pas* les réponses que je désire réellement avoir. Tu te figures qu'ils l'auraient laissé tout savoir pour le relâcher ensuite avec les Mahendo'sat ? Non. Ce genre de choses, les vieilles aux dents longues qui siègent dans les hauts conseils le savent. La politique est la politique – tout au moins pour les races oxyrespirantes avec lesquelles nous pouvons entrer en contact. Je considère que rien ne va jamais de soi. Je pense qu'il faut tourner et retourner chaque idée. Par exemple, quels marchés a conclus Or-Aux-Dents ? Ou Jik ? Ou... (Pyanfar se tourna vers Tully)... de quoi Sikkukkut et toi avez pu vous entretenir pendant ces quelques heures alors qu'il savait avec certitude que tu parles hani ? Alors, Tully ? Que t'a-t-il demandé ? Qu'a-t-il dit ?

Les pupilles de Tully se dilatèrent, se contractèrent pour se dilater à nouveau. Il essaya de dire quelque chose mais la voix lui manqua.

– Il dire... dire il savoir mes amis mourir, il dire je... dire je ∓ ∓ ∓ ils ∓. Dire je parle lui, quels accords Humains avec Mahendo'sat. Quel accord avec vous. Longtemps demander. Il vouloir connaître itinéraire. Pareil vous. Il savoir Humains arriver. Non savoir où ∓ ∓ ∓.

– Je n'ai pas compris.

Les lèvres de Tully frémirent.

– Longtemps. Longtemps. Faire mal. ∓ ∓. Faire vous marché ∓ ce Kif.

– Je ne suis pas son amie, Tully.

– Je connaître *il.*

– Moi aussi.

Pyanfar porta son regard sur Hilfy. Sa nièce avait subitement changé de contenance.

– Sikkukkut a dit... (Hilfy s'exprimait d'une voix étouffée.) Il a dit qu'il avait connu Tully avant.

– À bord du navire d'Akkukkak.

L'Humain eut un hochement de tête énergique. Il regarda ailleurs, regarda quelque chose d'effrayant, puis ses yeux revinrent aux deux Hani.

– Il être Akkukkak + + +. Longtemps il demander, mon ami questionner.

– Dieux ! Akkukkak était l'interrogateur. C'est ça ? C'est là où tu l'as connu ?

– Il mon ami tuer. Il mon ami tuer, Py-anfar. De ses mains.

– Bonté des dieux ! (Pyanfar se rassit sur le bord de la console, les coudes sur les genoux.) Tully…

– Quand nous sommes revenus, dit Hilfy, il m'a demandé jusqu'à quel point vous étiez amie avec Sikkukkut. Je vois maintenant pourquoi.

– Dieux ! Je ne suis pas son amie, Tully. Je m'efforce de sauver nos vies, tu comprends ? Lui as-tu dit quelque chose ?

Tully fit non de la tête. Il n'avait plus cet air naïf, ce regard d'un bleu transparent qu'il arborait généralement. C'était un Tully différent. Un Tully intérieur, calme, froid et calculateur. Cela sautait maintenant aux yeux de Pyanfar.

– Je dire rien, pas lui regarder. Je loin partir. Attendre. Je non être. Vous dire venir me chercher. Alors je vous attendre.

Pyanfar vida lentement ses poumons. Le silence se prolongea un moment.

– Politique, fit-elle enfin. Tout cela, c'est de la politique. Comprends-tu, Tully ? Sais-tu ce que c'est, la politique ? Les Kif ne sont les amis de personne. Pas les miens. De personne. Mais il y a Kif et Kif. Certains sont pires que les autres. Tu sais pourquoi je négocie avec lui ? Est-ce que tu comprends ? Est-ce que *tu peux* comprendre ?

– Politique, fit Tully. (Oh non, il n'était pas naïf !) Je savoir vous venir libérer je des Kif. Cela être politique *vôtre.*

– Je ne suis pas l'amie de Sikkukkut. Crois-moi.

– Choses mauvaises arriver. Je non comprendre. Vous peur beaucoup. Où allez nous ? Quoi combattre ? Ennemi être ami, Hani et Stssts…

– Stsho.

– ... être ennemis. Vous non confiance Or-Aux-Dents, non confiance Jik. Non confiance Hani. Non confiance Kif.

– Or-Aux-Dents et Jik sont des amis. Nous devons seulement ne pas avoir exagérément confiance en eux. Pas quand les intérêts des Mahendo'sat entrent en jeu.

– Où être Hani ?

Pyanfar jeta un coup d'œil en coulisse à Hilfy. Elle sentait le regard de Tully braqué sur elle.

– Bonne question.

Elle s'accota à nouveau contre la console.

– Je faire quoi ? Faire quoi, Py-anfar ?

– Qu'est-ce que tu *as fait* ? Qu'est-ce que tu *vas* faire ? Je voudrais bien avoir une réponse à ces deux questions. *Ami,* Tully. C'est tout ce que je peux te dire. De même qu'Or-Aux-Dents est mon ami et le tien. Les dieux savent en quoi cela compte. Je voudrais t'apporter une réponse. Et que tu m'en apportes une.

– Je combattre. Je navigant *Orgueil.* Vous vouloir combattre ‡, Hani, Kif, je non ‡ mourir avec ‡...

– Cette fichue traductrice ! Est-ce que tu m'as si peu que ce soit comprise ? Ou est-ce que tout a encore été brouillé ?

– Vous être amis moi. Vous. Hilfy. Tous. Je avec vous mourir.

– Grand merci, balbutia Pyanfar, ébahie, tandis qu'un frisson superstitieux lui courait sur l'échine. J'espère que c'est encore cette maudite traductrice qui fait des siennes ! (Les oreilles d'Hilfy étaient mollement retombées.) J'aimerais mieux que tu aies une meilleure idée.

Peut-être Tully ne saisit-il pas le sel de la plaisanterie. Son expression demeurait dépourvue de tout humour. Elle ne reflétait que l'anxiété.

– Ami, dit-il.

– Tu as à faire. Au travail. Au travail, Hilfy.

– À vos ordres. (La jeune Hani posa la main sur le dossier du siège.) Viens, Tully.

L'Humain se leva de l'accoudoir sur lequel il était assis. À l'autre bout de la salle, Tirun, qui écoutait avec attention ce qui sortait de son écouteur individuel, se retourna à demi, les oreilles frémissantes, en penchant la tête. De nouvelles difficultés... Elle captait un appel. Pyanfar se déplaça pour laisser passer Tully et lui tapota le dos d'un geste de consolation.

– Ami. Va aider Hilfy, huh ? Elle avait besoin de toi pour quelque chose... Uhhhnnn, Tully ?

(Il la regarda, dérouté, essayant de reprendre ses esprits.) Sais-tu quelque chose que nous ne savons pas ? (Il cligna des yeux.) Uhhhn, répéta Pyanfar.

– Py-anfar...

– Si cela te revient, viens me voir, huh ? Viens me le dire. D'accord ?

Les Kif l'avaient soumis à des électrochocs mais ils n'en avaient rien tiré. Les Mahendo'sat s'étaient servis de leur intelligence et ils avaient obtenu un résultat. Il n'y avait nulle pitié dans le regard dont Pyanfar enveloppait Tully.

– Pas faire confiance, dit-il soudain d'une voix chagrine. Pas faire confiance Humains, Py-anfar.

Et il sortit précipitamment. Un départ qui était aussi une fuite. Avant de le suivre, Hilfy lança à sa tante un regard lourd d'angoisse, puis fit volte-face et emboîta le pas à Tully.

La seule chose qui étonnait Pyanfar était la fermeté catégorique de ce dernier. La duplicité était partout. Duplicité d'Or-Aux-Dents. De Jik. D'elle-même. Des Humains. Tout le monde trahissait tout le monde. Sauf Tully. Qui, avec Chanur, venait de trahir sa propre race. Pour des raisons que les dieux étaient seuls à connaître.

Quelle était sa motivation ?

Était-elle comparable à celle des Hani ? Où étaient sa famille, son clan, sa Demeure ? Qu'était-il ?

Il était – *lui.*

Un mâle. Sans toit. Sans sœurs. Sans épouse. Un renégat. *Nau hauruun.*

Mais pas un Hani. Il n'y avait aucune analogie entre lui et ces orphelins animés d'esprit de destruction qui tuaient et déambulaient au hasard. *Nau hauruun.*

Tully sans nom. Tully de la lointaine Terre.

– Capitaine, j'ai Ehrran en ligne, annonça Tirun d'une voix calme. J'ai bien peur qu'elles n'appellent depuis un bout de temps. Elles ont l'air de s'énerver.

– Bien.

Pyanfar prit place dans son fauteuil fatigué et alluma ses écrans.

Tu as ton travail à faire, Pyanfar Chanur. Secoue-toi. Respire l'odeur du vent et regarde remuer les branches au-dessus de ta tête.

– Je prends la communication. Tu n'as pas enregistré de mouvements du *Harukk* en relation avec l'affaire Tahar ?

– Strictement rien. Je n'arrête pas d'appeler et c'est toujours pour recevoir la même réponse : Sikkukkut est injoignable. Il est occupé, me dit-on.

– Toujours ces maudits petits jeux de *sfik* ! Je commence à les flairer de loin. Tu rappelles dès que j'en aurai terminé avec Ehrran. Que l'on dise à Sikkukkut que je m'intéresse *personnellement* à l'affaire de l'équipage Tahar. Que c'est une question de *sfik*.

Ces derniers mots valurent à Pyanfar un coup d'œil de Dur Tahar, assise à côté d'elle.

– Capitaine, je vous demande pardon...

Haral n'alla pas jusqu'au bout de sa phrase. C'étaient des vies hani qui étaient en jeu, qu'il y ait ou qu'il n'y ait pas de querelle avec les Tahar. Une erreur de calcul risquait d'avoir des conséquences imprévisibles – à commencer par la mise à mort immédiate de l'équipage Tahar. Tout cela, Pyanfar le tournait et le retournait dans sa tête sous le regard inquiet d'Haral et sous celui, tout aussi agité, de Tirun. Un frémissement d'oreilles alourdies de multiples anneaux. Des fronts plissés.

– Envoie ce message. Avec tact, c'est tout.

– Du tact, grommela Tirun en se mettant en devoir d'exécuter les ordres, à commencer par le premier.

Pyanfar fit pivoter son fauteuil et appuya sur le bouton pour entrer en contact avec Rhif Ehrran tout en écoutant Tirun qui dialoguait avec la Ehrran, officier télécom du *Vigilance*.

Encore des petits jeux politiques, encore des finesses protocolaires de capitaine à capitaine. L'officier voulait à toute force avoir la capitaine de *L'Orgueil* en ligne avant d'alerter celle du *Vigilance*.

– Je la prends. (Curieusement, elle n'éprouva même pas un mouvement d'irritation envers l'officier Ehrran qui cherchait à la provoquer. L'amour-propre n'était plus à l'ordre du jour.) Ici Pyanfar Chanur.

Calmer Ehrran. S'attaquer à l'essentiel. La priorité, c'était Tahar. Chur était saine et sauve. Tully lui avait assuré que rien qui fût d'une importance critique ne lui avait échappé quand il était entre les mains des Kif. Il y avait des choses dont Sikkukkut avait encore besoin. Ce qui voulait dire un Kif moins prévisible.

– *Ici officier de communication du* Vigilance. *Encore un moment de patience, capitaine. Je crains que la capitaine ne soit plus en ligne pour l'instant.*

Insolence imperturbable et calculée. Le petit jeu de la provocation.

Trois communautés d'Humains ? Qui s'entre-déchiraient ?

Une communauté humaine, la Terre, berceau de l'espèce, cherchant à contrer deux puissances humaines rivales en ouvrant de nouvelles routes commerciales ? Mais étaient-ce vraiment les débouchés commerciaux qui les intéressaient ?

C'était un gros volume d'espace. Il y avait place pour trois économies stellaires... Correction : *deux*. Dont une qui voulait seulement s'accroître.

Or-Aux-Dents connaissait-il la situation qui prévalait dans l'espace humain ? Les Mahendo'sat avec leurs savants, leur quête démente du bizarre, toujours à la recherche de choses nouvelles, tâtant de tout, espérant... espérant quoi ? Trouver des espèces nouvelles ? De nouvelles alliances ?

Des situations nouvelles qu'ils pourraient utiliser dans leurs tractations avec leurs vieux voisins, les Kif ?

Méfiez-vous d'Or-Aux-Dents. Ainsi parlaient les Stsho qui avaient élevé la duperie au rang d'un art.

– Ker *Pyanfar, ici Rhif Ehrran. J'espère que les difficultés auxquelles vous étiez confrontée n'étaient pas sérieuses.*

– Non. Tout est réglé. Nous n'avons plus de problème. À moins que vous en n'ayez un.

– Non. Je vais vous soulager d'un poids. J'envoie un détachement prendre livraison de Tahar.

– J'ai bien peur que ce ne soit pas possible. J'ai accepté sa supplique quand elle a engagé sa parole. Je regrette, Ehrran. Elle est sous un toit Chanur, si l'on peut dire. Et je suis chef de la maison – ici.

– Nous ne sommes pas sur Anuurn et nous ne sommes plus à l'âge des softhyn *et des lances, vous entendez, Chanur ?*

– Non, nous jouons avec des joujoux plus sérieux, maintenant. Vous aimez bien citer la loi. Moi, j'aime d'autres lois anciennes. Celle du droit du sang, par exemple. Un genre de lois qui ne figure pas dans votre livre, Ehrran.

– Remettez-nous Tahar.

– Peut-être devriez-vous penser à son équipage. Ses navigantes sont dans une situation très délicate et peut-être apprécieraient-elles votre intervention. Dur Tahar est bien là où elle est. C'est tout ce que vous voulez ?

Click.

– Archivez la conversation, ordonna Pyanfar. Et passons à l'appel suivant.

– À vos ordres, dit Tirun.

– Pourquoi les Kif ne nous rendent-ils pas le service de mettre la main sur elle ?

– On pourrait envisager un marché ? suggéra Haral.

– Capitaine… (Tirun leva une main pour réclamer le silence.) Le *Harukk* entame la procédure, cette fois. Je crois qu'ils vont essayer de relayer l'appel. Peut-être… *Oui.* La capitaine attend, *Harukk* si vous pouviez… Oui… Parfait. Capitaine, l'officier des transmissions du *Harukk* vous adresse ses compliments. Elles essaieront de toucher le *hakkikt* si vous en formulez vous-même la requête.

Le protocole. Encore les petits jeux du *sfik*. Avec un frémissement d'oreilles, Pyanfar fit un geste affirmatif. Instantanément, le voyant s'alluma et elle l'enclencha. Fit jouer ses griffes. Aspira profondément et refoula son anxiété, bannit toute angoisse, les exilant dans un lieu glacé et lointain, sans futur.

– *Harukk,* ici Pyanfar Chanur, s'annonça-t-elle calmement. J'ai un message urgent pour le *hakkikt,* loué soit-il.

– *Honneur au* hakkikt. *Peut-être vous accordera-t-il son attention, chasseuse.*

… Ainsi, nous avons commencé par des débuts obscurs, n'est-ce pas, Kif ? De cheffaillon de province et chef tortionnaire, nous voici devenu… prince ?

Elle attendit. Calmement. Impassible. Et longtemps. Enfin :

– *C'est Sikkukkut qui parle,* ker *Pyanfar. Qu'y a-t-il de si pressant ?*

– *Hakkikt,* j'apprécie votre courtoisie. Et le présent que vous m'avez fait tenir. J'aimerais avoir une nouvelle conversation avec vous. Je crois savoir que vous détenez l'équipage du *Lune Qui Monte…*

– *Chasseuse Pyanfar, votre hardiesse découragerait un Chi. Ce présent est-il trop piètre pour votre goût ?*

– Je vois une façon de l'utiliser pour votre bénéfice et pour le mien, *hakkikt.* La chose présente un certain caractère d'urgence. Si vous pouviez m'envoyer un messager, je pourrais être plus explicite.

Une pause.

– *Chasseuse Pyanfar, vous suscitez mon intérêt. Mais je ne vois pas de raison pour qu'un de mes skkukun fasse l'aller et retour entre mon bâtiment et le vôtre alors que vous semblez jouir d'une santé florissante. Et je n'ai rien à dire à votre équipage. Si vous voulez bien vous en souvenir, je vous ai fait une proposition à La Jonction, proposition que vous avez déclinée. Je vous la renouvelle – ce qui est exceptionnel. Cette fois, venez à* mon *bord. Si cette offre a le mérite que vous dites, ce que je crois. Je vous attends – dans l'heure.*

Click.

Pyanfar se laissa aller contre le dossier de son fauteuil.

– Bonté des dieux, capitaine...

Elle se tourna vers Haral.

– Cela ne s'est pas très bien passé.

– Qu'est-ce qu'on fait, maintenant ? On appelle Jik ?

– Appeler Jik pour nous faire rouler ? On vient de nous porter un défi, ma cousine. Eh bien, je le relève. La mise a été ramassée et doublée.

– Ils veulent s'emparer de vous, par les dieux ! Or-Aux-Dents étant hors de leur atteinte, c'est *vous* qu'ils veulent ! Vous venez d'entendre Tully vous dire ce qu'est ce gueux et vous avez dit vous-même que Sikkukkut désire s'approprier... Or-Aux-Dents est venu, il vous a parlé. Les Kif doivent forcément le savoir. Ils savent qu'il a pu vous confier ce qui les intéresse...

– Ils tueront les prisonnières. Il est sûr, désormais, qu'ils les exécuteront si je ne vais pas à ce rendez-vous – et ils nous le feront savoir. Comme si cela ne suffisait pas, nous perdrons notre crédit auprès des Kif.

– Vous ne pouvez pas faire ça !

– Et je ne peux pas, non plus, ne pas le faire. Non, il ne saurait être question, pour moi, de me dérober. Il est certain que ce maudit sans-oreilles va nous mettre à l'épreuve. D'une manière ou d'une autre. Et je crois que je commence à penser kifish. Que je lis en lui comme à livre ouvert. Je ne risque absolument rien – si je réussis à faire en sorte qu'il s'interroge. Mais j'aurais besoin de compagnie, là-bas. Tu as envie d'aller faire une petite promenade ?

– Oh ! Bien sûr, répondit Haral avec un haussement d'épaules désespéré. Dieux... pourquoi pas ?

12

L'air de Kefk les assaillit. C'était comme si elles heurtaient une muraille fleurant l'ammoniac. Même sur la rampe d'accès, Haral se mit à tousser. Pyanfar éternua. Malgré les anti-allergiques, ses yeux la piquaient. Haral avait revêtu sa tenue de sortie : son bouffant bleu de spatienne, de multiples anneaux d'oreilles en or, quantité de bracelets, une manille qui lui prenait la cheville, une ceinture brimbalante de chaînes d'or et d'argent à laquelle étaient fixés un monstrueux antipersonnel noir et un poignard. Pyanfar portait, quant à elle, un pantalon de soie rouge, des bracelets, un ceinturon et une profusion d'anneaux d'oreilles en or. Outre l'AP qui lui battait la hanche, elle était munie d'une dague et d'un pistolet de poche.

– Nous avons vraiment l'air de deux pirates, avait dit Haral avant que le tambour du sas se fût refermé derrière elles.

Sur quoi, Tirun, du sas, avait rétorqué :

– Ce sont les pirates qui sont dehors qui m'inquiètent.

Et Khym avait tenu d'autres propos tandis que, bouillonnant d'anxiété, Geran et Hilfy mordillaient leur moustache embryonnaire.

– Huh, je vais avec vous ! s'était exclamée la première, le regard lourd de fatigue et d'angoisse.

– C'est mon travail, avait laissé tomber Haral.
Et Tully, un peu plus tard.
– Où aller elle... *où aller, Py-anfar ?*
– Dehors, répondit-elle évasivement, regrettant d'avoir rencontré l'Humain dans la coursive d'en bas. J'ai à faire, Tully, je suis pressée.
– Prudence, avait-il dit d'un air inquiet.
Sans nul doute, il était terrifié depuis qu'il avait entendu jouer le tambour intérieur se préparant à ouvrir *L'Orgueil* à l'environnement kifish du quai. Pyanfar ne doutait pas que l'équipage dirait à Tully où elles étaient allées après qu'elles seraient parties. Ou, mieux encore, lorsque Haral et elle reviendraient.
Quand...
Les deux Hani atteignirent le quai. Des nuées de fumée éclairées par les rampes à sodium s'y accumulaient, il y régnait une odeur nauséabonde d'ammoniac et, avec cet air humide et glacé, on se serait cru dans un marécage au coucher du soleil. Le long du mur fermant cette section d'entrepôts et d'ateliers, les Kif se déplaçaient comme de sombres volutes. Pas de couleur, nulle part sur les docks de Kefk en dehors de cette lueur malsaine des rampes à sodium, pas d'illumination en dehors du brutal flamboiement d'un projecteur à argon au-dessus d'un portail d'acier circulaire.
– Kkkkt, kkkt.
Des caquetages leur parvenaient tandis qu'elles passaient devant les navires kifish. Des Kif – quelques-unes de leurs connaissances de naguère, certainement – les avaient vues quitter le vaisseau et ils s'assemblaient pour chuchoter entre eux – se demandant peut-être, à les voir s'avancer sur le quai de Kefk, si les Hani n'avaient pas perdu l'esprit.
(– Regarde-toi ! s'était écrié Khym, consterné, alors que Pyanfar s'habillait pour cette expédition. *Mettre ça pour aller dans un antre de voleurs ! Pour l'amour des dieux, Py...*)
Porter toutes ces parures d'or pour pénétrer dans un repaire de bandits était, en effet, de la folie si

l'on n'avait pas le *sfik* qui convenait pour ce faire.

– Nous risquons fort de nous trouver en difficulté, avait dit Pyanfar à Haral alors qu'elles mettaient leurs plans au point. D'avoir de gros ennuis. C'est justement ça l'idée directrice.

Faire une sortie spectaculaire, parader sous le nez des Kif avec tout cet or, toutes ces armes, pour leur rappeler que l'équipage de *L'Orgueil* n'avait pas la réputation d'être composé de mauviettes.

Donc, elles devaient être d'une autre espèce. Dangereuse.

Elles étaient aussi les invitées du *hakkikt*. Tout du moins, elles se rendaient à un rendez-vous par lui fixé.

– Il y a quelque chose de merveilleux en ce qui concerne les Kif, murmura Pyanfar à l'adresse d'Haral, profitant du moment où, passant entre deux pas d'astronefs qui les maintenaient dans leur ombre, elles n'étaient pas à portée de voix des Kif. Il vient de me venir à l'esprit que ces zozos, sur les docks, ne sont pas plus en sécurité que nous. Nous sommes ballottés par les flots sur une mer chaotique, et les Kif sont, eux, dans un bateau pourri. À se demander continuellement quand le vent va changer.

– Ils sont différents, c'est un fait, murmura Haral à son tour. Pas de rancunes persistantes et... que s'emplument les dieux, ils ne veulent négocier sur rien. Des écervelés, ces gens-là. Nous aurions peut-être dû emmener notre ami Skkukkuk, huh ?

– Je n'y ai pas songé. Mais j'ai le sentiment peu rassurant que, même pour un Kif, celui-là est un peu fou. Je ne tiens pas à le voir s'approcher des pistolets et des couteaux.

– Huh. Réflexion faite, moi non plus.

Une bouffée de quelque chose parvint à leurs narines. Une odeur de sang. Malgré celle, puissante, de l'ammoniac, elle était perceptible. Elle venait de plus bas, sur le quai. Pyanfar poussa un sifflement et s'éclaircit la gorge.

– Bonté des dieux ! jura Haral avec dégoût. Il y a de quoi vous couper l'appétit.

– Nous sommes presque… *là !*

Pyanfar perdit le fil de ce qu'elle s'apprêtait à dire à la vue du chiffre kifish qui signifiait 28 : c'était le poste de mouillage du *Harukk.* Une foule de Kif allait et venait, et l'odeur de sang se faisait de plus en plus entêtante.

Plus les Hani avançaient, plus elle était violente. Une série de hampes de métal étaient fixées par des chaînes aux accores de la rampe d'acier, et une masse sombre était suspendue à chacune d'elles.

– Dieux et tonnerres ! Ne bronche pas, Haral !

Ces masses sombres étaient des têtes. Des têtes kifish. Des Kif montaient et descendaient la rampe 28, passant devant ces sinistres sentinelles. Pyanfar et Haral poursuivirent leur chemin, s'attendant à tout moment à voir un garde venir les intercepter.

Mais non. Elles franchirent la première accore. Pyanfar décocha un coup d'œil à la fois glacé et curieux au macabre trophée qui la coiffait.

– Le compte de l'opposition est réglé, dit Haral.

– C'est, sans aucun doute, largement suffisant pour que les nouveaux convertis se tiennent tranquilles.

Tous les Kif qui montaient à bord du *Harukk* étaient obligés de voir le spectacle. Signe de victoire pour les uns, sinistre avertissement pour les autres.

Au moins, il n'y avait pas une seule tête hani parmi tous ces scalps, songea Pyanfar avec un intense soulagement.

Les Kif qui montaient, comme tous ceux qui avaient affaire sur le *Harukk,* se retournaient sur le passage des Hani et les regardaient. Un groupe d'entre eux, dans le tube d'accès, clabaudèrent en faisant entendre leur bruit de crécelle quand ils les virent, mais aucun ne fit mine de vouloir les arrêter.

Le grand sas était rempli de gardes.

– Hakktan, fit l'un d'eux en kifish. *Capitaine ?*

– Ukt, répondit Haral sur un signe de tête de Pyanfar. *Oui.*

Cette dernière, les bras croisés sur la poitrine, était l'arrogance incarnée jusqu'à la pointe de ses oreilles inclinées. Elle laissait à sa cousine le soin de s'expliquer. Deux des trois Kif avaient les mains enfouies dans leurs manches, dissimulant à l'évidence d'autres armes que les pistolets qu'ils arboraient ostensiblement. Tandis qu'ils bloquaient la circulation dans les deux sens, le troisième signala la présence des deux visiteuses au moniteur qui se trouvait au-dessus de lui.

La réponse ne tarda pas : qu'elles entrent. Le garde posté devant le tambour intérieur s'effaça et son collègue s'inclina, montrant ses mains vides.

– Passez, dit-il.

– Huh.

Pyanfar inclina le buste à son tour mais en couchant les oreilles. Haral sur les talons, elle franchit le tambour pour s'enfoncer dans les entrailles empestant l'ammoniac du *Harukk*.

D'autres Kif attendaient dans la coursive. L'un d'eux, qui ne faisait que contrôler la circulation, s'approcha tandis que les quatre autres faisaient cliqueter leurs armes.

– Suivez-moi, ordonna-t-il.

Et il se mit en marche sans se retourner. Trois autres lui emboîtèrent le pas et deux restèrent à leur poste. Aucun ne souleva d'objection à la vue de l'armement dont étaient munies les Hani. Pas un mot ne fut prononcé. Le petit groupe croisa d'autres Kif dans les couloirs obscurs qui sentaient l'ammoniac, les machines, le sang et encore d'autres choses, non identifiables, mais pas un ne leur accorda un second regard.

Les mœurs kifish, se dit Pyanfar. Ne pas prêter attention aux curieuses invitées du *hakkikt,* ne pas regarder, ne pas offenser. Elle réagissait à l'atmosphère de peur et de cruauté qui imprégnait les lieux. Cela lui hérissait les poils sur le dos, accélérait son pouls, propageait des frémissements le long de ses nerfs, des impulsions contradictoires – l'envie de foncer et l'envie de fuir.

Hilfy connaît cet endroit, songeait-elle entre deux soupirs qui la faisaient involontairement se durcir, les tripes dans un étau. *Hilfy était dans ce lieu d'épouvante.*

Hilfy avait gardé le silence, debout à côté de Khym, quand sa tante avait annoncé qu'Haral et elle se proposaient d'aller sur le *Harukk.* Khym avait manifesté son opinion là-dessus. Geran aussi. Mais Hilfy, les oreilles aplaties et le museau froncé, s'était bornée à demander : Huh, pourquoi ? Un souvenir obscurcissait son regard. En dehors de cela, il était indéchiffrable. Vous savez que c'est un piège, avait-elle ajouté.

– Je sais, avait répondu Pyanfar. Mais, les choses étant ce qu'elles sont, nous n'avons pas d'autre choix.

Hilfy connaissait les façons d'agir des Kif mieux que quiconque. Et elle n'avait pas discuté. Pas plus qu'elle n'avait proposé à sa tante de l'accompagner. La situation exigeait du sang-froid, elle interdisait que l'on prenne si peu que ce fût le risque de provoquer les Kif. Accompagner la capitaine était une mission qui incombait à Haral Araun – par droit d'ancienneté, et aussi en raison de son tempérament.

Et Haral marchait maintenant à côté de Pyanfar, avec l'aisance circonspecte qu'elle eût mise à arpenter n'importe quel dock réputé dangereux, gardant les oreilles droites et le visage serein dans la cabine de l'ascenseur où elles étaient entrées, flanquées de deux gardes kifish.

L'ascenseur fit halte. L'un des gardes en sortit et ce fut la même procession qu'en bas. Il y avait un long couloir chichement éclairé à parcourir. Enfin, le cortège atteignit une porte ouverte donnant sur une pièce plongée dans l'ombre où une poignée de Kif montaient la garde autour d'un de leurs congénères assis dans un fauteuil insectoïde. Celui-là portait un médaillon. Sa robe et son capuchon noirs étaient ornés d'une ganse d'argent que la lueur des lampes au sodium faisait luire vaguement.

– *Hakkikt.*

Pyanfar s'approcha du Kif en majesté menaçant et s'inclina avec un mélange soigneusement dosé de respect et de fierté.

– Kkkkt. (Sikkukkut agita une main maigre.) Ksithikki.

Les Kif se précipitèrent pour aller chercher dans un coin deux sièges et une table basse qu'ils ramenèrent en courant presque.

– Ksithti.

Hochant le menton, Pyanfar s'assit dans l'un des fauteuils, les pieds ramenés sous elle, et Haral prit place dans l'autre. Sikkukkut donna d'autres ordres dans un envol de manches parées d'argent. À nouveau, les Kif s'égaillèrent pour rapporter, cette fois, en toute hâte, une carafe et des coupes. Ils en placèrent une dans la main tendue du *hakkikt* avant que ce dernier eût pris le temps de s'impatienter. Puis ce fut au tour de Pyanfar et d'Haral d'être servies. Un Kif avait déjà rempli la coupe de Sikkukkut. Vivement, il fit de même avec celles des deux invitées.

C'était, grâce aux dieux, du parini. Une liqueur forte et raide, propre à monter à la tête, mais qui n'avait rien de répugnant. Pyanfar y goûta précautionneusement. La saveur qui lui resta dans la bouche était-elle due à l'ammoniac qu'elle respirait à pleins poumons ou à un ingrédient que contenait le breuvage ? Elle s'efforça de repousser la question qui lui venait tout naturellement à l'esprit.

Elles se trouvaient dans le repaire de Sikkukkut, à bord du navire de Sikkukkut. Elles étaient dans sa station, en espace kifish. Droguer une boisson semblait, dans ces conditions, aussi superflu que de les soulager de leurs armes, ce que nul, jusque-là, n'avait eu encore le projet de faire. Suivant l'exemple de sa capitaine, Haral but. Dans toutes les stations, d'Anuurn à La Jonction, elle était réputée pour son estomac redoutable et l'on savait qu'après ses bordées, elle s'acquittait toujours de ses fonctions la tête claire.

– Vous avez décliné cette invitation à La Jonction, attaqua Sikkukkut.

– Je me le rappelle.

Un éternuement menaçait la dignité de Pyanfar. Ce qui mettrait leurs deux vies en jeu. L'effort qu'elle fit pour le refouler lui fit venir les larmes aux yeux. C'était psychologique – c'était la conséquence de son aversion pour les Kif. Elle avait pris ses médicaments. Et, dieux ! ces pilules formaient une combinaison détonante avec la liqueur, lui desséchaient la bouche, estompaient ses perceptions. Et son nez continuait de la chatouiller.

– Je vous avais dit alors que j'espérais bien vous voir changer d'avis. (Sikkukkut plongea son nez dans la coupe ornementée et but une gorgée.) Et voilà qui est fait. Kkkkt. Après que des circonstances critiques sont intervenues. Verriez-vous un inconvénient à me préciser de quelles circonstances critiques il s'agit ?

Réfléchis, fais travailler ta tête…

– Nous avons eu, de fait, un problème médical mais l'appel d'urgence adressé au Mahendo'sat était de nature tactique. (Pyanfar regardait le *hakkikt* droit dans les yeux en priant les dieux, majeurs et mineurs, de lui épargner une intempestive crise d'éternuements. Attaque de front, s'exhortait-elle. Prive le Kif de l'effet de surprise du piège qu'il a soigneusement préparé.) En réalité, c'était un prétexte pour consulter deux de mes alliés – en tenant à l'écart un fâcheux troisième allié pour parler franchement. Et cela pour plusieurs raisons. Votre présent, *hakkikt,* est pour moi l'occasion d'en finir avec ce fâcheux. C'est pourquoi je suis venue. Il peut aussi vous débarrasser de votre propre problème car je crois que vos soucis et les miens ont une même origine.

– Kkkkt. (Sikkukkut prit une nouvelle gorgée. Dans l'ombre de sa capuche baissée, ses yeux noirs reflétaient l'éclat des lampes à sodium.) Je présume donc que vous avez l'intention de tuer cette Hani, Tahar.

– Non. Pas le moins du monde.

– Vous avez donc réclamé l'équipage aussi bien que la capitaine. Céder à votre exigence serait un joli cadeau de ma part. Elles sont hors du commun… kkt. Ikkthokktin. Une certaine rareté. Amusantes. Je ne dis pas qu'elles m'intéressent personnellement mais quelques-uns de mes capitaines seraient heureux de disposer d'une ou l'autre d'entre elles. Cela soulève peut-être une certaine… répugnance morale de votre part ? Votre désir aurait-il plus de poids que ceux de mes capitaines ?

Réfléchis.

– Mes motifs sont autres que le simple amusement. (*Logique kifish. Pukkukkta. L'amener à faire fausse route. Devant plus retors que soi, créer des complications plausibles et laisser l'ennemi se mettre martel en tête.*) Vous devez comprendre, *hakkikt,* et je suis sûre que vous le comprenez… que Rhif Ehrran ne m'est pas une amie particulièrement chère. Je ne doute pas que vous l'avez entendue exiger que les Tahar lui soient remises.

– Je le sais par Keia, et même par Ismehanan-min. Ces Hani Tahar paraissent être à l'origine d'une certaine agitation dans votre camp. Une question de *sfik,* dites-vous. Mais pourquoi vous donnerais-je ce trophée ?

– Tahar intéresse pas mal de gens – les Hani, en particulier. C'est une famille qui compte, qui a de vastes fiefs sur le même continent que Chanur. En outre, les Tahar sont des spatiennes, ce qui leur confère un caractère précieux pour certains. Non. Je vous demanderai une faveur encore plus importante, *hakkikt*… étant entendu que *Lune Qui Monte* n'a pas subi de dommages quand la station s'en est emparée. Je veux que l'équipage me soit remis – et je veux son bâtiment.

– Kkkkt. Pyanfar Chanur, votre audace croît d'heure en heure. D'abord Tahar, ensuite son équipage et, maintenant, le navire. Qu'allez-vous me demander après cela ? Kefk ? Akkht, peut-être ?

Pas un bruit dans la salle. Pas un Kif ne broncha.

– Kefk est à vous. (Pyanfar arbora son plus charmant sourire.) Mes ambitions sont autres, *hakkikt.* Je veux ce petit bâtiment. Et son équipage. Pour des raisons personnelles.

– Où sont les Mahendo'sat ? Où est Keia ? Il pourrait sûrement m'expliquer les raisonnements hani. Kkkt. Je ne fais pas d'hypothèses quand j'ai affaire à une espèce aussi suicidaire. Et... kkkt... cet appel d'urgence et la consultation. Kkkkt. Kkkkt. *Qui* est donc blessé ?

– Une de mes navigantes. Un incident mineur mais qui m'a donné l'occasion de m'entretenir avec Or-Aux-Dents... Ismehanan-min. À propos de ce navire. (*Reviens au vif du sujet, Kif.*) Or-Aux-Dents m'a communiqué des informations qui n'ont fait que corroborer ce que je considère comme étant de mon intérêt. Rhif Ehrran et moi-même sommes sur le point d'avoir un sérieux différend. Il est possible qu'elle nous attaque directement mais j'en doute : elle tient à sa survie. Elle a les moyens de me créer plus d'une difficulté à Anuurn. Quand nous arriverons à La Jonction, il nous faudra en tenir compte.

– À La Jonction ?

Pyanfar battit des paupières.

– À La Jonction. Absolument.

– C'est une supposition que vous faites.

– C'est là qu'Akkhtimakt se dirige. C'est là où certain traité avec les Stsho risque de faire basculer le *han* et toute sa flotte dans son camp. Vous ne semblez pas surpris, *hakkikt.* Et je ne pensais pas que vous le seriez.

– Dans votre présomption. Je suis au courant du traité avec les Stsho.

– Voilà qui explique un des motifs des Kif. Pourquoi n'avez-vous pas éliminé Ehrran puisqu'elle présente plus de gêne que d'utilité ?

– Kkkt. Elle est attachée à Kefk pour le moment.

Ce serait inopportun et dangereux. Attendons qu'elle appareille. À votre tour, expliquez-moi une chose : Pourquoi, pour commencer, Keia a-t-il recruté ce personnage à double tranchant ?

– Pour l'empêcher d'aller ailleurs. Et pour la même raison qui vous a conduit à l'utiliser : le *sfik* du *han*. Pour parler brutalement. *Hakkikt,* honneur à vous, je ne sais pas combien de fois vous avez écouté nos conversations mais Ehrran détient toute une masse de rapports susceptibles, à ses yeux, de porter atteinte au *sfik* de Chanur à Anuurn – je traduis du mieux que je peux –, d'y porter si profondément atteinte que le parti pro-stsho pourra nous détruire. Je n'ai pas l'intention de laisser faire cela. Mes motifs sont-ils clairs, à présent ?

– Ils sont aussi labyrinthiques que je l'escomptais. Kkkt. Une fois hors quai, je peux résoudre les difficultés de n'importe qui d'un seul coup.

– Mais j'ai une autre faveur à vous demander : laissez-moi le navire d'Ehrran. Le détruire sans autre forme de procès pourrait être un présent à mon goût mais cela créerait des difficultés à long terme, quand la rumeur s'en répandrait, ce qui ne saurait manquer d'arriver. Parmi tous les équipages de ces vaisseaux, même parmi les vôtres, quelqu'un parlerait pour me nuire et en tirer profit, je n'ai pas le moindre doute là-dessus. Et si cette rumeur se répandait, il ne serait même pas nécessaire que les dossiers réunis par Ehrran parviennent à Anuurn. La faction pro-stsho aurait toutes les munitions qu'il lui faudrait pour me porter tort. Connaissez-vous le concept de martyre ?

– Non, je n'ai jamais entendu prononcer ce mot.

– C'est une sorte de *sfik* que l'on obtient en périssant d'une façon transcendante, *hakkikt.* C'est même un double *sfik* parce que l'on est mort et que l'on ne peut pas être discrédité. Les gens sont alors prêts à vous suivre à jamais et à périr à leur tour. Ce qui fait encore davantage de martyres. Détruisez Ehrran et elle vous causera deux fois plus d'ennuis.

– Kkkkkt. Kkkkkkt. Kkkkt. (Le groin de Sikkukkut se releva comme si une odeur nauséabonde lui emplissait les narines. Il but une gorgée et, d'un coup de langue, se lécha délicatement les lèvres.) Quelle étrange notion ! Kkkkkt. Je pense, chasseuse Pyanfar, que la solution la plus directe serait simplement de désintégrer le vaisseau d'Ehrran lors du prochain combat, quand la situation sera à son maximum de confusion.

– Ah ! Mais alors, je serais encore en compagnie de Tahar, ce qui anéantirait mon *sfik* – à moins que je ne puisse d'abord jeter le discrédit sur Ehrran. On ne discrédite pas une héroïne morte. C'est de mauvais goût. Le martyre, vous comprenez ? Non, je peux aisément traduire ce concept hani en kifish à l'aide d'un seul mot : *pukkukkta.* Vengeance. Il faut que je traite Ehrran d'une manière hani, d'une manière qui montrera aux autres Hani ce que nous savons tous deux qu'elle est : une parfaite imbécile. Et, pour ce faire, j'ai besoin de Tahar.

– Pourquoi risquerais-je mon escadre pour satisfaire votre *pukkukkta ?*

– *Sfik, hakkikt.* Je suis votre alliée. Je peux mettre un terme au problème. L'équilibre, *hakkikt.* L'équilibre au sein de la Communauté. Faire l'ascension d'une montagne est une chose, y construire une maison en est une autre.

Dans la salle, les Kif s'agitaient. Sikkukkut, sa coupe à la main, était d'une immobilité de pierre. *J'ai été trop loin, par les dieux, j'ai fait un pas de trop avec lui.*

Mais il ne rompit le silence que pour laisser tomber :

– Pour une Hani, vous avez un sens aigu de la politique.

Sur quoi, il avala encore une gorgée de son parini, le lapant avec des mines précieuses d'un coup de sa longue langue noire.

– Les Hani sont peut-être nouvelles venues dans

l'espace, *hakkikt,* mais la politique est l'air même que nous respirons.

Sikkukkut fronça le groin.

– Ainsi, vous voulez, petit détail, sept Hani de plus et un navire bien armé dont vous nous garantissez le comportement. Et vous voulez aussi le vaisseau d'Ehrran, kkt, Hani, vous m'amusez. Vous pouvez peut-être avoir l'équipage de Tahar et *Lune Qui Monte.* Kgotok skkukun nankkafkt nok takkif skkukunikkt ukku kakt tokt kiffik sikku nokkuunu kikkakkt taktakti, kkkt ?

Quelque chose comme : remettre aussi bien un millier de Kif. La salle s'emplit de ricanements kifish enchifrenés.

– Bien, reprit Sikkukkut. Qu'est-ce qu'Ismehanan-min avait encore à vous dire lorsque vous l'avez rencontré ?

Dieux ! Contourner par le flanc et droit devant ?

– En dehors de ce qui se trame chez nous, qu'Akkhtimakt se dirige sur La Jonction, essentiellement. Et il m'a mise au courant du traité passé entre les Stsho et le *han,* traité dont je soupçonnais d'ailleurs l'existence.

Lâcher cette part de vérité nouait les tripes de Pyanfar d'inquiétante manière, mais il fallait déposer une mise sur la table – et c'était là une chose dont, grâce aux anciens partisans d'Akkhtimakt, Sikkukkut avait déjà connaissance, selon toute probabilité.

– Kkkt. Oui. Et les Humains arrivent. Vous l'a-t-il dit ?

– Il a dit qu'ils venaient dans cette direction.

Nouveau coup de langue dans la coupe. Accompagné d'un bref clignement d'œil.

– Soyez plus précise.

– Il n'a pas été précis.

– Tt'a'va'o. Continuez.

Derechef, Pyanfar battit des paupières. La surprise ne se dissimule pas mais l'on peut avoir raison de la terreur qui vous assaille. Le peu de parini qu'elle avait bu réagissait avec les médicaments qu'elle avait pris et frémissait dans son sang.

– Tt'a'va'o, confirma-t-elle. Je sais que les Stsho sont en pleine panique. Les Mahendo'sat ne peuvent les contenir. Cette alliance avec Akkhtimakt est ce qu'ils pouvaient faire de plus nocif pour eux-mêmes mais c'est le seul espoir qu'ont les Stsho de se procurer les navires armés que le *han* ne peut leur fournir en nombre. Les Kif sont en quantité connue. Les Stsho ont peur surtout de ce qu'ils comprennent mal. Et ils pensent – à tort, à mon avis – qu'ils peuvent mystifier un Kif, jouer l'un contre l'autre.

Murmures, froissements d'étoffes.

– Kkkkt. Cet endroit est une mine d'informations. Mes oreilles entendent toutes sortes de choses. Où les Humains iront-ils ensuite ?

– Les Stsho pensent qu'ils se rendront à La Jonction. C'est possible. Je ne le sais pas. (Pyanfar sirota une infime gorgée de parini. Et prit un risque qui lui glaça le sang :)

– Les Tc'a ont peut-être leur part dans cette décision.

Le groin de Sikkukkut s'agita. *Un point marqué. La peur...*

– C'est votre point de vue ? Ou celui des Mahendo'sat ?

– C'est mon impression. Et je n'aime pas ça, *hakkikt.*

– Vous dites que vous ne connaissez pas l'itinéraire des Humains. Kkkt. Vous avez cependant une source de renseignements.

– L'Humain qui fait partie de mon équipage ? Les Mahendo'sat peuvent le savoir, *hakkikt,* mais pas Tully. J'ai le sentiment que les Humains improvisent leur route – qu'ils vont là où *ils peuvent* aller. Tully, quant à lui, a quitté les Humains – depuis des mois. Il ne sait pas plus que moi où se dirigent ses congénères. Il en sait même moins que moi, en fait. J'ai parlé avec Or-Aux-Dents.

– Kkkt. (Sikkukkut considéra longuement la Hani

d'un air songeur.) Intéressant. Intéressant, cet Humain. C'est un ami à vous. Et un ami à moi. Je ne prendrais pas un cadeau en mal... puisque vous misez sur ma générosité.

– Et je persiste, *hakkikt.* Nous avons nos différences. Je ne puis livrer un de mes navigants. Mais la *pukkukkta* est un présent qui convient à un Kif, n'est-il pas vrai ? La *pukkukkta* est quelque chose que nous avons en commun. Et si je l'emporte... Chanur remettra de l'ordre dans la maison. Il y aura *pukkukkta,* soyez-en assuré. Vous souhaitez l'abrogation des traités entre Hani et Stsho, *hakkikt ?* C'est un cadeau que je vous ferai avec mes compliments. Nous avons des motifs communs. N'est-ce pas la manière dont vous avez vous-même défini une bonne alliance ?

– Vous avez des ambitions touchant Anuurn ?

– Oh oui ! Anuurn et l'espace.

Nouveau silence. Un reniflement sec.

– Les prisonnières sont sans importance. (Sikkukkut fit un geste du bras gauche et une main qui parut se matérialiser instantanément se saisit de sa coupe.) Allez. J'ai consacré suffisamment de temps à cette affaire.

Pyanfar se leva et s'inclina. Haral fit de même.

– Et le navire.

– C'est un détail. (Sikkukkut leva derechef la main.) Occupez-vous-en. Skktotik.

Des Kif se présentaient au sas. Avec de la marchandise.

– Par les dieux, ils peuvent attendre, dit Tirun.

Hilfy se retourna et la regarda. Son cœur cognait dans sa poitrine. Tirun était l'officier de grade le plus élevé. C'était elle maintenant qui, installée à la place d'Haral, prenait les décisions.

Hilfy la regardait. Elle la connaissait depuis assez longtemps pour savoir que c'était une impulsive et qu'elle avait le bon sens d'agir en dépit de ces impulsions. *Ne montre pas ta peur...*

– Ces Kif exagèrent. (Il y avait de la fureur dans les yeux de Tirun.) Qu'ils aient choisi ce moment ne me plaît pas. Mais nous allons prendre livraison de ce qu'ils apportent.

– Je vais y aller, dit Hilfy.

– Vas-y avec Khym.

– Je préférerais Geran.

– Je veux avoir une paire d'yeux supplémentaires devant les écrans. Fais-toi accompagner par Khym.

– D'accord. (Hilfy mit en service la sonorisation générale à faible volume.) Geran, Tully, vous êtes demandés sur la passerelle. *Na* Khym, gagnez la coursive inférieure.

Son estomac était pris dans un étau quand la jeune Hani se redressa. La terreur à l'état brut. Pyanfar à l'extérieur avec Haral, et les Kif devant le sas avec une innocente cage remplie de vermine ainsi qu'une mini cagette pleine de grains.

Avec les compliments du hakkikt.

De la part de Sikkukkut qui gardait Pyanfar et Haral à son bord depuis si longtemps que cela en devenait inquiétant.

Geran fut sur la passerelle avant qu'Hilfy eût atteint l'armurerie.

– Il y a des Kif en bas, lui annonça Tirun. Nous avons de la visite.

Le fauteuil chuinta quand Geran s'assit tandis qu'Hilfy fixait un lourd AP à sa hanche et se saisissait de deux pistolets légers, un pour elle et un pour Khym. Ses mains tremblaient. Elle leva la tête quand Tully surgit à son tour. Il se tourna vers elle.

– Installe-toi au balayage, lui ordonna-t-elle. Tu seconderas Geran.

– Py-anfar ennuis ? (Il y avait de la terreur dans ses yeux de cauchemar.) Faire quoi ?

– *Assieds-toi !* Et ne pose pas de question.

Hilfy n'avait pas eu l'intention de feuler. Si elle avait grondé, c'est que son instinct avait parlé. La terreur, pour elle aussi. La contrariété. Des hommes. Ce n'était pas une bataille d'hommes – pas encore.

Et tout ce qu'elle aurait pour l'aider, en bas, c'était un homme qui ne lui appartenait pas. Pyanfar pouvait manier Khym. Elle pouvait faire entrer la raison dans son crâne épais. Mais elle était là-bas, avec les Kif, dans une situation dont les dieux seuls savaient jusqu'à quel point elle était pénible – et *na* Khym ne l'ignorait pas.

Dieux, dieux... Elle referma la porte de l'armoire aux armes tandis qu'à l'autre bout de la passerelle Tully prenait place à côté de Geran. Une paire d'yeux et une paire de mains supplémentaires dans des circonstances critiques. C'était au moins ça. Tully avait du savoir-faire et était analphabète. Et mortellement effrayé.

– Ne bouge pas, dit Geran à quelqu'un par communico interposé.

Hilfy devinait qui. Chur avait sûrement entendu l'appel général.

Elle s'élança vers l'ascenseur, le lourd AP lui battant la cuisse, un pistolet dans chaque main.

– Par ici, dit leur guide tandis qu'ils s'enfonçaient dans les entrailles du vaisseau kifish, traversant des salles empuanties, des couloirs qu'éclairaient des rampes au sodium, franchissant les unes après les autres des portes de mauvais augure qui pouvaient hermétiquement se clore derrière eux.

La dernière abritait des cellules garnies de barreaux entrecroisés.

– J'attends dehors, capitaine ? demanda Haral.

– Oui.

Haral fit un pas de côté en portant vivement la main à son arme. Vivement et fermement. Pyanfar se félicita du bon sens dont faisait preuve son officier en second.

Mais les Kif opérèrent une manœuvre semblable : l'un de leurs guides au noir pelage entra et fit signe à Pyanfar de le suivre tandis que les autres restaient à monter la garde à l'extérieur avec Haral.

Offensive et contre-offensive.

Une espèce depuis bien longtemps experte en assassinats et trahisons. Et l'espèce hani récemment sortie de l'âge des fiefs à l'abri de leurs murailles et de leurs étendards éclatants, et qui, oui, par les dieux, était, elle aussi, orfèvre en trahison. Jamais de poison dans des coupes mais la collusion, la félonie et les duels à foison. Pyanfar entra et remplit ses poumons de cet air fétide, cherchant à y déceler quelque information. Au fond de cet enfer noir et gris, elle distingua une touche de couleur derrière les barreaux. Une infime tache rousse – c'étaient les malheureuses Hani agglutinées dans un coin.

… Hilfy…

Ici. Dans cet endroit-là. Jamais une Hani saine d'esprit n'eût songé à construire à l'usage de créatures pensantes une telle cage, un pareil lieu d'horreur et de tourment.

Le spectacle était censé intimider Pyanfar. C'était l'objectif que poursuivait Sikkukkut. Pas un mot d'explication – juste des guides venus pour les conduire afin de lui montrer quel sort attendait les Hani.

– … par ordre du *hakkikt,* avaient dit les guides une fois sortis de la salle de la confrontation, puis ils avaient poussé Pyanfar et Haral dans l'ascenseur qui s'était enfoncé dans les profondeurs du gigantesque anneau qu'était le *Harukk.* Direction : la poupe. Pour récupérer les prisonnières, avaient-ils promis. Le message était limpide : *Supportez mon hospitalité jusqu'au bout, Hani. Ou dites-moi que vous avez peur. Dites-le-moi devant mes capitaines et mes sycophantes, et nous verrons quelle sera la place des Hani dans mes plans futurs. Nous saurons comment vous traiter, et combien vous êtes coriaces, et ce que vous êtes capables d'affronter. Êtes-vous comme Ehrran, chasseuse Pyanfar ? Où se situe le point où vous flancherez ?*

Un paramètre utile à connaître – lorsque nous nous rencontrerons dans l'espace, que vos nerfs et les miens guideront nos navires et détermineront leurs réflexes...

Que je connaisse vos réactions, chasseuse Pyanfar, pour être à même de les prédire.

Elle s'arrêta à mi-chemin de la porte et des barreaux. Il y eut un mouvement amorcé dans le groupe des Hani entassées dans le coin de la cellule. Une tension. Une fixité soudaine dans le regard de leurs yeux fendus. À supposer qu'elles eussent été apathiques, l'ouverture de la porte avait capté leur attention. Et sa présence, maintenant, avait le même résultat.

Chanur, leur ennemie, resplendissante d'or et de soie, armée jusqu'aux dents, à côté de leur garde kifish, au cœur même de leur prison.

– Restez derrière moi, dit Hilfy quand elle et Khym s'approchèrent du sas. (Elle se tourna vers lui et le regarda en levant la tête. Immense, il la dominait de toute sa taille.) Vous me couvrirez. Ne tirez pas en direction du tube d'accès, cela pourrait provoquer une décompression totale. *Vous m'entendez, na* Khym ?

– Oui.

Le mouvement de ses oreilles fit comprendre à Hilfy qu'il avait entendu. Mais ses yeux étaient sombres et c'était ce qui la tourmentait. Son silence aussi tandis qu'ils avançaient dans la coursive.

– Si vous commettez une erreur, cela pourra être son arrêt de mort – *compris ?* Il s'agit probablement de trois fois rien – le ravitaillement dont nous sommes supposés prendre livraison, destiné à ce maudit Kif...

– Je ne suis pas fou. (Khym eut un haussement d'épaules.) Mais cela vient de Sikkukkut. Il a un plan.

Il réfléchissait.

– J'en suis convaincue. (Hilfy enfonça le bouton de l'intercom du sas.) Ouvre, Geran.

– *Je vous suis sur le moniteur.* (C'était la voix de Tirun.) *Et ne touchez pas à la marchandise.*

Les Tahar se mirent debout. Leur fourrure, leurs crinières étaient poissées de sang séché. La plus gradée – Gilan, c'était son nom –, avait une morsure kifish à l'épaule gauche, une blessure horrible, luisante sous la couche de plasma dont on l'avait enduite pour prévenir une saignée à blanc. Ce n'était pas la seule plaie. La main de Canfy Maurn était enveloppée d'un chiffon et, à en juger par le sang qui en suintait, c'était une mauvaise blessure.

– Faites-les sortir, dit Pyanfar au Kif, ne doutant pas un instant qu'il allait s'exécuter, et vite. Vous avez des ordres.

– Kkkt. (Le Kif leva son visage à la mâchoire allongée et contempla l'estropiée.) Je n'ai pas d'ordres à recevoir de vous, Hani.

– *Capitaine,* vous êtes un gueux sans oreilles et je suis sûre que vous ne manquerez guère au *hakkikt.*

– Ssss. Je ne prends mes consignes que du *hakkikt.*

Le sas s'ouvrit. Les Kif formaient une masse noire dans l'éclat orangé du tubulaire d'accès. Les deux qui se tenaient en avant portaient une grande cage métallique à l'intérieur de laquelle des choses noires se trémoussaient avec des couinements. Hilfy aspira une bouffée d'air froid. Il avait une odeur plus exécrable encore que celle de l'ammoniac qu'elle s'était attendue à respirer.

– Vous n'avez qu'à poser ça là, dit-elle, son pistolet pointé dans la direction des Kif. Nous le rentrerons.

– Mais c'est que nous avons ordre d'observer les règles de la courtoisie, fit le Kif qui se trouvait à gauche en franchissant le seuil, portant une des extrémités de la cage.

– *Arrêtez !*

Hilfy empoigna son arme à deux mains. Elle se rappela qu'il était dangereux de tirer. La panique faisait trembler ses mains.

Un vivant mur d'un roux flamboyant entra en collision avec elle, écartant le pistolet.

– Elle vous a dit d'arrêter, gronda Khym et, à une vitesse surprenante, il se rua sur le Kif.

– Attention ! cria Hilfy.

La cage vola à travers les airs sur le chemin de Khym et acheva bruyamment sa carrière sur le sol. Des piaillements retentirent quand il l'écrasa sous ses pieds. Il saisit à pleines mains un Kif par sa robe et le plaqua contre la paroi du sas tandis que les autres s'élançaient.

– Khym, ne restez pas dans le passage !

Khym souleva un autre Kif d'une seule main et le précipita dans le coin, puis il passa à un troisième. Hilfy brandit bien haut son pistolet et assena un coup de crosse sur un groin. La vermine en liberté piaulait sous les pieds. Elle marcha sur quelque chose de dur qui la fit trébucher au moment où le Kif s'apprêtait à lui arracher son arme. Soudain, son assaillant se volatilisa : Khym l'avait saisi par la peau du cou et l'avait projeté vers l'écoutille. Il rata son coup : le Kif heurta la paroi et s'étala, tombant sur une seconde cage rangée dans le tube d'accès et dont le contenu émit des borborygmes de panique quand elle culbuta.

Dans le tubulaire, un Kif leva son pistolet.

– *Khym !* cria Hilfy. *Pistolet !*

Khym se pétrifia sur place au milieu du sas.

Et le tambour se rabattit tandis que des coups de feu partaient de part et d'autre.

Hilfy se laissa aller mollement contre la paroi intérieure et Khym ne quitta pas sa place.

– *Ça va ?* s'enquit Tirun par le communicateur. *Hilfy, Khym, ça va ?*

– Bonté des dieux, soupira Hilfy.

La vieille routière de l'espace avait tout entendu et télécommandé la fermeture de l'opercule. Khym, immobile, aplatissait les oreilles. Il se retourna. Son expression était épouvantée.

– C'est un traquenard, dit Hilfy d'une voix rauque, s'adressant à la fois à lui et à Tirun. Ils avaient l'intention de s'emparer du vaisseau. La capitaine et Haral sont à bord du *Harukk* et ils essaient d'arraisonner *L'Orgueil.*

L'œil flamboyant, le Kif s'approcha de la porte fermée et, fouillant dans sa robe noire, en sortit une petite clé.

– Vous, mettez-vous en rang, dit-il aux navigantes Tahar. Vous êtes désormais sous la garde de cette Hani. Si vous faites la moindre difficulté, je tire. Au hasard.

Il glissa la clé dans la serrure. La porte s'ouvrit.

– Chanur vous prend en charge, dit Pyanfar.

– La capitaine est là ? fit Gilan d'une voix rocailleuse de l'intérieur de la cage.

– Elle est à mon bord. Venez, Tahar.

Gilan Tahar, le regard hagard et les paupières clignotantes, posa une main sur le chambranle et sortit en vacillant, son bras blessé pendant le long de son corps. Ses compagnes suivirent le mouvement : Naun et Vihan, Tahar, Nif Angfylas, Canfy Maurn, Tav et Haury Savuun. On pouvait se demander si cette dernière serait capable de marcher. Elle se tenait les côtes et sa jambe ensanglantée la faisait boiter. Des oreilles déchirées, des épidermes entaillés. Haury chancelait en s'accrochant aux barreaux et Tav la soutenait, faisant écran de son corps entre sa sœur et le Kif.

– Venez, leur enjoignit Pyanfar d'une voix caverneuse. *Vite... dépêchez-vous... ne nous retardez pas et ne faites pas d'imbécillités,* Gilan Tahar.

De la main, elle désigna la porte de sortie. Un intense sentiment d'oppression l'accablait. Ces barreaux de métal, la cruauté de ce lieu l'affectaient jusqu'à l'âme, la plongeaient dans la détresse et la stupéfaction. *Tuer... chasser...* Les deux idées lui vinrent à l'esprit et elle fit jouer ses griffes par réflexe. L'odeur de la peur était partout, elle imprégnait le navire d'un bout à l'autre. Elle était endémique chez les Kif.

Le garde qui faisait office de guide tourna les talons et se dirigea silencieusement vers la porte, lui ouvrant la voie, à elle et au trophée qu'elle avait gagné : une poignée de vies hani. Une promesse – une promesse *kifish*.

– Le *hakkikt* recevra mon rapport, dit-elle pour ne pas laisser passer l'occasion. Il posera des questions, Kif. (Elle fut soulagée de retrouver à l'extérieur Haral, la main sur la crosse de son arme, en faction avec les gardes kifish.) Viens. Nous repartons.

Hilfy arriva sur la passerelle le souffle court et s'appuya au dossier du fauteuil de Tirun. Khym survint à son tour tandis que Geran et Tully reprenaient leurs places.

– Pas de dégâts dans le tubulaire ? demanda-t-elle à Tirun.

– Il a l'air en état de marche. La pression est bonne. Nous sommes en contact avec Jik et Or-Aux-Dents sur des canaux ouverts. La capitaine nous écorcherait vives si nous utilisions ce code...

– Que disent-ils ?

– Ils ne sont pas à la noce. Jik dit qu'il y a du monde sur les docks...

– Raclures des dieux, Tirun ! Pyanfar est avec ce Kif... il faut qu'on y aille...

– Hilfy... (Tirun pivota sur elle-même, les oreilles couchées et l'œil enténébré.) Pour l'amour des dieux, c'est de ce maudit *hakkikt* que tu parles. Que veux-tu faire ? Lancer un raid sur le *Harukk* ? Que pouvons-nous faire ? Leur tirer dessus pour qu'elles soient abattues toutes les deux ?

Toujours appuyée au fauteuil de Tirun, Hilfy vida

ses poumons. Elle avait conscience de se conduire comme une idiote. Elle ne sentait plus ses articulations. Le fait d'être montée en haut des œuvres vives – ou, purement et simplement, la panique ?

– Fais venir Tahar. C'est pour son équipage que la capitaine est en train de risquer sa peau… et Tahar les connaît, ces Kif.

Tirun releva ses oreilles et les fit remuer d'avant en arrière en signe d'indécision.

– Le fait est que des renforts ne nous feraient peut-être pas de mal. Occupe-t'en, Geran. (Elle secoua à nouveau amplement ses oreilles, fronça son museau épaté et sa lèvre se releva.) Et il me vient une idée. Il y a quelqu'un d'autre à bord qui les connaît, ces Kif.

– Skkukkuk.

La gorge d'Hilfy se serra. Elle savait pourquoi elle faisait preuve d'illogisme sur ce point. Et c'était un ordre de Tirun. Il ne lui appartenait en aucune façon à elle, Hilfy, de le discuter.

– Si nous avons besoin de lui, ajouta Tirun tandis que frémissaient à nouveau ses oreilles alourdies d'anneaux.

Une vieille routière qui avait connu une centaine de crises, prudente et pas commode à supporter, Tirun Araun. Et, pendant tout ce temps, sa sœur Haral se trouvait dans un fichu micmac avec Pyanfar – on oubliait les liens farouches qui les unissaient l'une à l'autre. Tirun faisait en sorte qu'on les oublie. Elle faisait ce qui devait être fait sans hésitation, sans laisser son intérêt égoïste s'interposer entre elle et le bâtiment. Hilfy regarda la spatienne blanchie sous le harnois et Geran Anify qui s'occupait avec une égale efficacité du communico et des écrans de balayage, remplaçant sans heurt Tirun à ses fonctions comme une machine bien réglée, alors que le monde partait en lambeaux autour d'elles. Pour la première fois depuis qu'elle était sortie de l'adolescence, Hilfy prenait vraiment la mesure de ses aînées et voyait le chemin qu'elle avait encore à parcourir. La prise de conscience de ce qu'était Tirun et de ce qu'elle-même était fut comme un coup qui la frappa en pleine poitrine. Et il y avait peu de chances qu'elle vive assez longtemps pour aller au bout de la route. Mais cette pensée même était de l'égoïsme. Face à une crise, Tirun ne prendrait jamais le temps de se laisser aller à un tel sentiment. Hilfy vit tout dans un éclair, comme dans une explosion, un instant de panique. Et puis, elle s'aperçut que ses genoux avaient cessé de trembler et elle découvrit une bribe de quelque chose, à la manière de Tirun, un rien dont elle n'avait jamais su qu'il était entreposé quelque part, au fond d'elle-même.

– *Va dans un enfer mahe avec toi-même, Hilfy Chanur, vas-y avec tes craintes et tes précieux petits désirs… Le navire a un problème.*

– Tahar monte, annonça Geran.

Un nouveau témoin scintilla sur le panneau, un nouvel appel. Hilfy se prépara à s'en occuper et à reprendre son poste mais Geran la devança. Elle occupait sa place, Tully à côté d'elle, prêt à l'assister, les yeux rivés sur l'écran, aux aguets du moindre mouvement qui pourrait éventuellement se produire au large de Kefk. Même quelque chose d'aussi petit qu'un remorqueur pourrait mettre *L'Orgueil* hors de combat en s'encastrant dans ses vannes. Ou un saboteur pouvait s'introduire par un accès de service et balancer un explosif. D'où des avaries. Qui rendraient tout saut hors de Kefk incertain, risqueraient de les tuer tous s'ils tentaient quand même l'aventure.

… Ô dieux… Ce serait suffisant pour les obliger à négocier.

– Tirun, dit Hilfy, s'ils nous causent des dommages… ils ont Pyanfar et Haral dans leurs mains. C'est peut-être là leur objectif. Nous capturer s'ils le peuvent, mettre le navire hors d'état s'ils ne le peuvent pas. Rien de personnel là-dedans : si les Kif ont la possibilité de réduire un allié arrogant et de le soumettre, ils n'hésitent pas.

Les oreilles de Tirun remuèrent. Elle comprenait. Hilfy alla prendre place à côté de Tully pour s'occuper de la console de balayage – avec des yeux capables de lire et des mains capables de se servir du clavier.

– ... Il y avait environ huit Kif, disait Geran à quelqu'un dans le communicateur. Non. Non. Non, capitaine. Laissez-moi demander à... laissez-moi... *Laissez-moi demander à l'officier de service, capitaine...* Tirun, c'est le *Vigilance.* Ehrran envoie un détachement prendre position sur les docks.

– Raclures des dieux... *Passe-la-moi !*

– Elle a coupé la communication.

13

Dans l'ascenseur du *Harukk,* neuf Hani et deux Kif en armes. La porte s'ouvrit quand la cabine atteignit le niveau du tubulaire d'accès. Lumière chiche et air plus froid – le dernier tronçon du trajet à parcourir pour descendre à quai.

Nous allons réussir, songea Pyanfar, ce dont elle avait douté dans le réduit qui servait de prison. Elle avait douté de tout jusqu'à ce que les Kif les aient escortées à l'ascenseur et que deux d'entre eux fussent entrés avec elles dans la cabine – en état d'infériorité, au moins à cette portée et dans cet espace confiné. Et elle avait fini par y croire presque quand elle avait vu la porte s'ouvrir, quand elles avaient débouché dans la bonne coursive où il n'y avait ni embûches ni détachement de gardes kifish pour les attendre. Rien que la sortie. En tournant la tête vers les Kif et les Tahar, elle entr'aperçut les oreilles d'Haral frémir et rencontra fugitivement son regard. Ce fut comme un échange télépathique. La même pensée : *Ça y est presque, capitaine. Peut-être qu'on a quand même une chance de s'en sortir, en définitive.*

Les yeux à nouveau fixés droit devant elle, Pyanfar poursuivit sa route à l'allure imposée par leur guide. Cette fois, les passants qu'elles croisaient leur jetaient des coups d'œil au moins empreints de curiosité, se demandant vraisemblablement quel jeu se jouait là.

Quel jeu et qui le jouait.

– *Folle !* grognait Jik dans le communico. *Elle ne pas faire, elle ne pas faire...*

Il coupa brutalement le contact. Tel était son commentaire touchant la décision de Rhif Ehrran de faire une sortie sur les docks de Kefk. Hilfy avait entendu comme les autres. Elle tourna la tête à droite : Dur Tahar arrivait sur la passerelle d'un pas pressé.

– Mon équipage ? demanda-t-elle incontinent, haletante.

– Nous travaillons la question.

Hilfy se leva et mit le balayage sur alarme. Il fallait qu'au moins un membre de l'équipage fût prêt à protéger le cou de Tirun maintenant que Dur Tahar était sur la passerelle de *L'Orgueil* et Khym venait de se mettre debout pour se livrer éventuellement à cet exercice – on ne pouvait pas dire que ce fût une situation idéale.

– Alors, que se passe-t-il ? (Tirun, à qui Tahar s'était adressée, était en communication urgente avec Or-Aux-Dents et elle n'avait pas le temps de répondre.) Quel est le problème ?

– Eh bien, qu'est-ce qu'ils disent ? demandait Tirun. Le *hakkikt* a-t-il une bonne raison pour expliquer qu'on ait tiré dans notre sas ? Pourquoi la vermine grouille-t-elle sur notre pont inférieur ? Où est notre capitaine, huh ? Ils le savent ?

La réponse du commandant du *Mahijiru* fut inaudible.

– La capitaine essaie d'obtenir la libération de votre équipage, dit Hilfy à Tahar. En attendant, on nous a tiré dessus. Voulez-vous prendre un poste opérationnel, capitaine ? Nous ne savons plus où donner de la tête. Il serait très utile que vous vous occupiez de l'écran de balayage. Tully ne sait pas le lire.

Elle s'attendait à voir Tahar arguer de son rang pour répondre par une fin de non-recevoir mais celle-ci abaissa les oreilles et se dirigea vers la console qu'Hilfy lui indiquait sans soulever d'objection. Au même instant, Tirun fit pivoter son fauteuil.

– Attendez ! Or-Aux-Dents dit qu'il ne peut pas joindre Sikkukkut. Les Kif se montrent obstinés. Ils cherchent à gagner du temps. Ce n'était pas un accident. (Tirun quitta la place d'Haral qu'elle occupait et, faisant signe à Dur Tahar, s'installa dans le fauteuil de Pyanfar.) *Asseyez-vous !* Prenez le numéro deux, Tahar. Je vais vous mettre au courant. Hilfy, Khym, par les dieux, allez me chercher le Kif. Je tiens à lui parler tout de suite.

Hilfy prit Khym par le bras et l'entraîna.

Personne, en principe, ne s'asseyait à la place de Pyanfar. Or, Tirun y était maintenant. Jamais une Hani appartenant à un clan étranger ne pouvait s'asseoir devant une console de *L'Orgueil*. C'était maintenant chose faite. N'importe quoi qui pût améliorer leur chance !

Hilfy et Khym enfilaient la coursive principale au pas de charge quand, soudain, le vrombissement des générateurs éclata. C'était une vibration qui parcourait de bout en bout l'échine du vaisseau. Khym s'arrêta net en dérapant sur un pied et se retourna avant qu'Hilfy l'eût empoigné par le bras.

– Ils sont sous tension !

– C'est une précaution. (Hilfy l'entraîna à nouveau en courant vers l'ascenseur.) Nous ne déhalons pas. Tirun ne ferait pas ça. Pour l'amour des dieux, suivez les ordres !

Ainsi, nos systèmes sont parés. De cette façon, les Kif savent que nous pouvons prendre l'espace. Ou tirer. Ils ne peuvent rien faire. Kefk disparaîtra avec nous si l'on doit en arriver là. C'est là le message que Tirun leur adresse.

– Kkkt, fit le garde de faction devant le sas du *Harukk* à la vue de ce à quoi il avait affaire. Pyanfar, la main à portée de son arme, aplatit les oreilles car il y avait, dans le ton modéré du Kif, un tranchant sur lequel une Hani ne pouvait se méprendre et qui sonnait comme une provocation.

Mais d'un geste large du bras, manche flottante, le garde leur fit signe de passer. Une fois entrée dans le tubulaire d'accès glacial, Pyanfar se retourna brusquement, enveloppant au passage le Kif d'un regard flamboyant, pour s'assurer que tout le monde la suivait.

Les Tahar avançaient du mieux qu'elles pouvaient, Gilan par ses propres moyens, Naun et Vihan soutenant Haury tandis que Nif et Canfy, elles, soutenaient Tav. Haral fermait la marche, les traits impassibles, la physionomie inexpressive – *ne pas plier, ne pas donner de signe de faiblesse.* Sikkukkut ne les avait pas oubliées. Il devait être curieux de savoir ce qu'elles feraient, se tenir à l'affût d'un quelconque indice de complicité. Il leur ferait couper la gorge au moindre soupçon s'il pensait que l'on s'était joué de lui ou s'il suspectait les Hani de l'avoir trompé sur les motifs qui les animaient.

Vite, dépêchons-nous... Dans son impatience, Pyanfar foudroya Gilan Tahar du regard et se rua en direction du quai dès qu'Haral eut émergé du sas.

– Kkkkt, fit le Kif soulevant son crâne encapuchonné de l'appui-tête du lit propre sur lequel il était couché dans une cabine non moins propre. Kkkkt. Jeune Chanur...

– Debout !

Hilfy n'avait pas sorti son arme de l'étui et son attitude n'était nullement menaçante : Khym était derrière elle, et c'était une assurance plus que suffisante.

– La faim m'affaiblit. Hani, c'est un gaspillage...

– Debout, Kif. Dépêchons. Nous avons eu un petit problème avec votre dîner. Il s'est répandu dans tout le navire. Notre écoutille porte maintenant une belle trace de brûlure toute neuve. C'est à ce propos que nous avons des questions à vous poser.

– Perfidie. (Skkukkuk se redressa et quitta son lit en se servant d'une main pour garder son équilibre.) Kkkt. Perfidie.

– Vous comprenez très bien, dit Hilfy. Venez. Nous allons monter et discuter de la chose avec l'équipage.

– Je n'y suis pour rien, Hani, ce n'est pas ma...

– *Dehors !*

Skkukkuk s'approcha. Khym le saisit par le col de sa robe. Il se tortilla et roula des yeux avec inquiétude. Ses mâchoires cliquetèrent d'alarmante façon.

– Je ne résiste pas. Je suis tout disposé à me rendre sur votre passerelle. Vous n'avez pas besoin...

– J'espère bien, murmura Hilfy.

Elle le prit par un bras, Khym par l'autre et ils l'entraînèrent malgré ses protestations véhémentes.

Une petite chose noire fila devant eux pour aller se réfugier dans un couloir moins fréquenté.

– Je vous ai rendu les armes, chuinta Skkukkuk en se débattant pour libérer ses bras. Lâchez-moi ! Lâchez-moi, stupides Hani ! Je suis vôtre, je suis loyal envers la capitaine...

– Dans un enfer mahe, grommela Hilfy.

Elles atteignirent le bas de la rampe, passant sous les macabres trophées – toutes ces têtes accrochées aux hampes. Pyanfar se retourna à nouveau, la main sur son AP. Les navigantes Tahar faisaient de leur mieux. Elles avançaient, s'efforçant de maintenir Haury Savuun debout sur ses pieds. Il était visible qu'Haral, qui fermait la marche, aurait pressé le pas avec joie mais il y avait une limite aux possibilités physiques des Tahar. Des groupes de Kif sur le quai et en haut de la rampe les observaient en caquetant. Kkkkt… Kkkkt.

Regardez ces imbéciles, traduisait intérieurement Pyanfar. Ses poils se hérissaient. Elle regarda une deuxième fois les Tahar, l'officier en second du *Lune Qui Monte* en particulier, au moment où elles ne se trouvaient pas à portée de voix des Kif.

– *Ker* Dur est en sécurité, dit-elle précipitamment. C'est la vérité. Et j'ai récupéré votre navire. Vous êtes libres. Comment vous sentez-vous ?

À mesure que ces paroles faisaient leur chemin dans son esprit, les yeux d'ambre noir de la Tahar s'écarquillaient et se rétrécissaient tour à tour, devenaient fixes et cessaient d'accommoder.

– La capitaine… avec vous… Et *Lune Qui Monte* ?

– L'une et l'autre sous ma garde. Vous êtes sauvées. Nous allons vous ramener le plus vite possible en territoire sûr et nous vous libérerons… Ne prenez pas cet air abasourdi ! Du cran ! Nous avons un bon bout de chemin à faire à pied, Gilan Tahar. Je ne veux utiliser aucun véhicule sur ce quai.

– À vos ordres, capitaine. (Il y avait de l'enjouement dans la voix rauque de Gilan.) Nous sommes avec vous.

De part et d'autre de la petite troupe, des Kif. Qui caquetaient et chuintaient de joie au spectacle qui leur était offert…

Sfik, songea Pyanfar avec un choc. Cette bande hani en haillons était la preuve – les dieux leur viennent en aide ! – de la vulnérabilité des Hani. *Les Kif ne voient pas en Tahar nos ennemies. Nous ne les traitons pas comme il conviendrait. Par les dieux, c'est un traquenard ! Ne pas nous les remettre sous escorte kifish… c'est là le sens de l'humour propre à Sikkukkut. Faire en sorte que nous les embarquions nous-mêmes. Espérant qu'il y en aura une qui s'évanouira en route et fera toute une comédie.*

– Capitaine… lança Haral, quelques pas derrière elle.

En face d'elles, des Kif se mettaient en position, leur bloquant le chemin. Il n'y avait que deux solutions : traverser le barrage ou le contourner.

– Nous ne bluffons pas, dit Pyanfar en mettant dans son allure une insolence exagérée et en portant la main à la crosse de son AP. (À la réflexion, elle le sortit de l'étui, bascula le verrou de sécurité et continua d'avancer en l'agitant, le canon pointé vers le bas.) *Place !* Racaille, nous sommes ici avec ces prisonnières par ordre du *hakkikt,* loué soit-il, et c'est une affaire dans laquelle vous n'avez pas à fourrer votre nez !

Les Kif amorcèrent lentement un mouvement de retraite, calculé, c'était patent, pour qu'elles les frôlent au passage. Mais ils allaient dégager. Pyanfar avait le doigt sur la détente de son arme. Derrière elle, elle en était sûre, Haral avait imité son exemple et la couvrait.

– *Hani !*

À ce cri kifish qui avait retenti dans son dos, Pyanfar s'arrêta net et, bien campée sur ses jambes écartées, tenant son arme à deux mains, elle la braqua sur le groupe massé devant elle, sachant que, derrière, Haral exécutait la même manœuvre.

– Il y en a trois. (La voix de cette dernière, dont le dos touchait son dos, parvint à ses oreilles qui avaient pivoté.) Dieux ! Un Kif a été touché ! Quelqu'un a tiré sur…

Pyanfar tira un coup de semonce par-dessus les têtes et fit volte-face. Sur le quai, elle vit un Kif en train de s'écrouler. Puis ce fut au tour d'un deuxième de tomber. Et d'un troisième. *Des tireurs isolés…* D'un coup d'épaule, elle poussa Gilan Tahar vers le fouillis des portiques et des filins courant le long des bassins de mouillage.

– À l'abri ! s'époumona-t-elle. Ne restons pas à découvert ! Foncez !

Les Tahar s'élancèrent en courant. Elle se retourna

à nouveau. Haral couvrait leur retraite. Ici et là, des Kif s'effondraient, d'autres ripostaient dans un tumulte de pépiements kifish.

– Mets-toi à couvert ! lança-t-elle à Haral, et cette dernière décrocha prestement. (Ça tiraillait dans tous les sens. Quelque chose explosa derrière elle avec un bruit assourdissant, faisant jaillir un geyser de particules.) Allez ! hurla Pyanfar en faisant signe aux Tahar de se hâter, de gagner le maximum de terrain possible.

– Allez ! répéta en écho à son ordre Gilan, s'efforçant de son bras valide de haler Canfy Maurn. Dépêchons ! Ne restons pas là !

Des Kif qui tiraient sur des Kif.

Les partisans d'Akkhtimakt étaient entrés en rébellion contre Sikkukkut...

– Nous voilà avec une révolution sur les bras, haleta Haral qui soutenait Haury Savuun, suivie de Tav et de Naun pantelantes. Capitaine... nous avons...

Une nouvelle explosion, toute proche, la fit vaciller et elle porta à ses yeux la main qui tenait l'AP pour les protéger. Pyanfar pivota sur elle-même et tira dans la direction d'où venait le feu adverse.

– Par les dieux, ils tirent par ici, ils...

Il y eut le coup de tonnerre suivi d'une salve. Un impact projeta Pyanfar en arrière. Sa tête heurta le sol. Elle roula sur elle-même et se précipita, jouant des pieds et des mains, sonnée, pour se mettre à couvert.

– *Capitaine !* s'écria Haral.

– Ne quittez pas, ne quittez pas. (Du communico de *L'Orgueil* se déversait un chaos de vociférations.) Je l'ai... Tirun, j'ai Jik sur le un et un Kif sur le deux...

– Bascule-moi le Kif.

Tirun écouta tandis que Khym et Hilfy continuaient d'immobiliser un Skkukkuk en furie.

– Vous, silence ! lui ordonna Hilfy.

Peut-être fut-ce ce commandement, peut-être fut-ce la voix qui tombait de la console, mais il se tut.

– *Honneur au* hakkikt *Sikkukkut an'nikktukktin,* disait la voix. *Une attaque suicide lancée par des éléments incontrôlés a mis en danger votre capitaine et l'officier qui l'accompagne. Nous allons sans tarder prendre les mesures de représailles qui s'imposent. Nous recommandons à tous les vaisseaux de faire preuve d'une vigilance extrême dans l'hypothèse d'une attaque venant de l'extérieur tant que durera cette crise.* Orgueil de Chanur, *abstenez-vous de toute action inconsidérée. Le* hakkikt *sera sans pitié avec ces aventuriers.*

– Surveillez-le, dit Hilfy à Khym à mi-voix, et elle se rua sur le communico. Tully, laisse-moi ta place. Prends l'écran balayage numéro un. La capitaine Tahar s'occupe du moniteur.

Tully se leva. Elle se jeta dans le fauteuil, se glissa un écouteur dans le tuyau de l'oreille et capta la fin de la retransmission, décalée de quelques secondes, du message kifish que Geran relayait sur le canal mahendo'sat. Quand le Kif se tut, l'*Aja Jin* accusa réception sur le même canal.

– Ici *L'Orgueil de Chanur,* émit alors Hilfy en hâte sur le canal kifish non autorisé. J'appelle le *Harukk*... où est votre personnel ? À quel endroit ?

– *Je ne suis pas habilité à vous communiquer cette information,* Chanur.

– Ils ont peur, chuinta Skkukkuk dans leur dos. Le *hakkikt* Sikkukkut est désemparé. Il ne les retient pas prisonnières...

Hilfy se retourna et ses yeux se rivèrent sur les yeux bordés de rouge du Kif.

– Pourquoi ?

– Parce qu'il dit qu'elles sont en danger, jeune Chanur. Il avoue une faiblesse. Il promet qu'il y aura des représailles. Cela signifie qu'il n'a pas le contrôle de la situation. Il n'y est pour rien. Autrement, il n'avouerait pas sa faiblesse, même si ce n'était qu'un subterfuge.

Soudain, le haut-parleur général entra en action. C'était le canal de Jik :

– *Nous personnel sur quai envoyer.* Mahijiru *passer action. Où Pyanfar être* ? Orgueil de Chanur ? *Vous contact avoir ?*

– Que se passe-t-il au juste là-bas ? demanda Hilfy à Skkukkuk.

– Ce sont les partisans d'Akkhtimakt, jeune stupide. Ils espèrent réussir un coup d'État. Ils se battront vraisemblablement même avec le *Harukk*. Le *hakkikt* s'occupera personnellement de cette affaire. Il va être occupé.

– C'est probablement la vérité, dit Dur Tahar en faisant pivoter son fauteuil pour tourner le dos au moniteur.

D'un bond, Hilfy fut sur ses pieds, braquant son pistolet de poche sur elle.

– C'est le côté où vous vous trouviez récemment, n'est-il pas vrai, Tahar ? Le côté d'Akkhtimakt ?

Tahar coucha ses oreilles. Ses yeux montraient leur blanc. Elle était rigide sur son siège.

– Tirez ou écoutez-moi, Hilfy Chanur. Le Kif dit la vérité. Mais c'est un incident isolé. Rien n'a été coordonné. À ma connaissance en tout cas. Et je l'aurais su. Non, c'est une affaire locale. Mon équipage et votre capitaine sont là-bas, sur les docks. Ce Kif émet une hypothèse mais c'est une hypothèse fondée. Là où elles sont, le *hakkikt* ne peut pas mettre la main sur elles – sinon il l'aurait fait. Non, cela est en corrélation avec la tentative d'assaut lancée contre le sas du navire. La station Kefk contre-attaque. Les amis d'Akkhtimakt passent à l'action. Et, par les dieux, mon équipage et votre capitaine sont pris entre deux feux… *écoutez-moi et baissez ce fichu pistolet !*

Tirun fit pivoter son siège. L'écouteur pressé contre l'oreille, elle écoutait quelque chose. Ses yeux clignotèrent.

– Ehrran vient d'engager la bataille contre les Kif… Vomissures des dieux, ça tire sur le quai.

– Je vais y aller, dit Khym d'une voix unie.

– Vous allez rester avec nous. (Tirun se mit sur ses pieds.) Dieux, la capitaine nous écorchera vifs mais quand nous les aurons ramenées, elle pourra m'étriper la première si elle veut. Nous allons fermer hermétiquement *L'Orgueil* et descendre. Exécution ! Geran, tu t'en occupes. Tu mets le sas en autoblocage.

Tirun se rendit d'un pas vif à l'autre bout de la timonerie, ouvrit l'armoire aux armes et présenta un pistolet à Dur Tahar.

– Je, fit Tully en tendant la main. Je.

Tirun posa son arme de poche dans sa paume.

– Fais-en bon usage.

– Vous, venez, dit Hilfy à Skkukkuk en l'empoignant sans ménagement par le bras, griffes sorties. Nous allons vous ramener en bas.

– Le laisser à bord ? s'exclama Tirun. Non merci. Ce gueux viendra avec nous. Et il sortira le premier. En avant, Kif ! Marchez devant.

Le corps filiforme de Skkukkuk se raidit. Levant la tête, il se redressa de toute sa taille.

– Rendez-moi mon arme, Hani.

– Supposons que vous en *preniez* une ? rétorqua Tirun, le museau froncé. À l'*autre* côté.

– Capitaine…

Haral se penchait sur Pyanfar dans l'abri qu'elles avaient trouvé derrière un haut pont roulant. Les projectiles faisaient une dentelle rouge à travers la fumée, ricochaient contre la paroi et le portique lui-même. À l'aide d'un morceau d'étoffe trouvé elle ne savait où, elle essuyait le visage de Pyanfar avec ferveur et sans y aller de main morte. Le bruit des explosions remplissait les oreilles de Pyanfar. Ça tirait devant et derrière. Tout cela était très lointain. Et puis, tout devint plus clair : l'expression anxieuse d'Haral, la douleur derrière sa tête. Balbutiant un juron, elle repoussa la main secourable qui lui épongeait la figure et essaya de bouger. Son épiderme était douloureux. Elle porta la main à son abdomen. Il y avait du sang.

Des fragments de métal. Des échardes. Elle en était criblée. Elle sentait leurs piqûres, elle les sentait dans sa fourrure. Les Tahar avaient des masques d'effroi. Le museau d'Haral était ourlé de blanc. Haral Araun prise de panique ! Cela lui ressemblait si peu que c'était un peu comme si l'univers s'effondrait.

Un nouvel ébranlement : cette fois, c'était un AP qui tirait contre la cloison de la station au-dessus de leurs têtes. Et ce fut une nouvelle pluie de débris. Une lourde tubulure sectionnée dégringola, si près qu'elles en eurent le souffle coupé.

– Dieux !

Pyanfar se redressa sur les genoux et chercha son arme dans l'étui vide.

– Voilà.

Gilan Tahar lui glissa la crosse dans la main. Elle vit Haral jeter un coup d'œil à l'extérieur et se retourner, crispée.

– Le temps se couvre.

– L'heure n'est pas aux bulletins météo, par les dieux ! Y a-t-il un endroit où s'abriter plus loin ?

– Nous sommes à couvert ici.

BANG ! Nouveau coup de tonnerre, nouvelle averse de métal.

– Ils prennent cette paroi pour cible !

– Il y a des produits inflammables sur le quai, cria Haral. (Le feu faisait rage et elle désignait les fûts marqués de l'emblème jaune indiquant des combustibles.) Si nous allons par là, nous pouvons y mettre le feu et périr grillées, capitaine.

– Rester où nous sommes n'est pas une meilleure solution. Combien de temps ta sœur va-t-elle attendre, huh ?

– Je compte sur l'arrivée de Jik.

– Eh bien, il est en retard ! Et nous allons voir une vraie marée d'équipages qui va s'amener si Sikkukkut ne leur donne pas d'assurances, et je ne crois pas qu'il soit en position de leur en donner. Fûts ou pas fûts, il faut y aller, ma cousine. (Pyanfar regarda Gilan Tahar, défaite. Elle avait perdu beaucoup de sang. Son épaule amochée était bandée mais le pansement était trempé. Haury Savuun était encore consciente mais par quel effort de volonté ? Seuls les dieux le savaient !) Gilan, nous avons un bon trajet à accomplir en vitesse. Sans tirer. Il ne faut pas attirer l'attention à proximité de ces barils. (Fouillant dans ses poches, elle en sortit son pistolet léger et le tendit à Gilan.) Au cas où… Mais, par les dieux, restez avec nous.

– Nous sommes avec vous.

Comme Gilan disait cela, une partie du portique explosa et un tuyau s'effondra, rebondissant sur le sol. Il s'en était fallu d'un cheveu qu'il ne fût tombé sur le groupe.

– Venez ! hurla Pyanfar en filant vers le mouillage suivant à travers une fumée si épaisse qu'elle masquait les poutrelles de soutènement. Comme elle se dirigeait au pas de course vers les barils jaunes, elle se souvint que les Kif étaient, au moins partiellement, aveugles aux couleurs.

La vermine pullulait. Les Chanur se ruaient vers le sas dont les tambours intérieur et extérieur s'ouvrirent. Dans le tubulaire baigné d'une lumière orangée, Tirun se retourna pour refermer l'opercule. Dans sa course, Hilfy fit un écart pour éviter la cage démantibulée et le caisson…

Explosifs… Elle songea avec horreur que si les Kif voulaient décompresser les docks…

– Allez ! hurla-t-elle à pleins poumons.

Skkukkuk passa devant elle à une allure digne d'un Kif. Puis ce furent Khym et Geran. Tirun trébucha sur la cage défoncée et poussa un juron.

Étreignant son arme, Hilfy se précipita derrière Khym pour négocier le tournant, suivie de près par Tully et Tahar.

– Tirun ! cria-t-elle en se retournant à moitié.

– Avance ! répondit l'interpellée.

Elle ferait de son mieux. Elle boitillait en courant et elle protégerait leurs arrières.

Hilfy dépassa Tully et Tahar, et arriva juste à la hauteur de Khym quand il atteignit les portes pressurisées au bas de la rampe. On entendait au loin des coups de feu assourdis.

Un projectile ricocha contre la paroi intérieure et Skkukkuk plongea pour se mettre à couvert.

– Vous sortir, sortir, cria un Mahe sortant de sa cache et agitant frénétiquement le bras.

Des Mahendo'sat étaient en position sur le pont de charge tout proche – des gens de Jik ou d'Or-Aux-Dents. Hilfy ne perdit pas de temps pour s'abriter près de la console du portique de charge. Elle était terrorisée. Son cœur battait à tout rompre. Quand elle se retourna, ce fut pour voir Tirun, Tahar et Tully dégringoler la rampe au péril de leur vie. *Ô dieux, dieux... je ne peux pas... je ne peux pas...* Elle jeta un regard dans la direction opposée, supposant que Khym était à couvert derrière un amoncellement de barils.

Il n'était pas en vue.

– *Na* Khym ! appela-t-elle, atterrée, tapie dans son abri tandis que Skkukkuk surgissait – suivi... de Khym. Par les dieux ! Khym ! Mon oncle ! *Arrêtez !* Attendez !

Soudain, tout devint clair : la direction de l'ennemi kifish, la direction du feu nourri au milieu duquel se trouvaient Pyanfar et Haral. Elle fit refluer sa peur, la refoulant dans un lieu lointain et glacé, ne se souciant plus ni de survivre ni de mourir.

Continue, Hilfy Chanur, continue ! Est-il fou l'homme qui sait que l'heure de sa mort a sonné ? Le Kif qui s'apprête à changer de camp ? Continue, stupide. Haral est là-bas, Pyanfar est là-bas... Cours jusqu'à ce que tu sois la cible des balles. Alors, planque-toi et tire jusqu'à ce que cela s'arrête. C'est la simplicité même, petite.

La voix d'Haral qui lui répétait ses consignes.

Sur le quai où Khym avançait en courant, des bouffées de fumée fusaient. Ça continuait de tirailler dans tous les coins.

Pyanfar se rua derrière les fûts de carburant et continua sur sa lancée. Chaque pas qu'elle faisait se répercutait douloureusement dans ses os et dans son crâne. L'air, trop ténu, lui brûlait les poumons, chargé qu'il était des relents âcres de la fumée et d'une odeur d'ozone. Sa respiration était étranglée. Elle se retourna et s'arrêta pour faire un signe de la main à Gilan et à Naur, les couvrant sans tirer – il ne fallait pas se faire remarquer si l'on pouvait s'en dispenser – mais son doigt restait crispé sur la détente. Vihan guidait Canfy qu'elle tenait par le bras. Derrière, venaient Nif et Tav. Haral fermait la marche, Haury en travers de son épaule, et elle trottait autant que faire se pouvait. Haury était loin d'être une petite femme, pas plus qu'Haral.

– Allez ! cria Pyanfar derrière le dos de Gilan, et elle repartit en arrière au pas de course afin de rejoindre Haral qui faisait de son mieux pour se tenir à l'écart des fûts d'explosifs.

Elle se saisit d'Haury tandis qu'Haral se dégageait sans élever de protestation. C'était au tour de Pyanfar de se charger de la Tahar. Elle étouffait et ne voyait presque plus rien. Soudain, il y eut une déflagration de l'autre côté des fûts – de toute évidence, les Kif avaient repéré l'emblème de danger qui les désignait, mais sans les toucher. Elles continuèrent encore et se trouvèrent un abri précaire derrière un monte-charge. Mais, au-delà, une étendue restait à découvert jusqu'au bâtiment suivant. Puis une autre, et encore une autre, et encore une autre.

Si Jik ne les rejoignait pas maintenant, l'obstacle était infranchissable.

– *Na* Khym ! cria Hilfy en faisant signe à son oncle de la rejoindre là où ils seraient en sécurité.

Et *il entendit...* par les dieux, il entendit, fit demi-tour et la rejoignit à l'abri sous le portique. Il empestait la sueur. Geran se faufila à côté de lui.

– Dieux ! fit-elle en tendant le bras.

Skkukkuk avançait. Un Kif se tenait, immobile, face à lui comme s'il essayait d'analyser la situation. Et il fit feu par deux fois, zig et zag, là où s'était tenu Skkukkuk – et où il n'était déjà plus. Maintenant, il se précipitait vers le tireur et c'était une tempête de robes noires virevoletantes.

– Uhhn, fit Khym.

La tête du Kif s'inclinait, s'inclinait vers son adversaire. Hilfy frissonna et se retourna. Tully arrivait, accompagné de Tahar et de Tirun. L'Humain, livide, était hors d'haleine. Il aspirait désespérément l'air kifish.

– Où est Skkukkuk ? s'enquit Tirun.

– Les dieux seuls savent qui est vivant ici, répondit Hilfy. Moi, je l'ignore et je m'en moque.

Et elle leva son arme, sans savoir si elle allait tirer mais sans savoir non plus si elle n'allait pas tirer.

Tirun lui saisit le poignet.

– Qu'est-ce que tu veux faire ? Qu'est-ce que tu veux faire, Hilfy Chanur ?

La rage de Tirun laissa Hilfy abasourdie. Et la lumière se fit peu à peu en elle. Hani. La patrie. Et avoir un comportement civilisé.

– C'est une crapule de *Kif* !

– Qui commande, ici ?

La tension qui raidissait le bras d'Hilfy se relâcha et la jeune Hani baissa les oreilles en signe de muette déférence. Tirun lui lâcha le poignet.

– Py-anfar, dit Tully en la prenant par l'épaule dans une étreinte énergique. Hilfy, Py-anfar...

Hilfy repoussa sa main.

– Par les dieux, on ne pourrait pas sortir de là ? demanda Dur Tahar.

– Allons-y, fit Tirun. En avant !

Cette fois, elle prit la tête du groupe jusqu'à ce que les autres, et Hilfy la première, l'eussent dépassée. À la limite de son champ de vision, elle vit le Kif bondir et s'élancer vers l'extrémité opposée des docks, se perdre dans les ombres et s'y évanouir.

Pyanfar trébucha, tomba à genoux, fit de son mieux pour protéger le crâne d'Haury – mais Haral et Tav, plus promptes, la devancèrent. Haral empoigna la capitaine par sa ceinture et la tira à l'abri derrière une console métallique.

– Ô dieux ! gémit Pyanfar en tentant de se redresser, les genoux écorchés. Sa poitrine et son ventre étaient douloureux, ses reins se liquéfiaient, ses jambes étaient des éponges. Elle prit appui un instant sur le bras d'Haral.

– Je suis trop vieille pour ce genre d'exercice... ô dieux...

– Eh oui, dit Haral d'une voix hachée.

Toutes deux se soutenaient mutuellement.

Et ce fut soudain un déluge de feu et de tumulte.

– Bonté des dieux ! s'exclama Geran.

Tandis qu'Hilfy s'exclamait :

– Quelque chose a explosé... ô dieux...

La fumée envahit le quai par vagues, tel un mur de ténèbres, obscurcissant les groupes de Kif réduits à l'état de miniatures, occultant bientôt les lumineux tracés des lasers. Devant, une masse enchevêtrée de couleurs fauves au milieu du noir et du gris, des silhouettes serrées les unes contre les autres.

– Regardez ! vociféra Khym avant de se précipiter dans cette direction.

Hilfy prit Tully par le bras et s'élança. Des sirènes hurlaient : alerte à la décompression, les klaxons bramaient leurs triples sonorités, transespèces et translogiques – les docks étaient devenus instables. Et les tirs ne s'arrêtaient pas. Les projectiles AP frappaient les parois, les Kif leur barraient le chemin, le dos tourné, faisant face au groupe hani, avançant pour l'intercepter.

Geran et Hilfy foncèrent derrière Khym qui tiraillait et tant pis s'il était piètre tireur, il n'était nul besoin de choisir sa cible.

Les assiégeants kif s'égaillèrent. Hilfy broncha quand un éclat lui entra dans le mollet. Elle recouvra son équilibre et continua son avance, glissant entre les poutrelles et les câbles. Ça tirait toujours. Elle ripostait quand l'occasion s'en présentait. Après avoir contourné le dernier obstacle, elle fonça à découvert sur les talons de Geran...

Et s'arrêta net.

Devant un alignement d'Ehrran en bouffants noirs, pistolets et fusils braqués.

C'était le second impact qu'elle encaissait, la seconde fois qu'un choc l'assommait. Pyanfar gisait, prise de nausées, cherchant à retrouver sa respiration dans cet air qui empestait la sueur, la fumée et l'odeur des explosifs. Quand son ouïe fut plus claire, ce fut pour entendre le sinistre ululement des sirènes dominant la clameur du feu roulant. Sentant quelque chose bouger, elle s'efforça d'accommoder – ses yeux avaient une fâcheuse tendance à loucher – et elle vit devant elle le visage hébété d'Haral.

– Je crois qu'ils ont touché les fûts, dit celle-ci, de sa position horizontale. Ô dieux ! Ma tête !

Pyanfar se dressa sur un coude et se mit sur son séant.

– Gilan...

Les Tahar avançaient. Péniblement, mais elles avançaient. Haury se tourna sur le côté et essaya de se lever seule. Son regard était devenu fixe et, pivotant sur elle-même, Pyanfar braqua les yeux dans la même direction. Un réflexe lui fit actionner la détente du pistolet qu'elle avait oublié mais qu'elle étreignait toujours. Le projectile atteignit un Kif en plein bond. Trois de ses congénères s'enfuirent pour se mettre à couvert.

Toujours assise, Pyanfar secoua la tête comme une jeunette encore imberbe. Elle avait recouvré son souffle. Elle s'accroupit sur ses talons, en appui sur une main.

– On continue, dit-elle d'une voix mal assurée. (Elle leva les yeux vers les portes à pression, nues et rébarbatives d'un poste de mouillage hermétiquement scellé. Il était vide. À moins qu'il n'abrite un vaisseau qui aurait cherché asile derrière ces portes étanches. En ce cas, elles pourraient s'ouvrir à tout moment pour laisser entrer dans leur refuge une horde de Kif hostiles.) Il faut continuer...

– Haury, objecta Tahar vacillant sur ses jambes. Haury...

Le fait était là : on devrait porter Haury. Aucune d'entre elles n'en aurait la force. Pyanfar se laissa retomber sur ses talons. Haral se tenait la nuque à deux mains. Son crâne était sûrement aussi douloureux que l'était le sien, pulsant en contrepoint à la sirène qui annonçait que les docks pouvaient être décompressés d'un instant à l'autre.

– Ils ont cessé de tirer, dit Nif Angfylas en redressant ses oreilles déchirées malgré son épuisement. Peut-être...

Un projectile frappa la paroi et elles plongèrent pour s'abriter.

– Par les dieux ! (C'était un nouvel angle de tir à quarante-cinq degrés en oblique par rapport à leur voie de retraite, et de haut en bas.) Ils nous ont coincées.

Nouvelle détonation. Pyanfar cacha sa tête entre ses bras, la souleva, le cœur serré. Cette fois, cela venait du côté opposé.

– Ils nous canardent en *tir croisé,* cria-t-elle à Haral. Descends-moi ce tireur, là-bas, et attention à ta tête ! Je crois qu'il est sur la passerelle du second niveau !

Elle s'élança à quatre pattes vers l'autre coin de leur refuge et sentit une présence juste derrière elle : c'était Vihan Tahar en train de dépouiller le cadavre du Kif de son arme et de ses munitions. Vihan revint à sa hauteur tandis qu'Haral prenait position à l'autre bout de l'étroit triangle qui leur servait d'abri. La fumée s'élevait en tourbillons, formant des nuages obscurs. Tout s'était passé très vite. L'air sentait le carburant : une mare brûlait encore sur le quai, éclairant de sa lueur infernale la voûte qu'aveuglait un linceul de fumée. Les ventilateurs étaient au point mort. On avait fermé les conduites d'aération pour ne pas alimenter l'incendie.

Mais cela n'aidait pas à respirer. Le nez de Pyanfar coulait. Elle s'essuya les yeux d'un revers de main – une main dont la peau était rêche au toucher – et fit le compte de ses cartouches. Il ne lui en restait que six. Pas de recharges.

– Il faudra faire attention à ne pas gaspiller les munitions, dit-elle à Vihan. Il avait quelque chose de compatible, ce Kif ?

– J'ai trouvé deux chargeurs. Son arme est en miettes.

– Allez voir si Haral n'en a pas plus besoin que nous. Je...

On tira à nouveau. Pyanfar riposta au hasard quand fusa l'éclair d'un fusil braqué dans leur direction et plongea, plaquant Vihan au sol d'un coup d'épaule.

Un tonnerre – une nuée de particules. Elle releva la tête et prit sur elle pour ne pas gâcher d'autres projectiles.

– Je l'ai peut-être eu, ce gueux... je ne peux pas le dire...

Au loin, des Kif faisaient mouvement, noires silhouettes s'agitant dans la fumée à proximité d'un lac incandescent. *Des gens de Sikkukkut ? Des gens d'Akkhtimakt ?*

BOUM ! C'était venu de l'autre côté. Pyanfar fit volte-face et se colla contre la console où Vihan et Naur étaient blotties, l'une contre l'autre. Elle lança un coup d'œil en direction d'Haral qui, en face, en faisait autant, tel son propre reflet.

– Tu l'as eu ? lui demanda-t-elle.

– Je ne sais pas. (Haral frotta ses yeux larmoyants. Il y avait du sang sur son poignet.) Foutue fumée…

Pyanfar leva la tête. Les nappes de fumée, de plus en plus au ras du sol, obscurcissaient maintenant presque tout le portique, formant au-dessus d'elle un sombre et étouffant plafond.

– Il ne faudrait pas qu'ils tardent à mettre les ventilateurs en marche.

Elle sentit venir une quinte de toux. Ses yeux à elle aussi larmoyaient et sa gorge était râpeuse.

– Il y a quatre postes d'arrimage à passer avant le dock suivant, dit Haral.

– C'est bloqué par là, fit Gilan. Les Kif sont en travers et ils font barrage. Les tireurs sur les toits dégringoleront les vôtres, assurément. Sikkukkut est en train de perdre la bataille…

– La console, dit soudain Pyanfar.

Se contorsionnant, elle distingua derrière elle le panneau portant en caractères kifish les mots EN CAS D'URGENCE.

Elle l'ouvrit, sortit du réduit la trousse de premiers secours. Du plasma mousse. Quelques pansements plastiques. Elle lança le tout à Gilan Tahar. Pas d'injectables. Pas de matériel de classe deux. Pas d'oxygène.

Nouveau coup d'œil vers le haut. Il y avait un poste d'appel – pour autant que quelqu'un voulût se tenir debout pour l'essayer. Et donner aux Kif au Central leur position exacte s'il fallait en arriver là. Mais les sirènes annonçaient un désastre plus imminent. La fumée était de plus en plus insupportable.

Pyanfar se mit à genoux, prit le risque de se redresser, saisit le micro et enfonça vivement la touche d'appel dans la cavité où elle était logée. Pas de contact.

– Capitaine, cria Haral d'une voix angoissée, tandis qu'elle tentait de recommencer la manœuvre.

– *Orgueil*... allô, *Orgueil*... me recevez-vous ?

– Essayez le *Mahijiru*, lui conseilla Haral pliée en deux à côté d'elle. Et baissez la tête !

– *Capitaine ?* (C'était une voix hani, rauque et faible dans le grésillement de la statique.) *Que se passe-t-il ?*

– Chur ? *Chur ?* Où est Tirun ? Nous avons besoin d'aide...

Quelque chose passa en sifflant à côté de sa tête et la heurta dans le dos. Et quelque chose encore lui prit les jambes et la fit tomber – brutalement. Haral s'accrocha à elle au moment de la deuxième déflagration qui fit sauter le coin de la console de contrôle. Des volutes de fumée à l'odeur agressive s'élevèrent. Quelque part dans l'obscurité, là-haut, le métal torturé grinçait avec des protestations sonores. Quelque chose d'énorme avait cédé...

– Le portique s'effondre ! s'écria Nif Angfylas. Dieux, la structure dégringole !

Pyanfar roula sur elle-même. Le métal émettait un crissement aigu. Elle ne fut pas seule à se saisir d'Haury : Tav Savuun avait déjà pris sa sœur par un bras. C'était une confusion générale pleine de bonnes intentions. Dans la fumée qui enrobait les superstructures, le portique pliait lentement avec des bruits discordants qui se succédaient, désintégration accélérée due à la rotation de la station et à sa propre masse d'acier. Des câbles tombaient en se tordant comme des serpents.

– Courez ! cria Pyanfar en s'efforçant de se relever tout en tirant Haury. (Son poids la faisait chanceler.) *Courez !*

– Où est ma tante ? cria Hilfy Chanur à la Ehrran à travers le vacarme du feu, à travers l'horrible craquement qui résonnait quelque part sur le quai. Quelle est sa position ? Les avez-vous vues ?

– Par là, répondit sur le même ton la Ehrran du grade le plus élevé en désignant de la main la fumée nauséabonde. Comment pourrais-je le savoir ? (Elle ouvrit la bouche toute grande en voyant surgir un Tully haletant en compagnie de Tirun.) Dieux... fous que vous êtes !

Hilfy lança un bras en avant. Tully évita l'étreinte de la Ehrran en pivotant sur un pied et Hilfy bloqua le chemin de la gradée.

– Drôlesse que vous êtes...

La Ehrran, toutes griffes dehors, lui déchira l'épaule. Un choc puissant venu de nulle part frôla Hilfy et la Ehrran recula en crachant un blasphème.

Le bras de Tirun. Tirun, les oreilles aplaties, qui tenait son AP dans son autre main.

– *En avant !* cria Pyanfar à la vue du portique qui vacillait et rebondissait comme un être vivant sournois, tantôt vers les positions kifish et tantôt vers les leurs. Brisées en plusieurs points, les parties composantes du pont roulant qui se balançait semblaient avoir conquis leur autonomie. Le choc faisait se tordre en sifflant les volutes de fumée.

– *En avant !* répéta Pyanfar.

Les Tahar prirent Haury qui par un bras, qui par l'autre et se mirent en marche en claudiquant. Pyanfar sacrifia un de ses précieux projectiles en tirant vers la partie opposée du quai pour empêcher les Kif de lever la tête. Haral lâcha, quant à elle, quelques-unes des salves qui lui restaient à tirer et Gilan fit feu à son tour, tandis que tout le monde courait tant bien que mal derrière l'abri que leur fournissait ce qui n'était plus qu'une épave en train de sombrer.

– Venez, cria Tirun à la Ehrran officier. Ménagez votre salive pour plus tard, Ehrran... nous ne sommes pas au bout de nos peines ! Nous en reparlerons plus tard si vous voulez. Pour l'heure, il s'agit de quitter ces docks.

– C'est Tahar ! (La Ehrran pointait un doigt accusateur sur Dur Tahar.) Par les dieux, Chanur...

– Taisez-vous pour le moment. Nous réglerons nos comptes en une autre occasion, compris ? C'est à la supérieure d'un navire que vous vous adressez, et nous avons des vies hani en péril.

– Les lettres patentes de Chanur ne m'intéressent pas. Vous avez ici un homme en armes, vous avez un Étranger non citoyen doublé d'un fugitif connu en armes... (La Ehrran leva son fusil.) Vous êtes en état d'arrestation, tous, autant que vous êtes !

– Vous êtes folle, gronda Khym en s'avançant.

Un coup de feu le fit se retourner à demi.

– Dieux ! s'exclama Hilfy – et elle bondit en avant en même temps que Geran, Tully et Tirun.

Mais Khym ne s'était pas arrêté. Il effectua un tour complet sur lui-même et expédia à la volée un coup qui fit rouler la Ehrran au sol. Hilfy, quant à elle, avait visé la bouche encore ouverte de celle qu'elle avait choisie pour cible, et son genou s'enfonça dans le ventre non protégé de celle-ci. Elle fit relever sa victime avec le canon de son arme placée sous le menton et la repoussa en arrière.

– C'est un AP, fit Hilfy au cas où la Ehrran nourrirait quelque doute sur l'objet qu'elle avait sous la mâchoire. Lâchez le vôtre... vite.

La navigante roulait de grands yeux. Quand son AP heurta le sol avec un bruit sourd, Hilfy lui rendit sa liberté. Les Ehrran se débandèrent. Deux d'entre elles prirent le temps de soulever leur officier qui gisait au sol, inconsciente. Tully se remit debout. Il saignait du nez, il était mal assuré sur ses jambes mais il avait toujours son pistolet à la main. La dernière Ehrran disparut au pas de course. Hilfy aspira une bonne goulée d'air et pointa son arme sur les groupes des Ehrran qui s'égaillaient...

Son doigt se figea. Sa main se mit à trembler. Personne ne tira. Les bouffants noirs franchirent l'espace à découvert, fonçant droit sur un détachement de Mahendo'sat qui surgissait.

– Mahend'nzi casheni-tc ! leur cria Tully. Hai na Jik !

– Pau nai ! s'écrièrent les Mahe en retour en agitant les bras. *Attendez !*

– Mais venez à notre aide !

Sur le quai, ça tiraillait à nouveau. Les Mahendo'sat reculèrent en désordre.

– Par les dieux ! vociféra Tirun.

Mais ce n'était pas sa voix – c'était un rugissement guttural et sauvage. Les Hani, elles aussi, plongèrent pour se mettre à couvert.

– Ça va, Khym ? s'enquit Geran. Ça va ?

– Uhhhnn, répondit Khym qui se tenait le bras. (Du sang ruisselait entre ses doigts. Ses yeux étaient assombris, son regard effrayant.) En avant !

– Allons-y, fit Tirun en s'élançant en direction du cœur de la bataille.

C'était la seule voie qui leur restait ouverte.

– *Où est Tahar ?* demanda soudain Hilfy sur un ton aigu, s'apercevant brusquement que la capitaine n'était plus avec eux. Tirun... Tahar...

– Avancer, s'époumona Tully en tendant le bras, haletant, le souffle court, s'efforçant de ne pas se laisser distancer. Tahar partir.

Elle les précédait.

Pyanfar s'arrêta, se retourna et tira une salve en direction du mur intérieur des docks pour couvrir les trois Hani qui transportaient Haury Savuun.

La réponse vint sous forme d'une explosion qui atteignit le portique écroulé, suivie d'une grêle de fragments de métal. Puis ce fut une seconde déflagration qui mit à mal la paroi à laquelle elle tournait le dos. La fusillade venait de devant. Titubante, elle se mit à l'abri du mieux qu'elle pouvait compte tenu de la place exiguë dont elle disposait, et se passa la main sur les yeux pour chasser le nuage qui les embrumait.

– Il faut continuer, dit-elle en repoussant Nif pour empoigner d'une main le bras flasque d'Haury. Nous n'avons plus le choix. Nous sommes à découvert...

Elles se remirent en marche, accompagnées du feu adverse.

– Où est Jik ? haletait Haral. Les dieux fassent pourrir ce gueux sans oreilles ! Où est-il passé, l'animal ?

Où est Tirun ? traduisit Pyanfar. Ce n'était pas la question qu'avait posée Haral. Aucune d'entre elles ne l'aurait formulée à haute voix.

Et, au-dessus d'eux, partout, les haut-parleurs se mirent à tonitruer :

– ... Ktogot ktoki nakekkekt makthaikki... kothoggi gothikkt nakst... sotkok naikkta... hakkikktu... skthsikkti... nak sogkt makgotk Kefku...

– Sikkukkut... affirme... tenir la victoire, fit d'une voix entrecoupée Naun Tahar qui halait péniblement Canfy Maurn.

– Bonne chance à lui, fit Pyanfar dans un murmure haché en soutenant Canfy qui trébuchait.

Et elle s'immobilisa, les yeux piqués par la fumée qui leur tirait des larmes : une silhouette se dirigeait vers elle à toute vitesse. Une Hani. Et elle était armée.

14

– Dieux ! s'exclama Pyanfar. C'est Dur ! *Tahar !... Où sont les autres ?*

Dur Tahar cria quelque chose en réponse. Coudes au corps, elle traversa la ligne de feu, se dirigeant droit sur Gilan Tahar – rencontre des deux cousines au milieu de la fumée qui piquait les yeux, l'étreignit brièvement, étreignit pareillement Vihan... Jeta un coup d'œil à Pyanfar qui remorquait Canfy. Haral arriva en courant, se tournant vers l'horizon assombri où les tireurs continuaient de tirailler avec un égal empressement.

– Où sont-ils ? cria Pyanfar à Dur Tahar. Vomissures des dieux, *où est mon équipage ?*

– Les Ehrran... haleta Tahar – et, se retournant, elle prit Pyanfar par les bras. Ils se bagarrent avec les Ehrran, Pyanfar... (À nouveau, elle aspira avidement l'air.)

Pyanfar l'examina de la tête aux pieds dans l'espoir de découvrir des chargeurs d'AP; mais non – elle n'avait que le petit pistolet qu'elle sentait s'enfoncer dans son bras. Un sentiment de découragement s'empara d'elle.

– Tahar, où est Jik ? Est-ce que vous l'avez vu... lui ou Ismehanan-min ?

– Les Mahendo'sat se sont repliés sur leurs positions... je ne sais pas.

– Capitaine, psalmodia Haral.

Pyanfar vit, derrière Dur Tahar, d'autres silhouettes qui approchaient – des pelages au roux flamboyant. L'une d'elles était affublée d'une chemise blanche dont l'éclat faisait une cible idéale.

– Pourriture des dieux ! leur lança Pyanfar. Il y a des tireurs isolés. *Courez !*

Elle eut le cœur serré en voyant son équipage débouler à travers la fumée. Tirun, Geran, Hilfy, Khym et Tully, tous armés. Le bras de Khym était en sang, le mollet d'Hilfy était en sang, Tirun boitait et grimaçait de douleur.

– Qu'est-ce qui vous a retenus ? demanda Haral à sa sœur.

Tirun, qui respirait avec difficulté, se planta devant elle et d'un geste large désigna les docks couverts de fumée dans son dos.

– Et alors ? Qu'est-ce que tu crois ? La prochaine fois que tu arrangeras une petite sauterie, Hal, tu nous donneras l'adresse !

– Ne restons pas là, ordonna Pyanfar en levant

le bras. Mettez les blessés sur leurs pieds et fichons le camp.

Khym prit Haury Savuun dans ses bras, l'inondant de son sang, Tirun et Geran enlacèrent Canfy Maurn en reprenant leur souffle et leurs esprits, et l'on se mit en marche dans la fumée et le fracas des sirènes – les sirènes d'alerte dont le ululement grave alternait avec les caquetages et les chuintements tonitruants des haut-parleurs qui éructaient menaces et consignes en langue kifish.

Soudain, l'éclat brutal d'une lumière au sodium, à gauche, déchira le voile de fumée, tout proche, et l'on vit des silhouettes enveloppées de houppelandes émerger massivement de la rampe d'accès d'un navire.

Une centaine de Kif, tout l'équipage d'un vaisseau, venaient à leur rencontre, obéissant aux ordres ou ayant finalement et collectivement décidé du camp où ils se rangeaient. D'autres sirènes aux sonorités haut perchées bramaient.

– *Courez !* cria Pyanfar en faisant volte-face.

Elle s'élança le long du quai en claudiquant. Se retournant, elle lâcha une rafale là où le feu était le plus dense. Les projectiles leur sifflaient aux oreilles. Puis elle reprit sa course, le souffle court, quasiment aveuglée, en direction d'un échafaudage de poutrelles à proximité d'un toboggan de charge. Là, un tapis roulant s'élevait vers les hauteurs de la station.

Et elle s'arrêta net en tournant le coin à la vue d'une troupe de Kif qui pointaient leurs AP sur elle. Le sien était vide.

Raclures des dieux ! eut-elle le temps de jurer intérieurement, brutalement écœurée. Un projectile AP tomba au beau milieu des Kif. Instinctivement, elle leva le bras pour se protéger les yeux. Elle ne contrôlait plus ses jambes qui menaçaient d'aller chacune dans une direction opposée, et s'effondra à genoux, le regard fixé sur un Kif qui se tenait à l'écart des autres, l'arme au côté – un non-combattant debout devant l'amoncellement fumant de ce qui avait été cinq de ses semblables.

– Capitaine ! dit Skkukkuk – elle n'avait jamais entendu un Kif parler avec autant d'allégresse – tandis que son équipage se précipitait pour l'entourer, lui faisant un rempart de leurs corps.

Elle se releva péniblement, faillit s'effondrer mais Tully, qui était le plus près d'elle, la prit par le bras et l'aida à recouvrer son équilibre.

– Je craignais une trahison, dit Skkukkuk en enveloppant le reste de l'équipage d'un geste circulaire de la main. Aussi, je vous ai suivie à ma manière, capitaine, tout à votre service.

– Les dieux nous protègent ! murmura Tirun.

– Je vous conseillerais de regagner le navire, poursuivit le Kif. Le *hakkikt* Sikkukkut vous exprimera sa gratitude pour votre prudence.

– Vous êtes un foutu agent à sa solde ! gronda Pyanfar.

Une houle de manches noires et une main armée se tendirent vers le tas fumant des cadavres kifish.

– Ne vous ai-je pas remis mes armes ? Je suis *skku* de Chanur, et de nul autre, et je vous ai livré vos ennemis. (Skkukkuk se retourna et désigna le poste d'amarrage de *L'Orgueil.*) Les Mahendo'sat se sont rendus maîtres d'une partie des docks un peu plus loin. Venez. Je vais vous indiquer un chemin sûr.

– Eh bien, allez, grommela Pyanfar. En avant !

– Que celle-ci ne reste pas derrière mon dos. (Skkukkuk tendit une griffe en direction d'Hilfy.) Elle...

– Pourriture ! hurla Hilfy en se ruant vers lui mais Pyanfar la saisit par le bras.

– En avant ! répéta-t-elle.

Le Kif fit demi-tour et se précipita vers un autre refuge.

– Allons-y, fit Pyanfar, qui tenait toujours Hilfy par le bras.

Et de foncer sur les traces du Kif, noire volute dans la fumée.

Whaoumph ! Là-haut, l'énergie revint à flots. Les projecteurs se firent éblouissants. Le sourd vrombissement des ventilateurs reprit. La station de Kefk essayait de revivre. Dans ce tumulte, les hurlements des haut-parleurs étaient inaudibles.

Le feu se fit soudain moins intense, comme si l'entropie s'installait, diminuant l'organisation et augmentant le désir des Kif de mettre fin à cette affaire avec ce qu'ils avaient gagné, quoi que ce fût, mais d'en sortir au moins vivants. Se défendre mais ne pas aller au-delà.

Suivre le Kif. Faire confiance au Kif qui avait sauvé leur peau. Ils étaient à portée de réception de *L'Orgueil.* Pyanfar, sans cesser de courir en claudiquant, sortit le portatif de sa poche. Elle toussait, battait des paupières – la fumée qui lui brûlait les yeux la faisait larmoyer –, cherchant à saisir le bruit de pas des autres derrière elle, tout en suivant d'abri en abri le Kif aux pieds légers.

– Chur ! appela-t-elle d'une voix hachée dans le communico. Chur, c'est Pyanfar. M'entends-tu ?

Pas de réponse.

Encore une douzaine de pas.

– *Chur !*

Le communico demeurait silencieux. Peut-être une chute l'avait-il endommagé ? Oui, peut-être.

Devant, Skkukkuk fit halte sous un amas de poutrelles contre lesquelles il se plaqua. Les éclairs des strobos éclairaient la fumée, lumières papillonnantes montant à l'assaut de la voûte, et dont la seule vue avait de quoi glacer le cœur d'un spatien.

Et voilà que, subitement, la station se mit à trembler. Pyanfar fit furieusement tournoyer ses bras pour ne pas perdre l'équilibre. Quand elle le recouvra, elle était à côté de Skkukkuk. Le vacarme des roulements, des hydrauliques et l'effet de souffle meurtrissaient les oreilles.

– Ô dieux !

Elle s'accrocha à la colonne montante et scruta le tumultueux voile de fumée tandis que le reste de la troupe les rejoignait.

Les hautes portes d'étanchéité de cette section des docks s'étaient refermées. Le quai où se trouvaient *L'Orgueil*, le *Mahijiru*, le *Vigilance*.... l'*Aja Jin*... Ils étaient coupés du reste de la station.

– Qu'est-ce que... (Il y avait de l'effroi dans la voix heurtée et étouffée de Khym, appuyé à une entretoise, le corps flasque d'Haury entre les bras.) Qu'est-ce qui est arrivé ?

– Je ne sais pas. (Le silence s'était soudain fait dans la station. Les sirènes s'étaient tues.) Peut-être une brèche... (*L'Orgueil*. Ô dieux...) Nous sommes isolés. (Pyanfar tenta un nouvel essai avec le communico :) Chur... est-ce que tu me reçois, Chur ?

Elle ne s'attendait pas à avoir de réponse. Il n'y en eut pas. Comme elle actionnait la commande d'écoute permanente, elle surprit le regard de Geran.

– Ça ne passe probablement pas, lui dit-elle. Avec l'operculation, le rayon d'émission est marginal.

– *Ktiot ktkijik !* hurla le haut-parleur... ÉTAT D'URGENCE.

Et il continua de baragouiner. Skkukkuk leva sa sombre figure étirée pour mieux entendre mais leurs propres échos brouillaient les mots kifish.

Une nouvelle giclée de HP venant d'une autre direction – au niveau du sol.

– Capitaine !

Haral prit Pyanfar par le bras et tendit la main : quatre Mahendo'sat dans leur tenue flamboyante étaient sortis du trou où ils étaient embusqués et s'approchaient des Hani en courant.

Désespérément.

– Par tous les dieux ! s'écria Pyanfar. *Jik*... Jik, maudit sans-oreilles... *Que se passe-t-il par là ?*

Jik arriva, essoufflé, et la saisit par les épaules. Il avait la respiration coupée.

– Aller... aller vous... autre côté. Nous aller navire... non aller...

– *Que s'est-il passé ?*

– Ennuis. *Vigilance*... Croire je quitter docks. Je penser il... La Jonction aller.

– Où est le *Mahijiru* ? Que fabrique l'*Aja Jin* ? Vous avez le contact ? Endommagez-lui une vanne ! Arrêtez-le !

Jik cilla et hoqueta :

– Je avec *Aja Jin* contact perdu... *Mahijiru* monter en puissance. *Mahijiru*... *Vigilance*... partis.

– Le *Mahijiru* a pris le *Vigilance* en chasse ?

– Il non tirer, non tirer. Pyanfar je non savoir quoi il faire. *Docks quitter, docks devoir quitter nous ! Mon associé... il... il non tirer !*

– Vous voulez dire qu'il est parti en compagnie du *Vigilance* ?

– A. (Toujours pantelant, Jik secoua Pyanfar.) Avoir nous... problème.

– Kkkt, fit Skkukkuk. C'est être au-dessous de la vérité. Le *hakkikt* ne sera pas content des Mahendo'sat ni des Hani, aujourd'hui.

– Vous, *fermez-la !*

Skkukkuk rentra la tête dans les épaules.

– Regardez.

– Uuhhnn, fit Haral.

Et Pyanfar regarda.

Des ombres émergeaient de la fumée, des ombres enveloppées de robes qui convergeaient de toute part vers eux. Avec prudence et délibération. Fusils braqués.

– Ce doit être des gens du *hakkikt* puisqu'ils ne tirent pas, dit Skkukkuk. Ils nous ramèneront à vos navires. Peut-être ou peut-être pas. Ce sera selon le bon plaisir du *hakkikt*. Kkkt. J'espère bien que vous ne l'avez pas offensé au cours de votre entrevue.

– Méfiez-vous d'Or-Aux-Dents, murmura distraitement Pyanfar. Méfiez-vous d'Or-Aux-Dents.

– Dire quoi ? demanda Jik. Quoi parler, Pyanfar ?

– Ce n'est pas moi qui ai dit cela. C'est Stle stles stlen. Les Stsho m'ont avertie à La Jonction. Dès le début. J'ai payé cher ce conseil. Très cher. (Elle glissa son pistolet vide dans sa gaine et considéra d'un œil morne le cercle des Kif qui se resserrait.) Que tout le monde garde son calme.

– Kkkkt. Parini, *ker* Pyanfar ?

– J'apprécierai, *hakkikt.*

Pyanfar tendit une main noircie, maculée de sang séché, vers la coupe que lui apportait un serviteur. On était dans la salle noyée dans la pénombre du *Harukk*.

Retour à la case départ. L'odeur du sang et la puanteur des docks collaient encore à eux. Leurs blessures saignaient. Le *hakkikt* avait choisi de supporter les remugles de sueur et l'inconfort de la partie adverse – ou de les humer avec délice.

Ils étaient tous là – Hilfy, Tully – assis dans des fauteuils insectoïdes autour de la table basse où trônait Sikkukkut. Haral. Dur Tahar. Jik. Les membres des trois autres équipages, hani et mahendo'sat confondus, se tenaient dans l'ombre le long du mur entourés de Kif en armes. Tous à l'exception d'Haury Savuun. Les Kif l'avaient emmenée en dépit des protestations qu'ils avaient émises aussi rudement qu'il était possible. Sans succès. C'était sûrement par raillerie que Sikkukkut avait invité Hilfy et Tully à sa table – en compagnie de Dur Tahar. Et c'était un signe de moquerie dépourvue de finesse que de voir Skkukkuk accroupi par terre près du siège du *hakkikt* : les genoux que recouvrait sa robe ramenés jusqu'à sa tête encapuchonnée, les bras enfouis dans ses manches – un Skkukkuk très, très sage qui se faisait aussi petit qu'il le pouvait.

Sikkukkut porta sa coupe à ses lèvres. Ce n'était pas du parini qu'elle contenait. Ses yeux sombres miroitaient.

– Si je souhaitais qu'un dock soit détruit un jour, je me contenterais de faire appel à mon amie Pyanfar, dit-il. D'abord les Stsho, ensuite les Mahendo'sat et, maintenant, les Kif. Vous êtes un hôte qui revient cher.

– J'aimerais prendre contact avec mon navire.

– Bien sûr que vous aimeriez. Kkkt. Chur Anify est restée à bord. Blessée, dites-vous. Mais peut-être encore capable de prendre les commandes. Qui sait ? Les effectifs que vous avez laissés sur l'*Aja Jin* sont... pratiquement au complet, Keia. À l'exception de vous-même et des quatre qui sont avec vous. Vous et Ismehanan-min avez retiré vos équipages des quais en même temps que ceux du *Vigilance*. Pour poser la question directement... *pourquoi ?*

– A. Parce que...

Jik fouilla dans sa sacoche pour en extirper un bâton-fumée et un briquet. Il mit le premier dans sa bouche et alluma le second.

– Non, fit Sikkukkut sur un ton catégorique.

Jik s'immobilisa et le regarda, son briquet allumé et son bâton-fumée encore éteint.

– Non, répéta Sikkukkut.

Pendant un moment, Jik ne fit pas un geste comme s'il était plongé dans l'indécision, puis il referma prestement le briquet, enleva le bâton-fumée de sa bouche et les replaça l'un et l'autre dans la sacoche.

– Eh bien ? insista Sikkukkut.

– *Vigilance* ennuis causer chose numéro un sûre. (Jik tendit le pouce vers les spatiennes alignées devant le mur, puis désigna d'un geste vague Tahar qui se trouvait juste à sa droite.) Ehrran partir, penser peut-être main mettre sur Tahar. Elle fort vouloir avoir. Essayer pas bon. *Orgueil* elle non remettre. Choses vite mal tourner, coups de feu commencer, ces Hani ordre rappel recevoir. Équipage *Orgueil* chercher capitaine retrouver, a ? Traverser quai essayer. En même temps, sauver peau Ehrran par accident. Comme folles courir, embarquer navire. Quand voir je équipage *Vigilance* sur quai, devenir inquiet vite.

– Vous saviez ce qu'elle ferait. (Sikkukkut lampa sa coupe et essuya ses lèvres d'une coup de langue délicat.) Tandis que nous sommes ici bien tranquilles, le *Vigilance* est dans l'espace – sur le vecteur de La Jonction sans aucun doute. Votre collègue et associé

Ismehanan fonce derrière lui. Pas un coup de feu tiré ni d'un côté ni de l'autre. Cela ne vous surprend pas, Keia ?

– Sacrément surpris je, répondit sombrement Jik.

– Et vous, *ker* Pyanfar ?

L'interpellée abaissa ses oreilles.

– *Hakkikt*, je vous ai dit ce que ferait Ehrran aussitôt qu'elle en aurait l'occasion. Non, je ne suis aucunement étonnée.

Cela ne plut guère au *hakkikt*. Pyanfar vit se crisper la main qui tenait la coupe, les tendons et les veines saillir sous la peau grise de son interlocuteur. Mais le groin, à nouveau, s'éleva avec grâce au-dessus du récipient. Les yeux noirs luirent en toute candeur.

– Que feriez-vous, *skth skku ?*

Ma vassale. Les oreilles de Pyanfar se couchèrent encore davantage.

– Ce qu'il est nécessaire de faire. Le *hakkikt* n'a pas besoin de mes avis mais nos motifs coïncident toujours. Pukkukkta. Ehrran a bien évidemment l'intention de nous tuer et, moi, je n'ai nulle intention de rester passive. Ce que je disais avant que la bataille commence est encore vrai.

– Sktothk nef mahe fikt.

Il y eut, tout près, le claquement d'un cran de sécurité qu'on déverrouille. Un garde appuya son pistolet contre la tête de Jik. Celui-ci ne broncha pas. Il prit sa coupe et but une petite gorgée de vin.

– Avez-vous confiance en notre ami Keia ? demanda Sikkukkut.

– Il est toujours là. Dans cette affaire, il s'est fait doubler comme je l'ai moi-même été.

– Vraiment ? Seconde question : est-il mon ami à moi ?

– Comme toujours. (Jik inclina sa tête menacée et son enjouement fit place à un air renfrogné.) Je longtemps travailler avec Ana Ismehanan-min, *hakkikt*. Il quelquefois fou… Je crois il peut-être idée avoir, peut-être cet endroit aller…

– Les *Humains*. (Se penchant en avant, Sikkukkut déposa sa coupe sur la table basse et posa ses deux mains sur ses genoux, sa longue mâchoire tendue.) Ismehanan-min sait très exactement ce qu'il fait. Pour quoi il travaille. Pour les intérêts mahen... qui n'ont peut-être que fort peu de rapport avec les miens. Ou même avec les vôtres, *ker* Pyanfar. Je me demande de quoi parlaient ces deux-là avant qu'Ismehanan-min appareille. Je me demande quelle entente a été conclue entre eux. Le sauriez-vous, vous ?

– Je n'ai jamais vu Or-Aux-Dents s'ouvrir de ses projets par avance à quiconque.

Pyanfar était exténuée au point de frissonner de fatigue. Mais peut-être était-ce le froid. Ou le malaise que lui faisait éprouver l'étroitesse de sa marge de manœuvre – sans compter ce qui pourrait arriver ensuite. Le pistolet demeurait collé à la tête de Jik. Son estomac était pris dans un étau de glace. Et son nez coulait.

– Il a abandonné Jik ici, enchaîna-t-elle. Donc, il ne lui a rien dit. Même chose pour moi. Il ne m'a pas confié ses plans.

– Mais il a fait confiance – comme je déteste ce concept ! – ... il a fait *confiance* à cette Rhif Ehrran ?

– Pas nécessairement, *hakkikt*. Je doute qu'il fasse confiance à qui que ce soit.

– Mais Ehrran a derrière elle un navire qui la traque et, selon les tout derniers rapports, elle ne fait pas feu. Est-ce un comportement caractéristique de Rhif Ehrran ?

– Oui, si elle a un chasseur qui lui colle aux talons. Elle n'est brave que sur un quai. Je ne sais pas comment elle se comporte dans l'espace. Mais je sais que, si combat il y a, elle ne fait pas le poids devant Or-Aux-Dents. Il n'est pas possible qu'il en aille autrement, sa position étant ce qu'elle est. Un navire de pacotille, des ordinateurs de pacotille et des programmations comme s'il en pleuvait. Des programmes pour tout. Mais je ne donnerais pas cher de son armement face au *Mahijiru* et j'en dirai autant de l'équipage du *Vigilance*. Il est évident qu'elle pense comme moi.

– Il y a une autre possibilité. Ismehanan-min est monté à bord du *Vigilance* pendant qu'il était à quai.

Les oreilles de Pyanfar se redressèrent. Par réflexe.

– Avant ou après la visite qu'il m'a rendue, *hakkikt* ?

– Après. Cela ne vous suggère pas quelque chose ?

– Cela pouvait encore avoir trait à nos affaires.

La transpiration brûlait ses plaies. De l'autre côté de la salle, Canfy Tahar glissa lentement le long du mur. Elle n'était pas évanouie mais il ne s'en fallait pas de beaucoup. Tav s'agenouilla près d'elle et les armes kifish convergèrent sur les deux spatiennes. Elles avaient leurs propres armes. Ainsi le voulait l'étiquette kifish. Mais elles étaient dans leurs étuis, pas celles des Kif.

Le canon du pistolet n'avait pas quitté la tempe de Jik qui buvait son parini à petites gorgées, comme si de rien n'était. Mais c'était là une attitude calculée et dangereuse.

– J'en doute, dit Sikkukkut. Si ceux qui dorment dans le même lit ne se connaissent pas, ils se connaîtront quand viendra le matin. N'est-ce pas un proverbe hani ?

Pyanfar cilla.

– Non, c'est un proverbe mahen. Un seul acte entraîne des conséquences de longue durée. Ou Or-Aux-Dents commet une grave erreur, *hakkikt*, ou il agit toujours conformément à votre intérêt. Il sera à La Jonction. Là où il sera utile. Et consulter ses partenaires, ce n'est pas son style.

– Qu'en pensez-vous, Keia ?

– Je aimer bien fumer, maintenant, *hakkikt*.

– *Répondez !*

Les yeux de Jik se posèrent sur Sikkukkut.

– Elle raison avoir. Je idée avoir peut-être Ana penser lui mettre il là où beaucoup ennuis.

L'interminable nez de Sikkukkut s'abaissa quelque peu. Son expression n'avait rien de plaisant. Il croisa ses doigts effilés sous le menton qu'il pointait en avant.

– Skkkt. Me permettez-vous de vous faire observer, Keia, que votre position est inconfortable ? Que j'ai des navires qui se préparent à faire le saut pour donner un avertissement à mes ennemis ? Cette diversion sur les quais – je dis bien *diversion*, Keia – avait peut-être pour but de donner à ces deux vaisseaux le temps de prendre le large.

– Kif combattre, *hakkikt*.

– Ce sont des larves qui manquaient d'initiative jusqu'à ce que quelqu'un prenne les choses en main. Ne me parlez pas *à moi* des motifs des Kif ! Ne jouez pas les innocents avec moi, Mahe, ou vous constaterez que la civilité n'est pas mon fort !

Pyanfar fit jouer ses griffes et s'efforça d'oublier les battements saccadés de son cœur. Sa vision de chasseuse essayait de s'imposer. Avec effort, elle repoussa la bordure sombre qui limitait son champ visuel.

– Elle était au port avec lui.

– Lui ? répéta sèchement Sikkukkut en reportant son attention vers la Hani. *Qui ?*

– Or-Aux-Dents était à La Jonction en même temps que Rhif Ehrran. En même temps que vous, *hakkikt*. Je me demande qui parlait à qui alors. Vous avez discuté avec Or-Aux-Dents. Cela, il me l'a laissé entendre. Mais qui a rencontré les Stsho ? Et qui a rencontré ceux qui étaient dans les bureaux des Stsho ?

– Non, dit Sikkukkut comme si, après avoir tourné et retourné quelque chose dans sa bouche, il avait choisi de l'expulser délicatement. (Son regard était méditatif.) Non. Je n'accorde pas suffisamment de crédit au cran des Stsho pour cela.

– En tout cas, ils pensaient qu'ils étaient dans le coup. Qu'ils précédaient les chasseurs. Ou, du moins, qu'ils les menaient là où ils le désiraient.

– Les suppositions sont une passerelle chancelante, *ker* Pyanfar. Particulièrement quand les eaux sont profondes. Vous voulez égarer mes pensées. Voyez-vous, je sais ce qu'est l'*amitié*. J'ai compris la notion de *martyre* qui rentre dans la catégorie des termes qu'il est utile de connaître. L'amitié est aussi sujette à des retournements d'allégeance. Aux moments les plus désavantageux. Croyez-moi, je comprends les remaniements d'alliances et leur intérêt. Restons dans ce cadre, voulez-vous ? Examinons ce qui a provoqué cette tentative faite contre ma vie – car c'est sûrement de cela qu'il s'agissait. Examinons comment elle a incidemment créé les conditions voulues pour minuter l'appareillage. En nous brûlant la politesse, le *Vigilance* fait usage de ses canons et creuse une brèche dans un dock. Comme par hasard, il n'y a pas de victimes, ni hani ni mahen. Mais il en va autrement des Kif. Et puis, comme par hasard, toujours, votre équipage, pas plus que ceux du *Mahijiru* et de l'*Aja Jin*, Keia, n'était sur ce dock quand la décompression a eu lieu.

– Nous n'étions pas non plus en situation favorable, *hakkikt.*

– Ne dites rien, *ker* Pyanfar, et laissez mon vieil ami Keia s'expliquer. Laissez-le nous relater comment il se fait que le minutage de l'*Aja Jin* ait été aussi parfait. Vous voulez votre bâton-fumée, Keia ? Prenez-le. Il vous aidera peut-être à penser.

– A.

Jik farfouilla à nouveau dans sa sacoche sans se hâter. Sa placidité était un message éloquent. Je ne suis pas pressé, disait la lenteur mesurée de ses gestes. Vous ne me mettez pas l'épée dans les reins.

Et la patience soudaine que manifestait Sikkukkut fit se dresser les poils sur la nuque de Pyanfar. L'encerclement. Vous êtes à ma main. Le moment sera celui que je choisirai. Si je choisis. Votre faiblesse est votre vulnérabilité, et je la contrôle, j'en fais la démonstration aux autres et vous devez vous faire une raison.

Et, bientôt, il y aura d'autres choses.

Voyez, chasseuse Pyanfar, combien il est facile et combien il est périlleux de perdre ma faveur.

Amitié et liens du sang – voilà votre dépendance.

Hilfy exhala un long soupir contenu.

Par les dieux, ne bronche pas, ma nièce !

Dans l'éclat orangé des lampes à sodium, la fumée s'élevait en panaches gris au-dessus de la tête de Jik et tourbillonnait avant d'être aspirée par la ventilation.

– Je dire vous, fit tranquillement Jik (et, dieux, l'odeur de la peur était à peine sensible tant il était inébranlable. L'arôme puissant de la fumée écrasait tous les autres indices olfactifs. Peut-être était-ce un stratagème délibéré). Je dire vous, je non heureux. Être Ana vieil ami. Mais politique différentes rendre les choses. Être nous Mahendo'sat, *hakkikt*. Je savoir lui faire quoi. Il dans pari pris. (Jik fit un grand geste avec son bâton-fumée et rangea son briquet.) Il traiter je imbécile. Je être peut-être. Pas confiance Ehrran, pas lui, pas je. Je savoir sûr nous ennuis quand équipage Ehrran quitter dock vite vite. *Mahijiru* prêt déjà panneau fermer. Je faire embarquer équipage complet, dire filer, essayer rejoindre stupides Hani… (Il désigna Pyanfar et, d'un coup d'épaule, les autres.) Ils partir recherche capitaine. Je sûr certain non moyen eux arrêter. Mais foutue bonne idée quand même. Pyanfar alliée précieuse être. Peut-être faire faveur à *hakkikt* a ? Sauver Pyanfar. (Il souffla un épais nuage de fumée par les narines.) Je pas du tout aimer tous navigants quitter *L'Orgueil* – mais ils vite vite descendre docks. Numéro un bonne idée. Je non confiance Ehrran. Je courir, courir, essayer ces Hani rattraper. Rien à faire. Nous sur place cloués. Non avoir permission *hakkikt* être sur docks, a ? Tous idiots là vouloir sur nous tirer. *Hani* passer. Nous immobilisés. Alors travail à faire. Maintenir voie ouverte pour Hani, retourner navire. Nous faire. Espérer nous Ana s'occuper Ehrran. Je crois il d'elle s'occuper. Suivre elle. Espère encore il bonne idée avoir. Peut-être aider. Il non aimer dire quoi faire il. Cela pouvoir ami inquiéter. Je inquiet fort maintenant, a ? Je comme vous, *hakkikt*. Toujours aimer savoir quoi mon ami faire.

– Votre *ami* vous a abandonné dans une position précaire. À moins que vous n'ayez fait le choix de rester avec moi pour me raconter des mensonges.

– A. Non mentir. Nécessaire vérité connaître pour mentir. Je non vérité connaître. Il rien à je dire.

– Ce qui signifie que rien ne pourra vous arracher cette vérité ?

– Non connaître. Vouloir quoi ? Je dire donner vous Kefk. Je donner.

– Kefk est en ruine, Keia. Cela me paraît un cadeau contestable.

– Vous beaucoup *sfik* avoir. Vous sur Kefk prendre pied, partir, emmener trophées beaucoup, a ? Akkhtimakt non avoir. Vous être riche.

– Ah ! Mais vous supposez toujours qu'Ismehanan-min nous soutiendra à La Jonction ?

– Il non aimer Akkhtimakt.

– Je considère cela comme un fait acquis. Vous-même servez votre Personnage, pas moi. Comme lui. Cela veut-il dire que nous pourrons parvenir à un accord dans l'action ?

Jik aspira une nouvelle bouffée de fumée et chercha un endroit où déposer sa cendre. Comme il n'y en avait pas, il la laissa tomber.

– Je Personnage servir. Je dire vous franchement avoir je raison pour vouloir tous *hakkikt* être. Cela penser je être bon pour vous. Donc, je Personnage servir. Je vous servir. Faire balance, *hakkikt*. Être vous Personnage nous re-con-naî-tre. *Sfik* beaucoup pour Mahendo'sat. Vivre temps fous. Meilleur si Kif Personnage malin, a ?

– Flatteries, basses flatteries, Keia. Encore une manœuvre de diversion. Je vous dis que je ne suis toujours pas persuadé que ce sont des Kif qui ont déclenché cette échauffourée sur les docks. Et ce…

... sur un signe fulgurant de Sikkukkut, les gardes se jetèrent sur Skkukkuk et le forcèrent à se mettre debout.

– Kkkt !

La protestation gutturale de ce dernier était lourde d'angoisse.

– Il est *mien*, dit Pyanfar sur un ton crispé. (*Ne jamais reculer, ne jamais céder, ne jamais laisser un Kif s'approprier ce qui vous appartient.*) C'est un présent que vous m'avez fait, *hakkikt*.

Dangereux. Dieux, c'était un jeu dangereux. Sikkukkut tendit vers elle son menton qui n'en finissait pas.

– Il est toujours à vous.

– J'ai gagné un peu de *sfik*. À votre service. Et j'aimerais le conserver.

– Kothogok ktktak tkto fik nak fakakkt ?

La question s'adressait à Skkukkuk qui rejeta la tête en arrière comme s'il voulait échapper à la vue de Sikkukkut.

– Nak gothtak Hani, hakkikta.

– Nak soghot puk Mahendo'satkun ?

– Hukkta. Hukktaki soghotk. Hani gothok nak uman Taharkta makkt oktktaiki, hakkikta.

... *Non*. Farouchement. *Je n'ai pas vu de collusion. Les Hani se disputaient la possession de l'Humain et de Tahar et ils sont partis,* hakkikt.

Obéissant à un nouveau signe de main de Sikkukkut, les gardes lâchèrent Skkukkuk qui se laissa retomber à côté de la table, la tête baissée, en un petit tas pitoyable.

– Il atteste donc votre comportement, dit alors le *hakkikt*. Votre *sfik* attire encore puissamment ses services. Je me demande si c'est l'espoir qu'il a en vous ou la crainte qu'il a de moi qui l'anime.

– Il est utile.

– Et pendant que nous parlons, le *Vigilance* et Ismehanan-min font précipitamment route pour La Jonction avec l'idée de nous trahir. Je me demande bien ce qui les attire là-bas, ce qui a incité Ismehanan-min à abandonner Keia ici, à mon bon plaisir... Si je me rappelle bien, ami Keia, n'est-ce pas un proverbe mahen qui dit que la tempête fait tomber les feuilles vertes et les plus solides amitiés en politique ?

– Longue date ami, Ana Ismehanan-min.

– Mais il serait prêt à vous laisser mourir.

– Comme vous dire : politique. Aussi... (Jik éteignit son bâton-fumée en le pinçant entre deux doigts et en laissa tomber le bout qui restait dans sa sacoche.) Aussi très colère contre moi. (Il leva les yeux, des yeux limpides, vulnérables, où ne se lisait pas le moindre doute.) Savoir il travailler je avec Tc'a. Fou, dire il. Fou Jik alliance avec Méthanien nouer. Ana, répondre je, non beaucoup avoir souci, longtemps parler avec Tc'a je. Ils longtemps connaître je. Vouloir je Tc'a ici à Kefk venir... bien. Dangereux, peut-être. Penser je maintenant Knnn intéressés. Peut-être bon, peut-être mauvais...

Oh, quelle habileté, Jik ! La connexion méthanienne. C'est là quelque chose que Sikkukkut doit redouter. Pour l'amour des dieux, n'en fais quand même pas trop !

Jik eut un haussement d'épaules.

– Alors, Ana beaucoup ennuyé. Knnn intérêt grand pour cette chose humaine. *Très grand.*

Il y eut un profond silence. Pyanfar se rendit compte qu'elle retenait son souffle, qu'elle n'osait pas respirer. Elle gardait les oreilles immobiles mais même cela révélait la tension qui l'habitait, tout comme l'attitude des autres, tant Hani que Kif, révélait la leur. Les yeux de Tully faisaient la navette entre Jik, Pyanfar et le Kif, mouvement solitaire de saphirs étincelants dans la grisaille de la salle.

– Oui, dit Sikkukkut, cela ne peut manquer d'éveiller leur intérêt. Et il m'est venu à l'esprit que nous avons une autre source d'informations parmi nous. À cette table. Tully... tu me comprends, Tully.

Ô dieux ! Elle remarqua l'infime crispation d'Hilfy,

la contraction de ses muscles, de ceux de Tully, d'Haral... *Regarde par ici, Tully...*

– Je comprendre, dit celui-ci de sa voix la plus claire sans un regard, sans une pause pour consulter les Hani. Je non savoir. Non connaître route. Non connaître temps. Je savoir Humains venir vite.

Sikkukkut le considéra longuement. Un frisson visible secouait les bras de Tully, ses mains posées sur ses genoux.

– Toi et moi nous sommes déjà rencontrés pour aborder cette question, dit Sikkukkut. Mais comme tu as la parole facile, maintenant !

– Je navigant *L'Orgueil, hakkikt*. Je capitaine Pyanfar appartenir. Elle dire : parler. Je parler.

Les dieux nous viennent en aide ! Sois prudent, *Tully*.

– Par où y a-t-il des chances qu'ils arrivent ?

Tully se tourna alors vers Pyanfar. Son regard était à la fois calme et désespéré.

– Est-ce que tu le sais ? demanda Pyanfar. (Il continuait de la déconcerter. Simulait-il ou ne simulait-il pas ?) Mais, déjections des dieux, *parle*, Tully !

Ce dernier se retourna vers Sikkukkut.

– Je non savoir. Je penser Humains aller La Jonction. Je penser Or-Aux-Dents savoir.

– Kkkkt. Oui. Akkhtimakt aussi, qui a arraché ce renseignement à tes compagnons. Un renseignement qui est sans aucun doute rapidement parvenu à toutes les bases mahen de l'espace. La vérité sort enfin de sa source la plus probable. Tu m'amuses, Tully. Tu ne cesses de m'amuser. Que vais-je faire de Keia ?

– Ami, répondit Tully sur un ton serein et uni.

Son mot le plus beau. Le mot qui lui venait quand il se sentait perdu.

– Mais ami de qui ?

Silence. Un silence qui se prolongea.

– Je crois que Keia sera quelque temps mon hôte. Retournez à vos navires. Je libérerai votre équipage, Keia... en temps voulu. Je ne voudrais pas gêner les opérations de votre bâtiment. Et je suis sûr que la Mahe qui vous sert d'officier en second est très compétente.

Jik sortit un autre bâton-fumée. Personne ne souleva d'objection. Il lança un coup d'œil en coulisse à Pyanfar. *Allons.*

– Bien, fit-elle d'une voix basse. Je suppose que vous nous donnez congé, *hakkikt* ?

– Emmenez tout ce que je vous ai donné. Vous emprunterez un propulseur léger pour embarquer. L'accès direct par le dock est désormais inutilisable.

– Compris.

Elle se leva du siège insectoïde. Debout dans la pénombre émaillée de reflets orangés, elle fit signe à son équipage et à Tahar. Jik, toujours assis, allumait son second bâton-fumée. On eût dit qu'il s'apprêtait à quitter une banale compagnie de vieilles connaissances.

Ô dieux, Jik ! Que puis-je faire d'autre ?

– Le *hakkikt* a promis *tout*, dit Pyanfar au garde, oreilles aplaties et museau froncé. Je veux qu'on fasse venir la Hani blessée. Savuun. Haury Savuun. Vous devez savoir où elle est. Faites-la chercher.

– Oui, répondit le responsable kif sur un ton glacé – il était raide comme une trique.

Son hostilité était tangible. Pas de haine. La haine n'était pas de mise en l'occurrence. Simple évaluation : quel crédit ces étrangers avaient-ils auprès du *hakkikt* ? Quand faudrait-il les tuer ? Quand avancer et quand faire marche arrière au nom du *hakkikt* ? Un Kif ne commettait pas deux fois la même erreur.

Oui. Il se retourna et donna ses ordres en conséquence.

Ensuite, ce fut un parcours silencieux dans les entrailles du *Harukk* jusqu'au hangar. Ils ne commencèrent à éprouver quelque détente que lorsqu'ils eurent atteint la vaste salle d'embarquement et qu'Haury émergea d'un deuxième ascenseur. Elle était hébétée, elle vacillait, soutenue par ses gardes mais, avec leur aide, elle parvint à avancer en boitillant. Elle leva la tête, redressa fugitivement ses oreilles, écarquilla des yeux hagards qui trahissaient sa confusion d'esprit, puis, affichant une expression taciturne, jeta à la ronde un regard circulaire enveloppant à la fois les gardes, ses amis et le local où ils étaient. Les dieux savaient à quoi elle s'était attendue quand on l'avait fait entrer dans la cabine de l'ascenseur. Mais seule la crispation de sa mâchoire révélait son émotion. C'était une Hani qui avait une longue habitude des Kif, calme et rébarbative.

– Nous repartons, dit Dur Tahar quand Haury et ses gardes furent à sa portée. Ça va ?

– Parfait, dit Haury dans un murmure rauque.

Et ce fut tout. Elle décocha à Pyanfar un long regard dépourvu d'expression tandis que sa sœur Tav prenait la place des gardes pour se charger d'elle. Elle avait des pansements autour de la poitrine. Ses blessures étaient enduites de plasma. Les Kif avaient au moins fait quelque chose. Mais avec quelle courtoisie ? Cela, c'était une autre question.

– Venez, fit le Kif qui était sur les docks en tendant une main sombre vers le léger propulseur. Avec les compliments du *hakkikt*.

Le *Loué soit-il* resta dans la gorge de Pyanfar. Elle accorda un regard au Kif et attendit, les mains glissées dans sa ceinture quasiment vide d'armes, tandis que les deux équipages embarquaient. Haral se tenait à côté d'elle. Elles s'engagèrent ensemble dans le court et obscur tubulaire conduisant à l'écoutille pour monter à bord.

Grâce aux dieux, il n'y avait pas besoin de combinaisons : celles des Kif n'auraient pas été à leur taille. Pyanfar gagna le milieu du bas-côté, mal éclairé, à l'arrière du bâtiment, il était strictement utilitaire. Les Chanur et les Tahar étaient assis côte à côte sur des bancs profonds. Avec des chuintements, des claquements et des crissements gutturaux, le pilote, à l'avant, donna confirmation pour le lancement. Pyanfar prit sa place pendant que se déroulaient les ultimes procédures précédant le départ : fermeture du panneau d'écoutille. Le pilote et le copilote étaient nimbés d'une sinistre lueur orangée. Chacun de leurs mouvements faisait naître un ballet d'ombres. L'air froid empestait l'ammoniac et la graisse de machines.

Personne ne parlait. Ils tanguaient et s'accrochaient tandis que le léger propulseur quittait son quai de charge pour atteindre son tangon de lancement. Il avançait sans à-coups. Le *Harukk* était bien entretenu. Se rappelant le chargeur déficient dont *L'Orgueil* s'était contenté durant tant d'années, c'était là un genre de détail que Pyanfar enregistrait. Le chasseur à la silhouette élancée n'avait pas le plus petit défaut, pas la moindre défaillance que l'on aurait pu tolérer. Des détails comme ceux-là en apprenaient long sur un capitaine. Pyanfar emmagasina cet élément d'information en compagnie de toutes les données qu'elle avait déjà sur Sikkukkut an'nikktukktin, inquisiteur d'Akkukkak, tête pensante de Mirkti, prince et seigneur de la station maintenant démantelée de Kefk.

Les grappins du tangon tintèrent quand ils libérèrent la petite coque blindée lorsque, tendant un bras décharné, le pilote fantomatique actionna doucement la commande de poussée de poupe. Au-delà de l'ombre et de la lumière que projetait l'embarcation, on apercevait par les doubles hublots le flanc massif d'un vaisseau kifish en surplomb qui pivota quand le petit propulseur accéléra, quittant le plan de rotation et laissant le mouvement même de la station faire approcher *L'Orgueil* du point de rendez-vous.

Arrogance, songea Pyanfar irritée par cette manœuvre cavalière. *Un mauvais point pour toi.*

Le grand jeu à l'intention des passagers. Sikkukkut aurait étripé le pilote pour cela. Puis le souvenir de la rampe d'accès du *Harukk* et de ses sinistres décorations lui revint en mémoire. Littéralement ! Ô dieux, dieux, Jik...

Les Kif parlaient entre eux tandis que s'assombrissaient les hublots. Ils étaient entrés en inertie. En chute libre. À partir de maintenant, la manœuvre délicate était du ressort des ordinateurs de bord et du centre de guidage de Kefk... la pire de toutes les manœuvres. Il fallait atteindre l'accès d'urgence d'un navire à quai, une opération d'interception commandée par ordinateur, parmi les vannes et les projecteurs de vaisseaux solidaires d'un corps en rotation. Ils n'envisageaient pas d'utiliser le câble-grappin et le treuil, mais de faire appel à l'estacade de *L'Orgueil* qui ferait le travail. Il fallait un code d'accès pour activer le panneau – une clé précieuse des ordinateurs de *L'Orgueil* dont il faudrait faire cadeau aux Kif. Ce code devrait être changé immédiatement après qu'ils auraient rejoint le bord. *Endommage mon navire, prétentiard, et tu pourras dire adieu à tes oreilles !*

Plus facile de s'inquiéter d'un quai bousillé ou d'un changement de code que d'autre chose. Qu'il n'y ait pas de contact avec *L'Orgueil*, par exemple.

– Votre navire ne répond pas, avait dit l'officier kifish quand Pyanfar avait demandé que l'on transmette la demande d'accostage.

Ce qui voulait dire que Chur ne répondait pas. Qu'elle ne pouvait pas répondre. Geran le savait. Quand Pyanfar l'aperçut par hasard assise avec les autres, elle était muette et sa physionomie était sans expression.

Le domaine de Chanur. Le portail de la cour qu'avaient un jour franchi la jeune Geran et la jeune Chanur dont la beauté Anify attirait tous les regards – Chanur tout enjouement et Geran toute maussaderie et mutisme, même quand sa sœur quémandait au seigneur une place dans la maison de Chanur. Observe-les toutes les deux, avait dit le vieux seigneur, *na* Dothon, son père. Observe-les toutes les deux. Chur, le sourire toujours prêt – Geran, le couteau toujours prêt.

Le couteau était maintenant ouvert dans l'esprit

de Geran. Combat du sang – Pyanfar le savait. Elle se mordillait les moustaches, redoutant ce qui se passait peut-être déjà sur *L'Orgueil*, agacée par la lenteur du petit propulseur, maudissant les procédures, maudissant les Kif mettant leurs mains noires sur les codes, leur présence en ce point vulnérable qu'était l'accès inférieur de *L'Orgueil*. Des alliés. Des alliés... alors qu'ils faisaient les dieux savaient quoi à Jik.

Traître était le mot qui convenait le mieux de tous ceux auxquels elle pensait pour qualifier Ana Ismehanan-min. Le *Vigilance* devait maintenant aborder le saut et le *Mahijiru* fonçait derrière lui... Or-Aux-Dents sachant, *sachant*, par les dieux, dans quelle situation désespérée il avait laissé Jik... Mais ne *sachant* pas qu'il l'avait laissé prisonnier. Elle refusait de croire qu'Or-Aux-Dents avait su que son fou de partenaire n'aurait *pas* immédiatement regagné l'*Aja Jin* avec son équipage, que ce fou loyal serait personnellement descendu sur ce quai à la recherche d'une amie hani, qu'il aurait essayé de leur faire évacuer ces docks dangereux et de les mettre à l'abri des représailles kifish.

Et il s'était fait capturer par les Kif. Seul.

C'était Soje Kesurinan qui commandait l'*Aja Jin*, à présent. Une femme compétente. Tout le personnel de Jik était d'une qualité hors ligne et l'officier en second n'était pas folle. Pyanfar espérait du moins qu'elle n'allait pas le devenir. Dieux, avec quelle force elle l'espérait !

Trahison de tous les côtés. Seuls les Kif ne trahissaient personne. Seuls les Kif s'en tenaient à leur parole. Comme ce Skkukkuk, ce ballot négligeable tout à l'arrière de l'embarcation – Skkukkuk qui n'avait encore jamais accompli une seule perfidie.

Loyauté ?

Votre *sfik* attire son service, avait dit Sikkukkut à Pyanfar.

Et, du même souffle, elle se demanda si c'était l'alternative devant laquelle il se trouvait qui mettait

Skkukkuk à la dévotion de sa nouvelle capitaine.

Chur. Jik. L'air froid glaçait la peau de Pyanfar et l'engourdissait, jouet de la force G. Une vaste masse blanche était visible par le hublot, au-dessus. Le freinage intervint, soudain. Le blanc et le noir alternaient – la rotation de la station entraînait un navire kifish au-delà de leur proue. De plus en plus lentement. De plus en plus bas vers la place que *L'Orgueil* occuperait du fait de sa translation. Cela marcherait du premier coup, grâce aux dieux. Il n'y aurait pas de temps mort. Le code d'accès serait transmis. *L'Orgueil* sortirait son tangon d'arrimage, attendant qu'ils établissent le contact, sans cesser de les poursuivre et alignant avec précision le cône à mesure qu'ils approcheraient.

Le bord du cône surgit, colossal, compte tenu de la différence d'échelles. Le copilote allongea le bras et les hydrauliques poussèrent leur plainte, étendant les butoirs d'arrêt du propulseur pour empêcher ce cône de l'engloutir complètement. Ils pénétrèrent à l'intérieur, baignant dans la lumière verte.

Contact. Léger rebondissement des hydrauliques quand les anneaux du propulseur absorbèrent le choc. Et verrouillage. Pas un grincement, pas un craquement. Abordage parfait.

Arrogant et connaissant son affaire, reconnut Pyanfar. *Mais si ce n'était pas le cas, un Kif ne serait pas pilote du* Harukk, *n'est-ce pas ?* N'ayant plus de souci à se faire de ce côté, des tourments rongeaient maintenant Pyanfar à la douzaine. Nouvelle plainte du propulseur, un frémissement quand le tangon de *L'Orgueil*, inutilisé depuis tant d'années, les attira contre la coque bâbord et que le blocage entra en action.

Le G, lié par l'intermédiaire du tangon à la rotation de la station, était stable, à présent. Pyanfar déboucla son harnais et enjamba Khym et Haral qui se libéraient à leur tour; ils lui firent place pour qu'elle puisse s'asseoir près de Dur Tahar.

– Dur, vous êtes la bienvenue à mon bord. Je

tenais à vous le dire à nouveau. Il nous reste encore un peu de temps à passer ici... si les dieux le veulent.

– Vous avez vos soucis.

– Nous avons des équipements médicaux. *Lune Qui Lève...*

– Nous avons du bon matériel. La piraterie... ça paie, Pyanfar. Nous nous occuperons d'Haury. Et des autres.

Pyanfar secoua la tête et fit mine de se lever pour revenir à l'avant tandis que l'ultime contact faisait trembler le pont. Le tube d'accès émit sa plainte en se positionnant au-dessus de la légère embarcation.

Tahar lui saisit le bras.

– Ce que vous avez fait... aller rechercher mon équipage, rester avec lui... elles m'ont dit comme vous vous êtes comportée, qu'Haral a porté Haury sur ce quai...

– Eh bien, oui, mais...

La main de Tahar serra plus fort le bras de Pyanfar.

– Écoutez... Chanur. Vous voulez ma parole ? Vous voulez quoi que ce soit que nous ayons ? Vous l'avez.

– Vous suivrez mes ordres ?

– Du fond du cœur, Chanur.

Pyanfar approuva lentement du chef. Il y avait des choses que l'on ne disait pas à bord, où chaque murmure pouvait être capté ou aussitôt enregistré. Même s'exprimer en dialecte n'était pas une assurance : les Kif avaient des traducteurs. Et il y avait une foule de choses auxquelles il fallait se garder de faire allusion. Les plans en ce qui concernait La Jonction. Et ce qu'ils feraient s'ils découvraient que des Hani avaient rejoint l'autre camp.

Par exemple, ce que deviendrait le crédit de *Lune Qui Monte* auprès du *hakkikt* s'il prenait la poudre d'escampette.

– Je me suis portée garante de vous quand nous étions au bord de l'abîme, Dur Tahar.

– Nous sommes avec vous, je vous l'ai dit.

Elle resta longuement à regarder le visage d'ambre de Tahar. Enfin, le contact établi, l'écoutille s'ouvrit et les membres de l'équipage débouclèrent à leur tour leurs harnais. Se disant derechef que leur conversation pouvait être enregistrée, Pyanfar désigna la voûte d'un mouvement de l'œil. Dur Tahar abaissa légèrement les paupières : elle pensait à la même chose.

– Il y a un navire qui m'intéresse en particulier, dit Pyanfar.

– Le *Vigilance* ?

– Le *Vigilance*.

– Pour ma part, je n'y vois aucune objection.

– Huh.

Un flot de lumière orangée s'engouffra quand le panneau supérieur de la navette s'ouvrit en gémissant. Pyanfar se retourna et, sans un mot de politesse à l'intention de l'équipage kifish, elle se dirigea vers l'échelle qu'Haral escalada la première, là où le cercle pâle de l'écoutille de *L'Orgueil* se confondait avec les moufles d'accès noires. Sortant de sa poche un morceau d'étoffe kifish roulé en boule, Haral empoigna le levier glacé par le froid de l'espace et le tira. L'écoutille se rétracta tandis que la pression faisait entrer une bouffée d'air pur et givré. Haral, inondée d'une lumière blanche, regarda en bas. Pyanfar lui fit signe – le protocole devait être respecté et, grimpant les derniers échelons, elle l'escalada.

Pyanfar se hâta derrière elle. Elle sentit l'échelle trembler quand, dans son dos, quelqu'un d'autre en entreprit l'ascension. Soudain, elle émergea dans l'éblouissante clarté du sas de secours de *L'Orgueil*. Haral hissa Tirun, puis ce fut au tour de Geran, de Tully et de Khym dont le bras saignait à nouveau sous le plasma à prise rapide que les Kif lui avaient appliqué. Elle avait oublié, totalement oublié, et avait dû se redresser pour regarder quand elle entendit quelqu'un d'autre empoigner l'échelle. Elle vit une silhouette sombre la grimper.

Elle se pencha et tendit la main, ce qu'Haral n'était nullement disposée à faire. Les doigts noirs et osseux de Skkukkuk s'accrochèrent aux siens et il émergea à son tour de l'écoutille avec l'agilité d'un Kif, tête haute et yeux écarquillés.

Ainsi la capitaine l'avait aidé. Les yeux de Skkukkuk luisaient, l'excitation lui dilatait les narines. Pyanfar éprouva un sentiment de dégoût qu'elle refoula. Le panneau se rabattit en grinçant avec un bruit sourd quand Haral actionna le bouton de commande. L'opercule intérieur donnant sur le couloir E s'ouvrit.

Pyanfar se retourna aussitôt :

– Geran… va !

– À vos ordres.

Et la petite Hani s'élança, devançant tout le monde.

– Scelle le tambour, cria la capitaine tandis que les autres emboîtaient le pas à Geran et se ruaient dans la coursive vers ce qu'ils trouveraient – seuls les dieux savaient quoi – là-haut, dans la timonerie.

Elle entendit se rabattre le panneau. Les lumières s'allumaient devant eux dans le corridor à mesure que le moniteur, enregistrant la course de Geran, la suivait au son.

L'ascenseur E était à disposition. La commande d'ouverture de l'écoutille l'avait automatiquement fait descendre. Ses portes béèrent aussitôt que Geran en eut fait jouer le mécanisme. Pyanfar se rua derrière sa cousine et referma tandis que cette dernière actionnait le tableau code. La cabine bondit le long des rails intérieurs du puits ascensionnel.

Geran haletait. Ses oreilles étaient aplaties et du blanc était visible aux coins de ses yeux. Elle était au bord de la panique. Elle se détournait obstinément de Pyanfar, ne regardant que la succession des lumières témoins à mesure que la cabine s'élevait pour gagner la coursive menant à la passerelle.

L'heure n'était pas aux mots de réconfort. Et ils auraient été sans objet.

Elles enfilèrent la coursive principale en courant… une petite chose noire couina et disparut dans un latéral, une autre se précipita droit devant elles… mais qu'est-ce que c'était que ça, par les dieux ? Pyanfar ne s'en préoccupa pas. Elle pensait à une chose, rien qu'à une chose. Un coup d'œil au passage dans la chambre où avait été transportée Chur révéla que celle-ci ne s'y trouvait pas. Le lit était vide, les draps repoussés, les tubes pendaient, la machine de survie battait de l'aile à en juger par ses lampes témoins qui clignotaient. Pyanfar pivota sur un pied et se rua à la suite de Geran. Elles déboulèrent dans la passerelle. Une mince forme au pelage roux était affalée dans le fauteuil d'Hilfy, la tête baissée sur le pupitre. Un pistolet était posé près de l'épaule de Chur. Son bras reposait mollement sur l'accoudoir.

Geran s'approcha d'elle, lui souleva la tête et, à deux mains, la renversa contre le dossier. Chur avait la bouche grande ouverte. Pyanfar offrit son aide à Geran. Ses mains tremblaient.

Les oreilles de Chur tressaillirent, ses mâchoires se refermèrent, elle entrouvrit les yeux et lança farouchement son bras en direction de la console et du pistolet.

Pyanfar l'empoigna.

– Tout va bien… tout va bien, dit-elle en plaçant son visage devant la figure de Chur pour que les yeux fixes de celle-ci pussent la reconnaître. C'est nous. Dieux ! (Geran s'affaissa à genoux, à côté du fauteuil. Ses oreilles étaient collées sur son crâne et elle frissonnait visiblement en s'accrochant à l'accoudoir.) Pourriture des dieux, Chur… qu'est-ce que tu fais ici ?

Les oreilles de Chur frémirent et s'inclinèrent vers sa sœur quand elle tourna la tête vers elle.

– Tout le monde s'en est sorti ?

Sa voix était presque inaudible.

L'ascenseur montait.

– Ils arrivent. Même Skkukkuk, par malchance.

– Il est avec vous ? (Chur avait posé la question sur un ton pâteux.) Dieux, je croyais qu'il était dans le navire, livré à lui-même. J'ai vu des choses… des petites choses noires… Je n'ai trouvé personne à bord. Dieux ! (Chur se carra contre le dossier, cligna des paupières et se passa la langue sur les lèvres.) Le *Vigilance* est venu, capitaine. J'ai essayé d'actionner les canons, de le stopper. J'ai raté la cible. Les pièces sont toujours armées… (Elle désigna d'un geste vague le fauteuil d'Haral.) Suis allée là… Je ne me rappelle pas… des petites choses noires dans les couloirs…

Pyanfar se leva et se dirigea vers sa place. Le témoin rouge d'armement scintillait sur le panneau. Elle le coupa. Se retourna. Dans la coursive, la porte de l'ascenseur s'ouvrit, dégorgeant un équipage de bric et de broc qui prit le pas de course.

– Elle va bien ! cria-t-elle aux nouveaux arrivants au mépris de ce qui était sa règle cardinale.

Elle revint à Chur, réalisant que celle-ci n'avait pas un point de suture.

– Dieux ! murmura-t-elle.

Elle n'avait pas même une couverture.

Et deux hommes – non, trois – surgirent sur la passerelle. Tout le monde y était indifférent, se dit-elle. C'était l'équipage. Ils amenaient même le Kif Skkukkuk plus ou moins contre son gré. Tully se précipita. Chur sourit et, allongeant le bras, tapota son visage anxieux devant Khym et tous les autres.

– Retourne te coucher, dit Pyanfar. Cette maudite machine médicale va sauter, là-bas.

– Uhhnn. (Chur prit appui sur son dossier pour se soulever mais retomba dans le fauteuil.) Or-Aux-Dents, fit-elle soudain, la voix embrumée. Or-Aux-Dents.

– Quoi, Or-Aux-Dents ?

– Il a pris Ehrran en chasse… envoyé ce foutu

message. (Du doigt, Chur désigna la console du communico.) Il est quelque part là-dedans. Au décodage.

Pyanfar s'apprêtait à s'en occuper sans plus attendre mais elle se rappela la présence de Skkukkuk. Elle se retourna et adressa un signe à l'équipage.

– Tirun, reprends ton poste. Je veux un contrôle des systèmes. Vite. Geran et Hilfy, ramenez Chur à son lit. Haral, Khym, Tully, reconduisez Skkukkuk à ses appartements, récurez-le, et rappliquez sans perdre de temps. Nous allons prendre le départ.

Haral coucha les oreilles.

– Vous êtes en plus mauvais état que moi.

Les débris de métal les gênaient à chacun de leurs mouvements. Toute la partie exposée de leur pelage était coagulée de sang au niveau des égratignures, pas plus grosses que des pointes d'épingle. Le crâne de Pyanfar, qui avait reçu tant de chocs, la martelait mais elle s'était accoutumée à la douleur. Il était vrai que c'était elle qui était dans le plus mauvais état.

Néanmoins, elle dit : Allons-y ! Mais il y avait ce message d'Or-Aux-Dents dans le décodeur. Haral le lui dit de cette manière silencieuse qu'elles avaient de penser de façon analogue. Il y eut des rumeurs de protestation et Haral se retourna, arrêtant Skkukkuk.

– Je suis un allié précieux, disait-il en se redressant de toute sa taille d'un air offensé. Je ne veux pas que ma porte soit verrouillée, capitaine. Je ne...

– Silence, lui ordonna Hilfy en face de lui au côté de Chur. Et exécution.

– Celui-là me veut du mal. Kkkt. Kkkt. Capitaine... (Il réussit à éviter Khym qui se préparait à l'empoigner par un bras.) Ils m'ont pris mes armes. Je vous avertis de leurs intentions...

– *Allez !* ordonna Pyanfar.

Skkukkuk n'insista pas. Il baissa la tête et Haral

lui fit à nouveau signe d'avancer. *Je n'aurais pas dû crier*, se dit Pyanfar. *Ce gueux m'a sauvé la vie et il a sauvé mes projets.*

Mais c'est un Kif.

Haral, Tully et Khym entraînèrent Skkukkuk dans la coursive. Hilfy et Geran firent tourner le fauteuil de Chur et, se penchant, la soulevèrent tendrement.

– Je ne peux pas marcher, dit-elle. Peux pas. Je suis tellement fatiguée...

Mais les deux autres la mirent debout et, l'encadrant, la firent sortir de la passerelle. Chur ne cessait de balbutier des protestations qui s'amplifièrent au moment où elle se rendit compte qu'elle avait oublié de mettre son bouffant.

Pyanfar se laissa choir dans le fauteuil vide et actionna le recyclage du communico. En pure perte. Elle sentit monter la frustration en elle. Les systèmes étaient changés. Chaque fois qu'on regardait, c'était pour s'apercevoir qu'une modification de rien du tout avait été apportée.

– Déjection des dieux, quelle est la formule d'accès du décodeur ?

– CVA 12, répondit Tirun de la place d'Haral. Je bascule sur votre numéro un. Ça y est... je le reçois.

– Par les dieux, c'est du mahensi !

Pyanfar dériva le message sur la traductrice. Et la voix bourdonnante de celle-ci s'éleva :

– Situation en voie de détérioration. Signaler vous La Jonction destination Humains. Pareil nous. Je parler Stle stles stlen. Peut-être conclure marché. Ehrran aller. Aller je pareil. Pas quitter. Vous deux appareiller vite numéro un. Un peu agitation commencer.

– *Les dieux l'emportent !*

– ... Meilleure chance je donner pouvoir.

– *Qu'il disparaisse dans son propre enfer !* Vous savez ce que vous avez fait, crapule pleine de suffisance ? Vous savez où vous avez laissé votre partenaire ?

Fin du message. Pyanfar coupa l'appareil d'une main qui tremblait.

Elle demeura assise où elle était, les poings serrés, jusqu'à ce que les franges noires qui cernaient son champ visuel se soient dissipées. Alors, elle appuya d'un geste délibéré sur le bouton d'appel.

– *Aja Jin*, Pyanfar Chanur en ligne. Répondez.

Elle n'avait pas utilisé le programme code. Les Kif du poste de commande de la station écoutaient sans aucun doute la ligne prétendument protégée. Surveillaient tout. Il n'était pas politique, pour l'heure, d'être associé de trop près avec l'*Aja Jin*. Ou de parler secrètement.

– *Capitaine, ici Soje Kesurinan,* Aja Jin. *Vous être de retour ? Avoir vous nouvelles ?*

– De mauvaises nouvelles, Kesurinan. Votre capitaine est détenu. Et ceux qui sont avec lui. Par le *hakkikt*... (Il fallait être neutre, ambiguë, renseigner autant que faire se pouvait en laissant Kesurinan lire entre les lignes.) Le *hakkikt* veut en quelque sorte avoir un gage de la bonne conduite de l'*Aja Jin*. Après le départ du *Mahijiru*. Et en discuter. Avez-vous eu des informations à ce sujet ?

– *Ils faire saut*, dit Kesurinan au bout d'un moment. *Confirmation. Vous quelque chose savoir sur statut notre capitaine ?*

– Tout ce que je sais, c'est que le *hakkikt*, honneur à lui, voulait lui parler. Il était en bonne santé quand je suis partie.

Honneur à lui... *Nous sommes espionnés. Kesurinan, ne l'oubliez pas. Nous sommes dans de graves difficultés. Ne me harcelez pas de questions.*

Une pause prolongée à l'autre bout de la ligne. Puis :

– *Vous suggestions avoir, capitaine ?*

– Je suggère que si vous avez une bonne explication de ce que le *Mahijiru* fait avec Ehrran, cela pourrait sûrement être utile.

– *Obtenir je*. (À l'accent de Kesurinan, et malgré

les crépitements des parasites, on percevait sa tension intérieure.) *Je numéro un dépêcher.*

– Si vous apprenez quelque chose, prévenez-nous immédiatement. Je considère la situation de votre capitaine comme hautement délicate. Je ne sais pas ce que le *hakkikt*, loué soit-il, veut de lui. Si vous vous procurez cette information, cela pourra aider. Compris ? Nous utiliserons l'influence bénéfique que nous pouvons détenir.

Nouvelle pause.

– *Oui, compris. Merci, Chanur capitaine, merci appeler nous.*

– Je regrette, dit Pyanfar avec sincérité avant de raccrocher.

Elle prit entre ses mains sa tête meurtrie et grimaça en touchant une des bosses qui lui garnissaient le crâne. Elle saignait. C'était humide et elle considéra d'un air fataliste les coussinets maculés de ses paumes.

– Je vais me laver, dit-elle à Tirun. Tu peux tenir ma place un moment ?

– À vos ordres, répondit l'interpellée sans se retourner. Sur les panneaux, les contrôles se succédaient rapidement à la recherche des dommages subreptices qu'Ehrran, à défaut des Kif, aurait pu leur faire.

Ou le *Mahijiru*. Pyanfar ne pouvait pas croire à sa désertion, ne pouvait pas croire qu'Or-Aux-Dents se soit retourné contre eux.

Mais il s'agissait de politique. Comme la politique du *han*, comme cette lutte pour le pouvoir qui les avait dressées l'une contre l'autre, Ehrran et elle. Dans le cas présent, c'étaient deux partenaires qui s'affrontaient violemment sur la question de savoir ce qu'il convenait de faire avec les Kif – Jik partisan d'un compromis et Or-Aux-Dents qui jouait un autre jeu impliquant les Knnn. Un jeu dont les enjeux étaient peut-être trop élevés, impensablement trop élevés pour que l'amitié pût avoir sa place dans l'équation.

Une affaire de potentats, de Personnages. Les Hani n'avaient jamais admis le principe du droit divin; seul le droit clanique décidait de leurs contentieux ou le droit des groupes de clans pour la tenure d'un territoire. Et jamais les Hani n'avaient plié le genou devant qui que ce fût, sinon devant le seigneur de la famille et de la maison.

Honneur à lui. Honneur au prince des pirates qui faisait subir la torture à ses amis et riait intérieurement quand une Hani devait se montrer polie avec lui.

Tous les beaux discours que j'ai tenus pour sauver la vie de Jik et dont il se goberge, il me les paiera. Il me les paiera à la première occasion qui se présentera.

Et il le sait vraisemblablement.

C'était moi qu'il voulait avant le Mahendo'sat. Il m'a proposé une alliance à La Jonction. Il ne pouvait pas avoir confiance dans les Mahendo'sat. Il le savait. Il savait comment une Hani pouvait se faire piéger. Il apprécie ce que Chanur pouvait être et ce qu'il est – tout comme le han *l'apprécie, oh oui, le* han *veut clouer notre dépouille au mur. Le han a vu, avant que les Kif l'aient vu, de quoi nous étions capables après que nous avons mis Akkukkat hors jeu, après que nous avons pris contact avec les Humains. Ils ont vu ce qui s'annonçait... Ils ont mesuré notre ambition. Et ils ont pensé que nous n'en manquions pas. Et ils ont agi en conséquence.*

Pyanfar quitta la passerelle. Elle fit halte devant la porte de la chambre de Chur.

– Maudites aiguilles, grommela Chur à son adresse.

– Si tu les arraches encore, tu auras affaire à moi.

– Le message d'Or-Aux-Dents ?

– Aussi équivoque que d'habitude. (Pyanfar remarqua le regard que lui décochaient Hilfy et Haral.) Je ne sais pas ce qu'il médite. (On n'avait rien dit à Chur de Jik et de ses compagnons. Inutile de lui annoncer les mauvaises nouvelles quand on pouvait s'en dispenser.) Reste tranquille, hein ?

– *Où va-t-il ?*

– Il pense qu'il se rend à La Jonction. Donc, tout le monde le croit aussi. Il va y avoir du monde, là-bas.

– Nous ?

– Et comment ! Tu peux compter là-dessus, ma cousine. Nous y serons.

Chur battit des paupières et tourna la tête vers Geran occupée à fixer un tube à la saignée de son bras.

– La capitaine ne dit pas tout, n'est-ce pas ?

Geran pinça les lèvres et garda le silence.

– C'est une conspiration, murmura Chur.

Et elle ferma les yeux, épuisée.

– Elle a fait du bon travail, dit Pyanfar, sachant que la navigante pouvait l'entendre.

– Oui, approuva Geran.

Pyanfar s'attarda encore un peu, les examinant toutes les trois – Chur, Geran et Hilfy. Aucune d'entre elles n'était plus ce qu'elle avait été, à l'exception de Chur – peut-être à l'exception de Chur. Les gestes de Geran étaient tranquilles, mesurés, délicats. Sa façon d'être était d'une jovialité un peu rude. Et c'était un masque. Chur le sentait certainement, elle sentait la rage meurtrière qui bouillait sous la surface. Geran la porteuse de couteau, Geran la silencieuse. Geran qui souriait avec la bouche, pas avec les yeux. Et Hilfy. Elle était devenue semblable à une mèche de fouet, prête à laisser sa fureur éclater pour un oui ou pour un non. Ce n'était plus la jeune Hilfy. Elle n'était plus jeune du tout. Elle était passée à la meule qui l'avait affûtée, acérée et, quand elle se taisait, il y avait toujours des jeux d'ombres dans ses yeux – des choses qui y bougeaient et dont elle ne parlait pas. Éclats de la lumière au sodium et ténèbres. Et jamais aucun bain ne la laverait de la puanteur de l'ammoniac et du sang.

Mais Hilfy Chanur avait marché, les oreilles

grandes ouvertes, le long de la ligne étroite quand elle était avec les Kif, tout comme Geran était restée là, dévorée d'angoisse pour sa sœur, sans en rien laisser paraître. Et Tirun avait fait son travail jusqu'au bout, comme Haral, là où l'on avait besoin d'elles.

Assis à leurs côtés dans la salle du Conseil enténébrée, Tully avait répondu calmement aux Kif. Et Khym n'avait jamais perdu son empire sur lui-même. Deux mâles qui avaient refoulé leur fureur et attendu les ordres de leur capitaine. Un équipage. Comme les autres. Le meilleur. *L'Orgueil*. Quelque chose qui échapperait toujours aux Kif.

– Huh, dit Pyanfar, résumant ainsi ses réflexions.

Et elle sortit dans la coursive.

2289
★★★★

Photocomposition Communication à Champforgeuil
Impression Brodard et Taupin à La Flèche (Sarthe)
le 9 novembre 1987
1103-5 Dépôt légal novembre 1987. ISBN 2-277-22289-5
Imprimé en France

Editions J'ai lu
27, rue Cassette, 75006 Paris
diffusion France et étranger : Flammarion